KB262290

황 석 영

HWANG SOK-YONG

글누림 작가총서

황 석 영

오태호 엮음

글누림

한국 현대문학의 거인을 만나다

　황석영은 명실공히 한국문학의 거인이다. 발로 쓰는 작가로서 그의 체험은 그의 상상력을 촉발하는 매개가 되었으며 체험적 상상력으로 발화된 그의 문학은 당대적 리얼리티의 현장에 제일 앞자리에 자리해 왔다. 최초의 노동소설로 평가받는 「객지」, 도시 하층민의 동류의식을 서정적으로 형상화한 「삼포 가는 길」과 「돼지꿈」, 분단 문제를 예각화한 「한씨연대기」, 자유와 정의의 문제를 학교라는 공간을 배경으로 검토한 성장소설 「아우를 위하여」 등의 단편소설과, 남한 최고의 역사소설로 평가받는 『장길산』, 베트남전쟁이 지닌 제국과 자본의 본질적 의미를 문제삼은 『무기의 그늘』 등은 비판적 리얼리스트로서 걸어온 그의 길이 1970~80년대 한국문학사의 봉우리에 돌올히 새겨져 있음을 보여준다. 여기에서 그쳤다면 그는 과거의 작가가 되었을 테지만, 사회운동가로 활동하다 1998년 출감한 이후 생환한 작가가 된 그는 『오래된 정원』(2000)을 시작으로, 『손님』, 『심청』, 『바리데기』, 『개밥바라기별』, 『강남몽』(2010)에 이르기까지 전통서사의 전용과 복합 시점의 활용을 통해 다양한 서사적 방법을 새롭게 시도하며 거침없이 장편소설을 쏟아내고 있다. 그는 마치 다시 30대의 청년작가로 돌아간 듯하다. 무엇이 그를 영원한 청년작가로 활동하게 하고 있는 것일까? 이 총서에 실린 글들은 그러한 문학청년이 의식적으로 혹은 무의식적으로 그려놓은 40여 년의 궤적을 면밀히 검토한 연구들에 해당한다. 따라서 이 글들을 검토한다면 문학적 거인으로서 황석영이 걸어온 문학적 지형도를 가늠해 볼 수 있을 것이다.

'제1부 황석영의 삶과 문학'에서는 「체험적 서사와 상상력의 대화」라는 제목으로 황석영의 생애와 문학이 어떻게 겹쳐지고 분리되어 해체되고 뒤섞이면서 가공되고 있는지에 대해, 「입석부근」(1962)에서『개밥바라기별』(2008)에 이르는 텍스트들을 전체적으로 조망하여 분석하고 있다. 그리하여 1970년대에 집중적으로 발표된 황석영의 중단편소설을 성장소설, 군인소설, 노동소설, 서정소설, 분단소설, 도시빈민소설, 욕망소설, 환상소설 등으로 구분하여 그 유의미성을 검토하고,『장길산』부터『개밥바라기별』에 이르는 장편소설들 각각을 구체적으로 검토하여 그 현재적 의미를 규명한다.

'제2부 황석영 서사의 지평'에서는 작가의 초기작부터 최근작에 이르기까지 연구자들의 입론적 관점에서 취사선택된 텍스트들이 입체적으로 조망되면서 황석영 문학에 대한 안내 텍스트가 될 6편의 인식론적 지도가 펼쳐져 있다. 남진우의 「돌의 정원」은 「입석부근」에서『오래된 정원』에 이르는 길을 남성성과 여성성을 경유하는 '돌의 정원'이라는 상징적 메타포로 요약하며 작가의 알레고리적 상상력을 정밀하게 탐색하고 있다. 서영인의 「미래를 꿈꾸는 서사의 지난한 역정」은 황석영 문학의 빈틈과 균열이 미래적 전망을 향해 펼쳐지는 균열적 서사의 여정을 입증하고 있다고 평가한다. 김종회의 「황석영의 소설과 근대성, 또는 그 극복의 서사」는 근대성 담론의 유의미성과 근대성 극복을 화두로 하여 황석영의 장편소설이 왜곡된 현실의 실체적 진실을 탐색하고 있음을 입증한다. 강진호의 「소설 교육과 타자의 지평」은 주체와 타자, 탈주체의 시선이 교차하는 전범적 텍스트로서의 황석영 소설의 유의미성을 성찰한다. 김미현의 「황석영 소설의 젠더 (무)의식」은 근대성 담론과 여성성의 세 가지 표정, 즉 구원자 여성의 저항성, 산책자 여성의 성찰성, 소비자 여성의 친밀성으로 구분하여 황석영 소설에 나타난 젠더 (무)의식을 꼼꼼하게 의미화한다. 고인환의 「황석영 소설에 나타난 전통 양식 전용 양상 연구」는 작가의 최근작인 『손님』, 『심청』, 『바리데기』를 중심으로 우리 민족의 전통 양식인 진지노귀굿, 심청전, 바리무가의 현재적 전용이 지닌 유의미성을 검토한다.

‘제3부 장편 서사의 힘’에서는 『장길산』부터 『개밥바라기별』에 이르는 장편소설 7권에 대한 연구자들의 작품론을 통해 텍스트 내부와 외적 현실을 관통하는 핵심적 의제들을 도출한다. 강영주의 「『장길산』과 역사적 진실성의 추구」는 역사소설이 지닌 ‘역사적 진실성’의 내포적 의미를 추적하면서 사실주의로서의 당대 현실의 반영과 낭만주의로서의 사회변혁적 전망이 지닌 성과와 한계를 분명하게 드러낸다. 정호웅의 「베트남 민족해방투쟁의 안과 밖」은 『무기의 그늘』이 제국과 자본의 속성을 냉철하게 파악한 베트남전쟁소설이며 한국적 현실과의 유사성을 통해 변혁지향적 담론을 내포하고 있음을 주목한다. 이명원의 「대안적 이념 모색을 위한 고투」는 1998년 출감한 작가가 『오래된 정원』을 통해 사회주의권 몰락 이후의 대안적 이념으로 일상의 중요성과 모성의 회복을 탐색하고 있음을 입증한다. 오창은의 「억압된 기억의 꿈」은『손님』에서의 유령의 출몰이 지닌 다성적 의미와 망각의 슬픔을 넘어 기억의 복원이 지닌 서사의 힘을 탐색한다. 서영채의 「창녀 심청과 세 개의 진혼제」는『심청』에서 효녀를 창녀로 대체함으로써 발생한 활기의 의미를 라캉의 담론을 빌어 매춘 남성의 시선과 창녀의 응시로 대비하여 평가한다. 권성우의 「서사의 창조적 갱신과 리얼리즘의 퇴행 사이」는『바리데기』에서 서사무가 「바리공주」의 차용이 서사의 위기를 돌파하려는 작가적 의지의 표명이지만 서사의 창조적 갱신과 리얼리즘의 퇴행 사이에서 주춤하고 있는 형국임을 지적한다. 오태호의 「오늘을 사는 젊은 날의 초상」은『개밥바라기별』이 작가의 자전적 성장소설로서 '과거의 현재성'을 통해 1960년대와 2000년대의 대화적 관계를 복원하려는 시도라고 주목한다.

이 책이 나오기까지 여러 우여곡절이 있었다. 글의 재수록을 허락해 주신 필자 선생님들께 깊은 감사의 말씀을 올린다. 아직도 치열하고 냉철한 비평의 문제의식이 부족한 필자에게 선생님들의 옥고는 많은 가르침을 주었다. 올 여름 3주 동안 국제캠퍼스에서 '영예학생'들과 수업을 하며 무더위를 이기는 방법이 문학 작품 읽기에 있음을 새삼스레 확인할 수 있었다. 이 총서가 황석영이라는 거울을 통해 우리 문학의 현재성을 성찰하는 밑거름이 되길 바란다.

북한산 자락 아래 무더위 속에서

2010년 8월

오 태 호

차 례

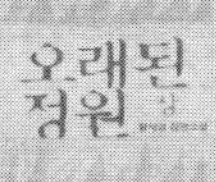

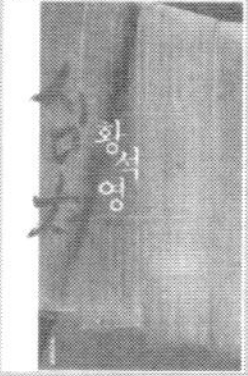

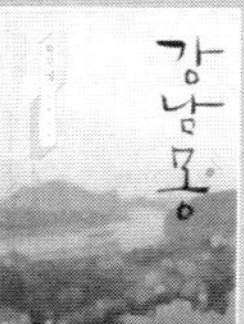

제 1 부
황석영의 삶과 문학

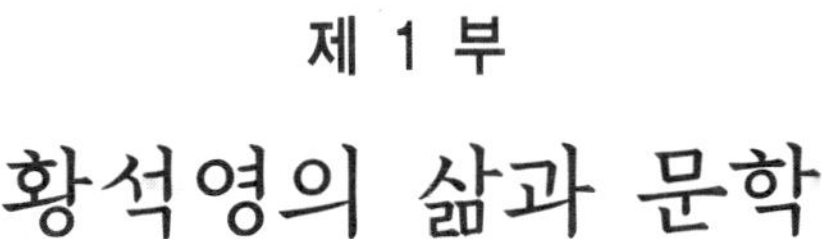

체험적 서사와 상상력의 대화
—황석영의 삶과 문학

1. 자유인 황석영

황석영은 우리 시대의 자유인이다. 일정한 포지션이 정해져 있지 않은 채 중앙선을 넘나드는 리베로처럼, 그는 산업화 시대의 휴머니스트로, 민족문학과 민중문화운동의 기수로, 분단시대 극복을 향한 망명객으로, 세계화 시대의 경계인으로 그 가면을 바꿔쓰기도 했지만, 그의 본질적 기표로서의 자유인 기질은 변함이 없었다. 마치 『심청』(2003)에서 심청이 '렌화―로터스―렌카'로 기표를 달리하면서도 관음보살적 본질이 변화하지 않듯이 말이다. 그에게 자유는 정치사회적 모순에 항

---

* 오태호 / 경희대학교 학부대학 객원교수

거하는 저항적 자유이면서 지역이나 국가의 경계를 과감하게 일탈하
는 유목적 자유이고, 경직된 사회문화적 담론을 넘어서려는 초월적 자
유로 변주된다. 그러므로 그는 2010년 현재에도 그 어떤 무엇으로부터
의 억압이나 금기로부터 벗어나 자유롭게 행보하려는 서사적 산보객
의 자유를 구가하고 있다. 그리고 그 자유인의 초상은 분단시대를 살
아가고 있는 한국문학의 리얼한 모던 혹은 (탈)근대적 개인의 표정을
상징화한다.

황석영은 1962년 「입석부근」으로 『사상계』 신인문학상을 수상하고,
1970년 「탑」으로 <조선일보> 신춘문예에 당선된 이래로 2010년 『강남
몽』에 이르기까지 왕성하고 정력적인 창작활동으로 시대의 문제작을
지속적으로 생산하고 있다. 이미 문학사에서는 그를 1970년대에는 「객
지」(1971), 「한씨연대기」(1972), 「삼포 가는 길」(1973), 「돼지꿈」(1973) 등
의 중·단편소설로 산업화 시대를 대표하는 비판적 사실주의 작가로,
1980년대에는 『장길산』(1984)과 『무기의 그늘』(1988)로 독재시대를 우회
적으로 증언한 작가로 기록하고 있다. 그는 1990년대에는 사회운동가
로서 영어의 몸이 되어 10여 년의 휴지기를 가지다가, 2000년대에 이
르러 '돌아온 작가'가 되어 『오래된 정원』(2000), 『손님』(2001) 등의 장
편소설을 발표함으로써 문단 안팎의 집중적인 이목을 받고 있다. 지난
40여 년 동안 황석영의 문학은 일용직 노동자, 도시 빈민, 군인, 술집
작부, 소시민 등의 주변인적 존재들을 위무하는 단편소설들로부터 시
작하여 분단과 독재시대의 질곡을 조선 숙종조와 베트남 참전 이야기
를 통해 극복하려는 1980년대의 장편소설을 거쳐, 2000년대에 이르면
1980년대와 1990년대를 향한 중첩적 시대인식, 1950년대 분단 문제의

해원, 19세기 동아시아의 근대성 탐색, 21세기 세계화 시대의 모순 등을 응시하려는 장편소설을 지속적으로 창작함으로써 작가적 촉수의 동심원적 확장을 펼쳐 보이고 있다.

황석영의 생애 자체는 한반도 남단에서 분단 시대를 헤쳐 온 4·19 세대의 행적을 그대로 압축한다. 1943년 만주 장춘(長春)에서 출생한 그는 해방과 함께 평양 외가로 나왔다가 1947년 월남하여 영등포에 정착한다. 1950년에는 영등포국민학교에 입학했지만 한국전쟁의 발발로 피란지를 전전하게 된다. 이렇듯 '만주—평양—서울—피란지'를 거치는 유년기부터 디아스포라적 정체성을 내면화한 작가의 성장 이야기는 「잡초」와 「아우를 위하여」에 잘 드러나 있다. 이후 경복고를 다니던 중 1960년 4·19를 경험하고, 1962년 고교를 자퇴한 뒤 남도지방을 방랑하다 돌아와 투고한 「입석부근」으로 『사상계』 신인문학상을 수상한다. 이때의 이야기는 「입석부근」과 「열애」를 거쳐 『개밥바라기별』에서 자세히 다루어진다. 이후 1964년 한일회담 반대시위에 참가했다가 영등포 경찰서 유치장에서 만난 건설노동자와 함께 떠돌이 일용직 노동생활을 하고, 칠북의 장춘사(長春寺)에서 스님이 되려고 입산을 하지만 이후 모친을 만나 함께 상경한다. 이때의 일용직 노동 체험이 「객지」와 「삼포 가는 길」의 이야기를 낳는다. 1966년에는 해병대에 입대하고 1967년 베트남전쟁에 참전하고 1969년 제대한 뒤 1970년 〈조선일보〉 신춘문예에 「탑」이 당선되어 일종의 재등단을 하고 나서, 「아우를 위하여」, 「몰개월의 새」 등을 잇따라 발표한다.

1974년 7월부터 1984년 7월까지는 〈한국일보〉에 『장길산』을 연재하며 대중적 인기와 함께 대하소설의 붐을 일으키고, 1977년 11월부터 이듬해 7월까지 『무기의 그늘』의 기초가 된 「난장(亂場)」을 『한국문학』에 연재한다. 1976년 해남으로 이주하여 문화운동을 벌이고 1978년 다시 광주로 이주하여 1980년 광주항쟁 당시 문화운동에 참여했던 젊은 동료들 수십여 명이 사상된 뒤 1981년 제주로 이주했다가 1982년 광주로 돌아와 1985년 광주항쟁 기록물인 『죽음을 넘어 시대의 어둠을 넘어』를 지하 출판한다. 이때의 이야기는 「골짜기」와 『오래된 정원』에 생생한 육성으로 드러난다. 『한국문학』에 이어 『월간조선』에 연재했던 『무기의 그늘』을 1988년에 발간한다. 1980년대 내내 민중문화운동에 전력하다 1989년 북한 방문 이후 1991년까지 베를린에 체류하다가 베를린 장벽의 붕괴를 목격하고 1991년 뉴욕으로 이주하여 1993년 4월 귀국할 때까지 미국에서 체류한다. 1993년 귀국과 함께 구속되었으며 복역 중에 북한방문기 『사람이 살고 있었네』를 발간하고, 1998년 3월 석방된다. 이때의 방북과 베를린 체류, 감옥 체험 등은 『오래된 정원』에, 미국 체류는 『손님』에 부분적으로 새겨져 있다. 출감 이후 왕성한 창작활동을 펴던 중 2003년 이후 영국 런던과 파리에 4년 동안 체류하다가 귀국한다. 귀국 이후 『바리데기』(2007), 『개밥바라기별』(2008), 『강남몽』(2010) 등을 출간한다.

황석영의 문학은 작가 자신의 체험적 진실을 사회적 약자를 향한 위무의 상상력으로 재구성함으로써 발로 쓴 한국의 근현대사라고 해도 과언이 아니다. 1970년대 이래로 한국의 근현대사에 직접적으로 맞물려 들어가면서 '체험과 상상력'(권오룡)의 길항 관계 속에 사회적 약자와 소수자, 빈민 계층의 목소리를 담아낸 것으로 평가받기 때문이다. 그의 문학은 개인의 감수성과 공동체적 연대의식의 발견을 주목한 「입석부근」에서 시작된다. 그리고 「탑」에서 제국주의 침략 전쟁으로서의 베트남전쟁이 지닌 폭력성과 비합리성을 전장 병사의 내면 고백으로 형상화하면서, 모더니스트적 기질과 사실주의적 관점을 동시적으로 보여주기 시작한다. 즉 주제적 차원에서는 철저히 비판적 현실 인식을 토대로 한 사실주의적 작가이지만, 그것을 풀어내는 기법적 차원에서는 지극히 모더니즘적인 기술방식을 보여온 것이다. 이러한 양면적 태도는 『개밥바라기별』의 다중시점의 활용에 이르기까지 다양한 형상화 방법을 동원하면서 이후의 텍스트들을 관통한다.

2. 산업화 시대에 반응하는 서사의 힘

1970년대에 집중적으로 발표된 황석영의 중·단편소설은 소재나 핵심 모티프로 분류하면 성장소설, 군인소설, 노동소설, 서정소설, 분단소설, 도시빈민소설, 욕망소설, 환상소설 등으로 구분할 수 있다. 물론 이러한 분류는 임시적이며 좀 더 면밀한 검토를 거쳐 정치한 방식으로 세분화하거나 계열화할 수 있을 것이다.

먼저 개인의 사회화 과정을 다룬 성장소설로는 「입석부근」(1962), 「아우를 위하여」(1972), 「열애」(1988) 등을 들 수 있다. 「입석부근」은 가정과 학교로부터 이탈하려는 화자가 동굴생활과 '암벽타기' 모티프를 통해 개인의 실존적 고뇌와 더불어 남성적 상승의지와 공동체적 연대감을 추인하게 되는 과정을 그렸으며, 「아우를 위하여」는 아우에게 보내는 편지 형식의 글을 통해 초등학교 교실 내부의 불합리한 폭력 구조와 그것을 극복하게 해준 여교생 선생님의 '진보와 사랑'의 가치를 성찰하는 내용을 다루고 있다.

둘째, 베트남전쟁의 참전을 다룬 군인소설로는 「탑」(1970), 「돌아온 사람」(1970), 「낙타누깔」(1972) 등을 들 수 있다. 「탑」에서는 베트남전쟁에 참가한 한국군이 '탑'을 결사항전으로 사수하지만 미군이 이튿날 탑을 붕괴시킴으로써 한국군의 탑 사수 노력이 허사로 종결되는 내용을 통해 제국주의의 대리전에 참가한 용병의 허무주의적 세계인식을 보여주며, 「돌아온 사람」에서는 베트남전쟁과 한국전쟁을 겹쳐보면서 폭력과 살인을 정당화하고 강제하는 전쟁일반의 광기적 본질을 천착하고, 「낙타누깔」에서는 베트남전쟁에 참전했다가 정신질환으로 귀환한 화자를 통해 제국주의 전쟁의 참혹성과 물신화된 성적 욕망의 허상을 성찰한다.

셋째, 노동소설로는 1970년대 노동문학의 효시로 평가받는 중편 「객지」(1971)와 「야근」(1973)을 들 수 있다. 「객지」에서 동혁이 마지막 부분에서 "꼭 내일이 아니라도 좋다."라는 다짐과 함께 극단적 저항으로 자폭을 선택하는 모습은 절망적 노동 현실에 대한 전복적 결단을 상징적으로 보여주며, 「야근」에서는 공장 노동자의 죽음과 그로 인한 적극적 투쟁을 형상화하면서 자본가 권력에 저항하는 노동자의 실천과 연대의지를 강조한다.

넷째, 서정소설로는 산업화 시대의 음화로 형성된 소외된 주변인들의 정서적 교감을 다룬 「삼포 가는 길」(1973)과 「몰개월의 새」(1976) 등을 들 수 있다. 서정적 비애미의 절정으로 평가 받는 「삼포 가는 길」은 도시의 하층민인 술집 작부 백화와 일용직 노동자 영달과 정씨가 고향을 잃어버린 상실감 속에서도 귀향 의지를 내장한 동류적 존재임을 통해 1970년대 도시화의 이면을 상징화하고, 「몰개월의 새」는 전장으로 나가는 군인과 순정을 지닌 술집 작부 미자와의 근친적 교감을 통해 사회적 약자들의 공감과 연민이라는 동류 의식을 보여주면서 하층민의 욕망의 순수성을 보여준다.

다섯째, 분단소설로는 중편 「한씨연대기」(1972)와 「잡초」(1973), 「골짜기」(1987) 등을 들 수 있다. 「한씨연대기」는 한국전쟁이라는 광기의 시공간을 거치며 양심적 의사인 한영덕이 반공 이데올로기에 의해 어떻게 훼손되고 파멸되는지를 적실하게 보여주고 있으며, 「잡초」에서는 소년 화자 수남의 시선을 통해 해방기와 한국전쟁을 거치면서 식모 누나인 태금이가 인민군에 협조한 이후 '미친 여자'가 되어 거리에서 조롱거리가 된 비극적 형상을 보여주면서 '땡볕과 잡초'로 환기되는 전쟁의 광기를 형상화한다.

여섯째, 도시빈민소설로는 하층민의 힘겨운 세상살이를 형상화한 작품으로는 중편 「돼지꿈」(1973), 「이웃 사람」(1972) 등을 들 수 있다. 「돼지꿈」에서는 넝마주이 강씨네를 비롯하여 산재노동자가 된 아들 근호, 양아치에게 시집가게 된 임산부 딸 미순 등을 중심으로 하천 건너편 공터에서 축제 같은 개잡이를 경험하면서 때아닌 싱싱한 활기를 접하는 모습을 통해 하천변 무허가 판자촌의 비애와 환희, 절망과 희망의 공존 양상을 주목하고, 「이웃 사람」에서는 피를 뽑아 생계를 이어가던 화자가 저지른 살인을 통해 빈자를 양산하는 산업화 시대의 모순을 비판한다.

일곱째, 자본제적 성욕의 요지경 속을 들여다본 욕망소설로는 「섬섬옥수」(1973)와 「장사의 꿈」(1973) 등을 들 수 있다. 「섬섬옥수」는 여대생 박미리와 수도공 상수가 벌이는 욕망하는 주체와 타자의 관계 역전을 통해 욕망의 물신성과 전복 가능성을 형상화하며, 「장사의 꿈」은 주인공 일봉이 '씨름선수→목욕탕 때밀이→포르노배우→매춘남성'으로 직업을 전전하면서 욕정을 탕진하는 모습을 통해 자본주의의 미시적 권력이 주체의 성욕을 어떻게 재구성하고 왜곡시키는지를 상징적으로 제시한다.

여덟째, 무시간성을 배경으로 환상적 요소가 가미된 환상소설로는 「가화」(1971)와 「가객」(1975) 등을 들 수 있다. 「가화」는 천국 나이트클럽의 전속단원인 '무(茂)'가 분열증세를 경험하며 가상과 현실을 넘나들면서 '마리아 찾기'라는 모티프를 통해 '골든힐'이라는 욕망의 집결체가 지닌 허상을 보여주며, 「가객」은 아름다운 거문고 연주 실력과 추악한 얼굴을 동시에 지닌 '수추(壽醜)'라는 초월적 주체를 상정하여 강 건너편의 화려한 저잣거리와 강 이쪽편의 폐허적 공간을 대비시키면서 미와 추, 본질과 현상, 시선과 응시, 시각과 청각, 예술과 권력, 주체와 타자, 사랑과 증오, 완성과 미완 등의 이항대립적 관계를 문제삼은 작품이다.

이렇듯 황석영의 중·단편소설은 '체험과 상상력'의 길항 관계를 통해 당대의 현실 세계를 조망하면서 부조리한 현실의 제반 모순을 극복하기 위한 실천적 노력을 다면적이고 입체적으로 형상화하고 있다. 특히 단자적 개인보다는 하층민 집단의 결속력을 강조했으며, 실향과 방랑 등의 이미지가 반복적으로 변주되지만, 체험의 세계에서 획득한 진실한 절망과 비애를 그림으로써 건강한 생명력과 인간주의적 연대감의 회복을 희구하는 폭넓은 리얼리즘의 세계를 보여준다. 산업화가 야기한 인간 소외의 현실 속에서도 그것을 극복하고자 노력하는 소외 계층의 생생한 육성과 인간적 의지, 공동체적 윤리의식 등을 하층민의 생활 공간과 탈향의 떠돎 속에서 그려내고 있다는 점은 황석영을 1970년대의 대표적 리얼리스트로 자리매김하게 한다.

3. 대동의 미륵세상을 향한 혁명적 낭만주의
—『장길산』(1974~1984)

작가에게 1980년대를 전후한 시기는 독재 권력과 민중민주세력의 대결 구도로 인식된다. 그러한 구도는 민중적 연대감의 제고와 대동의 미륵세상을 향한 꿈과 희망을 전면에 내세운『장길산』에서 두드러지게 형상화된다.『장길산』은 1930년대 벽초의『임꺽정』과의 연장선상에서 대하소설의 계보를 잇는 작품으로 평가되며, 조선 숙종조의 과거사를 현재적 우화로 읽어냄으로써 1970·80년대 한국 사회의 체제 모순을 응시하고 극복하려는 비판적 작업의 소산이다. 그 속에서 '남한 최고의 역사소설'(최원식)이라는 상찬 속에 민중사관의 소설적 적용과 다채로운 풍속 묘사의 풍요로움이라는 긍정성이 주목된다.

텍스트로서의『장길산』은 서장과 종장을 포함하여 모두 10권 4부 12장으로 이루어져 있다. '서장 路上'에 앞서 도입부에는『장길산』의 축약된 주제이기도 한 '장산곶매의 전설'이 소개된다. 마을 사람들이 자신들의 수호신과도 같은 장산곶매에 매듭을 묶어 마을의 소유임을 표시해 두었는데, 수리와의 싸움 끝에 매듭이 화근이 되어 장산곶매가 죽게 되는 이야기이다. 이 부분은 민초들의 부족한 믿음과 소유욕이 예기치 않은 재앙을 초래할 수 있다는 사실을 암시한다. 그리하여 작가는 이 작품의 전체적인 주제의식인 '미륵 세상 / 대동 세상의 성취'에 대한 신념이 희박한 백성에게는 그들이 희망하는 참세상의 실현이 요원할 수밖에 없다는 사실을 우의적으로 강조한다.

이 작품에서 미륵세상을 향한 기대지평은 크게 세 가지 형상으로 제시된다. 첫 번째로 비승비속(非僧非俗)으로 살아갈 운명을 지닌 주인공 장길산이 애인인 묘옥과의 이별을 앞에 두고 꾸는 꿈에서 등장한다. 길산은 미륵 세상에 대한 꿈을 꾸면서, 차별 없는 평등 세상이 올 것이라는 석가세존의 음성을 듣는다. 그때는 부귀가 유명무실해지고 고통과 차별이 없는 유토피아적 신세계가 펼쳐질 것이라는 계몽적 현몽은 길산에게 실현 가능한 이상 세계의 전범으로 제시되면서, 앞으로 길산이 나아갈 길에 대한 방향타 구실을 한다. 이러한 초월적 전망이 있기에 '종장 鬼面'에서 길산이 스승인 운부 스님의 병자년 입국 계획에 동참하지 않을 의지를 표명하게 된다. 길산은 자신의 신표인 단검을 옥여 스님에게 전달하고 더욱 많은 활빈도행이 이루어지도록 하기 위해 자신은 무리 속으로 사라지겠노라면서 작품의 혁명적 낭만주의를 완수한다.

두 번째 형상은 검계에 가입한 석산진의 최후에서 드러난다. 과부인 서사촌누이를 보쌈한 한판관을 죽이고 살인자가 된 산지니는 광주 노적사로 가서 검계라는 당에 가입하게 된다. 대덕 정원태가 이룬 검계는 미륵의 마음이 백성의 마음이며 미륵을 불러와 도솔천을 이룰 날을 앞당기기 위한 천민들의 당으로서, 천민들의 나라와 미륵 세상을 건설하고자 하는 조직이다. 광주 노적사로 찾아갔던 석산진이도 대덕의 물음에 답하면서 검계의 혈당이 된다. 그러나 이후 체포되어 계원들의 안전을 위해 거짓 증언을 한 뒤 산지니가 희생양이 되어 종루 저잣거리에서 참수를 당한다. 그때 산지니가 미륵의 현존을 상상하며 최후를 맞음으로써 미래로 투기되었던 미륵 사상의 전망이 임박한 죽음 앞에서 현재성을 획득하는 것으로 그려진다. 불확실하지만 확고한 신념으로 내면화되어 있던 미륵의 현신이 죽음의 찰나적 순간에야 비로소 외화하는 것이다. 이러한 비밀결사조직 검계의 일원이 된 산지니의 운명은 '황홀경의 사상'(김윤식)이 되어 구체적인 현실 속에 파고 든 미륵사상의 자기 관철형태를 보여준다. 미래적 전망으로서의 미륵 세상에 대한 신념이 상징적 죽음 의식을 통해 초월적 개인에게서 구체적으로 체현되고 있음을 증명한 것이다.

미륵 세상의 세 번째 형태는 작품의 끝부분에 나오는 '운주사 이야기'에서 확인된다. 월출산에서 천불천탑을 하룻밤 사이에 세우면 수도가 옮겨 온다는 전설이 있어, 천불천탑을 모시고 새로운 세상을 이루는 부처님을 좌정시키기 위해 배가 물에 떠서 움직이게 된다는 운주사(運舟寺)라는 절을 짓는다. 거의 성공할 무렵 구백구십구의 미륵상과 탑을 세우고 마지막 미륵을 세우려고 땀을 흘리던 중 한 사람이 '닭이 울었다'고 거짓으로 외치자 미륵상이 비탈 밑에 처박혀 다시는 움직이지 않게 된다. 그 뒤로 운주사는 구름이 머무는 곳인 또 다른 운주사(雲住寺)가 되고 말았다는 전설이 운주사 이야기이다. 결국 미륵 세상은 영원히 도달 불가능한 미래적 대안일 뿐이었던 것이다. 여기에서도 미록 사상에 기댄 작가의 혁명적 낭만주의가 기입된다. 대단원에서 알 수 있듯 미륵 세상은 체험적 현실 세계에서는 실재할 수 없는 부재 공간으로 존재한다. 그 부재공간으로서의 미륵 세상은 그 세상의 실현을 위한 각고분투의 노력 속에 민초들의 마음 속에 생생한 실상으로 각인된다. 그러므로 미륵 세상이란 상징계적 현실에서 쟁취하고자 노력하지만 현실적으로 도래할 수 없는 유토피아적 실재계에 해당한다. 가능태로만 존재하는 실재계적 징후가 바로 미륵 세상의 본질인 것이다.

<장산곶매> 전설과 <운주사> 전설에서 알 수 있듯, 민중이 스스로 자초한 불신과 몽매에서 깨달음을 얻을 때 비로소 대동사회의 꿈은 필연적으로 이루어지게 된다. 하지만 그 꿈의 실현이란 여전히 실재할 수 없는 현실이다. 그럼에도 불구하고 혁명적 낭만주의자들은 빈부와 귀천의 차별 없는 세상을 향해, 그러한 미래적 가능성을 선취하기 위해 절망적 현실 속에서도 희망과 낙관으로 끊임없이 도전할 수밖에 없다. 그것이 바로 현실과 낭만 사이를 길항하는 작가의 세계관이기 때문이다.

『장길산』은 숙종조를 시대 배경으로 하여 민중적 세계관의 전개 속에 역사소설의 미학적 완결 가능성을 보여준다. 이 작품은 민중적 유토피아로서의 미륵세상의 실현 불가능성을 전면화하면서도, 판소리체 등을 활용하여 전통 문화 양식을 새롭게 소설에 적용하면서 전근대적 민중저항의 모습을 형상화하여 1970·80년대 군부독재 권력의 폭압에 대한 저항을 우회적으로 모색한다. 짧은 사료를 토대로 했음에도 불구하고 작가의 상상력으로 빚어낸 숙종조 현실이 한국 사회의 정치적 현실과 중첩되면서 시대적 모순을 독해하게 하는 중의성을 획득함으로

써 『장길산』은 1980년대가 낳은 비판적 리얼리즘의 소설적 전범으로 제시된다. 결국 요원한 미륵세상을 실현하기 위한 민초들의 치열하고 처절한 몸부림이 착취와 억압의 인간사와 함께 지속되어 왔으며, 그러한 역사 속에서 유토피아적 상상세계가 불가능한 현실태임에도 불구하고 결코 사장될 수 없는 혁명적 꿈꾸기의 공간임을 인지하는 것이 바로 『장길산』이 도달한 결론인 것이다.

4. 제국의 무력(武力)과 자본의 금력(金力)이 새겨 놓은 핏빛 그늘
―『무기의 그늘』(1988)

『무기의 그늘』에서 작가는 1967년 해병대원으로 참전한 베트남전쟁에서의 자전적 체험을 토대로 제국과 식민지의 전쟁이 내포한 본질적 의미와 구체적 양상을 상상적으로 재구성한다. 한국문학의 수준을 세계문학의 수준으로 한 차원 끌어올렸다(정호웅)는 평가를 받는 이 작품은 베트남의 '다낭'을 배경으로 한국군 시장감시원 안영규, 한국군 정보원으로 활동하는 베트남인 토이, PX 사무원이었던 오혜정, 베트남 정부군 소령 팜꾸엔, 베트남 민족해방전선 투신자 팜민, 탈영 미군 스테플리 등의 다양한 시선을 집적하여 베트남전쟁의 의미를 한국군의 제3세계적 시각에서 묻고 있는 작품이다. 특히 이 작품은 베트남전쟁의 이면에 깔린 제국주의의 장사 논리를 예리하게 형상화하고 있다. 더구나 세계사적 맥락에서 발생한 제국주의 침략 전쟁에서 그 하수인 역할을 한 한국군의 모습을 통해 한국 사회의 각종 모순의 심화를 간접적으로 형상화하며, 베트남의 현실과 한국의 현실이 지닌 역사적 유사성과 현실적 비극을 주목함으로써 진보적 민족의식의 투영으로 탈식민주의적 담론을 이끌어내고 있다. 『한국문학』에 연재할 당시의 제목 '난장(亂場)'에서 '무기의 그늘'로 제목이 바뀐 것에서도 알 수 있듯이, 『무기의 그늘』은 전쟁이 낳은 시장의 혼란상(난장)만을 보여주는 것이 아니라, 침략전쟁이 함유하고 있는 제국주의의 경제적 약탈 논리를 다양한 시선의 충돌과 집적 속에 예각화하고 있다는 점에서 중요한 의미를 가진다. 또한 21세기에 이른 현재에도 초강대국 미국의 무력(武力)의 논리가 시장의 자본 논리와 함께 세계를 구획·통제·지배하고 있다는 점을 감안한다면 현재 진행형의 소설로 읽을 수 있는 작품이다.

베트남은 1858년 프랑스 군함의 침공 이래로 백 년이 넘는 기간 동안 제국주의 열강과 민족해방 세력 간에 전쟁을 치러야 했던 첨예한 이데올로기 각축장으로 자리한다. 따라서 베트남은 제국주의 침략군의 일환으로 참전한 한국군에게 식민지의 경험 속에서 한국과의 유사성을 성찰케 하는 공간임과 동시에 한반도의 분단 문제를 객관적으로 응시케 하는 공간으로 작용한다. 베트남에서 이방인이자 점령군의 일종인 한국군은 어디까지나 외래적 손님의 입장으로 인식된다. 손님인 안영규는 군표와 달러로 모든 거래가 행해지는 '다낭'을 쓰레기통으로 인식하며 자신이 오물에 빠진 존재라고 탄식한다. 안영규에게 베트남은 미국이 던져준 몇푼에 팔려와, 한국군이 피 흘리며 벌어들인 '블러드 머니'를 벌통으로 여기며 싸우는 '더러운 전쟁'의 공간이기 때문이다. 전쟁물자가 풍부하게 넘쳐나는 르 로이 시장은 상품더미와 사람들 소리에 의해 죽음 냄새를 도시 밖으로 밀어낼 정도로 전쟁과는 거리가 먼 소비 시장의 성격을 지닌다. 그러므로 베트남전쟁은 전투지역에서 목숨을 걸고 싸우는 실제 전투원을 제외한다면, 민족해방전선이나 정부군, 한국군, 미군 모두에게 '가장 냉혹한 형태의 장사'가 행해지는 공간으로 인식된다.

장사 공간임에도 불구하고 베트남과 한국은 안영규에게 지난 백 년 동안 아시아의 피해국이라는 삶의 조건을 공유하는 등질적 공간으로 인식된다. 하지만 미군은 한국군을 자신들과 동류로 취급하면서 베트남 사람들을 더러운 야만적 존재로 격하시키며 한국과 베트남의 차등적 인식을 통해 인종적 차별을 조장한다. 그러나 안영규는 한국전쟁에 참전했던 미군들이 한국민들을 냉소하고 조롱하며 비웃던 표현을 회상하며 베트남과 한국이 약소국으로서의 동질성을 내포하고 있음을 감지한다. 베트남의 자유와 평화를 수호하기 위해 '영광스런 자유의 십자군'으로 성전에 참전한다는 교육을 받고 베트남전에 투입되지만, 한국의 식민지 경험과 남북 분단상황은 비슷한 역사적 현실을 갖고 있는 베트남과의 친연성을 숙지하게 하는 것이다. 이렇듯 안영규가 베트남에 대해 느끼는 '아시아적 동일성'은 제국주의의 용병으로 베트남전쟁에 참가한 한국군에게는 무의식적 죄의식을 갖도록 만든다. 베트남이란 결국 미국이 다국적 기업망의 구축 속에서 제국주의 전쟁을 통해 '달러'라는 '무기의 그늘'로 '핏빛 곰팡이 꽃'의 축제를 벌이는 공간일 뿐이다. 그런데도 미국에 의해 자본의 축제에 젖어든 식민지 국가는 축제가 지속되기를 열망할 수밖에 없다. 축제가 멈추면 이곳은 폐허가 되고 자본은 또 다른 증식의 공간이 될 식민지를 찾아 배회할 것이기 때문이다. 그러나 그 축제는 자본의 화려함에 가려진 가짜의 축제에 불과하다. 자본은 결국 제국의 뱃속을 채우며 증식하는 불가사리에 해당하기 때문이다.

팜꾸엔 소령의 부인인 오혜정은 미군의 지아이머니(G. I. money)가 바뀔 때 발생했던 한국의 '기지촌에서의 작은 소동'을 떠올리며, 미군이 소유한 달러의 힘을 인식한다. 그녀가 체험한 기지촌 소동의 과정을 요약해보면, '미군 사라지기 → 폐광 되기 → 모든 색깔의 퇴색 → 가짜 축제의 본모습 → PX 물건들의 사물화 → 기지촌 생활자들의 분노와 분개 → 화폐 태우기 → 미군 외출 → 사라진 돈 망각 → 생명력 되찾기 → 마취된 안도감 → 지겨운 삶의 조건과의 화해' 등으로 진행된다. 따라서 "양키가 머물 때에만 이 축제는 지속될 수 있다."라는 혜정의 인식은 미군 기지촌 주변의 화려함이 실상은 가짜 축제의 이미지를 사고파는 부조리한 생활공간에 불과함을 단적으로 보여준다. 혜정은 '지아이 머니'로 기지촌 소비 축제의 시작과 끝을 총괄하는 미군의 행태 속에서 제국주의적 가치를 보증하는 신분증으로서 달러의 지배적 힘을 절감한다. '핏빛 곰팡이 꽃'으로서의 달러를 통해 제국의 논리가 '무기와 자본'이라는 빛과 그늘로 한 나라의 축제를 좌지우지한다는 인식은 제국주의의 식민지 통치 전략의 실상을 적나라하게 보여준다.

'자본의 힘'을 상징하는 미군 달러가 거래되는 'PX'는 식민지에 제국의 논리가 통용되는 이상적 잡화점의 의미를 띤다. 그곳은 제국주의 병사들에게 모국의 '대량 산업사회가 지어낸 소유의 꿈'을 제공하는 공간임과 동시에 식민지 원주민들에게 화려한 제국주의적 상품에 매료되도록 만드는 치명적 유혹의 공간이다. 제국의 첨병 역할을 하는 'PX'는 서양의 오리엔탈리즘이 동양을 충복으로 재생산해내기 위해 만

든 '아메리카의 가장 강력한 신형무기'로서 '트로이의 목마'를 연상케
한다. '달러'가 소비 축제의 시작과 끝을 주도한다면, 'PX'는 제국의
꿈을 소비하는 디즈니랜드이다. 또한 강력한 무기를 생산하는 제국민
들의 일상용품이 거래되는 곳이고, "갈보와 목사와 무기밀매업자" 등
을 통해 성조기의 이미지를 전 세계에 퍼뜨리는 잡화점이며, 미개한
아시아인들에게 고급의 문명을 전달한다며 상품의 물신적 욕망을 재
생산하는 공간으로 그려진다. 결국 'PX'는 트로이의 목마처럼 식민지
를 문화적으로 초토화하기 위한 전략적 도구이자 '첨단의 신형무기'로
제국주의 전쟁의 최전선에 배치되어 근대적 소비 욕망을 충동질하는
축소된 자본주의 문화의 꽃과 같은 공간인 것이다.

　『무기의 그늘』에서 드러나는 베트남전쟁은 아시아적 가치와 제국주
의적 가치가 대립하는 양상 속에서 세계 자본의 힘을 자각하는 타자적
공간으로서 한반도의 민족문제를 고민하고 반성케하는 근대적 공간이
된다. 그러므로 이 작품은 '베트남'에서의 '미국 문제'(자본과 무기)와
'분단국가 문제'(외세와 민족모순)를 통해서 베트남이 한반도의 문제를
성찰적으로 재조명할 수 있는 탈식민의 공간으로 인식될 수 있음을 입
증하고 있는 것이다.

5. 이념의 시대와 다양성의 시대가 맞물린 불연속적 서사의 울림
　—『오래된 정원』(2000)

1998년 5년여의 감옥생활을 마치고 석방된 이후, 황석영은 21세기를 향한 디딤의 공간으로『오래된 정원』을 제출한다. 그리하여 아주 오래되고 낡은 천덕꾸러기 시대로 치부되는 80년대에 대한 세태 인식을 90년대에서 보내온 '편지와 노트'라는 매개물을 통해 반성적으로 회억하게 함으로써, '오래된 정원'을 새로운 전망을 잉태한 일상의 공간으로 변모시킨다. 사랑과 일상의 흔적이 담긴 갈뫼라는 '오래된 정원'이 도피와 죽음의 은둔지가 아니라 새 삶의 교두보가 되어 가꾸어질 때 미래적 전망이 열린다는 인식은, 불연속적이더라도 단절될 수는 없다는 역사의 통시적 전망을 획득한다는 점에서 진정성을 담지한다.

18년간의 감옥생활 이후 출감한 주인공 오현우에게 1980년대는 일단 자신의 감옥 속 단식투쟁으로 회상된다. 정치적 문제나 옥내 처우 문제와 관련하여 삼십 차례 가까이 짧게는 사나흘에서 길게는 20일 이상 진행된 단식 투쟁은 그저 지지 않으려는 싸움이었지만 인간의 존엄성까지도 짓밟혔던 징벌 먹방의 기억을 불러온다. 영어의 몸이었던 현우는 감옥 속 투쟁과 회한 속에서 대중 투쟁의 현장에 동참하지 못함으로써 사회적 현실감이 결여된 채 80년대를 존재론적 괴리감에 몸부림치면서 보낸 것이다. 여기에 한윤희의 1980년대와 1990년대가 덧붙여지면서 작품 속 1980년대의 이미지가 완성된다. 한윤희는 현우의 부재를 메우고 일상을 회복하기 위해 미술대학원에 진학한다. 그녀 곁에는 오현우와 유사한 이념을 가진 현우의 그림자들이 있다. 80년대 중반에 지속되었던 송영태와 그 친구들의 정치 투쟁을 지켜보며, 그들이 혁명을 위한 희생양이 되든가 일상에 지친 토론자가 될 수밖에 없을 것이라는 짐작 속에서 윤희의 사회 변혁에 대한 전망은 흔들리게 된다. 그럼에도 불구하고 '정지된 섬광'이 되더라도 어둠을 밝히는 빛이 된다는 것, 어둠은 분명히 존재한다는 확신 속에서 그 어둠을 걷어내기 위해 세상과 대결해나가야 한다는 것, 그것은 윤희에게 진정 아름답고 성스러운 사업으로 인식된다. 그러나 그러한 빛이 되는 아름다움은 안타까운 죽음을 낳는다. 죽음을 미화하거나 성화시키기 위해 삶을 저버리는 것이 아니라, 죽음까지 다다른 결단과 고뇌가 보는 이로 하여금 더욱 가슴을 저미게 하고, 분노의 슬픔을 머금게 하는 그러한 죽음, 그러한 소멸, 너무나 안타까운 사라짐, 그것이 80년대적 의미의 대립과 투쟁의 극한적 모습인 것이다. 그러한 극단적 슬픔의 인식은 윤희가 송영태를 통해 알게 된 학생출신 노동운동가 콩자반 미경이의 분신 자살을 회상하면서 더욱 확연해진다.

윤희가 사라진 갈뫼에 도착한 현우는 80년대 수배자의 음영이 새겨진 자신의 모습과 80년대와 90년대 중반까지 감옥 바깥에서 일상적 삶을 지나온 윤희의 모습이 새겨진 그림을 본다. 서른두 살의 젊은이인 자신은 어두운 빨강이 주조로 깔려 있어 음울한 분위기를 간직하고 있으며, 사십대 중반의 윤희는 투박한 회색이 덧그려진 위에 여러 색깔의 물감을 뺨에 덧칠해 놓아 쇠락한 젊음과 인상의 깊이를 느낄 수 있게 보인다. 실상 윤희의 모습이 덧그려지기 전에 현우만 그려진 그림은, 현우의 얼굴 옆에 그려져 있던 격자 창문이 '시대적 숨통'의 의미를 띠면서 전체적인 그림 구도를 암울한 시대 현실의 즉자적 반영으로 형상화된 작품이다. 그러나 격자 창문이 사라지고 그 곳에 현우보다 작은 모습으로 더 먼 곳을 응시하는 윤희의 모습이 새겨지면서 그림은 80년대와 90년대를 아우르는 새로운 의미를 띠게 된다. 즉 한 시대의 반영은 또 다른 시대와 더불어 새롭게 해석될 수 있으며, 또 다른 해석이 있을 때만이 그 복합적이고 중층적인 진정성을 획득한다는 점을 윤희의 그림이 보여주고 있는 것이다. 80년대는 80년대 안에서만 존재할 수 없다는 인식, 90년대와 함께 존재함으로써 그 빛이 '정지된 섬광'이 되지 않을 수 있다는 것, 그리고 모든 것을 포용할 듯한 윤희의 작지만 푸근한 미소를 통해 작가는 80년대와 90년대를 중첩시키는 것이다.

푸근한 미소를 머금은 채, 어깨 너머 먼 곳을 바라보는 윤희의 시선은 일차적으로 은결이와 현우가 앞으로 걸어갈 길에 닿아 있을 것이며, 이차적으로 모성이 빛을 발하는 '오래된 정원'을 향하고 있을 것이다. 아우라로만 존재하는 그곳, '원래 없는 곳'이라는 의미의 유토피아, 허상과도 같지만 외면할 수 없고 거부할 수는 더더욱 없는 그러한 공간을 향해 과거와 미래를 현재적으로 감싸안는 포용력으로 모성의 미소를 보내고 있는 것이다. 그러므로 그 미소는 새로운 세기를 좀 더 희망적으로 관망하려는 작가의 '염화미소'이기도 한 것이다.

윤희가 90년대에 다다른 모성적 인식의 귀결은 이제 현우에게 전해지고 미소의 진행은 현재진행형이 될 수밖에 없다. 그렇다면 그림과 더불어 함께 남겨진 윤희의 스무 권의 노트의 의미는 무엇인가? 그 편지 묶음에는 윤희가 체험하고 현우가 잃어버린, 바깥세상의 거대 담론과 자잘한 일상 담론들이 혼재된 채 삶의 진경으로 고스란히 담겨 있다. 따라서 윤희의 편지는 현우의 부재 공간을 메우며, 현우로 하여금 현재진행형의 인식을 갖도록 만드는 매개물이 된다. 먼지 같은 일상 속에서이긴 하지만 아직은 80년대적 가치가 빛나고 있다는 것, 끝나지도 않은 채 우리는 무언가를 다시 시작해야 한다는 것, 80년대가 지켜내고자 했던 순수한 열정이 서린 오래된 정원을 찾아야 한다는 것, 이것이 윤희가 현우에게 고백한 당부의 내용이다. 그것도 혼자서가 아니라 은결이라는 새로운 세대와 더불어서 찾아가야 한다는 것이다. 이제 현우는 갈뫼에서 80년대와 90년대를 돌아보고, 새로운 일상으로 돌아간다. 그 일상은 평범한 침묵의 일상이 되지는 않을 것이다. 그가 돌아갈 일상은 중첩된 서사의 흔적을 추억한 이후에 자리한 일상이기 때문에 아주 '오래된' 일상이 될 것이다.

시대적 패배와 좌절로 얼룩진 일상은 쓸쓸하게 아름답다. 이제 중첩된 일상의 불투명성을 응시하는 가운데 오현우는 내일을 모색해야 한다. 그 모색은 장밋빛 화려함이나 잿빛 초라함으로 규정되어 있는 것이 아니라, 과거 속에서 끄집어내어 오래된 미래의 일상으로 바꾸는 작업이 될 것이다.『오래된 정원』은 오현우와 한윤희의 사랑과 투쟁, 일상을 통해 문학의 진리값은 전망의 불투명성 속에 독자의 상상력 속에서 가능할 수 있다는 것을 보여준다. 그 속에 '오래된 정원'은 그리 멀지 않은 곳에 있다는 진실, 우리가 견뎌내고 버티고 싸워온 일상이 바로 아주 오래된 정원이 된다는 것, 이것이 이 작품이 중첩의 서사를 통해 던지는 울림이다. 그리하여 꼭 오늘이 아니더라도 우리가 찾아야 할 공간인 오래된 정원은 우리 곁에 아주 가까이 혹은 아주 멀리서 빛을 뿜어내고 있는 것이다.

6. 기독교와 마르크시즘의 대립과 제의적 화해―『손님』(2001)

한국전쟁 시기의 황해도 신천학살사건을 조망하는 『손님』은 부정풀이에서부터 뒤풀이까지에 이르는 지노귀굿의 열두마당 형식을 차용하여 반세기 전 기독교와 마르크시즘 사이의 이념적 갈등이 낳은 질곡의 역사를 응시한다. 특이한 점은 '산 자와 유령들과의 대화'라는 환상적 요소를 통해 찬샘골이라는 폐허의 자리를 화해와 새 희망의 제의적 공간으로 전환하는 작업을 시도하고 있다는 것이다. 그리하여 학살의 기억과 상처를 똑바로 응시할 때 비로소 역사와의 화해와 상처의 치유가 진행될 수 있음을 성찰한다. 6·25 전쟁 시기에 토지분배 사업이 기화가 되어 좌우익 간에 기독교와 마르크시즘의 대결로 벌어진 황해도 신천학살사건은 가해와 피해의 직접적 당사자뿐만 아니라 그 시대를 겪어온 개인들 모두가 가해자이자 피해자로서 좌우익 이데올로기를 수용한 근대적 주체들이었음을 보여준다.

작품 도입부에 '기독교'는 전근대적 전통에 매어 있는 요섭의 증조할머니에 의해 배제되어야 할 적대적 대상으로 인식된다. 손님마마를 막아준다는 장승법수를 모시는 증조할머니는 서양귀신이 사람구실을 못하게 하고 나라를 망친 것으로 규정하며, 기독교도인 요섭의 할아버지와 아버지를 천벌을 받을 존재로 인식한다. 하지만 근대적 상징을 납득하지 못하는 증조할머니가 손님마마를 규정하는 근거는 "우리가 어려서부텀 어런들께 들었지마는 손님마마란 거이 원래가 서쪽 병이라구 하댔다. 서쪽 나라 오랑캐 병이라구 허니 양구신 믿넌 나라서 온 게 분명티 않으냐."(43면)라는 식이다. 장승법수에 의지하여 손님마마를 서쪽 병이나 양귀신이라는 식으로 명명하려는 증조할머니의 태도는 미신적이다. 이것은 소문이나 감각에 의거한 것이지, 합리적 이성에 따른 접근 방식이 아니다. 결국 증조할머니의 비논리는 기독교 신앙을 내면화한 근대적 주체에 의해 와해될 수밖에 없는 전근대적 인식 체계임이 드러난다. 따라서 전근대적 담론을 맹신하는 증조할머니의 장승 법수는 근대적 이데올로기로서의 '기독교'를 수용한 류요한에 의해 제거될 수밖에 없는 것이다.

형의 사후 고향을 방문한 개신교 목사 요섭을 안내하는 북한 지도원은 "우리끼리는 상처도 아물게 됩네다. 모두 외세의 탓이라고 해둡세다."(91면)라고 말한다. 모든 것을 기독교적 외세인 손님의 탓으로 돌리자는 것이다. 하지만 상처의 원인을 꼼꼼히 따져보는 것이 아니라 우리끼리는 저절로 아물 것이므로 남의 탓으로 돌리고자 하는 행위는 실상 상처를 덧나게 하는 미봉책에 불과할 뿐이다. 그러한 행위는 '신천박물관'의 해설원이 미제 침략자들의 잔인하고 극악무도한 학살 행위로 책임을 전가하면서 역사적 진실을 왜곡하는 부분에서 강화된다. 기독교주의자들과 마르크시스트들의 상호적인 가해 행위를 괄호치고, '학살의 원흉으로서의 미제국주의'와 '해방의 담지자로서의 조선민주주의인민공화국'의 대결 구도 속에 억압과 해방의 이원적 대립의 긴장을 유지하려는 북측 해설원의 시각은 철저히 북쪽 체제 중심의 이데올로기적 판단을 확연하게 보여준다.

기독교적 주체인 요섭은 형 요한의 유령과 순남의 헛것, 그리고 북쪽에 생존해 있는 소메 삼촌의 말을 통해서 찬샘골의 역사와 화해를 시도한다. 요섭에게 '찬샘골'은 '처음에는 무슨 향내나는 산열매 같은 맛으로 혀 끝에 맴돌다가 발효시킨 생선의 썩은 냄새로 돌변하는 듯한 이상한 느낌'을 전해주는 기표이다. 학살의 현장에 대한 기억으로 인해, 자신의 태를 묻은 고향인 찬샘골이 요섭에게는 '산열매의 향'이라는 설레임과 더불어 '생선의 썩은 내'라는 혐오감을 낳는 양가적 공간으로 의미화되는 것이다. 요섭은 미국에서 화장한 요한의 뼛조각 하나를 가지고 고향을 방문하여 황해도 신천학살사건 현장을 돌아본다. 학살의 참상을 기억하고 있는 요섭에게는, 상대편에 대해서는 가해자이지만 이데올로기 앞에서는 피해자인 '요한과 순남의 유령'이 함께 따라다닌다. 이 유령들은 사건의 객관적 개요를 짚어보아야 한다는 것과 새로 태어난 사람들이 과거의 증오나 원한으로만 살아가서는 안된다는 인식을 공유한다. 이러한 인식은 '유령처럼 살아 있는' 소메 삼촌의 고향 정화 의지에서 더욱 강화된다. 그때는 가해자 아닌 사람들이 없었고 "양쪽 모두 어렸다."고 인식하는 소메 삼촌의 성찰은, 요한의 뼛조각 하나를 고향 땅에 묻은 후 새 생명인 다니엘을 받아냈던 요한의 속옷을 태우는 요섭의 제의적 행위와 맞물려, 학살의 고통스런 기억에서 벗어날 수 있는 초석을 마련한다. 요섭과 소메 삼촌, 그리고 이승을 하직하지 못한 채 떠도는 모든 유령들과의 만남은 피묻은 역사의 정화를 위한 화해의 자리가 되는 것이다.

기독교와 마르크시즘이라는 '손님'은 외부로부터 왔지만, 우리 내부에서 불러들인 '손님'이다. 주인은 주인다워지기 위하여 역사적 타자로서의 손님을 맞아들이지만, 손님은 손님의 이데올로기로 주인을 호명한다. 결국 주인은 손님의 타자임과 동시에 손님을 호명하는 주체가 된다. 그리하여 역사의 비극은 주인과 손님의 어긋난 조우 속에 이미

예견되고 있었던 것이다. 그렇다면 그 '손님'들에게 죄를 물을 수 있을까? 물어야 한다. 그러나 '손님들의 죄'는 '주인들의 죄의식' 속에 함께 새겨져 있다. 그러므로 주인과 손님의 맞대면 속에서야 비로소 죄와 벌, 죄의식을 비롯한 상처의 치유가 가능해질 수 있는 것이다.

황석영은 샤머니즘의 대체물로서의 기독교를 배면에 깔고 기독교와 마르크시즘을 대면케 하여 이데올로기에 의해 호명된 주체가 얼마만큼 극단적 폭력을 야기할 수 있는가라는 문제를 명백하게 보여준 황해도 신천학살사건을 소설화한다. 그리하여 '과거 돌아보기'가 단순한 '과거 파헤치기'가 아니라 미래를 향한 디딤돌로서의 제의적 행위가 되어야 함을 역설한다. 기독교적 주체인 요섭의 화해 노력과 유령의 조력, 산 자의 성찰 등이 더해져 양대 이데올로기에 의해 희생된 망자들을 향한 진혼제의는 '손님'을 향해서, 그리고 우리 내부를 향해서 계속되어야 하는 것이다.

7. 남근적 폭력을 견뎌낸 관음보살적 성녀(聖女＋性女)의 현신 　　―『심청』(2003)

황석영의 『심청』은 불교의 윤회설적 인식을 배면에 깔고 '효'의 상징인 심청을 관음보살의 현신으로 전유하여 매춘 여성의 표피를 씌워 19세기 동아시아를 유목적으로 떠돌게 한다. '심청'은 근대적 격랑기에 남성들의 성적 착취의 노예가 되어 밑바닥 체험을 겪는 매춘 여성에서 영주의 부인이라는 신분 상승에 이르기까지 계급적 신분이 변화되면서도 자신이 자신의 삶과 운명의 주인임을 결코 포기하지 않는다. 여성의 성매매를 강요하는 폭력적 현실에서도 기표로서의 '심청'은 '심청→렌화→로터스→렌카→심청'으로 미끄러지지만, 관음보살의 현신이라는 원초적 기의로서의 '심청'은 정체성에 대한 분열적 회의 속에서도 자기 동일성을 견지한다. 황석영은 남성 중심 서사에서 희생을 강요당해온 여성의 역사를 전통적 공간의 기표인 '심청'을 호출하여 매춘 여성의 외피를 씌워 새롭게 육화해내고 있는 것이다.

'심청'이라는 기표는 한국인에게 춘향(몽룡), 흥부(놀부) 등의 기표와 함께 단순히 고전소설 속 주인공의 하나에 머무는 것이 아니라 우리 민족의 원형적 상징의 하나로 표상된다. 즉 '심청'은 부친을 위해 자신의 육신을 희생하는 효의 대명사로 인식되고 있는 것이다. 그런 '심청'에게 황석영은 불교적 색채를 입혀 19세기의 동아시아를 떠도는 매춘 여성의 상징으로 빚어낸다. '심청'은 기존 황석영 소설에 드러난 여성의 다면체적 이미지가 집적된 양상을 보여준다. 즉 「아우를 위하여」의 여교생, 「삼포 가는 길」의 술집 작부 백화(점례), 「잡초」의 태금이 누나, 「돼지꿈」의 미순이, 「장사의 꿈」의 포르노 배우 애자, 「몰개월의 새」의 술집 작부 미자, 『장길산』의 묘옥, 『무기의 그늘』의 오혜정, 『오래된 정원』의 한윤희 등이 내포하는 주체성과 순정성의 이미지가 모이고 섞여서 해체와 재구성을 거쳐, '심청'이라는 새로운 이미지로 집적·총화되고 있는 것이다. 이들 여성들은 조금씩 상이한 방식으로 드러나긴 하지만, 부조리한 모순으로 점철된 소외의 비극적 현실 속에서도 희망과 전망을 잃지 않고 정체성을 회복하려고 시도하거나 능동적 주체성의 인물로 형상화되어 있다는 점에서 '심청'과 가깝다.

이렇듯 근대적 남성 폭력의 의미를 문제 삼은 『심청』에서 연꽃의 길을 따라 걷는 '심청'은 15세에 처음으로 중국의 첸대인에게 팔려가면서 '렌화'로 이름이 바뀐 뒤, 제임스의 부인으로 싱가포르로 갈 때는 '로터스'로, 일본으로 갈 때는 '렌카'로, 다시 조선으로 돌아와서는 '심청'으로 그 기표를 달리하게 된다. 황해도 장연에서부터 중국, 타이완, 싱가포르, 일본 등을 거쳐 제물포(인천)의 연화암에서 생을 마감하기까지 심청이 "제불보살 석가님이 온몸을 던져 세상을 공양하라."(상, 14면)고 보낸 관음보살의 현신이라는 의미에서 '연꽃'이라는 기의적 본질은 변화하지 않지만, 그 의미내용을 규정하는 기표들은 계속 바뀌게 된다. 이러한 다의적 기표는 남성 중심의 근대 서사가 여성적 정체성을 왜곡하고 여성의 몸을 억압해온 역사를 상징적으로 보여준다.

『심청』은 심청의 일대기라는 이야기의 골격만 빌려왔을 뿐, 19세기 동아시아의 근대화 격랑기를 매매춘 여성의 삶을 통해 그려낸 전혀 새로운 소설이다. 즉 심청이 "정분의 허망함과 살림의 덧없음"(하, 307면)을 깨우치려는 관음보살의 현신이라는 점, 매매춘 여성으로서 '렌화→로터스→렌카' 등의 분열적 정체성을 유지하면서도 싱가포르에서 매춘 여성이 낳은 아이들을 기르기 위해 '소보원'을 만들고, 나가사키에서도 싱가포르에서처럼 매춘 여성들에 의해 버려진 기아와 혼혈아들을 위해 기아보호소를 설립하는 점 등은 가장 밑바닥에서 가장 고귀한 실천을 행하는 성녀(聖女+性女)적 실천으로서 고전소설 『심청전』의 서사 구조가 패러디되고 있음을 드러낸다.

심청이 15세 이후 첸 대인, 구앙, 랑중, 이동유, 성폭행범들, 매매춘 남성들, 롱싼, 제임스, 가즈토시, 하시모토 등의 사내를 육체적으로 거치면서, ‘청이→렌화→로터스→렌카→청이’로 기표를 달리하며 동아시아를 떠돌다가 ‘실컷 울고 난 사람의 웃음’ 같은 희미한 미소를 짓는 것으로 작품은 종결된다. 실컷 운 ‘긴 울음’이 다의적 기표를 지닌 매매춘 여성으로서의 고단한 삶을 상징적으로 보여준다면, ‘짧고 희미한 웃음’은 온몸으로 세상을 공양한 뒤에 얻은 관음보살의 미소라고 할 수 있다.

재생설화와 함께 윤회설을 내장하여 불교적 모티프를 강조한『심청』은 분열적 목소리를 지닌 청이가 다의적 기표로서의 생을 떠돌면서도 자신의 삶에 대한 적극적 개척 의지를 놓치지 않고 있다는 점에서 21세기적 새로운 여성성과 모성성의 가능성을 드러낸 소설이다. 작가는 ‘심청’을 ‘렌화·로터스·렌카’ 등으로 기표를 달리하는 분열적 주체이자 ‘관음보살의 현신’으로 그리면서 여성의 몸을 상품화·물신화하는 19세기 남성 중심의 근대화·서구화·자본주의화를 비판한다. 이것이 ‘심청’을 고전 담론에서 호출하여 현재적으로 전용한 작가의 의도인 것이다.

‘서구적·근대적·자본제적 질서’의 이식화가 강제된 동아시아의 19세기를 능동적으로 살아낸 ‘심청’은 억압과 희생을 강요하는 분열적 가면이 기표적 허상에 불과한 것임을 보여준다. 황석영은 불교적 윤회설과 헌신 공양을 심청의 기표에 덧붙여 보살의 현신이라는 초월적 모티프를 작품에 기입하면서 환상적 리얼리즘의 기법을 차용한다. 관음보살의 현신으로 심청을 재창조하여 19세기를 응시하며 21세기적 주체성으로서의 여성성과 모성성을 검토함과 동시에 서구적 근대의 남근주의적 폭력성을 비판하고 있는 것이다.

8. 무속신화로 읽어낸 세계화의 그늘과 희망의 생명수 찾기
―『바리데기』(2007)

작가의 영국생활이 녹아 있는 『바리데기』는 『손님』(2001)의 지노귀굿과 『심청』(2003)의 효녀 심청에 이어 한국적 특수성이 담겨 있는 독특한 무가 형식을 세계사적 현실이라는 내용에 접목시켜낸 작품이다. 『손님』이 지노귀굿 열두마당 형식을 차용하여 죽은 자의 명복을 빌고 산 자의 현재적 자리를 되물음으로써 폐허의 자리를 희망의 제의적 공간으로 응시하듯, 『바리데기』 역시 화해와 희망의 자리를 탐색하고 있다는 점에서 두 작품의 서사 구조는 닮아 있다. 특히 기독교 목사인 요섭을 매개로 전개된 '산 자와 죽은 자의 대화를 통한 화해'의 몸짓은 『바리데기』에 이르러 무속적 존재인 '영매 바리'의 국경을 이동하는 삶의 곡절 속에서 영육 분리로 생명수를 찾으려는 모색으로 변주된다. 또한 『심청』이 고전 속 효의 상징인 '심청'을 관음보살의 현신으로 그려냄으로써 제국주의 남성 중심의 자본제적 질서를 회의하는 작품이라면, 『바리데기』는 20세기 후반에서 21세기에 이르는 시기를 조망하면서 김일성 사후(1994) '고난의 행군' 시기를 겪으며 북한의 국경을 넘어 이주민이 되어, 중국, 영국 등으로 떠도는 '바리'의 삶과 넋풀이를 통해 신자유주의적 세계화 시대에 제기되고 있는 '이주(=이동)'의 현상'과 '혼종성' 등의 디아스포라적 문제를 전면적으로 응시한다.

황석영은 이 작품에서 크게 세 가지에 착목하여 '바리'를 호출한 것으로 판단된다. 첫째, 한국의 '무속신화'에서 '바리'는 버려지고 소외됨으로써 오히려 구원의 존재로 그려지는 가장 영험한 존재이기 때문이다. 둘째, '그리스 신화'의 제우스처럼 가장 어린 자가 타락한 세계를 정화할 가장 자유로운 영혼을 소유한 것으로 인식되기 때문이다. 즉 세상의 때가 덜 묻은 존재가 오염된 현실 세계를 구원할 정결한 영혼의 소유자일 수 있는 것이다. 셋째, '바리의 주술적 서사 구조', 즉 생명수를 구해 '죽은 자'(＝희생자, 가해자, 피해자)들의 맺힌 넋을 풀어주는 '수난－구원'의 구조가 20세기 후반 이후 현재에 이르는 탈국경의 시대에 발생한 신자유주의적 세계화의 음영을 해명할 핵심 구조에 해당한다고 보았기 때문이다.

황석영은 '바리데기 신화'를 차용하여 '바리'를 통해 '고통받은 고통의 치유'와 '수난당한 수난의 해결'을 모색한다. 작품 속에서 엄마에 의해 버려졌던 일곱 번째 아이 '바리'는 장질부사 염병을 앓고 난 뒤 들리지 않던 소리들이 들리기 시작하고 보이지 않던 것들을 볼 수 있는 초능력이 생긴다. 이때부터 고조할머니 이래로 핏줄의 내력이기도 한 특이체로서의 무속적 존재가 된 바리는 소련의 붕괴(1989)와 김일성의 사망에 이은 고난의 행군(1994~1997) 시절 무서운 기근 속에 숱한 시체를 대면하면서 북한과 중국의 국경지대에서 굶주림이 낳은 절망적 상황에 부려지게 된다. 이러한 참담한 현실을 극복할 가능성을 제시해주는 존재는 바리에게 '바리데기 공주' 이야기를 끊임없이 환기해주는 할머니이다. 할머니로부터 '큰 만신 바리'가 될 운명임을 전해듣는 바리는 팔려가는 영국행 배 안에서 자신의 넋을 몸으로부터 분리하여 허공에 띄운다. 그리고는 할머니에게서 받은 낙화 세 송이를 들고 저승 세계를 다녀오면서 헛것들의 고통을 응시한다. 특히 바리는 검은 악령들이 자신의 육신을 잘라내어 뜯어먹는 모습을 보다가 중음 세상을 떠돌던 할머니가 나타나 무가를 구술하자 자신의 뼈와 넋이 다시 온전한 하나가 되어 새살이 돋아나는 재생을 경험한다. 이러한 '바리'의 영육 분리에 이은 해체와 재구성의 과정은 영국에서 '영매'의 신령한 효험을 예견하는 장치가 된다.

전체 12장으로 구성된 『바리데기』는 이렇듯 6장까지는 북한과 중국을 떠돌던 이야기이고, 7장부터 12장까지는 다인종국가인 영국을 무대로 생명수에 대한 탐색이 그려진다. 바리는 베트남, 방글라데시, 나이지리아, 파키스탄 등등의 다국적인들이 사는 연립주택 반지하에서 생활하면서 발마사지로 돈을 번다. 특히 파키스탄인 압둘 할아버지는 할머니의 환생처럼 느껴지면서 7장 이후 바리 삶의 경험적·인식적 좌표 역할을 한다. 바리는 영국 생활에서 이동과 이주, 국경과 탈주의 문제를 질문하면서 '국경'의 의미가 국가와 인종 간에 가난과 차별의 문제를 낳는 경계 표지임을 깨닫는다. 바리는 북에서 가졌던 '남선과 북선의 분단이 미국 때문'이라는 인식이 '파키스탄과 인도의 다툼이 영국 놈들 때문'이라는 알리네 원망과 유사함을 발견한다. 이러한 유추적 인식은 분단과 분쟁을 낳는 '국경'의 문제가 더 이상 어느 한 지역의 특수한 문제가 아니라 세계사적 보편성을 띠는 문제임을 보여준다. 바리 자신의 고행과 다른 이주노동자들의 고난을 겹쳐보면서 바리는 사람살이가 "시간을 기다리고 견디는 일"이며, "늘 기대보다는 못 미치지만 어쨌든 살아 있는 한 시간은 흐르고 모든 것은 지나간다."(223면)는 인식을 갖게 된다. 인간이 시간 위의 존재일 수밖에 없는 한계 상황을 수용하려는 작가의 낭만주의적 세계 인식이 드러나는 부분이다.

이주노동자에 대한 단속이 심각해지는 가운데 바리는 19세에 아기를 낳고 '홀리야(=자유) 순이'라고 이름을 짓는다. 홀리야는 압둘 할아버지가 지어준 이름이고 순이라는 이름은 바리가 지어줌으로써 '홀리야 순이'라는 이름은 이종적이며 다국적 혼혈성을 상징하는 이름이 된다. 하지만 돌이 채 안 된 '홀리야 순이'의 죽음으로 극심한 고통과 분노를 경험하는 바리에게 압둘 할아버지는 죽음이 새 출발이며 신의 본성이 묵묵히 지켜보는 것에 있고, 우리가 이미 저지른 것들이 '불행과 고통'으로 나타나며, "육신을 가진 자는 누구나 살아가면서 지상에서 이미 지옥을 겪"고, "미움은 바로 자기가 지은 지옥"(263면)이기에, 이제는 '생의 아름다움'을 누려야 한다고 이야기한다.

넋풀이를 마치고 현실로 돌아온 바리에게 압둘 할아버지는 '생명수'라는 것이 남을 위해 눈물을 흘리는 것이며, 타인과 세상에 대한 희망을 버리지 않는 행위임을 역설한다. 나아가 21세기에 벌어진 이라크 전쟁 등에 대해 "힘센 자의 교만과 힘없는 자의 절망이 이루어낸 지옥"이기에 분노가 아닌 방식으로 "저들을 도와줄 수 있다는 믿음을 가져야 하"며 세상의 점진적인 변화와 진보를 믿어야 함을 강조한다. 그러나 세상의 평온함을 의심치 않던 순간에 새로이 임신한 바리와 알리 앞에서 버스 폭발 사고가 일어나자 바리는 "아가야, 미안하다."며 알리와 함께 눈물을 흘린다. 여전히 테러와 폭력이 정의의 이름으로 적을 심판하기 위해 가해지고 있는 현실은 새로운 생명의 미래에 짙은 그늘을 드리우는 것이기 때문이다.

황석영의 『바리데기』는 현실 세계에서 구원의 생명수는 존재할 수 없음을, 혹은 그것이 이승으로 가져올 수 없는 저승에 속하는 것임을 그려낸다. 그러나 생명수 이야기는 신자유주의적 현실이 강제하는 빈부의 양극화와 이주노동자 문제를 외면할 수 없는 작가의 현실적 낭만주의자로서의 세계관을 보여준다. 아무리 힘들고 절망적인 패배적 국면이 우리 앞에 놓여 있을지라도 그대로 폭력적 현실에 주저앉을 수는 없는 것이다. 작가의 태도는 세계화의 그늘에 놓여 있는 사회적 약자에 대한 배려 속에 결코 희망과 생명의 끈을 놓지 않아야 된다는 다짐으로 이어진다. 그러므로 바리가 구해다주지 못한 생명수는 우리 안에서 눈물 어린 희망의 싹으로 키워내야 한다는 신념이 바로 황석영식 낭만주의의 표정인 것이다.

9. 1960년대 청춘을 수놓는 2000년대 장인
—『개밥바라기별』(2008)

그가 펴낸 이전 작품들이 당대 사회의 문학적 뇌관을 건드리지 않은 글이 없었듯, 『개밥바라기별』도 자전적 성장소설의 한 획을 긋고 있다. 그것은 황석영 이전에 '실존적 개인 황수영'이 있었고, 60대에 이른 '작가 황석영'이 황수영의 내면을 장악했던 20대 초반 전후의 흔적을 주인공 '유준'의 이름 아래 해체하고 재구성하고 있기에 가능하다. 특히 작가는 유준의 진솔한 자기 고백과 여러 친구들의 증언을 통해, 축축한 습기에 젖은 우울한 시대를 살아낸 1960년대의 한 젊은이를 입체적으로 조감함으로써 다면체적 정체성을 지닌 존재로 형상화한다. 그리하여 유준은 황수영이 지나온 숱한 흔적의 조합이 되어, 황석영의 60여 년 공력이 모여 빚어낸 젊은 날의 자화상이 된다. 그 초상은 1960년대라는 시대적 굴레를 기반으로 탄생했지만 당대를 벗어나 2000년대에도 충분한 공감을 획득하고 있다. 그것은 청소년에서 청년으로 변모하는 숱한 청춘들이 여전히 가정과 학교와 사회의 울타리 안에서 합리성의 이름으로 강제적 규율 속에 제도화와 사회화의 과정을 겪어내고 있기 때문이다.

성장통은 생리적 현상을 넘어선 실존적·심리적·물리적 현상으로 작동한다. 그것은 사회적 개인이면 누구나 겪어내야 할 통증에 해당한다. 하지만 학교라는 훈육적 제도화의 흐름 안에서 규율을 내면화한 사람만이 정상성의 이름으로 제도권 내부에서 자신의 생존과 생활과 생계를 이어갈 증표를 획득하게 된다. 끈끈한 학연과 지연이 작동하는 제도권으로부터의 일탈을 감행한 1960년대의 초상이 2000년대의 우리들에게 묻는다. 실상 너희들도 별반 달라진 것이 없지 않느냐고. 그럼 과연 변한 것은 무엇이고 변하지 않은 것은 무엇인가? 이 작품을 읽는 내내 이런 질문을 던지는 동안 독자는 바로 호수에 비친 자기 얼굴을 들여다보게 된다. 우리는 유준이라는 거울을 통해 궤도를 이탈한 자가 겪어낸 청춘의 방황을 지켜보면서 나르시스적 비애와 공감을 확인할 수 있는 것이다.

『개밥바라기별』에서 주인공 준의 입체적 면모는 1인칭 화자로서의 자신의 기억과 더불어 문예반원 영길, 조경사가 꿈인 인호, 상진, 정수, 선이, 미아 등의 친구들의 관점에서 바라본 준의 형상이 더해져 비로소 확보된다. 준은 준이라는 독립적 개체이지만 타자의 관점이 포개질 때 비로소 전체성을 획득하는 입체적 주체가 될 수 있기 때문에 이러한 방식의 글쓰기를 시도한 것이다. 그리고 그러한 접근은 진중하면서도 너무 무겁지 않은 성공적 성장소설의 한 전형을 보여준다.

　작가는 '작가의 말'에서 『개밥바라기별』이 자신의 문학적 연대기의 기술에서 하나의 새로운 표지석이 될 것이라고 말한다. 그 까닭으로 「입석부근」, 「가화」, 「가객」, 「밀살」(1972), 「부활 이전」(1960), 「출옥일」(1961) 등의 작품을 쓰던 때와 원고 자체를 잃어버린 「우화」를 쓰던 때가 이 작품에 녹아 있기 때문임을 거론한다. 그리고는 「객지」와 「가화」 사이의 거리감을 이해하지 못하는 이들에게 이 작품이 하나의 매개 역할을 할 것임을 피력한다. 이러한 작가의 말이 지닌 효력은 20대 전후의 비판적 허무주의의 태도를 견지한 황수영, 40년 넘은 필력으로 무장한 60대 작가 황석영, 떠도는 영혼의 존재감으로 새로이 출발점에 서 있는 『개밥바라기별』의 유준 등을 종합하면서 가능해질 것이다.

　『개밥바라기별』은 황석영의 초기 작품에 입혀져 왔던 사회비판적 사실주의 색채 이전에 치열하게 자아를 탐색했던 허무주의적 태도, 실존주의적 경향, 초월적 상징주의 미학이 존재했음을 보여준다. 이 중 어느 하나의 범주로 한 작가를 옭아매는 것만큼 어리석은 일도 없을 것이다. 작가 황석영은 자전적 성장소설을 통해 자신의 세계가 입체적으로 조망되기를 바란다. 그리고 그것이 2000년대의 독자를 위해 작가가 던지는 메시지이다. 이렇게 40여 년 전의 과거와 현재는 진지한 성장통을 내장한 소설 속에서 적극적 대화를 통해 시대적 간극을 좁혀오고 있다. 거기에서 우리는 '쓸쓸해서 예쁜' 나만의 '개밥바라기별'을 소유하게 될 것이다.

10. 낭만적 세계 인식의 힘

황석영의 문학 지형도는 당대 현실을 읽어내는 작가의 체험적 촉수가 그의 상상력과 조응되면서 다양한 형태로 빚어져 왔다. 그 저변에는 현실적 허무주의와 혁명적 낭만주의의 색깔이 깔려 있음을 부인할 수 없다. 숙종시대를 빌어오든 베트남전쟁을 화두로 삼든 한국전쟁 시기를 주목하든 19세기 동아시아를 배경으로 이동하든 탈북과 인종차별의 괴로움을 형상화하든 그의 작품 속 곳곳에는 부재하는 유토피아적 실체를 찾기 위한 다양한 전략과 전술이 동원되고 있다. 그것은 잡히지 않는 실체처럼, 실재계적 진실처럼, 상상계적 공간에 유폐된 기억처럼 실재한다. 그리고 그 부재하는 동력으로 인해 황석영의 소설은 현실적이면서도 현실 세계 너머를 들여다보며 이승과 저승의 경계를 횡단하는 탈리얼리즘의 방식으로 진화하고 있다.

그의 1970년대 중단편 소설은 성장소설, 군인소설, 노동소설, 서정소설, 분단소설, 도시빈민소설, 욕망소설, 환상소설 등으로 분류되며, 도시빈민, 노동자, 군인, 술집작부, 소년 화자, 양심적 지식인 등의 주변인적 존재들을 주인공으로 하여 산업화 시대의 음영을 새겨놓고 있다. 또한 『장길산』에서는 숙종조와 1970·80년대 군부독재 시대를 겹쳐보며 대동세상을 향한 꿈과 도전이 미륵세상의 도래를 바라는 민중적 세계관과 함께 유토피아적 전망 속에 녹아들고 있다. 『무기의 그늘』에서는 베트남이라는 공간을 빌어와 한국과의 역사적 체험의 유사성과 동질성을 토대로 제국주의 전쟁의 소비 시장적 성격과 침략의 의미를 질문한다. 『손님』에서는 한국전쟁 당시 '황해도 신천학살사건'을 매개로 외래적 이데올로기로서의 마르크시즘과 그 대척점에 서 있는 또 다른 외래적 신념으로서의 기독교 수용 과정과 그 '두 손님' 간의 대결 구도와 화해를 적극적으로 검토하고 있다. 『심청』에서는 효의 상징인 '심청'을 호출하여 혹독한 성매매 경험 속에서도 불요불굴의 주체이자 자비로운 관음보살의 현신으로 재창조함으로써 동아시아의 근대적 격랑기의 역사를 한 몸에 체현하도록 하고 있다. 『바리데기』에서는 한국 무속신화의 대표격인 '바리데기' 모티프를 차용하여 세계화의 그늘에서 주변부적 생존과 소외를 경험하는 이종적 타자들을 통해 20세기 후반 빈부의 양극화와 인종적 대결 구도가 극심해지고 있는 세계사적 현실을 주목하여 희망의 생명수 찾기를 모색하고 있다. 『개밥바라기별』에서는 20대 전후의 자전적 모델과 친구들의 형상을 통해 청춘의 방황과 고백이 존재론적 성장과 성숙을 가져올 수 있음을 주목한다.

황석영의 문학은 작가의 혁명적 낭만주의와 함께 현실적 허무주의를 바탕에 깔면서 점차 비현실적 모티프를 가미하고 있다. 현실의 리얼리티를 생생하게 복원하는 것이 아니라 초월적 기표에 의탁하여 마무리하려는 방식은 내적 개연성의 부족을 가져올 우려가 있다. 물론 굿의 차용, 유령과의 대화, 영육의 분리, 국경과 생사를 초탈한 환상성의 기입 등을 통해 동아시아를 비롯한 신자유주의적 세계화가 강제하는 현실의 모순을 의미화하고 있다는 점에서 그 의의를 찾을 수 있을 것이다. 비판적 현실인식을 토대로 진보적 전망을 작품 속에 기입해온 비판적 리얼리스트로서의 황석영은 점차 생사와 빈부, 국경을 횡단하면서 다양한 금기와 경계가 내포한 현실적 모순을 극복하기 위해 초월적 기표를 동원하면서 실존적 문제의식을 보여주고 있다. 황석영 문학은 일상적 현실에서 현실 너머의 유토피아적 상상세계를 지향해 왔다. 그의 문학은 현실과 현실 너머의 경계지점을 끊임없이 이탈하면서 문제의식을 확장하는 방식으로 서사의 갱신과 리얼리즘의 퇴행 사이에 끼어 있다. 어쩌면 그러한 낭만적 세계 인식이 그를 한국문학의 독보적인 리얼리스트로 40년 넘게 왕성하고 정력적인 활동을 가능케 한 원동력인지도 모른다.

제 2 부
작가론 ; 황석영 서사의 지평

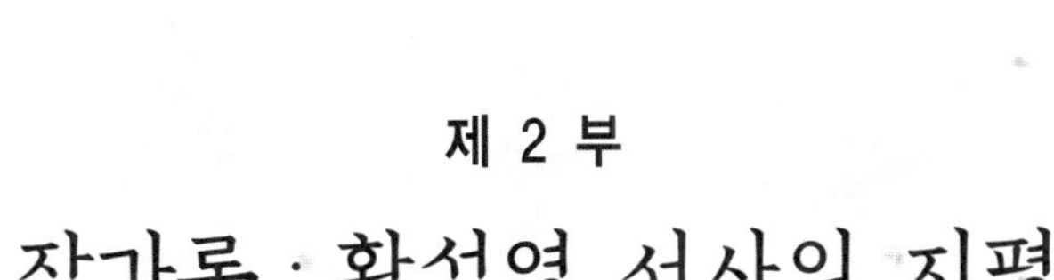

돌의 정원-황석영 소설과 알레고리적 상상력

-「입석부근」에서 『오래된 정원』까지

① 나는 생각했다. 우리의 작업은 모험이 아니며, 산과 나를 합쳐지게 하려는 사랑에서 비롯되어야 한다. 우리는 매일 땅 위에 검은 그림자를 끌고 다니듯, 불만과 열등감과 자의식을 어두운 생활 속에 끌고 다니고 있었다. 그렇기 때문에 우리는 그 물리적인 암벽 작업에 정신을 불어넣고, 우리의 싱싱하고 자유스러움을 확인하기 위해서 사랑의 대상을 바위라고 가정해봤을 뿐이었다. 사실, 어두운 그림자는 바위와 맞붙는 순간부터 없어져버렸던 것이다. 사람들은 내려다보기 위해서 위로 오르는 법이다. 우리들의 목적은 오르는 과정뿐이며, 도달했을 때엔 출발점으로 되돌아가고 싶어지는 것이었다. 정상에 섰을 때, 우리들의 발밑을 튼튼히 받쳐줄 오직 하나의 근거지인 땅이 귀하고 고마운 곳임을 깨달았다. (…중략…) 그러므로 우리는 작업이 끝난 뒤 피곤한 몸을 끌

---

* 남진우 / 명지대학교 문예창작과 교수

고 산에서 내려올 때에, 위대한 사상이 적힌 책을 모조리 읽어치우고 도서관을 나올 때의 소박한 자부심과, 여행이 끝나고 인파가 밀리는 도회지의 정거장을 나서면서 — 나는 이 많은 사람들과는 다른 사람이다라고 느끼듯이 자기가 새 사람이나 된 것 같은 기분을 느끼곤 했다.

— 「입석부근」에서

② 마지막 미륵님을 만들자.

노비들은 새로운 세상을 눈 앞에 그리면서 산정으로 올라갔다. 산정에는 남도의 어느 곳에서 달려왔는지 집채보다 더 큰 바위가 땀을 뻘뻘 흘리며 누워 있었다. 바위는 누워 있어서 비스듬히 기울어져 있었다.

(…중략…)

자, 미륵님만 일으켜 세워드리면 세상이 바뀐다네.

그들은 머리와 어깨와 몸에 달라붙어 힘을 썼다. 북은 그들의 힘쓰는 앞소리와 뒷소리에 장단을 맞추었다. 미륵의 몸이 움직이기 시작하였다. 조금만 조금만 더, 하다가 미륵은 다시 넘어졌다. 사람들은 지칠 줄 모르고 미륵님을 밀어올렸다. 그때에 도저히 이 캄캄한 밤의 노고를 참지 못한 사람 하나이 있어, 손을 떼고 혼자 떨어져 나가며 거짓말로 외쳐버렸다.

닭이 울었다!

고수는 그 말을 듣고 깜짝 놀라서 북채를 내던졌다. 미륵을 밀어올리던 사람들도 힘을 잃고 주저앉아버렸다. 미륵상은 비탈 저 밑에 처박혀서 다시는 움직이지 않았다.

— 『장길산』에서

③ 저어 히말라야 산맥 깊숙한 곳에서 조난당한 이가 어느 바위틈을 발견했대. 눈보라를 피해서 그 안으로 들어가니까 갑자가 넓어지면서 딴 세상이 나타났대. 거긴 고통도 슬픔도, 가난도, 굶주림도 없는 온화한 나날이 계속되는 세상이었대. 입구를 나서자마자 과일나무와 찬란한 빛깔의 각색 꽃들이 만발한 정원이 있었어. 현실세계의 나쁜 건 그곳에

한 가지도 없었지. 거기 사는 사람들은 다투지도 않고 늙지도 않고 병
에 걸리지도 않고……하여튼 조화로운 삶이 언제까지나 이어지는 세상.
그러다가 조난자는 바깥세상이 궁금해지고 가족들 생각도 나서 굴 밖으
로 나왔지. 그는 곧 제가 살던 나라로 돌아가 나머지 인생을 살아갔는
데 꿈에도 못 잊을 그 딴세상으로 돌아가고 싶어서 거의 미칠 지경이었
지. 그는 히말라야로 다시 찾아갔대. 하지만 눈속에 묻힌 작은 바위틈을
끝내 찾지 못했어.

–『오래된 정원』에서

황석영이 세상에 처음 선 보인 작품 「입석부근」은 산을 오르는 젊은
이들의 이야기이다. 소설은 주인공이 암벽을 타는 과정을 정밀하게 묘
사하고 있다. 비록 그는 동료들과 더불어 산을 오르고 있지만 암벽을
타는 순간은 세상으로부터 멀리 떨어진 채 오로지 고독하게 자기 자신
만을 대면하는 순간이다. 그로 하여금 육체적 시련에도 불구하고 산을
오르게 하는 것은 상승의지, 다시 말해서 초월에의 욕망이다. 그러기에
산을 오르는 동안은 "내가 나만의 세계를 만들기 위해 싸우고 있는 시
간"이다. 끝없는 상승의지가 그를, 그의 육체를 위로 밀어올린다. "이
런 끊임없는 집념이 위로, 또 위로 오르고 있는 것이지. 내 몸이 올라
가고 있는 게 아닌 듯싶었다."라는 고백이 가능해지는 것은 그 때문이
다. 따라서 주인공이 위치한 공간은 수직적으로 "하늘과 땅의 중간"이
다. "우리는 이 고독한 바위들과 화려한 땅, 황폐한 하늘의 기묘한 분
기점 위에 섰는 두 개의 유기물질이었다."는 구절이 이를 말해준다. 한
편에 그가 떠나온 곳, 그 아득한 정상이 자리잡고 있다. 그의 등반은
허위로 가득찬 지상에서의 삶, 다시 말해 일상에 대한 단호한 거절을

함축하고 있다.

사람이 방 속에 앉아서 자신과 애기한다거나, 사교장에서 지껄이고 있다거나, 저자에서 떠들 때라거나 대부분은 거짓말투성이다. 사람들은 때때로 자기네 관념과 말이 가지는 그 무의미한 허구에서 빠져나와, 분명하진 않지만 꼭 우리 속에 용해될 수 있는 자연의 품안이나 오랜 시간에 걸친 노동이나, 살아가기 위한 세상의 온갖 장해와의 순수한 투쟁 안에서 무언으로 해방될 것을 갈망하고 있는 것이다.

여기서 자연스럽게 도출되는 산정 / 지상의 이분법은 순수 / 타락의 대립으로 연장된다. 일상의 안락한 삶은 실은 "불만과 열등감과 자의식"으로 가득 찬 것으로 타기된다. 자신에게 주어진 삶의 반경에서 벗어나 일탈과 반항의 충동에 몸을 맡기는 것, 이것이 주인공에게 암벽타기로 현상한 것이다. 단단한 부동의 존재인 바위에 매달려 악전고투하는 것은 고립을 자초하는 것이지만 이것만이 그에게 자기 운명의 주인이 될 수 있는 순간을 선사한다. 이를 주인공은 "사람들은 내려다보기 위해서 위로 오르는 법이다."고 단언한다. 높은 지점에 올라 아래를 내려다보는 시선의 제국주의가 가져다주는 환희를 이 말은 간략하게 요약해 담고 있다. 즉 그가 산을 오르고 암벽을 타는 것은 '투쟁'의 다른 형태이며 이 투쟁이 궁극적으로 지향하는 것은 주체의 '해방'이라는 것이다. '돌덩이에 바싹 몸을 붙이고 고통하는 얼굴, 그것은 벌써 돌 그 자체이다'라고 카뮈는 『시지프스의 신화』에서 말한 바 있다. 「입석부근」에서 우리는 이 작가가 젊은 시절 창조한 또 다른 시지프스를 만나게 된다.

이처럼 우리는 이 작품을 주체의 우월성을 쟁취하고 증명하기 위한 힘든 고행의 서사로 읽을 수 있다. 타락한 세계와 거기서 벗어나고자 하는 문제적 개인이란 설정은 근대소설이 애용하는 문학적 토포스의 하나이다. 더욱이 이 작가의 소설에 자주 출몰하는, 어느 한곳에 정주하지 못하고 고단하게 떠도는 존재들의 모습은 이런 추측을 더욱 강화하는 데 기여한다. 한 평론가는 이를 정신분석학적 개념을 빌려 여성성에 대한 거부−남성적 힘에 대한 추구로 정식화한 바 있다.[1] 이 작품에서 지상적인 것을 대표하는 존재가 다름 아닌 어머니로 그려져 있는 점은 이런 설명이 가진 타당성에 신뢰를 부여한다. 성인이 된다는 것은 어머니의 품에서 떠나 대지에 홀로 굳세게 발을 디딜 때 비로소 가능한 것이다. 그런 점에서 이 작품이 "내 마음속에서는 어둠 가운데 우뚝 서 있는 또 하나의 거대한 바위가 생겨나고 있었다."는 문장으로 끝나는 것은 지극히 암시적이다. 바위를 오르며 그 자신 거대한 바위로 화할 때 소설 제목 그대로 '입석'으로 지상에 굳건히 설 때 그의 입사식은 완료되는 것이다. 입석은 바로 남근적 주체의 표상으로서 상승의지의 물질적 체현, 아니 보다 정확히는 상상적 구현이라 할 수 있다.[2]

---

1) 진형준, 「어느 리얼리스트의 상상체계」(『우리 시대의 문학』 3집, 문학과지성사) 참조. 황석영의 초기 소설이 갖는 의미에 대해선 백낙청, 김주연, 김치수, 오생근, 권오룡 등의 평문을 참고할 것.
2) 「입석부근」과 함께 이 작가의 또 다른 데뷔작으로 베트남전쟁을 배경으로 하고 있는 「탑」은 폐허가 되어버린 사원에 남겨진 유일한 유적인 볼품없는 탑을 두고 한국군과 '적군' 사이에 벌어지는 치열한 전투를 그리고 있다. 그러나 이 탑이 현지 주민들에게 갖는 종교적, 심리적 의미에 전혀 둔감한 미군은 이를 간단히 철거해버리고 만다. 이 전쟁이 우리의 전쟁이 아니라 남의 전쟁이며 전략성과 기능성만을 문제 삼는 팍스 아메리카나의 힘 앞에 동아시아적 가치란 아무런 관심 대상도 아님을 이 에피소드는 선명하게 보여주고 있다. 탑=입석이 쓰러지는 것은 한국인이나 베트남인 모두에게 주체의 자존심과 존재 근거가 결정적으로 훼

　바위—돌은 신화적으로 세상의 중심을 상징한다. 그것은 지상의 어둠을 물리치고 수직으로 솟아올라 자신의 힘과 권능을 주장한다. 그것은 '나 홀로', '세상의 중심'에 서 있다. 암벽 타기 도중 손에 상처를 입은 그는 동료의 만류에도 불구하고 끝내 선두를 포기하지 않는다. 이러한 주인공의 태도에서 선민의식과 영웅주의 흔적을 찾아내기란 별로 어렵지 않다. 현실을 구성하고 있는 질서와 결별한 주체는 암벽을 타고 오르는 고행을 통해 새로운 주체로 거듭난다. 그는 단독자로서 자신의 유일성을 선포하기에 이른다. 그러나 여기서 우리는 다음 두 가지 점에 주의해야 할 필요가 있다. 첫째, 주인공의 상승의지, 초월에의 욕망에도 불구하고 그는 끝내 천상으로 비상하는 탈물질, 탈육신의 도정에까지 이르지는 않는다는 점이다. 리얼리스트답게 작가는 주인공으로 하여금 한사코 돌—대지에 충실하도록 할 뿐 대기를 타고 허공으로 떠오르게 하지는 않는다. 둘째, 표면적으로 주인공은 일관되게 고립과 상승을 추구하는 듯하지만 그의 내면엔 이것에 길항하는 다른 심리적 움직임이 관류하고 있다는 점이다. 그것은 한마디로 연대에의 욕구, 합치에의 욕망을 가리킨다. 인용 ①을 보면 바위와 맞붙어 씨름하는 것은 해방을 위한 투쟁의 시도인 동시에 "산과 나를 합쳐지게 하려는 사랑"의 행위이기도 하다. 그는 바위와 투쟁만 한 것이 아니라 사랑하고 있기도 했던 것이다. "싸늘한 바위를 긁어쥐고 끝없이 싸우

손되는 것을 의미한다. 이러한 입석 이미지는 「장사의 꿈」에서 한때 도시에서의 타락한 생활 때문에 남성성을 상실한 주인공이 고향으로 돌아갈 결심을 한 뒤 "내 살이여 되살아나라"는 회원을 발하자 "호랑이의 앞발처럼 억세게 일어나"는 남근과 상통한다.

던 밤", "바위 위에서 어둠과 피로에 대항"하는 주인공의 시지프스적 도로는 "깊은 감정과 따듯한 숨을 내뿜어서 이 차디찬 돌덩어리를 내 분신으로 만드는" 에로스적 행위를 연출하고 있던 셈이었다. 그리하여 바위는 심지어 차디찬 무생물이 아니라 피와 살을 지닌 생명체로 다가오기에 이른다. 여기서 위로의 상승의지는 내밀성의 욕구, 내부로의 침투 욕망으로 전이된다. 고립된 주체는 암벽을 타고 하켄을 바위에 박아 넣는 상징적 성행위를 통해 대상과 일치화된다. 왜냐하면 사랑은 그저 "밖에서 바라보는 것이 아니고, 그 속으로 파고들어가서 직접 그것과 갈등을 불러일으키는 행동에서부터 출발"하기 때문이다. 여기서 전면화되는 것은 바위에 맞서 싸우는 것이 아니라 바위 속으로 파고드는 상상력이다. 다음 인용은 남근적 위용을 과시하던 바위가 지닌 여성적 특질을 역력히 보여주고 있다.

> 우리는 졸리는 눈을 비비며 바위 틈에 꼭 끼여앉아서 하늘과 땅의 중간을 보고 있었다. 달은 이미 없어져버리고 검은 하늘 거죽으로 널려 있는 창백한 별이 보였다. 새벽 바람이 차갑게 바위틈의 테라스로 몰려 들어왔다. 옆에서 택의 체온이 기분좋게 느껴져왔다.

바위에 끼여 앉은 두 인물을 보여주는 이 장면은 다분히 동성애적 분위기를 띠고 있으며 자궁 퇴행적(womb-regressive)이라고 할 만한 이미지의 배치를 보여주고 있다. 주인공의 회상에 나오는 택과 나의 이 남성 결사체는 불완전하나마 의사 가족(pseudo family)의 형태를 띠고 있다. 퇴학과 가출을 감행한 이 두 청소년은 산의 바위벽 속에 은밀한 자기들만의 공간을 마련한다.

넓은 바위벽은 아래로 내려오면서 기역자로 굽어지고, 그것은 지붕이 되었다. 능선의 마지막 짤린 곳에 바위 몇 개가 겹쳐 있었다. 몇몇 바위는 사방의 벽이 되고 큰 바위벽은 둥글게 안쪽으로 패어 지붕과 방 안을 이루는 작은 집이 되어 있었다. 굴 옆으로는 왕모래가 깔린 미끄러운 언덕이고 입구에서 앞으로 나오느라면 그 밑은 절벽이었다. 나무들이 굴앞을 가려주고 있었다.

바위 속에 숨어 있는 굴—돌로 이루어진 이 "은밀하고 아늑한" 거주지는 "우물 같은 바위틈"이라는 또 다른 비유와 어울려 남성성 속에 자리잡은 여성성에 대한 동경을 은근하게 내비치고 있다. 전형적인 남근 상징인 입석(멘히르)은 그 내부에 자궁을 숨겨 지니고 있다. 그곳은 지상에서 추방당한, 혹은 현세에 떠나온 존재가 오붓하게 깃들여 사는 그들만의 낙원이다. 그런 의미에서 택과 주인공은 생물학적 성 구분에 상관없이 부부관계를 이루고 있다. 택이 이런 생활에 싫증을 느끼고 떠나 버린 후 주인공이 하는 다음과 같은 독백은 이를 잘 말해준다. "녀석은 아버지처럼 돌아올 것이다. 그때까지는 나는 어머니같이 가슴을 두근거리며 기다려야 한다." 여성화된 화자는 심지어 "웬일인지 눈물이 나왔다."고까지 이야기하고 있다.

이렇게 본다면 이 작품은 암벽 타기 도중 택의 추락으로 자신의 반려를 잃어버린 주인공이 훗날 다시 동료들과 바위를 오르며 과거의 정신적 외상과 정면으로 맞섬으로써 이를 치유하는 과정의 기록이라 할 수 있다. 과연 이 소설에서 암벽에 매달린 주인공과 동료들을 힘겹게 연결해주고 있는 자일은 어머니의 몸에서 뻗어 나온 탯줄에 비유되고 있다. 비록 택의 죽음으로 그가 꿈꾸었던 택과 나만의 의사 가족은 해체되었지만 그는 다른 동료들과의 등반을 통해 새로운 연대—남성 결사체가 가능한 순간에 접근할 수 있게 된다. 소설 후반부에서 그가 선두를 포기하고 낙오한 동료 곁으로 내려가는 점에서 이런 해석은 한층 타당성을 획득한다. 주인공은 산행을 통해 고립된 개인에서 탈피하여 타자에게 열린 마음을 갖게 된 도시에 과거의 자아와 화해할 수 있게 된다. 소설 마지막 문장에 나오는, 주인공의 마음속에 떠오르는 거대한 바위는 바로 이런 일치와 통합을 나타내는 이미지라 할 수 있다. 그것은 상실된 현실이 극적으로 귀환하여 현재의 자아 속에 회복되는 순간을 의미한다. 돌은 상징적으로 죽음을 기억과 소멸의 운명을 딛고 이루어지는 숭고한 자아의 현현이자 나와 세계, 현재와 과거가 수렴되는 '총체적 이미지'로 기능한다.

그러나 이러한 순간은 말 그대로 순간일 뿐이며 시간 속의 존재인 인간에게 주어진 한계를 실질적으로 뛰어넘을 수 없다는 난점을 갖는다. 택의 죽음으로 집약되는 과거와 화해하고 동료—세계를 향해 관심의 손길을 내미는 주인공의 결단은 감동적이지만 그것은 현재와 과거, 현실과 환상 사이의 뛰어넘을 수 없는 단절을 잠시 가려주는 미봉책에 지나지 않는다. 그런 점에서 돌의 상징은, 조금 비약해서 말하건대, 현재와 현재의 기원으로서의 과거 사이에 가로놓인 거대한 장애물을 의미할 수도 있다.

이상의 분석에서 알 수 있듯이 이 작가의 상상세계엔 서로 모순되는 두 가지 청원이 갈등하며 작용하고 있다. 그 하나가 고립과 고독을 추구하는 지극히 개인주의적인 태도라면, 다른 하나는 연대와 결합을 꿈꾸는 타자 지향적 태도이다. 전자가 그를 비극적 영웅중의의 길로 이끈다면 후자는 민중적 전망주의로 이끈다. 전자가 그를 중력을 거슬러 오르는 상향의 동력에 심취하게 한다면 후자는 그를 더불어 어울려 사는 수평적 확산의 대동세계를 꿈꾸게 한다. 전자가 비장한 숭고미를 동반한다면, 후자는 낙천적인 골계미를 자아낸다. 대조적인 다음 두 장면을 비교해 보라.

그는 바위를 등지고 함바를 향해 앉았는데, 독산을 내려가는 인부들의 모습이 몇 명씩 그의 눈앞에 아른거리곤 했다. 제방이 보였고, 그 너머로 무한하게 펼쳐진 바다의 수평선이 보였다. 숙부가 타고 있던 이민선이 바다 바깥을 다시 지나가고 있을지도 몰랐다.

그는 자기의 결의가 헛되지 않으리라는 것을 믿었으며, 거의 텅 비어버린 듯한 마음에 대하여 스스로 놀랐다. 알 수 없는 강렬한 희망이 어디선가 솟아올라 그를 가득 채우는 것 같았다. 동혁은 상대편 사람들과 동료 인부들 모두에게 알려주고 싶었다.

"꼭 내일이 아니라도 좋다."

그는 혼자서 다짐했다.

— 「객지」에서

왕은 또 껄껄대는 헛웃음을 터뜨리면서 빈터 쪽으로 뛰어갔다. 술판도 이제는 거의 파장에 이르러, 동네 사람들 대부분이 거나하게 취해 있었다. 바닥이 드러난 국솥 아래 남은 불티가 까물거렸다. 강씨는 이제 막 두 그릇째의 장국을 비우는 참이었다. 뷰티풀 썬데이를 외치던 근호는 드디어 맨땅에 큰대자로 떨어져서 코를 골며 자고 있었다. 국솥 주위에는 바께쓰며 양재기들이 나뒹굴어 있고, 제삿집처럼 흥청댔다. 왕이 강씨 앞에 가서 넙죽 절을 하며 호기있게 말했다.

"사위 인사 받으슈."

춤을 덩실대던 사람들과 소리를 뽑던 사람이 일시에 멈춰 휘둥그래
졌다.

－「돼지꿈」에서

이제는 한국 문학사의 전설적인 장면이 되어버린 「객지」의 종결부
는 대중과 유리된 채 고독하게 자신이 감당해야 할 임무와 마주 선 단
독자의 초상을 보여준다. 그에게 예정된 죽음이 비장하게 보이면 보일
수록 그와 "상대편 사람들과 동료 인부들" 사이의 거리는 더 멀어진
다. "텅 비어버린 듯"하면서도 "가득 채"워진 것 같은 주인공의 마음은
이 순간 그에게 주어진 초탈과 충만의 모순적 공존을 말해준다. 그는
무(無)인 동시에 전부인 것이다. 모든 희망이 좌절되어버린 듯한 순간
그는 새로운 희망의 불씨를 발견해낸다. 그것은 바로 자신을 희생의
제단에 바침으로써만 성취될 수 있는 실낱 같은 가능성이다. 그 가능
성이 과연 가능성에 그칠 뿐 그냥 사장되고 말지, 아니면 시작은 미약
하였으나 그 끝은 심히 창대하리라는 예언의 증명으로 나아갈 수 있을
지는 아무도 모른다. 다만 주인공은 자신에게 주어진 소명을 수락함으
로써 그것이 내심 목표로 한 것의 성공 여부와 상관없이 현존하는 세
계의 정당성 자체를 심문하는 효과를 거두었다고 할 수 있다. 이것이
바로 비극적 영웅주의가 거느린 비장한 숭고미이다.

반면 「돼지꿈」을 가득 채우고 있는 것은 밑바닥 서민들의 거칠 것
없는 활력과 소박하면서도 간교한 삶의 지혜이다. 그들은 질곡으로 가
득 찬 사회구조 속에서도 인위적인 가식을 멀리하고 타고난 본성에 충
실하며 건강한 생명력을 지속 증대시켜나가는 사람들이다. 그래서 그

들에게 주어진 서러운 삶의 조건도 눈물보다는 웃음을 자아내며 그 어떤 곡절 많은 사연도 한바탕의 떠들썩한 춤과 노래 속에 용해되고 만다. 그들이 지난밤 꾼 돼지꿈에 건 기대가 허망하면 할수록 그것은 "묘한 활기"를 뿜어내 삶의 동력으로 작용한다. 개별자들이 닫힌 마음을 열고 상호소통하는 한마당의 잔치가 벌어지는 것이다. 술과 음식을 앞에 두고 벌어지는 흥겨운 놀이는 등장인물들의 해학적인 대사와 어울려 삶은 그래도 살 만한 것이며 살아내야 하는 것이라는 지극히 당연한 상식이 담보하고 있는 진리치를 강화하는 데 이바지하고 있다.

이처럼 이 작가의 작품은 상상력을 지배하고 있는 두 가지 다른 지향성에 따라 상이한 두 양상으로 나타난다. 그 하나가 소외된 개인의 비극적 운명을 뒤따라가는 것이라면, 다른 하나는 밑바닥 삶에 대한 충실한 재현이다. 물론 이 두 요소는 작품에 따라 분화되어 나타나기도 하고 하나의 작품에(특히 장편일수록) 혼재해서 표출되기도 한다. 비극적 영웅주의 / 민중적 전망주의, 수직적 초월 / 수평적 확대의 상반된 지향성은 그러나 현실의 완고한 벽에 부딪혀 좌절될 수밖에 없다. 그의 영웅주의가 '비극적'이란 수식어를 동반하고 그의 민중주의에 '전망'이란 후렴이 따라붙는 것은 그 때문이다. 희구는 어디까지나 무화되고 말 뿐이다.[3]

리얼리스트로서 현실의 총체성을 포착하고자 한 작가는 매순간 그

---

3) 「입석부근」의 서두에 제시된 에피그램이 "꽃들도 눈물도 투쟁도 모두 내일을 위하여"라고 되어 있는 반면 「객지」의 결말에서 동혁은 "꼭 내일이 아니라도 좋다."고 다짐한다. "내일을 위하여"와 "내일이 아니라도 좋다."는 두 말이 담고 있는 기대와 달관, 희망과 허무 사이에 삶의 긴장과 비극이 자리하고 있다.

것의 불가능성에 직면하지 않을 수 없게 된다. 이 근원적 어긋남에 대한 인식이 리얼리즘에 대한 표면적 경도를 넘어 알레고리스트 황석영을 탄생시키게 만든다.[4]

알레고리란 그 어원이 말해주듯 "다르게 말하는 방식(speak other-wise)"이다. 한 이야기를 하면서 동시에 다른 이야기를 하는 것이 알레고리인데, 직설적인 서술을 피하고 우회적으로 돌려 이야기한다는 점에서 이것은 문학적 간접화법의 일종이라 할 수 있다. 알레고리는 표면적 의미와 심층적 의미의 거리 / 괴리에 의해 그 효과가 발생한다. 표면 / 심층의 이 두 가지 의미가 서로를 반사하면서 전체 의미를 심화 확장시키는 데 알레고리의 묘미가 있다. 따라서 알레고리는 이미 그 형식 속에 다루고자 하는 사실이나 현상에 대한 비판적 입장이 내재해 있으며 그 결과 리얼리즘으로는 접근하기 힘든 대상을 공략할 수 있는 적절한 방식 중의 하나로 원용되어왔다. 서구의 경우 중세 시대까지 큰 힘을 발휘했던 알레고리는 낭만주의 시대를 거치면서 급격히 위축의 협로로 내몰린다. 상징이 무한하게 풍부한 의미를 내장하고 있는 데 반해 알레고리는 단일한 해석으로 인도되는 평면적인 수사라는 편견이 광범위하게 유포되면서 알레고리를 저급한 이류의 매개수단으로

---

4) 일반적으로 알레고리 하면 관념성 추상성을 연상하기 때문에 리얼리즘과 항상 불화관계에 있는 것으로 생각하기 쉬운데 꼭 그런 것만은 아니다. 미술평론가 크레이그 오웬스의 글 "The Allegorical Impulse : Toward a Theory of Postmodemism"(October, No. 12, 1980)에 따르면 근대회화에서 '사실주의적 알레고리'를 추구한 대표적인 화가로 쿠르베를 꼽을 수 있다. 그러나 쿠르베와 동시대의 많은 지식인들은 그의 알레고리적 경향을 제대로 이해하지 못했으며 그 결과 근대회화의 선구자의 자리를 쿠르베가 아닌 마네가 차지하게 된다.

보는 관점이 주류를 차지하게 된다. 알레고리가 예술적으로 매우 가치 있는 수단이며 진리를 나타내는 특별한 미적 형식이란 관점이 다시 부상한 것은 20세기 이후 여러 이론가와 예술가들의 창조적 비판적 작업이 축적된 덕분이었다.

그리하여 한때 경멸의 대상으로 치부되었던 알레고리는, 낭만주의적 주관성에서 벗어나 객관성을 지향하는 새로운 미적 수단으로 복권되기에 이른다. 주체와 객체의 완벽한 결합과 소통이 더 이상 가능하지 않은 세계에서 이를 추구하는 상징은 결국 자기기만의 함정에 떨어질 수밖에 없게 된다. 반면 알레고리에 따르면 진리는 한꺼번에 전체적으로 다 드러나는 것이 아니라 서서히 조금씩 드러나는 것이다. 마르크시스트 비평가인 프레드릭 제임슨이 상징의 유기적 전체성과 알레고리의 파편성을 대비시킨 후 지금처럼 파편화된 세계에서 주도적인 표현 양식은 알레고리일 수밖에 없다고 한 것은 매우 시사적이라고 할 수 있다.

이런 전제하에 황석영의 소설을 조감해보면 그의 문학세계에서 알레고리가 초기작부터 최근작에 이르기까지 예상 외로 중요한 위치를 차지해왔음을 확인할 수 있다. 떠나간 여자를 찾아 불확실하고 메마르면서도 환상적인 미로의 공간을 헤매는 한 남자의 방황을 그린 「가화」, 산골에서의 건강한 삶을 외면하고 대처로 나와 다양한 직업을 전전하다 남성의 기능마저 상실하고 마는 과정을 통해 도시적 삶의 비정함과 불모성을 그린 「장사의 꿈」, 교실 안의 작은 폭군을 여럿이서 용기와 윤리적 연대의식으로 물리친다는 내용의 「아우를 위하여」, 아름다운 목소리와 추한 용모라는 극단적으로 상반된 조건을 가진 수추라는 가인의 운명을 통해 사회 속에서 예술가의 존재 방식을 질문하는 「가객」 등 여러 작품에서 알레고리는 핵심적인 기제로 활용되고 있다. 작가가 전하고자 하는 메시지를 쉽게 전달하기 위해 교훈적 예화(exemplum)의 형식을 취하고 있는 「아우를 위하여」나 「장사의 꿈」의 계몽적 알레고리에서부터 흡사 카프카를 연상시키는 「가화」의 추상적 알레고리에 이르기까지 알레고리는 그 모습과 층위를 달리해가며 출몰하고 있다. 그렇다면 무엇이 철저한 리얼리스트를 표방한 이 작가의 소설에서 알레고리를 창출하려는 충동(allegorical impulse)을 용인하게 만들었을까. 무엇이 그의 소설에서 때로 미학적 일탈이라고까지 폄하되기도 하는 알레고리의 잠재력을 극대화하도록 작용했을까. 이제 그의 장편소설을 살펴보며 이 점을 규명해보도록 하자.

이미 여러 평자들에 의해 분단시대의 산출된 뛰어난 대하 역사소설로 공인받은 바 있는[5] 『장길산』은, 제명 그대로 봉건사회였던 조선시대를 풍미한 장길산이란 재인 출신 의적의 일대기를 장대하게 그린 작품이다. 조선조 효종 말 여비(女婢)의 몸에서 태어난 그는 광대의 무리에 기탁돼 탁월한 힘과 무예, 그리고 의협심을 지닌 청년으로 성장한다. 죄를 짓고 쫓기다가 체포돼 처형당할 위기에 놓이기도 한 그는 탈옥 후 "온 세상의 옥을 모두 깨치는" 대장정에 나선다. 작품은 그가 몇

---

5) 『장길산』에 대해 김현은 "80년대에 나온 가장 중요한 소설 중의 하나일 뿐만 아니라, 한국 현대문학이 낳은 가장 중요한 성과 중의 하나"(「폭력과 왜곡」)라고 언급했고, 최원식은 "무려 4세기에 걸쳐 이루어진 우리 의적소설"의 "아름다운 대미"이자 "남한 최고의 역사소설"(「남한 진보운동의 집단적 초상」)이라고 상찬한 바 있다. 이 밖에 이 작품에 대해 자세한 분석을 기한 평문으로는 김병익의 「역사와 민중적 상상력」과 임철규의 「민중의 나라」가 있다.

단계의 곡절을 거쳐 구월산을 중심으로 한 녹림당의 두령이 되어 지배계급을 상대로 의적 활동을 벌이고 관군과 맞서 싸우는 과정을 그리고 있다. 이들은 단순한 비적의 무리가 아니라 활빈(活貧)의 대의에 충실하고자 했으며 나아가 기마부대를 이끌고, 총포의 제작 및 사용을 시도하고, 해외무역에 손을 뻗칠 만큼 일정한 물적 기반까지 갖춘 체제 전복세력으로 형상화되고 있다. 장길산 또한 각성한 민중이요 뛰어난 기량을 지닌 무인이면서 광대라는 출신이 보여주듯 예술가적 재능의 소유자이고 승려들과 교우하며 비판적 지식인의 풍모까지 겸비한 존재로 발전해나간다. 그런데 작가는 이 작품을 단순히 흥미진진한 활극으로 만들지 않고 당대의 정치, 경제, 사회 상황 및 풍물에 대한 풍부하면서도 광범위한 묘사와 재현을 곁들임으로써 이 작품을 일종의 한민족의 인간 박물지로 만드는 데 성공하고 있다. 광대와 무당 도적 같은 주변인물들만이 아니라 상인과 양반, 무인 등 다양한 신분과 계층의 인물들이 저마다 생생한 리얼리티를 부여받고 작품 속에서 일정한 역할을 수행하고 있음을 볼 수 있다. 상인 계층의 성장이나 화폐 사용의 활성화 같은 조선시대 사회구조의 자생적 변화 조짐이 배경으로 제시되는가 하면 한국 민중의 토착적 천년왕국 신앙이라 할 수 있는 미륵하생 신앙이나 검계와 살주계로 대표되는, 천민 계층의 신분상승 욕구에 기반한 모반의 움직임 또한 긴밀하게 이야기 속에 편입돼 소설의 저변을 확대시키는 데 기여하고 있다. 그러나 장길산과 그 도반들은 채 큰 뜻을 펼치기도 전에 두 차례에 걸친 관군의 대대적 토벌로 인해 주력이 궤멸되는 비운을 겪는다. 봉건시대 의적 이야기가 함유하고 있는 것은 위상학적으로 이 소설은 산 위 / 아래라는 공간 배치에 의해,

나라의 법이 미치지 못하는 자족적이고 화해로운 공동체와 폭력과 허위의 지배를 받고 있으며 수탈의 대상으로 전락한 기층민들의 일상 현실이 대비되고 있다는 점이다. 관군의 토포는 바로 미래에 가능한 대동세계의 모형으로 자리잡아가고 있는 산 위의 마을(주로 녹림당의 가족들과 유민들이 모여 사는 탑고개 같은 마을)을 일거에 파괴하는 폭력으로 작용한다. 따라서 우리는 이 작품에서도 삶의 영역을 수직축에 따라 위/아래로 분할하여 진정성과 허위의 대립으로 형상화하는 이 작가 특유의 상상력을 엿볼 수 있다.

작가의 이러한 상승 지향적 상상력을 극명하게 드러내주고 있는 것이 바로 이 소설의 프롤로그와 에필로그로 제시된 우화이다. 작가는 소설의 서두와 결말에 각각 장산곶매와 운주사 천불천탑에 얽힌 설화를 차용해오고 있는데 이 두 이야기는 사실 장길산과 직접적인 관련성을 맺고 있지는 않다. 장산곶매-장길산의 생애-운주사 설화는 시간적 공간적으로 각기 동떨어져 있는 이야기로서 다만 그것의 바탕이 되고 있는 주제의 유사성이 환기될 수 있다는 점에서 작위적으로 연결돼 있을 따름이다. 여기서 주제의 유사성이란 바로 개인과 다수, 상승의지와 그것의 좌절로 요약이 가능하다.

장산곶매의 설화에서 초점이 되는 것은 마을의 뱃사람들이 성원하는 매의 장엄한 싸움과 죽음에 있다. 이 삽화에서 매가 맞서 싸우는 수리가 어민들의 어장을 유린하는 타국의 강압적 힘, 그러니까 외세를 은유한다면 나무를 타고 기어오르는 구렁이는 봉건적인 조선 사회 내부의 폭압적 힘을 의미할 것이다. 결국 매는 수리나 구렁이와 싸워 다 이겼으나 기진하여 죽음에 이르게 된다. 마을 사람들이 왜 매가 날아오르지 않았을까 의아하게 생각하고 알아본즉 "남에게 빼앗길까 하여 매가 마을의 소유임을 표하느라고, 매어놓은 오른쪽 발목의 붉은 실매듭"이 나뭇가지에 걸려 매의 비상을 막았으며 끝내 죽게 했다는 사실이 밝혀진다. 상승의 동력이 좌절될 때 민중의 희망을 담지한 존재 또한 그 힘을 발휘하지 못함은 물론, 치명적인 상처를 입게 된다. 매로 상징되는 비극적 영웅에게 민중은 의지하고 돌아갈 수밖에 없는 터전이지만 이처럼 그들의 사소한 이기심이 때로 대사를 그르치는 원인으로 작용하기도 하는 것이다.

이러한 상승의지는, 인용 ②에서 보여지듯, 운주사 천불천탑에 얽힌 설화에서도 역력히 드러난다. 당시 사회적으로 천대받던 백성들이 모여 신분의 제약이 없는 미륵님의 세상을 열기 위해 골짜기에 하룻밤 사이에 천불천탑을 세우기로 서원한다. 설화 속의 등장인물들이 나누는 다음 대화는 깊은 산골에서 사람들이 모여 돌에 미륵을 새기는 작업의 의미를 함축적으로 드러내고 있다.

> 할아버지, 절 이름이 어째서 운주사요?
> 배를 부린다는 뜻이란다. 배가 물에 떠서 움직이게 된다는 뜻이니라.
> 젊은 노비는 더욱 궁금해졌다.
> 이 깊은 산골에서 배는 무엇이고 물은 또 무어요. (…중략…)
> 그게 아니란다 얘야, 새로운 우리 세상이 바로 배가 되는 게야. 미륵님 세상에 배가 된다. 배는 물이 없으면 뜰 수가 없지 않으냐?
> 그럼 물은 또 무엇이우?
> 물은 우리 같은 천것들이고 만백성이란다. 우리 중생이 물이 되어 고이면 배가 떠서 나아가게 되는 게야. 이제야 배가 되어 움직이는 절의 의미를 알겠느냐.

미륵은 미래불(未來佛)로서, 내세의 구원 대신 현세를 정토로 만들기 위해 몸소 이 땅에 찾아오는 메시아적 존재이다. 그러나 그는 "저 혼자서 오는 것이 아니라 수많은 보살들의 실행과 더불어 오게" 되어 있다. 위 인용에서 "우리 중생이 물이 되어 고이면" 미륵님 세상인 배가 "떠서 나아가게" 된다는 말이 의미하는 바는 바로 이것이다. 그러나 상상력의 측면에서 보다 이채로운 것은 앞의 인용에서 배／물, 미륵님 세상／만백성의 비유가 장산곶매의 설화에 나오는 매／마을 사람의 비유와 상동구조로 이루어져 있다는 점이다. 매의 날아오름과 배가 물에 뜨는 움직임은 상승－전진이란 동일한 동선을 따르고 있다. 그것은 또한 바위에 미륵을 새긴 다음 똑바로 일으켜 세우는 것, 즉 입석의 제의가 지시하는 것이기도 하다. 하지만 혹시나 하는 마을 사람의 의심이 매를 돌이킬 수 없는 죽음으로 몰아넣었듯, 산정의 마지막 미륵상을 일으켜 세우는 노고를 견디다 못한 한 사람의 거짓말로 인해 모든 노력은 일순간 수포로 돌아가고 만다. 따라서 장산곶매와 운주사의 천불천탑, 그리고 장길산의 눈부신 활약과 쓸쓸한 퇴장은 모두 비극적 영웅주의와 민중적 전망주의가 길항하는 가운데 생겨난 운명의 편린들이라 할 수 있다. 그들은 모두 좌절과 비원(悲願)의 서사라는 공통점을 간직하고 있다. 절대 다수의 사람들이 희구하는 바람직한 세상은 그것이 거의 손에 잡힐 듯이 가까워졌다고 여겨지는 순간 내부의 사소한 실수나 일부 구성원의 배반에 의해 허망하게 무너져내리고 만다. 혁명과 유토피아를 꿈꾸는 낭만적 정신의 소유자임에도 불구하고 이 작가가 리얼리스트로 남게 되는 것은 바로 그러한 혁명과 유토피아의 가능성을 끝내 가능성으로만 주어지게 하는 현실에 대한 냉정한 통찰력에 있다. 그러나 이러한 단정은 거꾸로 이야기해 볼 수도 있다. 고통과 수난, 그리고 좌절로 점철된 역사 현실의 전개에도 불구하고 혁명과 유토피아의 가능성을 끝내 포기하지 않은 데에 이 작가의 독특성이 주어진다고. 바로 이러한 냉정한 역사 인식과 단념할 수 없는 희망의 충돌 속에서 이 작가 특유의 알레고리적 상상력(allegorical imagination)이 태어난다.

현실과 이상이 합치되는 '순간적 총체성'의 실현에 상징의 의미와 가치가 있다면 알레고리는 그것의 불가능성에 민감하게 반응한다. 이렇게 본다면 『장길산』에서 알레고리가 차지하고 있는 역할은 다시 해석될 수 있다. 소설의 시작과 끝에 자리잡고서 장길산의 일대기란 중심 서사를 열고 닫는 역할을 하는 이 두 우화는 장길산의 파란만장한 삶의 은유인 동시에 장길산에 관한 서사가 표방하고 있는 역사와 미래에 대한 신념을 내부에서 전복하는 이중의 기능을 담당하고 있다. 이두 우화에 의해 민중의 궁극적 승리라는 낭만적 역사 인식은 와해되고 유토피아를 향한 점진적 움직임이라는 상상적 해결은 거부당한다. 역사는 종결을 유보한 채 그 완성이 끝없이 지연되는 불연속적 과정일 따름인 것이다. 역사에 초월적 의미(transcendental signified)란 존재하지 않으며 일정한 목적지나 방향이 있는 것도 아니다. 그러나 동시에 알레고리에 의해 역사는 다시 구제받을 수 있는 길이 열린다.

알레고리의 복권에 결정적인 영향을 미친 글인 「시간성의 수사학」에서 폴 드 만은 시간 체험에 입각하여 상징 / 알레고리의 본질과 양자 간의 위계적 서열을 해체하고 있다.[6] 그에 따르면 상징이 현재와 현재의 기원으로서의 과거의 합치에 대한 동경에서 발생하는 수사라면 알레고리는 현재와 과거 사이엔 뛰어넘을 수 없는 단절이 존재한다는 점에 대한 인식에 토대를 둔 수사이다. 달리 이야기해서 상징은 시간 체험이 주는 진실을 회피하는 방어전략에서 비롯되는 수사이고 알레고리는 그런 허위의식에서 벗어난, 따라서 인식론적으로 더 우월한 수사라는 것이다. 폴 드 만의 이런 지적은 낭만주의―상징주의―모더니즘으로 이어진 근대 예술의 주도적 흐름이 상대적으로 상징을 과대평가하고 알레고리를 평가절하한 전통에 대한 강력한 도전이요 수정이라는 점에서 설득력이 있다. 그러나 폴 드 만의 논리는 인간의 시간 체험 중 과거와 현재만을 단선적으로 부각시킴으로써 또 하나의 중요한 시간적 거점인 미래에 대해선 아예 사유 자체를 봉쇄해 버린다는 결정적인 약점을 지니고 있다.

그러므로 아직 오지 않은 시간인 미래와 관련하여 알레고리가 차지하고 있는 의미에 대해선 발터 벤야민이나 에른스트 블로흐, 프레드릭 제임슨 같은 마르크시즘의 세례를 받은 다른 이론가의 설명에 귀를 기울일 필요가 있다. 이들은 알레고리가 상징과 달리 한시적이며 부분적인 가치를 지니고 있을 뿐이라는 사실을 잘 알고 있다. 한데 바로 이 점이 이들이 알레고리에 주목하고 이를 높이 평가하는 이유가 되기도 한다. 고통과 좌절로 가득 찬 역사적 표징(emblem) 앞에 유토피아적 미래를 각인시키고자 하는 힘든 시도가 알레고리로 드러난다는 것이다. 사물의 일시성에도 불구하고 그것에 영원성을 보장해주려는 관심은 알레고리의 가장 강력한 충동들 가운데 하나에 속한다.7) 이때 중요한

---

6) Paul De Man, *Blindness and Insight*(Minneapolis ： Univ. of Minnesota Press, 1983), pp.187~208.

것은 역사 속에 남겨진 유토피아의 흔적을 찾아내고 그것의 현재적 의미를 판독해내는 작업이 된다. 그렇게 되면 "우리가 어디를 보건 조금씩 조금씩 세계의 모든 것이 어떤 원초적 형상의 변형으로 화하며, 미래로 향한 운동 즉 유토피아인 변형된 세계와의 궁극적인 동일성을 지향하는 본원적인 운동의 현현으로 화한다."[8] 알레고리의 파편성은 벤야민의 흔적을 거쳐 블로흐가 말하는 "유토피아를 향한 만물의 자발적인 이끌림"[9]으로 이어지는 것이다.

『장길산』이 실존인물을 모델로 한 단순한 역사소설을 넘어 시대적 적실성을 띠게 되는 것은 바로 이러한 알레고리적 의미에 의해서이다. 이를 김병익은 "과거의 역사에서 우리 시대를 상징화하려는 시도"라고 했고 최원식은 장길산이 "저 암울했던 군사독재 시대에 남한 진보운동의 희망의 기탁 또는 해방의 부호"라고 지적한 바 있다. 즉 『장길산』에 그려진 이야기는 그것이 단지 우리 시대의 전사(前史)로서 의미가 있는 것이 아니라, 마치 성서에서 구약의 사건이 신약에서 일어날 일을 예증하듯, 그것이 씌어진 당대의 정황을 압축해서 담고 있는 예표론적 기능을 담당하고 있다는 점에서 의의가 있다는 것이다. 그리하여 이 작품에 변형 차용된 다양한 이야기들은 고립된 파편의 나열이기를

---

7) Walter Benjamin, *The Origin of German Tragic Drama*(Lomdon : New Left Books, 1977), p.223.

8) 프레드릭 제임슨, 『변증법적 문학이론의 전개』(여홍상 외 옮김, 창작과비평사, 1984), 128~129면.

9) 에른스트 블로흐의 사상에 대해선 『희망의 원리』(박설호 옮김, 솔, 1995)를 참조할 것. 황석영 자신 『오래된 정원』의 후기에서 "에른스트 블로흐의 말투로 얘기하자면 『오래된 정원』은 더 나은 삶에 대한 꿈을 추구한 세대의 초상이 될 것이다."라고 블로흐의 이름을 직접적으로 거론한 바 있다.

그치고 서로 중첩돼 미래의 조짐과 전조로 기능한다. 알레고리는 역사에 대한 미완의 무정형한 사고에 방향성과 필연성을 부여해준다. 역사의 의미는 자동적으로 주어지는 것이 아니라 참여를 통해 합성해내야 하는 것이다. 이 시대를 사는 사람에게 높은 산정을 지향하는 우주적 비전의 소산인 상징 못지않게 역사적 알레고리에 대한 통찰이 긴요하게 다가오는 것은 그 때문이다.

언어의 알레고리적 사용은 기표와 기의의 간극을 인정하는 데서부터 출발한다. 주체와 대상의 일치를 꿈꾸는 상징과 달리 알레고리는 이것의 어긋남을 포착하기 때문에 기호의 지시 불가능성을 투철하게 인식한 바탕 위에서 성립된다. 따라서 상징이 주체와 대상 간의 공간적 관계에 기반한 수사라면 알레고리는 기호와 기호 간의 시간적 관계에 기반한 수사가 된다. 알레고리스트에게 모든 표현은 독창적이고 유일한 것이라기보다는 이전 텍스트 위에 또 다른 텍스트를 중첩해서 씀으로써 이루어지는 것이다. 이러한 고쳐쓰기는 황석영이 즐겨 활용하는 방식이기도 하다.

『장길산』은 방대한 분량만큼이나 작가가 취사선택한 다양한 분야의 자료가 종횡으로 모자이크됨으로써 새로운 의미를 창출하는 역동성을 과시하고 있다. 우리는 『수호전』 이래 동아시아에 전해 내려오는 수많은 군담소설의 전통을 떠올릴 수 있을 것이며, 보다 가까이로는 허균의 『홍길동전』에서 벽초의 『임꺽정』에 이르는 숱한 의적소설의 계보를 상기할 수도 있을 것이다. 『장길산』은 이런 여타의 선행 작업 위에서 그들과의 동일성과 이질성을 충분히 의식하며 씌어진 작품이다. 아울러 이 소설에 구사된 다양한 문체 실험은 그가 얼마나 작품 서술의 미학적 측면에 심혈을 기울이고 있는가를 짐작하게 해준다. 길산과 묘옥의 정사를 그릴 때 동원되는 신명나는 판소리체를 비롯해서 미륵하생 설화나 바리공주 이야기, 주장군전 같은 전래의 민담이나 육담, 수수께끼, 사설시조 등에서 유래한 다양한 문장이 선을 보이는가 하면 고아한 한문체가 동원되기도 한다. 이러한 문체 실험은 일차적으로 소설이란 장르가 요구하는 다성성과도 직결되는 것이겠지만 이질적인 선행 텍스트들에서 추출한 파편을 조합하여 새로운 의미를 창조하는 알레고리 기법과도 긴밀한 관련을 맺고 있는 것으로 보인다.

이러한 기호와 기호 사이의 관계에서 기인한 알레고리적 수사의 또 다른 예로 작가가 해외 체류와 영어 생활에서 풀려나 오랜만에 발표한 작품 『오래된 정원』에서 따온 인용 ③을 들 수 있다. 엄혹했던 정치 상황 속에서 조직활동을 하다 수배를 피해 잠시 도피생활을 하고 있는 주인공이 동거 중인 여성에게 들려주는 이 이야기는 낙원으로부터 추방당한 인간 존재의 슬픔을 말해주고 있다. 그런데 이 문장은 한 개인이 직접 그와 유사한 체험을 하거나 들어서 이루어진 상징적 묘사가 아니라 동아시아에 국한해 본다 하더라도 도연명에서 한유를 거쳐 안평대군을 지나 현재에 이르는 무릉도원에 대한 전래의 사유와 상상력의 현대적 변용이라 할 수 있으며 따라서 앞선 기호 체계에서 연유한 알레고리적 묘사라고 할 수 있다. 그것은 역사의 폭력 앞에서 사람들이 꿈꿔온 이상향이나 선경(仙境)에 관한 각종 담론의 재구성으로 이루어져 있다. 그러므로 '오래된 정원'의 '오래된'이란 형용어가 지시하는 것은 그 정원이 지닌 초시간적 측면을 가리킬 뿐만 아니라 그것에 관한 담론적 전통의 장구함을 의미하기도 한다. 이 돌 속에 숨어 있는

낙원의 풍경은 주체와 세계의 화해라는 해묵은 과제를 해결해주는 상
상의 소산이기를 넘어서 역으로 그런 상상이 여전히 끈질기게 되풀이
될 수밖에 없는 현실의 각박함과 누추함을 우의적으로 드러내는 기호
의 역할을 하고 있다. 그것은 초월에 대한 유혹이기 이전에 그것의 불
가능성에 대한 뼈아픈 직관과 통한다.[10] 이런 각도에서 보자면 이 소
설 역시,『장길산』과는 다르지만, 곳곳에서 앞선 텍스트에서 빌려온 에
피소드나 문장이 변주를 거쳐 인용돼 있다는 점을 지적할 수 있을 것
이다. 브레히트의 시와 로자 룩셈부르크의 생애, 케테 콜비츠의 판화
등이 바로 그것으로 이들은 단순한 보충물로 외삽된 것이 아니라 나름
대로 이야기의 흐름에 중요한 역할을 수행하고 있다. 이들의 차용은
작가의 교양체험의 과시나 문화적 기호의 소비에 그치지 않고 소설을
텍스트의 상호관련성에 의해 구축되는 알레고리적 구조물로 보는 작

---

10)『장길산』의 한 대목 "마을과 마을의 닭소리가 서로 접하고 있으며, 아름답지 않
    은 꽃과 과실의 나무는 말라서 없어지고 추하고 악한 것이 스스로 소멸하고, 기
    후는 화창하고 사시의 계절이 순조로우며 질병이 사라진 세상 (…중략…) 그러
    한 곳은, 어느 숲속이든 산속이든 아니면 바다의 안개 속에 가려진 섬이든 실재
    하지 않았다."는 구절처럼 목가적인 유토피아는 실제로 존재하는 곳이 아니다.
    그렇다면 그런 세계는 어디에 존재하는가. 이어지는 구절 "대동세상이 이루어진
    다는 확신을 가진 사람들의 목숨 가운데서 문득 빛나던 것이 있었으니, 스스로
    의 가슴속에 이미 저러한 세계가 생생하게 담겨져 있다는 깨달음이었다."가 말
    해주듯 그것은 인간의 마음속에 다시 말해 관념과 희망 속에 존재하고 있다. 이
    러한 인식은 이 작가의 소설에 나오는 유토피아에 대한 반복적인 이미지가 그
    자체로 불안정한 것이며 실현 가능한 현실이나 구체적 경험으로서가 아니라 인
    위적으로 만들어진 텍스트상에 존재하는 것임을, 아니 존재할 수밖에 없는 것임
    을 일러준다. 그런 점에서 "오현우라는 낭만적 자아의 회고적 재건이 과연 지금
    도 유효한 정체성의 정치학인지는 의문이다."라는 지적(황종연, <한국일보>,
    2000. 5. 15)은 경청할 필요가 있을 듯하다.

가의 자의식을 엿보게 해준다.

물론 이 작품이 표면적으로 내세우고 있는 주제는 지난 연대에 진보적 이념을 위해 생을 저당잡힌 세대의 희생과 노고에 대한 헌사이다. 이십세기의 마지막 해, 십팔 년의 형기를 마치고 석방된 운동권 출신의 장기수 오현우는 옛사랑의 흔적을 찾아 한때 그가 머물렀던 갈뫼라는 마을을 찾아간다. 그곳은 그가 광주사태 이후 지하활동마저 여의치 못해 잠적해야 했을 때 시골학교 미술교사였던 한윤희의 도움을 얻어 잠시 몸을 의탁했던 곳이다. 서로를 사랑하게 된 두 사람은 그 시절 그곳에서 짧은 기간이지만 더없이 행복한 순간을 보낸다. 출옥해서 다시 속세로 돌아온 오현우는 자신이 감옥에 있는 동안 암으로 숨진 한윤희가 남긴 편지와 일기를 읽으며 '봉인된 시간'을 추체험한다. 이 두 주인공 외에도 이 작품엔 인상적인 인물이 여럿 등장한다. 80년대의 소용돌이치는 정국 속에 분신자살로 생을 마감하는 최미경이나 이데올로기의 허망함을 깨닫고 난 다음에도 자신이 젊은 날 추구했던 대의에 성실하기 위해 마지막 수단으로 북조선을 찾아가는 송영태의 모습을 통해 작가는 이념의 시대였던 80년대의 영광과 상처와 환멸을 다각도로 조명하는 한편 이러한 것의 망각 위에 진행된 90년대의 경박성과 몰도덕성을 대비적으로 보여주고 있다. 거기엔 현실사회주의 정권의 몰락 이후 진보 이념이 종말을 고하고 세계화를 구호로 내건 자본의 논리가 전지구적 패권을 차지하게 된 현상에 대한 날카로운 비판의식이 숨어 있다. 그러나 작가는 이러한 자신의 시각을 되도록 전면에 내세우지 않은 채, 낙원을 향한 인류의 오랜 동경이란 낭만적 역사관을 전경화함으로써 이데올로기적 쟁점의 예각성을 비켜선 지점에서 오늘날 우리 사회가 지향해야 할 원초적 가치를 조심스럽게 되살리고자 하고 있다. 그것은 모든 이념과 투쟁이 다 거짓이고 무용하다 하더라도 그걸 뒷받침하는 근거로서 보다 나은 세계, 유토피아에 대한 동경마저 저버릴 수는 없다는 사실에 대한 강력한 환기이다.

> 당신도 이제는 나이가 많이 들었겠지요. 우리가 지켜내려고 안간힘을 쓰고 버티어왔던 가치들은 산산이 부서졌지만 아직도 속세의 먼지 가운데서 빛나고 있어요. 살아 있는 한 우리는 또 한번 다시 시작해야 할 것입니다. 당신은 그 외롭고 캄캄한 벽 속에서 무엇을 찾았나요. 혹시 바위틈 사이로 뚫린 길을 걸어들어가 갑자기 환하고 찬란한 햇빛 가운데 색색가지의 꽃이 만발한 세상을 본 건 아닌가요. 당신은 우리의 오래된 정원을 찾았나요?

한윤희가 남긴 편지의 마지막 대목인 위 인용은 씩씩하게 '시작'을 이야기하고 있지만 정작 쓸쓸한 비가의 분위기에 휩싸여 있다. 희망의 필요성을 역설하고 있음에도 불구하고 위 구절에서 우리가 읽게 되는 것은 우수에 찬 페시미즘의 정조이다. 여기서 유토피아는 '추구'의 대상이 아니라 차라리 '추억'의 대상으로 현현하고 있다. 그런 의미에서 이 작품은, 소설 속에서 한윤희의 편지가 수신인 오현우에게 너무 늦게 도착하듯, 우리 시대에 너무 늦게 도착한 후일담 소설인지도 모른다. 오랜 망각의 지대에 돌아와 그보다 더 오랜 세계에 대한 갈망을 다시금 일깨우는 이 소설은, '기억' 속에서밖에는 달리 구할 것이 없는 낙원의 흔적에 대한 처연한 추도를 담고 있다. '내일'이 '어제'로의 회귀에 다름아니며 유토피아가 '오래된 정원'으로밖에는 달리 상상되지 않을 때 인간에게 가능한 것은 무엇인가. 편지에서 한윤희는 "당신은 그 외롭고 캄캄한 벽 속에서 무엇을 찾았나요?"라고 묻고 있다. 최초의 작품 「입석부근」에서부터 지금까지 작가는 일관되게 "바위틈 사이로 뚫린 길" 저편에 있는 정원에 대한 꿈을 저버리지 못하고 있는 것이다.[11]

단단하고 견고한 남성적 돌의 내부 혹은 저편에 부드럽고 가녀린 여성적 정원이 숨겨져 있다. 돌은 한편으로 내부의 존재를 외부라 차단하면서 다른 한편으로 조그만 틈을 열어 그 속으로 들어오기를 유혹한다. 아름다운 꽃과 과일나무의 세계를 부동의 돌이 에워싸고 있는 것이다. 그것은 식물을 포함해 모든 생명체가 가질 수밖에 없는 덧없는 조락과 필멸의 운명에서 벗어나 있는 돌의 정원이다. 돌의 단단한 영속성과 식물의 화려한 아름다움이 일체가 된 세계. 이 영원한 상징은 그러나 현실 속에선 다만 꿈이나 환상으로만 가능한 것일 따름이다. 황석영은 알레고리적 상상력을 통해 이 모순적인 것의 공존의 실현 불가능성을 암시하고 있다.

출전 : 남진우, 「돌의 정원-황석영 소설과 알레고리적 상상력」, 『문학동네』, 2000년 가을.

---

11) 돌 속의 정원은 상상공간에서 보석 이미지와 연결될 수 있다. 바슐라르에 의하면 "광산이란 땅 속에 묻혀 있는 식물"에 다름아니다(『대지와 의지의 몽상』). 바위틈의 길로 들어가 만나는 "환하고 찬란한 햇빛 가운데 색색가지 꽃이 만발한 세상"이나 "이 초라하고 남루한 누더기 더미 속에서 보석 같은 알맹이들을 골라내어 다시 빛나는 옷을 지어낼" 것이라는 표현이 가능해지는 것은 이 때문이다. 상상력의 지질학에서는 광물과 식물의 자리바꿈이 자유롭게 이루어질 수 있다.

미래를 꿈꾸는 서사의 지난한 역정

-황석영론

1. 황석영 문학의 빈틈

황석영의 문학은 아주 오랫동안 한국 리얼리즘 문학의 대표적인 성과로 인정되어 왔다. 「객지」와 더불어 그의 주옥같은 중단편들은 산업화시대의 한국사회를 섬세하고도 아름답게 되비추는 거울의 역할을 해냈으며 『장길산』, 『무기의 그늘』 등 그의 작품들은 각기 한 시대의 문학적 경향을 대표한다고 해도 과언이 아닐 만큼 명징한 의미와 그에 상응하는 감동을 우리 문학사에 새겨 놓았다. 그리고 참으로 오랫동안 우리 문학은 황석영의 부재를 아쉬워했고 또한 많은 사람들은 그가 과

---

* 서영인 / 대구대학교 연구교수

연 이전의 문학세계를 변함없이 이어갈 수 있을까 염려했다. 그러나 본의 아닌 외유와 투옥기간을 거치고 돌아온 그는 그간의 우려와 기대에 답하는 작품을 내 놓음으로써 여전히 그가 한국문학의 대표작가로 현존하고 있음을 확인하게 하였다. 자본주의 사회의 고독한 도시인들의 내면을 표방한 이른바 내면의 시대, 개인성의 시대에, 돌아온 그가 내 놓았던 『오래된 정원』은 긴 호흡과 아름다운 통찰로 우리의 과거, 현재 그리고 미래까지 조망해 낸 역작이었고, 『손님』역시 오랜 식민성의 역사를 본격적으로 해부하고 리얼리즘의 형식에 대한 고민과 야심찬 실험까지 덧붙임으로써 서사부재의 시대에 새로운 감동을 맛보게 하였다.

그러니 황석영은 과거의 작가가 아니라 현재의 작가이며 또한 아직도 미래를 향해 예민하게 열려있는 작가이다. 황석영은 언제나 그 작품이 생산되는 당대의 시점에서 당대의 현실을 발견하고 그것을 엄정하고도 유려하게 형상화해내는 작가이며 거기에서 언제나 미래를 언급하려는 작가이다. 구체적 관찰과 묘사의 생생함이 주는 실감의 감동과 고통, 그것을 기반으로 하는 당대 현실의 모순에 대한 복합적이고도 총체적인 파악, 모순의 지점에서 다시 역사와 미래를 인식하게 하는 힘. 황석영의 소설이 제시하는 수많은 미덕은 리얼리즘의 함축과 외연을 고루 섭렵하고 있다. 그런데 이 수많은 미덕 사이로 슬쩍, 때로는 당혹스러울 정도로 불쑥 드러나는 빈틈이 보인다. 여기에서 제기해 보고자 하는 것은 바로 이러한 황석영 문학의 빈틈이다. 그 빈틈이란 총체적이고 구체적인 현실의 형상화와 거기로부터 나왔다고 생각되는, 그러나 무언가 석연찮은 비약이 존재한다고 생각되는 미래로의 전망

사이에 있는, 또는 그것과 관련있다고 생각되는 빈틈이며 균열이다. 이 균열은 여지껏의 문학논의에서 예민한 주제로 이미 다루어졌기도 하였고 때로 황석영 문학의 한계로 지적되기도 하였다. 그러나 균열은 그것 자체가 한계라기보다는 오히려 충분히 규명되지 않은 문제성들의 집합체로 보아야 하며 그러므로 그 침묵의 공간에 주목함으로써 새로운 모색과 쇄신의 가능성을 찾아 낼 수도 있을 것이다. 황석영 문학의 널리 알려진 미덕을 확인하기보다는 미래로 열린 그의 문학의 가능성을 타진해 보는 것이 이 글의 목표이므로, 그 빈틈들이야말로 이 글의 중요한 거점이 되어 줄 것이다. 그래서 이 글은 그 빈틈의 사이에 렌즈를 갖다 대고 다소 무리가 따르더라도 그 빈틈을 더 벌려 보고자 한다. 벌려진 빈틈 사이로 생산적인 논의와 모색이 가지를 쳐 나가기를 기대하면서.

2. 「객지」 논란

　'빈틈'에 초점을 맞추겠다고 했으니 「객지」를 먼저 언급하는 것이 순서일 것 같다. 「객지」는 황석영 문학의 빈틈을 가장 분명하게 응축하고 있으며 그래서 당대로부터 지금까지 많은 논란을 빚어내는 작품이기도 하다. 이 논란의 진원지라 할 수 있는 결말 부분을 인용해 보자.

　　그는 자기의 결의가 헛되지 않으리라는 것을 믿었으며, 거의 텅 비어
　버린 듯한 마음에 대하여 스스로 놀랐다. 알 수 없는 강렬한 희망이 어
　디선가 솟아올라 그를 가득 채우는 것 같았다. 동혁은 상대편 사람들과

동료 인부들 모두에게 알려주고 싶었다.

"꼭 내일이 아니라도 좋다."

그는 혼자서 다짐했다.

바싹 마른 입술을 혀끝으로 적시고 나서 동혁은 다시 남포를 집어 입 안으로 질러넣었다. 그것을 입에 문 채로 잠시 발치께에 늘어져 있는 도화선을 내려다보았다. 그는 윗주머니에서 성냥을 꺼내어 떨리는 손을 참아가며 조심스레 불을 켰다. 심지 끝에 불이 붙었다. 작은 불똥을 올리며 선이 타들어오기 시작했다.[1]

이 결말 부분의 '동혁의 강렬한 희망은 그러나 객관적 현실 자체에서 솟아오른 것은 아니'다.[2] '사실적 진실성'과 '현실의 총체적 형상화'라는 측면에서 황석영의 소설을 리얼리즘의 전범으로 평가하는 관점에 대한 이의는 최근 '리얼리즘론의 비판적 재인식'을 논하는 자리에서도 제기된 바 있는데[3] 이러한 주장의 중요한 근거로 제시되고 있는 것이 바로 이 마지막 부분의 비약적인 전망과 동혁의 비범함이다. 그런데 현실의 충실하고 폭넓은 재현과 그 이후를 진단하는 미래로의 전망 사이에서 보이는 이러한 균열은 이미 황석영 문학의 중요한 한계 내지는 논란의 오래된 촉발점으로 거론되어 왔다. 이 균열이 '작가적

---

1) 「객지」, 『황석영 중단편전집』 1, 창작과 비평사, 2000, 275면. 중단편전집을 간행하는 과정에서 결말의 마지막 문단이 덧붙여졌다. 그러므로 발표 당시의 결론에는 마지막 문단이 없다. 더 구체적으로 작품을 마무리 지으려는 작가의 의도 때문인 듯하다. 수정된 결말을 대상으로 삼더라도 전망의 비약적 덧붙임과 그로 인해 발생하는 균열의 문제라는 이 글의 논지가 크게 변화되지는 않을 것 같기에 최근본을 인용한다.

2) 염무웅, 「민중의 현실과 소설가의 운명」, 『한국소설문학대계』 68, 동아출판사, 1995, 591면.

3) 방민호, 「리얼리즘론의 비판적 재인식」, 『창작과 비평』, 1997년 겨울.

신념과 현실'의 '찢김'이라는 지적4)이 한 예가 될 수 있을 것이며, 그래서 「객지」는 '현실적 정의의 승리가 아니라 시적 정의(詩的 正義, poetic justice)에 대해 작가가 보여주는 경사'5)로 읽히기도 한다.

이 논란 많은 균열을 재검토하기 위해서는 우선 이 균열을 사이에 두고 양편에서 서사를 떠받치고 있는 현실의 구체적 형상화와 동혁의 독백으로 암시되는 미래가 내포하는 의미와 효과를 세심하게 짚어보아야 할 것이다. 균열은 균열 자체로서보다는 그 균열을 이루는 혹은 그것을 야기하는 여러 조건들과의 관계를 통해 탐색되어야 하겠기 때문이다. 「객지」가 보여주는 간척공사 현장의 노동현실은 우선 독자에게 상당히 고통스러운 생경함으로 다가온다. 십장과 함바와 감독조와 현장사무소로 이루어지는 이중, 삼중의 복잡한 노동관리체계라든가, 돌을 깨고 날라서 바다에 그것을 채워 넣는 노동과정, 웃개일과 전표와 간조날로 설명되는 복잡한 임금체계를 한눈에 파악하기 힘들기 때문이다. 이것은 노동자들의 열악한 현실과 그럼에도 포기할 수 없는 희망 등등의 단순한 문구에 독자가 쉽사리 이입되지 못하게 한다. 일단은 그 노동현장을 '그들의 삶'으로 객관화시키면서 생경한 사실들을 끈기 있게 조합하고 이해하는 과정을 거쳐야 한다. 그리고 나서야 그 현장의 복잡함이 너무나도 불합리하고 불평등한 삶을 생산한다는 사실을, 혹은 그 역으로 이 불합리하고 불평등한 삶을 만들어내고 유지하기 위해 현장은 점점 더 복잡해졌다는 것을 비로소 인식하게 된다.

---

4) 성민엽, 「작가적 신념과 현실—황석영론」, 『한국문학의 현단계』, 창작과 비평사, 1984.
5) 권오룡, 「체험과 상상력」, 『돼지꿈』, 민음사, 1980, 312면.

밀물과 썰물의 이동에 따라 불규칙하게 진행되며 돌을 깨고 나르고 바다에 던져 넣는 위험한 작업은 정당한 노동조건이나 안전장치를 무시하기 일쑤다. 노동자들은 함바로 분류되고 그 함바는 십장들이 나누어 관리하며 불온한 생각을 품은 노동자들을 가려내기 위해 폭력배 출신의 감독조들은 노동자들을 협박한다. 이 이중, 삼중의 감독체계 속에서 각각의 관리단위는 저마다 부당한 이익을 챙기며 그래서 노동자들에게 돌아가는 임금은 점점 줄어들 수밖에 없다. 갈 곳 없는 뜨내기 노동자들에게 현금을 지불하지 않음으로써 전표를 현금으로 할인하여 바꿔주는 전표장사들이 개입되고 결과적으로 노동자들은 빚에 몰려 떠나고 싶어도 떠날 수조차 없다. 마을과 떨어진 외딴 작업장에서 노동자들은 마치 죄수들처럼 작업에 동원되고 피로와 부상에 지쳐간다. 인간다운 생활이 철저하게 내팽개쳐지고 그래서 인간의 기본권이나 존엄성을 거론하는 것조차 무색한 '그들의 삶'은 근대화 사업의 허구성이나 폭력성으로 이어지고 그랬을 때 비로소 '그들의 삶'은 '우리의 삶'이 된다.

간척사업의 한시성이나 뜨내기라는 일용노동자의 특성, 사업주측의 주도면밀한 관리체계 속에서 이들의 삶이 개선될 여지는 별로 없어 보이고 그래서 희망은 요원하다. 그 작업조건의 참담함으로 인해 쟁의가 일어나는 것은 필연적이지만 승리는 만만하게 얻어질 수 없어 보인다. 그러니 여기에 덧붙여지는 동혁의 '알 수 없는' 강렬한 희망은 당연히 비약으로 느껴지며 서사는 공백을 남길 수밖에 없다.

이 균열은 거듭 지적될 만큼 분명하다. 그리고 이 균열이 분명하기 때문에 생경함을 뚫고 어렵게 확보한 구체적 실감은 동혁의 미래와 섣

불리 화해하지 않는다. 우선 급한 불을 끄고 서서히 주동자들을 정리하려는 현장소장의 속셈을 알지 못하고 눈앞의 미끼에 현혹된 노동자들은 하나, 둘 현장으로 내려간다. 남포를 물고, 알 수 없는 희망을 느끼며 현실적 시간 속의 내일이 아니라 역사적 시간 속의 내일을, 지금 자신이 그 내일을 볼 수 없다 할지라도 다음에 오는 노동자들에게 더 나은 삶을 가져다 줄 내일을 기약하는 동혁은 철저히 혼자이다. 그러므로 동혁의 희망은 혼자만의 희망이며 그 희망은 서둘러 현장으로 내려간, 그리하여 순환될 수밖에 없는 삶의 조건 속에 노출된 그들의 내일로 환치될 수 없는 것이다. 그래서 이 결말은 당대 노동운동의 한계를 드러내고 있으며 또한 그 희망의 비범성과 비약 때문에 더욱 강렬한 비극으로 읽힌다. 이 비약적 결말은 오히려 태동기의 노동운동의 현장을 정직하게 역조명하고 있으며 현실진단은 그 공백 때문에 더욱 극명하다. 이 공백은 산업화 초기 노동현장에 대한 정확하고도 구체적인 묘사를 전혀 훼손시키지 않는다. 오히려 현실을 한꺼번에 뛰어넘을 수 없는 작가의 존재를 비약을 통해 역설적으로 드러내고 있다. 열악한 현실과 허약한 주체 때문에 우리가 바라는 미래는 쉽게 오지 않겠지만 그렇기 때문에 기다리는 것이고 포기할 수 없는 것이 아닌가. 「객지」의 비약과 균열은 당대 현실을 과장된 전망으로 호도하는 것이 아니라 아주 오랜 뒤에야 우리 것이 될, 포기할 수 없는 미래를 언급하고 있을 뿐이다.

문제는 오히려 그 다음이다. 이 공백이 현실의 빈곤과 고통을 더욱 극명하게 조명한다면 우리는 그 공백으로부터 다시 출발할 수도 있다. 현실의 열악함에 비해 그것을 헤쳐 나갈 전망과 대안이 한없이 빈약함을 냉정하게 인정한다면, 「객지」의 이질적이고 낯선 균열들은 미래를 버터낼 수 없는 허약한 현실적 주체들을 더욱 겸허하고 집요하게 탐색하는 힘으로 이어질 수 있을 터이다. 이는 예컨대 「삼포가는 길」의 가없이 펼쳐지는 눈길의 상징 속에서, 이미 고향과 공동체의 꿈을 잃어버린 현실에 대한 쓸쓸한 인정과 소외된 자들끼리의 따뜻한 연대로 드러나기도 하고, 「섬섬옥수」에서 중산층의 허위의식에 대한 통렬한 폭로 혹은 참담한 자기 확인으로 드러나기도 한다. 그러나 「객지」에서는 그 현실확인의 힘이 그리 성공적으로 작용하지는 못한 듯하다. 오히려 현실로부터 쉽사리 그 근거를 확보할 수 없는 희망은 동혁의 비장한 다짐에도 불구하고 무리에 쉽게 동화되지 못하는 자의 비범한 고독이라거나 어떤 초월적 자아의 허무주의 비슷한 분위기를 만들어 내는 것이다. 이와 관련하여 80년대의 또 다른 문제작 『무기의 그늘』을 참고할 수 있을 것이다.

3. 『무기의 그늘』과 「객지」의 거리

『무기의 그늘』은 크게 두 축으로 구성된다. 베트남전쟁을 제국주의적 시장 확대의 한 전략기지로 삼은 미군과 그와 결탁한 식민지 부르주아와 관료들의 속물성이 식민지인 출신 고위 장교인 팜꾸엔의 행적을 통해 드러난다면, 서사의 또 다른 축은 '남베트남 해방전선'의 일원으로 의사의 꿈을 접고 조국해방전쟁에 투신한 팜꾸엔의 동생 팜민의 활동이다. 팜꾸엔을 정점으로 하는 다낭 시의 미군수물자 암거래시장의 현황은 어떻게 미국을 비롯한 선진제국이 상품을 통해 한 나라의 경제구조와 그 나라의 가난한 인민들의 생활을 지배해 나가는가를 예리하게 지적한다. 그리고 이것은 먼 나라의 수십 년 전 이야기에 그치는 것이 아니다. 베트남 전선에서 미군 PX를 통해 유포, 확산되는 미국산 제품들의 위력은 이미 전지구적 자본주의화가 상당히 진행되어 우리의 일상을 뒤덮고 있는 현재의 시점에서 더욱 강력한 환기력을 발휘한다.

> 그리고 PX는 바나나와 한줌의 쌀만 있으면 오순도순 살아가는 아시아의 더러운 슬로프 헤드들에게 문명을 가르친다. 우유빛 비누로 세수하는 법과, 가슴을 시원하게 하는 코카콜라의 맛이며, 향수와 무지개색 과자와 드로프스와, 레이스달린 잠옷과 고급시계와 보석반지를 포탄으로 곤죽이 되어버린 바라크 위에 쏟아낸다. 아시아인의 냄새 나는 식탁 위에 치즈가 올라가고 소녀들의 가랑이 속에서 빠져나간 콘돔이 아이들의 여린 손가락 위에서 춤춘다. 한번이라도 그 맛과 냄새와 감촉에 도취된 자는 결코 죽어서라도 잊을 수가 없다. 상품은 곧바로 생산자의 충복을 재생산해낸다.[6]

자주 인용되는 구절이지만 다시 읽어도 이는 자본주의 제국의 세계지배와 상품이 초토화시킨 `인간의 삶에 대한 통절한 실감으로 다가온다. 지적되어 온 바와 같이 『무기의 그늘』은 베트남전쟁이 결코 남의 전쟁이 아니라 우리 사회에서도 진행되고 있는 보이지 않는 전쟁의 거울임을 정확하게 파악하고 있다. 베트남에서의 미군의 활동과 역사는

---

6) 황석영, 『무기의 그늘』 상, 창작과 비평사, 1992, 67면.

곧 한반도의 미군 진주의 역사이며 부당한 횡포의 생생한 예증이기도 하다. 또한 그러한 제국에 반대하는 베트남 해방전선 게릴라들의 견결한 윤리성과 조국애는 7, 80년대 민주화 운동의 과정과 겹쳐지면서 또 다른 감동을 자아낸다. 실제로『오래된 정원』에서 묘사되는 80년대 지하운동가들의 숨 막히는 긴장이나 강한 윤리성은『무기의 그늘』에서의 팜민들을 환기하기도 한다.

미국은 베트남의 공산화를 막는다는 명분으로 한 나라의 내전에 함부로 참여하고 거기에서 한편으로는 무력으로 인민들을 대량학살하고 한편으로는 상품의 유포와 판매로 상상할 수 없는 이익을 챙긴다. 그리고 이것은 대규모의 물량공세만으로, 온갖 편리와 환상으로 무장한 상품의 유혹으로 그 나라의 인민들을 꾀어내는 방식만으로는 이루어지지 않는다. 베트콩의 물량보급로를 파악한다는 명분으로 아무리 실어내도 마르지 않는 미제 상품의 암거래는 묵인되며 그 묵인에 의해 유지되는 암거래는 인민들의 저항력을 마비시킨다. 전쟁을 숙주로 삼아 다낭시에는 호화로운 클럽과 술집들이 번성하고 새로운 입맛과 기호가 창출된다. 그리고 그 창출된 기호는 다시 미군의 상품들을 가속도로 소비한다. 전쟁은 이제 단순한 휴머니티나 정치적 자율권의 문제로 해석될 수 없으며, 상품이 창출해 낸 새로운 문화는, 그리고 그 문화를 자신의 생활로 흡수시킨 자들은 자발적으로 상품종주국의 정치적, 경제적 이익을 재생산한다. 순진한 인간주의나 윤리성으로는 감히 맞설 수도 없는 이 거대한 구조의 이면을 세밀하고도 구체적으로, 그리고 총체적으로 재현해내는 것은 암거래시장과 군 내부, 그리고 남부 해방전선의 인물들까지도 냉정하게 관찰하고 해부하는 작가의 시선에 의해 가능하다. 황석영이 철저한 3인칭의 작가였다고 말할 때,[7] 이 3인칭의 강렬한 효과가 『무기의 그늘』에서만큼 빛을 발하는 예를 찾기는 힘들 것이다.

그런데 이 냉정하고 풍부한 통찰의 빛은 그 이면에 짙은 그늘을 남긴다. 냉정한 시선이 현실의 거대한 구조 깊이 파고들면 파고들수록 먹이사슬처럼 연쇄되어 전쟁의 견고한 메커니즘을 강화시키는 거래와 살육의 공생관계는 압도적인 것이 된다. 남부해방전선의 인민전사들이 그 연쇄 깊숙이 침투해 있지만 그럴수록 그것은 결국 전쟁의 연쇄고리에 연루될 수밖에 없다. 누가 이 고리를 끊을 것인가. 견결한 윤리성으로 조국해방을 위해 투신하는 이 비장한 투쟁은 죽음과 난민의 공포 속에서 어떻게든 살아갈 수밖에 없는 수많은 인민들의 삶을 어떻게 구원할 수 있을 것인가. 팜꾸엔이거나 팜민이거나, 팜꾸엔과 함께 달러를 모아 베트남을 뜨려는 기지촌 양공주 출신의 오혜정이거나, 미군수물자 거래의 암시장에서라도 삶의 터전을 잡아야하는 현지인 토이이거나 모두 활시위를 떠난 화살들처럼 망연하고 허망한 눈빛으로 이 거대한 암시장, 무참한 전장에 서 있다. 여기에 한국군 참전병사 안영규의 시선이 겹쳐진다. 이 시선은 베트남의 현실을 한국의 현실과 대비하는 매개자의 눈이며 베트남과는 다른 방식으로 제국주의적 예속의 길을 가고 있는 한국 현실과 그 미래를 모색하는 눈이기도 할 것이다. 그러나 그는 절대로 이 오물 속에 발을 들여놓지 않을 것이라고 다짐하며

---

7) 김명인, 「(문학칼럼) 일인칭으로 다시 길을 묻는다」, <한겨레신문>, 5. 1.
　　방민호, 「모성적 사랑의 시공을 위하여」, 『21세기문학』, 2000년 가을.

한편으로 동원된 용병의 자기연민에 자주 휩싸인다. 베트남과 다를 것 없는 제3세계의 땅으로부터, 자신의 조국 역시 이 보이지 않는 전쟁의 또 다른 희생자임이 분명한데도, 어처구니없이 침략자를 돕기 위해 파견된 자의 착잡함이라는 측면에서 영규의 자기연민이나 자기부정은 결코 과장이 아니다. 베트남 해방을 위한 투쟁의 길로 나선 팜민이 한국 현실의 미래를 위해 중요한 참고사항이 될 수 있다는 가능성은 이 착잡함 앞에서는 순진한 낙관주의로 비칠 수밖에 없었던 것일까. 영규와 짝이 되어 베트남 전선의 정보를 탐색한다는 구실로 PX물품의 사적 거래를 묵인받고 있던 현지인 토이가 조국해방의 적으로 규정되어 게릴라들의 손에 죽음을 당하자 영규는 '알 수 없는' 자기연민과 분노로 팜민을 죽인다. 영규는 팜민보다는 토이에게서 더 큰 동질성을 느끼는 것 같다. 토이의 죽음은 "무수히 죽고 다쳐서 한줌의 재로 아니면 팔다리를 잘리고 병신이 되어서 실려간 다른 한국군 병사들의 것처럼 욕스러운 것"8)이기에.

토이의 반대편에 있는 팜민의 고민과 활동은 영규의 시선과 분리된 채 엄정한 관찰자, 해석자에 의해서만 진술되며 영규가 팜민을 죽이는 이 결론부에서 처음으로 둘은 맞부딪친다. 영규는 "꼭 내 고향에 돌아가 이 보상을 해내리라 작심"9)하지만 그 보상이 어떤 것이 되어야 할지는 구체적으로 드러나지 않는다. 영규는 혹 동원된 용병들의 욕스러움을 한국 현실 전체와 동일시하고 있는 것은 아닐까. 거대한 암시장의 거래에 동조하고 용병들의 죽음을 자신의 이익과 맞바꾸는 사람들

---

8) 황석영, 『무기의 그늘』 하, 315면.
9) 황석영, 『무기의 그늘』 하, 123면.

도 과연 이 동일시에 포함될 수 있을까. 그리고 이 동일시가 현실을 변화의 가능성으로보다는 요지부동의 철옹성으로 파악하게 하고 그 견고한 연쇄고리를 끊을 주체에 대한 탐색을 정지시키는 것은 아닌가. 그리하여 "무기의 그늘 아래서 번성한 핏빛 곰팡이꽃, 달러는 세계의 돈이며 지배의 도구"[10]라는 파악은 우리가 처한 세계사적 현실을 올바로 진단하고 있지만 베트남의 것과 다르지 않은 자본주의 제국의 한국 현실을 해방시킬 수 있는 대안의 가능성은 이 거대한 핏빛 곰팡이꽃의 위력에 압도된다.

베트남의 현실을 한국의 현실과 연계하면서 엄밀한 분석자의 눈으로 들여다보았던 서술자의 시선, 그리고 자기연민과 냉소로 그 오물의 세계에 발을 들여놓지 않겠다는 영규의 시선은 서사 내부에서 설득력 있게 연결되지 못하고 균열을 남긴다. 이것은 엄격한 현실진단과 요원한 미래에 대한 절망 사이에 깃들 수밖에 없는 균열은 아닐까. 규율과 보안하에서 어쩔 수 없는 작전을 수행했던 팜민보다 미군의 상품으로 생활을 지탱하지만 결국은 그곳을 떠나지 않고 살아남아야 한다는 현지인 토이의 손을 들어 주는 결말은, 그리고 그곳을 환멸에 가득 차 떠나는 영규의 시선은 지독한 현실에 질식된, 그래서 현실과 미래 사이의 공백 조차도 더 이상 남겨놓지 못하는 비관주의자의 시선처럼 보인다. 그리고 이는 베트남을 통해 한국을 읽으면서도 이미 제국주의적 시선에 오염된 '정치적 무의식'[11]으로 읽힐 수 있다. 「객지」의 미래와 『무기의 그늘』의 미래는 엄청난 거리를 가지고 있지만 이는 서사 내부의 균열

---

10) 황석영, 『무기의 그늘』 하, 271면.
11) 김철, 「제국주의와 정치적 무의식」, 『문학과 사회』, 1990년 봄.

을 통해 허무주의적 시선의 침통함으로 통합된다. 이 거리는 미래를 꿈꾸는 문학의 길이 얼마나 어렵고 고단한 것인가를 보여주는 거리이다.

4. 『오래된 정원』의 새로운 미래

이제 최근작들을 검토해 보자. 십수 년의 공백 이후 그가 내놓은 『오래된 정원』 역시 황석영 개인에 있어서나 한국현대사에 있어서 강퍅했던 지난 시절에 대한 반성과 성찰이며 동시에 새로운 미래에 대한 모색이다.[12] 우리는 앞서 황석영 문학의 균열을 통해 고통스러운 현재와 요원한 미래 사이에 존재하는 간극을 읽은 바 있다. 『오래된 정원』 또한 여전히 현재를 탐색하고 미래를 기다리는 작품이지만, 그리고 그 사이사이에 작은 균열들이 흘낏 내비치지만, 그 균열 사이에 오래 기다린 자들의 조용한 사색과 내밀하고도 깊이 있는 소통이 숨 쉬고 있어서 이 균열은 오히려 따뜻한 낙관과 기대를 자아낸다. 이제 작가는 균열의 장벽에 쉽사리 좌절하지도 않고 그 균열을 훌쩍 뛰어넘지도 않으면서 그 앞에 잠시 멈추어 서서 숨을 고른다.

『오래된 정원』은 갈뫼에서의 서너 달을 함께 보내고 긴 이별을 감당해야 했던 오현우와 한윤희의 연애소설이기도 하며 또한 윤희의 입을 빌어 광주항쟁으로부터 80년대의 사회변혁운동과 독일통일, 현실사회주의 붕괴에 이르는 현대사의 굴곡을 되돌아보는 후일담 소설이기도

---

12) 이명원, 「대안적 이념 모색을 향한 내적 고투―『오래된 정원』론」, 『창작과 비평』, 2000년 가을.

하다. 그러나 이렇게 정의해 두고 보니 무언가 모자란 듯 느껴지기도 하는데 그것은 이 작품이 연애소설과 후일담소설이라는 유형화에서 벗어난 면모를 가지고 있기 때문이다. 물론 이것은 현우의 감옥생활과 감옥 바깥에서의 윤희의 삶을 교차하여 진행시키는 다성적 서술기법,[13] 사건의 이면과 그것을 감당하는 인물의 내면들을 섬세하고 긴 호흡으로 이끌고 있는 작품의 무게 때문이기도 하다. 그러나 더욱 직접적으로는 이 작품이 그럴 만한 요소를 고루 갖추고 있음에도 종래의 소설들이 다루었던 문법의 익숙함을 벗어나고 있기 때문이기도 하다.

우선 후일담의 문제. 70년대 후반과 80년대의 지하운동이나 광주 이후에 광주의 살육과 희생을 기반으로 한 현실변혁의 투쟁 과정, 노학연대와 노동운동, 현실사회주의의 붕괴와 정세 변화로 인한 운동진영의 약화 내지는 붕괴를 세밀하게 기록하고 있지만 이 작품은 엄밀하게 말해서 후일담이 아니다.[14] 그것은 이 작품이 과거를 다루는 방식에 있어 기존의 후일담과 구별되는 근거를 가지고 있기 때문이다. 90년대 초반 쏟아져 나왔던 후일담 소설들은 익히 지적되어 온 바와 같이 되돌아보는 자아의 회한과 감상으로 과거를 덧칠한다. 그래서 과거는 구체적 현실 속의 사건들로 다루어지기보다는 이 회한에 가득 찬 자아들이 변해버린 현실에 적응하지 못하는, 혹은 그것에 투항하는 명분으로 작용한다. 그렇다면 『오래된 정원』에서 다루어지는 과거는 어떠한가. 오현우를 감옥에 가게 했던 지하활동은 인물들의 사명감과 비장함에

---

13) 김정란, 「네 어깨 너머로 내다보는 역사―황석영의 『오래된 정원』 읽기」, 『아웃사이더』 2호, 아웃사이더, 2000, 47~50면 참조.
14) 김명인, 앞의 글.

비해 현실적 효과가 극히 미미해 보이고, 80년대 송영태와 최미경은 과중한 죄책감으로 인해 자신의 다면적 주체성을 인정하지 못하고 한 쪽을 과장하거나 억압하는 불균형 상태에서 위태롭게 그들의 길을 선택한다. 그러나 이들의 활동은 안타깝지만 어쩔 수 없었던 당시의 현실 속에서 나온 결과물이므로 쉽게 청산될 수도 없고 단순히 회고될 수도 없다. 과거는 그 시점의 엄정한 현실성에 의해 기록되고 있으며 그래서 오류와 한계를 지니고 있지만 또한 그 당면한 과제의 급박성에 의해 당시로는 최선이었던 역사적 실천이 된다.

과거는 윤희에 의해 많은 부분이 현재 시점으로 기록됨으로써 더욱 큰 효과를 발휘한다. 윤희는 현우와의 추억과 그네의 기록으로 평생 현우와 관계맺지만 그렇다고 해서 감옥 속의 현우의 삶에 스스로를 구속시키지 않고 자신의 생활을 꾸려나간다. 그는 현우와 만날 수 없었던 첫 면회의 경험으로부터 감옥 안의 현우와 감옥 밖의 자신의 삶이 각자의 몫으로 꾸려져야 함을 알고 현우와 결별한다. 물론 이 결별은 그가 감옥 속의 현우를 옥바라지하거나 그를 기다리는 것만으로 자신의 삶을 살지 않겠다는 의지의 표현이다. 첫 면회, 현우를 만나지 못하고 돌아서는 길에서 음산한 옥사의 작은 창문에 걸려있던 남루한 빨래들은 밖에서 바라보듯이 감옥 속의 삶이 고여 있는 유폐의 삶만이 아니라는 것을 알게 한다. 그곳에서도 밥을 먹고 빨래를 하는 일상이 숨 쉬고 있었던 것이고 그러므로 윤희는 감옥 속의 일상은 현우의 것으로 맡겨둔 채 자신은 자신의 삶을 살아야 하겠다는, '정신적으로나마 당신에게 기대서는 안되겠다'는 생각을 하는 것이다. 이후 최미경이나 송영태들과의 관계, 이희수와의 사랑은 철저히 윤희의 삶의 영역들이다. 이 소설이 두 사람의 사랑을 기본줄기로 삼고 있지만 연애소설의 문법을 벗어나고 있다는 것은 이런 까닭에서이다. 윤희는 현우가 감옥에 있는 동안 최선을 다해 그 자신의 삶을 살았으며 현우가 돌아오기 전에 자신의 삶을 마감한다. 간절한 사랑과 그 사랑을 방해하는 여건들의 대립, 떠나간 사랑을 완성하는 것이 서사의 기본 윤곽이 아니라는 말이다.

이러한 윤희의 삶의 독자성, 그리고 그것이 기록되는 시점의 현실성에 의해 과거는 미래를 모색하는 디딤돌로 작용할 수 있다. 그리고 그 미래는 "이 초라하고 남루한 누더기 더미 속에서 보석 같은 알맹이들을 골라내어 다시 빛나는 옷으로 지어낼"15) 그런 미래이다. 미정형이긴 하지만 『오래된 정원』이 제시하는 미래의 구체적 내용은 '수컷들의 쓸쓸한 고통과 번민'이 아니라 모성과 대지의 포용력이며, 또한 생활과 분리되어 지하에서 활동할 수밖에 없었던 이념이 아니라 일상 속에 뿌리내린 자발적인 진보와 평등의 운동으로 거칠게 요약할 수 있을 것 같다. 이는 갈뫼에서의 짧은 생활 이후 오랜 수감생활을 거치고 출옥한 현우에게서보다는 현우가 없는 세계에서 현대사를 감당해 온 윤희를 통해 드러나는 것이다. 물론 현우의 감옥생활 회상 역시 대부분 감옥에서의 일상, 그 일상이 주는 감동과 집착, 분노에 관한 것으로 채워지며 그는 석방 이후 아직 할 "일이 남아있다면 그건 바로 일상과의 씨름"16)이라고 말한다. 여기에서 씨름이란 일상을 어떤 적대적인 것으로 싸워 이겨야 할 것이 아니라 그것을 의미화하고 그 속에서 삶의 방향을 잡아나가야 하는 지난한 성찰과 모색의 대상으로 두고 있음을 말

---

15) 황석영, 『오래된 정원』 하, 창작과 비평사, 2000, 303면.
16) 황석영, 『오래된 정원』 하, 310면.

한다. "아무 일도 없는 것 같은 살림의 단순한 일상이 사람에게 가장 중요한 사업"17)이므로. 윤희가 최미경의 분신을 두고 "사랑은…… 전체의·절반은 밥 같은 몸이고, 절반의 절반은 끊임없이 들이쉬고 내쉬는 숨결 같은 일상이고, 절반 중에 그 나머지의 절반은 주변의 이웃이 완성시켜 준다."18)고 말했듯이.

이런 맥락에서 독일에서 윤희와 짧게 맺어졌던 이희수라는 인물과 그와 윤희의 교감은 서사에서 큰 비중을 차지한다. 물론 송영태나 미경처럼 희수 역시 윤희가 겪어냈던 다른 유형의 삶 중에 하나라고 볼 수도 있겠지만 이념과 투쟁의 역사에 대비되는 '오래된 정원'의 세계, '사랑의 세계'를 염두에 둘 때 윤희가 유일하게 사랑했던 인물 이희수의 비중은 평균적으로 따질 수 있는 성격이 아니다. 윤희가 질곡 많은 그네의 일생에서 현우와의 짧은 사랑을 제외하고 일상을 나누는 사람은 희수뿐이다. 더구나 인간중심의 과학문명과 주체론에 반대하며 생명과 환경일체의 인간형을 대안으로 삼는 희수의 세계관이 모성적 세계, 일상과 일치된 운동론과 그리 멀지 않은 곳에 있다는 점을 생각한다면 윤희와 희수의 관계는 현재와 관련 맺는 미래, 현실과 관련 맺는 전망이란 측면에서 충분히 검토되어야 할 대상이다.

그런데 『오래된 정원』에서 희수와 윤희의 관계는 맥락적 중요성에도 불구하고 희수의 돌연한 죽음으로 '일방적으로' 중단된다. 즉 미래의 한 가능성으로 충실히 검토되어야 함에도 불구하고 그리고 송영태나 미경 등의 삶이 나름대로의 일관성으로 스스로의 결론을 찾아나가

---

17) 황석영, 『오래된 정원』 상, 233면.
18) 황석영, 『오래된 정원』 하, 190면.

는 것과는 대조적으로 죽음이라는 의외의 사건으로 일축되는 것이다. 더구나 송영태와 최미경의 삶이 과거의 것이고 어떻게든 정리되면서 그것을 딛고 한발 나서야 할 성격을 지닌다면 희수의 삶은, 그리고 윤희가 희수로부터 일상과 사랑을 되찾는 과정은 미래와 관련된 것이 아닌가. 희수의 죽음은 윤희의 죽음과도 또 다르다. 윤희의 죽음은 그네가 최선을 다해 살았던 삶의 여정을 마무리하고 그 속에서 일상에서 우러나오는 삶의 지향점을 정리하는 귀결점으로 나타난다. 그러나 희수의 죽음은 그가 살고자 했던 삶에 대한 더 이상의 추구나 의미탐색 과정을 생략하고 윤희가 희수와의 삶을 돌연히 정리할 수밖에 없는 강제적 계기로 작용한다. 그리고 이러한 일방적 중단은 윤희를 다시 현우에게 돌아오게 하는 계기가 된다. 오랜 이별이었지만 늘 현우와 함께, 때로는 현우를 대신하여 현실의 삶을 살아왔던 것이 윤희의 삶의 한 일관성을 이룬다고 본다면 이 일관성은 희수의 죽음이라는 돌연한 끊어짐에 의해 유지되며 또한 그래서 유지되지 못한다. 윤희가 현우에게 쓰는 기록의 노트 역시 희수와의 생활은 공백으로 남기며 이 부분은 이후 윤희가 갈뫼로 돌아와서 사후정리된다. 윤희가 죽음을 앞두고 정리하는 모성적 사랑의 세계와 새로운 출발에서 희수와의 관계가 언급될 법도 한데 윤희는 단지 그 시절은 '이상하게도 기억이 나지 않'는다고 말할 뿐이다. 아마도 이는 중단된 미래에 대한 모색을 현우의 몫으로 돌려 놓고자 하는 작가의 의도가 개입한 결과일 것이며 그리고 모든 가능성에 대해 열려있는 작가의 모색이 무의식적으로 완강하게 닫힌 부분이 있음을 알려주는 것이기도 하다. 윤희가 제시하는 미래가 희수 식의 사고의 전환과는 거리가 있다는 암시일 수도 있겠지만 그렇다고 하더라도 왜 이는 희수식의 미래와 충분히 교통하지 않은 채 일축되는 것일까. 오해를 우려하여 덧붙이자면 문제는 희수라는 가능성이 채택되지 않은 것이 아니라 충분히 검토되지 않은 데 있다.

물론 『오래된 정원』은 이 중단된 가능성 위에 어떤 다른 가능성도 아직 덧칠하지 않았다. 윤희와 현우의 사이에서 태어난 다음 세대, 은결과 현우의 대면이 서먹하고 조심스럽듯이 아직 미래와의 대면은 어색하기만 하다. 그래서 『오래된 정원』은 미래를 꿈꾸지만 과거를 성찰하는 것에서부터 미래를 길어올 준비를 하고 있을 따름이다. 『오래된 정원』의 미래는 일방적으로 중단된 희수의 삶, 모성과 일상의 포용력을 말하며 죽은 윤희, 그리고 이제 막 '마을로 내려오는 중'인 오현우의 사이에 머뭇거리며 서 있다. 이 쓸쓸하지만 따뜻한 머뭇거림은 오히려 미래를 새로운 눈으로 사색하게 하는 힘을 지녔다.

5. 미완의 화해, 그리고 『손님』이 남기는 것

최근작 『손님』에서도 현재와 미래를 이야기할 수 있을까. 있다면 어떤 방식일까. 이런 질문을 제기하는 이유는 일차적으로 『손님』이 과거에 관한 이야기이기 때문이다. 정치적 사회적 질서의 재편기라 할 만한 해방기, 황해도 신천에서 일어났던 대규모 민간학살사건의 진상을 규명하고 같은 마을의 이웃끼리 죽이고 죽었던 원한과 비극의 역사를 화해와 진혼으로 이끄는 것이 이 소설의 기본 골격이다. 작가가 보기에 이 사건은 기독교와 마르크스주의라는 외래의 사상들이 성급히 정착되고 행사되는 과정에서 빚어진 비극이며 이러한 외래사상에 역사의 주도권을 내어준 우리 삶의 식민성은 오늘날에도 우리 사회에서 여전히 지속되고 있는 문제이다. 그러므로 분단의 극복과 주체적 근대를 획득하는 작업은 동일한 고리로 엮여 있다. 과거의 참담한 비극을 불러일으켰던 문제가 오늘날의 삶에서도 여전히 지속되고 있다면 과거를 탐구하는 일은 곧 현재적 삶의 조건을 탐구하는 일이 될 터이고 과거의 과제를 해결하는 일이 오늘의 삶에 방향타를 제시하는 일이 될 것임은 물론이다. 그러므로 『손님』은 적어도 일반론적 차원에서는 과거를 말하면서 현재와 미래의 문제를 함께 제기하고 있는 소설임에 틀림없다. 그러나 소설은 일반론적 명제를 증명하는 것에 그쳐서는 안 되며 어디에서나 가능한 일반론이 아니라 '바로 여기'의 '바로 그때'를 밝혀내는 구체성으로 동의와 실감을 이끌어낼 수 있어야 된다. 『손님』이 과거를 '어떻게' 밝혀내고 있으며 그것이 현재의 삶과 '어떻게' 연결될 수 있는가를 촘촘하게 되물어야 하는 까닭이 여기에 있다.

『손님』의 이 '어떻게'를 검토하는 과정에서 제일 먼저 거론되어야 할 것은 이미 많은 평문에서 빠짐없이 지적된 바 있는 '다성성'의 문제일 것이다. 『손님』은 재미 목사인 류요섭이 고향을 방문하면서 신천에서 일어났던 학살사건의 진상을 알아가는 구도로 되어 있다. 그 과정에서 류요섭은 이미 죽은 자들의 원혼과 만나며 그 원혼들이 저마다의 입장, 저마다의 경험을 풀어놓는 과정에서 『손님』의 다성성은 이루어진다. 작가는 이런 소설의 서술방식을 황해도 지노귀굿에서 빌려왔다고 말하고 있는데 무당의 입을 빌어 수많은 귀신들이 들고 나며 자신의 목소리를 풀어놓는 전통적 굿양식을 우선 떠올릴 수 있다. 객관

·적 엄정성을 확보하기 위한 3인칭 서술자의 역할과 효과를 의심하면서 다양한 시점과 서술방식을 활용하는 실험은 『오래된 정원』에서 윤희와 현우의 교차서술로도 나타난 바가 있는데 이는 리얼리티에 대한 작가의 새로운 모색과 고민에서 나온 산물일 터이다.[19] 이 모색과 고민이 시도에 그치지 않고 의미 있는 성과를 남기기 위해서는 이 작품의 '다성성'이 작가가 제시하는 주제의식, 즉 외래적 사상의 모순과 어떻게 연결되고 있는가를 좀 더 치밀하게 검토할 필요가 있다.

이와 관련하여 『손님』의 서사를 이끌어가는 또 하나의 추동력을 거론해 보자. 『손님』은 류요한 장로의 돌연한 죽음을 계기로 제시되는 의문 '그때 신천에서는 과연 무슨 일이 있었던 것일까'를 류요섭이 고향 방문을 통해 풀어가는 형식을 지니고 있고 이는 추리소설의 한 문법을 활용하고 있는 것이기도 하다. 과연 소설은 귀신들의 등장과 대화를 통해 신천에서의 학살사건의 외피를 하나씩 벗겨가면서 숨은 진상을 밝혀내고 있다. 처음 밝혀진 것은 신천에서의 학살사건은 지주계층을 기반으로 한 기독교와 소작계층을 기반으로 한 마르크스주의의 대립이었다는 사실이다. 그러나 사건의 진상은 그것으로 끝나지 않고 또 하나의 반전을 엮어 가는데 결국은 같은 편끼리 서로의 가족을 죽이는 광란의 보복극이었다는 점이 그것이다. 소설의 서두에서 요섭의 꿈속에서 울려 퍼졌던 바이올린 소리, 요한이 만나기로 했던 명선의 반응은 소설의 결말에서 사건의 전모가 드러남으로써 해명된다. 말하자면 이 서두의 단서들은 의문을 유지하게 하고 해결을 암시하는 복선

---

19) 황석영, 「작가의 말」, 『손님』, 창작과 비평사, 2001, 260~261면.

의 역할을 하고 있는 것이다. 홀로 사는 형 요한을 찾아가는 길에 요섭은 며칠 전 꿈속에서 들었던 바이올린 소리를 떠올린다. 그 곡조는 '울밑에 선 봉선화'였던 것이 틀림없다. 이 바이올린 소리는 무엇일까. 피와 광기의 그 시절, 요섭은 무리에서 이탈한 인민군 여학생들을 보호해 준다. 요한은 조직의 문책이 두려워 동생이 보호하던 여학생들을 무참하게 살육한다. 그때 산산이 부서졌던 바이올린, 그 바이올린 소리가 요섭의 꿈속으로 울려 퍼진 것이다. 형이 죽기 전 수첩에 적어 두었던 명선의 이름, 요섭은 형 대신 명선을 찾아간다. 명선은 수십 년 만에 고향사람을 만난 것치고는 지나치게 냉담하다. 그때, 요한과 상호는 급기야 그들의 가족에게까지 복수의 총구를 겨누었던 것이다. 명선은 그 과정에서 어머니와 어린 누이들을 잃었다.

그런데 이 추리소설의 문법과 다성성의 서술기법이 쉽게 융화될 수 있을까. 추리의 문법은 일반적으로 의문의 사건을 해결하고 사건의 진상을 규명하는 것을 목표로 삼는다. 그래서 서사는 당연히 모든 문제가 해결되고 사건의 진상이 낱낱이 밝혀지는 결말을 향해 모아질 수밖에 없다. 이에 반해 다성성의 방법론은 오히려 이러한 결말을 목적으로 삼는 서사진행을 거부한다. 문제의 해결이 아니라 그것이 소통되는 과정, 서로 다른 입장과 어조들이 부딪치고 투쟁하면서 사건의 진행을 방해하는, 과잉과 잉여들의 복합적 교향악이야말로 다성성의 기본 성격이라 할 수 있다. 그 과정에서 서로 다른 입장들의 내면이 심층적으로 파헤쳐지고 그래서 회의와 성찰, 사색과 대화가 거듭될 수밖에 없는 것은 물론이다. 『손님』은 이 둘의 곤란한 교통과정 속에서 서사의 맥을 잡아나가는 셈인데 그 결과 『손님』의 가장 야심찬 시도인 '다성성'은 절반의 효과밖에 거두지 못한다. 요한과 요섭, 순남이 아저씨와 일랑, 소메 외삼촌들의 다성적 목소리는 서로의 내면을 충실히 탐색하고 그래서 사건의 이면을 밝히면서 문제의 원인을 치열하게 탐색하기보다는 사건의 진상을 충실히 복원하고 그 윤곽을 제시하는 쪽에서 더욱 큰 역할을 담당한다. 말하자면 다성적 목소리들은 릴레이처럼 사건을 이어받아 전개시키는 쪽으로 흐르고 있다는 것이다. 때로 같은 시간에 일어난 사건을 두고 서로 다른 입장이 서술되고 있기는 하지만 그 입장들은 논쟁하기보다는 서로 협력하여 사건을 입체적으로 규명하는 데 바쳐진다. 그 결과 인물들이 무엇을 행했으며 그때의 정황이 어떠했는가는 풍부히 밝혀지지만 왜 그것을 할 수밖에 없었으며 그것은 어떤 문제를 지녔는지에 대한 규명은 상대적으로 빈약하다. '진상 밝히기'의 문법은 인물들끼리의 논쟁, 사건에 대한 성찰을 압박하며 그래서 인물들에게 충분한 내면을 부여하지 못한다.

인물들이 '그때'의 '그 일'을 낱낱이 쏟아놓고 서로의 적대를 풀어 화해를 이루는 결말이 석연찮게 느껴지는 것도 이 때문이다. 서로의 세계관을 건 치열한 논쟁없이, 그리고 이미 사건의 시발점을 망각하고 조건반사적인 살육으로 귀결되었던 광기의 과정에 대한 침통한 반성없이, 분단의 오랜 세월동안 무의식적 망각과 의식적 침묵 속에 갇혀 있던 사건의 진상을 토로하는 것만으로 화해가 가능한 것일까. 요한이, 상호가 자신의 계급적 원죄를 묻지 않고 이웃을 죽이고 친지를 도륙하는 일들을 서슴지 않고 저지르게 했던 것은 과연 무엇일까. 수백 명을 구덩이에 밀어 넣고 불을 질러 버리는 끔찍한 참상 속에서 그들은 자신의 행동에 대한 죄의식을, 인간에 대한 연민을 느끼지 않았을까. 과연 그랬다면 그것은 무엇 때문일까. 소메 외삼촌의 말, "야소교나 사회주의를 신학문이라고 받아 배운 지 한 세대도 못 되어 서로가 열심당만 되어 있었지 예전부터 살아오던 사람살이의 일은 잊어버리고 만 것이다."[20]라는 결론은 외삼촌의 독백이 아니라 각 인물들의 내면과 반성과 논쟁을 통해 그들의 입으로 더욱 치열하게 추구되어야 할 문제가 아닌가. 무엇보다 신천에서의 이 비극은 기독교와 마르크스주의라는 외래사상의 대립이라기보다는 오히려 땅 가진 자와 가지지 못한 자의 계급적 대립에 더 큰 원인을 두고 있는 것이라고 볼 수 있지 않을까. 실제로 인물들의 다성적 진술 속에서 살육을 담당하는 쪽은 거의 기독교 청년단원들 쪽이며 이는 작가 역시 기독교와 마르크스주의라는 대립축을 두고 그것을 외래사상이라는 공통점으로 묶어 버릴 수만은 없는, 두 사상의 계급 위치에 따른 차별성을 인정하고 있음을 의미한다. 이 많은 질문들은 사건진술과 진상규명이라는 서사진행에 다성성의 가능성들이 종속됨으로써, 입체적으로 밝혀진 그때의 사건의 진상과 과거의 문제를 씻고 원혼들의 화해를 이룬다는 결말 사이에서 암담한 공백으로 남아있다.

　다시 서두의 질문으로 돌아와 보자.『손님』의 과거로부터 우리는 현재와 미래를 말할 수 있을까. 물론 말할 수 있다. 그리고 그것은『손님』이 남겨 놓은 공백에 우리의 현재를 채워 넣음으로써 가능할 터이다. 그리고 그 현재는 쉽게 화해할 수 없는 우리 삶의 질곡이 구체적으로 새겨 넣어진, 온갖 모순과 갈등들이 서로 충돌하고 논쟁하는 치열한 모색의 도정일 것임에 틀림없다. 과거의 원혼들은 그들의 과거사를 털

---

20) 황석영,『손님』, 176면.

어놓고 줄줄이 열을 지어 굽은 등으로 산맥을 이루며 저 세상으로 갔다. 그것이 화해의 이름이든, 아직 해결되지 못한 역사의 짐이든 그들은 떠났고 요섭은 미국에서 소메 외삼촌은 북에서 그들의 삶을 지속할 것이다. 원혼들의 역정과 회한에 비해 여기에 남은 요섭의 존재는 아직 현재를 감당하기에 벅차다. 『손님』을 원혼들의 다성성이면서 동시에 요섭의 성장소설로 읽고 싶어 했던 한 논자의 내밀한 욕망[21]은 아마도 이 미완의 화해로부터 현재의 삶을 다시 환기시키기 위함일 것이다. 『손님』은 원혼들의 입을 빌어 과거사를 말하고 있지만 아직 풀어야할 숙제가 많은 우리들의 현재를 화두로 남기고 있으며 그것만으로도 『손님』의 의의는 크다. 작가는 과거로 향한 자신의 눈 한켠에 지금의 우리 삶을 깊이 있게, 그리고 근심스럽게 응시하는 시선을 보태고 있는 것이다.

6. 균열로부터 다시 출발하기

작가적 신념의 비약적 덧붙임에서 좌절과 절망의 허무까지, 그리고 이제는 그 앞에서 조심스럽게 망설이기, 때로 과거로 눈을 돌려 현재의 근원을 모색하기. 황석영 소설이 형상화하는 미래는 엄청난 진폭을 가지고 있다. 이는 황석영이 현재의 삶을 탐색하면서 미래를 포기하지 않는 소설적 역정을 계속하고 있으며 그것이 아직도 완결되지 않았음

---

21) 성민엽, 「이데올로기 너머의 화해와 그 원리─『손님』론」, 『창작과 비평』, 2001년 겨울.

을, 혹은 그것이 결코 완결될 수 없음을 의미한다. 황석영 소설이 점점이 뿌려놓은 공백은 변화와 진보, 미래를 꿈꾸는 일의 지난함에 대한 침묵의 기록이다.

이 침묵의 기록 덕분에 우리는 다시금 문학에서의 미래에 대해 조심스럽게 언급할 수 있다. 언제부터인가 미래에의 지향이나 전망이 당위적 강박이나 거친 도식처럼 폄하되곤 했다. 현실의 이면과 심층을, 그리고 부분과 전체를 섬세히 관통하지 못한 채 미래를 섣부르게 예시하거나 전망하는 일은 물론 위험하다. 그렇다고 해서 미래를 지향하는 일 자체를 포기하거나 막연한 피안으로 추상화시키는 일은 더욱 위험하다. 이 글이 미련스러워 보일 만치 황석영 문학의 균열에 집착한 이유는 이 양분된 미래의 거친 도식을 돌파할 가능성을 그 빈틈들에서 발견할 수 있었기 때문이다. 그러므로 당연히 이 글은 작품이 공백 없이 매끈하게 형상화되어야 한다거나 작품이 보여주는 균열을 한계이자 어떤 전범에 미달하는 상태로 보는 입장과는 거리가 멀다. 오히려 이 균열은 서사를 완결된 것으로 마감하지 않음으로써 우리로 하여금 그 균열로부터 출발할 수 있게 한다. 일상으로부터 우러나오는 역사, 삶의 세목들을 더욱 빛나게 하는 세목들의 바깥, 현재의 응시로부터 이미 시작되는 미래. 황석영 문학의 균열에 주목함으로써 우리가 얻을 수 있는 것은 많다. 이 균열에 부단히 개입하고 균열을 성찰함으로써 우리는 숱한 이분법과 담론의 미궁 속에서 현실을 발견하는 기쁨을 누릴 수 있을 것이다.

출전 : 서영인, 「미래를 꿈꾸는 서사의 지난한 역정」, 『문예미학』 제9호, 문예미학회, 2002.

황석영의 소설과 근대성, 또는 그 극복의 서사

1. 우리 문학의 근대성 개념과 적용 방식

'근대성(modernity)'이란 용어는 근대의 시대 구분에 따른 논의와 시각에 따라 '현대성'으로 치환되어 사용되기도 한다. 그러나 굳이 이 양자의 개념적 차별성을 제기하자면 '근대성'은 모더니티에 대한 전면적인 성찰을 강조하면서 그 전반에 대한 비판적 검토를 중시하는 반면, '현대성'은 모더니티의 영향력과 당위성을 부각시키는 입장에서 주로 사용된다.[1] 이 용어가 가지고 있는 구조적 의미의 두 측면은 그런 점

* 김종회 / 경희대학교 국어국문학과 교수
1) 장성만, 「개항기의 한국사회와 근대성의 형성」, 김성기 편, 『모더니티란 무엇인가』, 민음사, 1994, 261면.

에서 '당대적(contemporary)'이란 용어의 의미와 구별된다.

이 용어가 적용되는 대상 및 방식에 따라 '사회·역사적 근대성'과 '미적 근대성'으로 구분[2]될 수 있으며, 전자는 산업혁명과 자본주의에 의해 야기된 개념인 데 비해 후자는 이러한 변화의 부정적 산물에 대한 거부와 부정의 열정을 가리키는 것으로서 주로 예술적 미학의 영역과 관련되는 개념이다.

근대성이란 문자 그대로 근대 사회의 특성을 나타내는 개념인데, 서구의 경우 르네상스와 종교개혁, 지리적 발견과 산업의 발전 등 큰 변화들이 일어나는 16세기를 그 출현 시점으로 받아들이고 있다. 그러나 모더니티 자체는 18세기 계몽주의 철학에서 확고한 체계를 갖추게 되며 19세기에 이르면 산업주의(industrialism)를 근간으로 하는 사회적·경제적·문화적 변동과 같은 뜻을 지니게 된다.[3] 서구에 있어 근대성이란 개념은 중세 봉건 사회의 종막 이후 서구 역사의 진행 과정과 현재에 이르기까지의 시간 개념 전체를 통칭하는 포괄적 의미망을 갖고 있는 셈이다.

봉건 사회의 종막은 근대 자본주의(capitalism)를 사회적 기반으로 하는 시민 사회의 출현을 뜻하며, 이는 문학에 있어서 생산과 소비 사이에 유통의 개념이 개입하고 그 과정이 형성됨으로써 양측에 함께 영향을 미치는 문학이 근대문학[4]이라는 규정이나, 근대의 개념이 정치적으

---

2) Calinescu, M., 이영욱 외 역, 『모더니티의 다섯 얼굴』, 시각과 언어, 1993.
3) 김성기, 『모더니티란 무엇인가』, 민음사, 1994, 16면.
4) 조동일, 「근대적 문학제도의 형성」, 한국문학평론가협회 국제학술심포지움 기조 발제, 2001. 10. 26.

로는 국민국가요 사회·경제적으로는 자본제 생산 양식의 시작과 그 전개 과정5)이라는 논거에 이르기까지 하나의 통시적 관점을 이루는 원리로 작용하고 있다.

근대성을 반영하고 있는 근대 사회의 주요한 특징으로는 (1) 경제적 측면-자본주의 경제가 발전하여 공업화와 도시화가 진행됨, (2) 사회적 측면-신분에 있어 특권층이나 동업조합 같은 단체가 소멸되고 자유롭고 평등한 개인이 사회구성원이 됨, (3) 정치적 측면-개인의 기본 인권이 보장되는 입헌정치가 확립되며 국민적 통일을 바탕으로 한 국민국가가 성립됨, (4) 문화적 측면-문화·사상·인간의 이성을 신뢰하는 과학적 합리주의가 사상계를 지배하며 과학기술을 생산 과정에 응용함으로써 기아와 질병으로부터의 해방이 성취됨6) 등의 특성이 제시되고 있다.

물론 이와 같은 근대 사회의 특성과 근대성의 개념은 구체적 사안에 대한 가치 판단 이전의 사회사적 경과를 중심으로 한 것이며, 특히 서구의 역사 과정에 따른 경험적 사실들을 토대로 한다는 제한점이 있다. 또한 근대성이란 개념 자체가 구체적 사실, 이를테면 문학에 있어 작품 자체를 대상으로 하는 실질적 검토에 이르지 않았을 경우 모호하고 추상적인 영역에 머물러 있을 수밖에 없는 것이어서, 우리의 역사적 현실 가운데서 그 개념의 적용을 문제 삼는 것이 응당한 절차일 수밖에 없다.

---

5) 김윤식, 『한국근대문학 연구방법 입문』, 서울대학교 출판부, 1999, 218면.
6) 박성수, 「근대와 현대사회의 특징」, 『한국사의 시대구분에 관한 연구』, 정신문화연구원, 1995, 445면.

일찍이 임화의 '이식문학론'에서부터 언급되기 시작한 우리 문학의 외래적 영향, 그 영향의 근대적 성격 문제와 관련하여, 식민지 시대를 거쳐 오늘의 분단시대에까지 이르는 사회·역사적 근대성의 의미를 살펴보는 일은 곧 우리 문학과 우리 삶의 정체성을 확인하는 일과 다르지 않다. 이것은 또한 주변국 또는 주변 역사의 상황과 맞물려 있는 형편으로서, 일본 근대 문학의 기원은 근대 한일관계의 기원[7]이라거나, 근대와 타자의 문제라는 관점으로 근대의 실험실로서의 식민지 문제[8]라는 논의들이 이의 예증에 해당한다.

상기의 논의는 우리 문학의 근대 및 근대성의 전개와 경과 과정이 일제 치하 식민 시대의 상황을 중요한 시기로 하며 그와 밀접한 상관성 아래에 있다는 사실을 환기한다. 이를 한일관계사의 측면에서, 또는 그것을 기반으로 한 주체적 측면에서 두루 관찰해야 할 과제가 남아 있음을 기억해 둘 필요가 있다. 이와 같은 논의는 근대성 문제가 문학과 그 집단, 동양과 서양, 주체와 타자, 인간과 인간 혹은 집단과 집단의 관계에 관한 문제라면 이는 연대기적인 개념에 그치는 것이 아니라 질적인 개념[9]으로 발전한다는 성격을 보여준다.

기실 실체적 내용에 있어 우리의 '근대'는 개항 이후 서구 사조의 도입, 일제의 식민 수탈, 그리고 그 결과로 뒤이은 분단 시대의 전개라는 역사적 실상들을 그 바탕에 두고 있는 것이다. 그러한 까닭으로 서구의 근대가 표방한 근대적 자각과 자의식보다는 국가적 위기의식과

---

7) 가라타니 고진, 박유하 역, 『일본 근대문학의 기원』, 민음사, 1997.
8) 강상중, 이경덕 외 역, 『오리엔탈리즘을 넘어서』, 이산, 1997.
9) 조영복, 「근대성의 개념과 구도」, 『소설과 사상』, 1998년 겨울호.

공동체적 인식이 더 비중있게 작용한 측면이 강하다. 따라서 우리가 우리 문학의 근대성을 살펴보는 눈에 있어서는 우리의 시대사적 체험과 그에 걸맞은 관찰의 방식이 적용되어야 마땅할 것으로 본다. 이는 근대성의 지표를 올바로 설정하기 위해서 제국주의적 담론인 비교문학적 시각과 반제국주의적 담론인 내재적 발전론을 넘어 국제적 시각의 도입을 모색해야 한다는 주장[10]으로의 확장 가능성을 예비하고 있는 대목이기도 하다.

2. 황석영 소설에 있어 근대성과 그 극복의 문제

서두에서 다소 장황하게 근대성의 개념과 그 적용방식에 관해 언급한 것은, 이 글이 황석영 소설의 근대성과 그 극복의 문제를 다루는 까닭에서이다. 근대성의 개념을 통해 살펴본 몇 가지 절목들, 그리고 이에 대한 '공동체적 인식'은 비단 황석영뿐만 아니라 대다수의 우리 작가들에게 공통적으로 적용되는 반강제적 규범이었다. 따라서 황석영의 소설을 구조적으로 깊이 있게 읽는다는 것은 그 속에 있는 근대성의 본질적 성격을 탐색하는 일이며, 또 근대성의 본질에 대한 이해가 그의 소설을 분석적으로 구명하는 데 효율적인 잣대가 되는 셈이다.

이러한 시각으로 황석영에 접근하기에 앞서, 우리는 그의 소설에 배경으로 놓여 있는 '국가적 위기의식'의 정체를 좀 더 분명하게 확인하

---

10) 최원식, 「한국문학의 근대성을 다시 생각한다」, 『민족문학과 근대성』, 문학과지성사, 1995.

고 넘어갈 필요가 있다. 그것은 그가 본격적으로 문학활동을 시작한 1970년대 이래 민족모순의 주요한 실체로 규정되기 시작한 분단모순과 계급모순의 소설적 발화법을 그의 소설과 연관하여 미리 살펴두자는 의미이다.

우리 소설은 1970년대에 이르러 대체로 두 가닥의 주요한 줄기를 형성한 바 있다. 하나는 1950년 6·25동란 이래의 분단모순에 대응하여 분단시대 삶의 역사성과 그 의미를 추적하는 소설들이다. 다른 하나는 1970년대부터 바야흐로 그 서막이 오르기 시작한 산업화 시대의 삶과 그로 인한 계층 간의 격차 및 불균형한 분배 문제, 곧 계급모순에 대응한 소설들이다.[11]

이 두 가닥의 분명한 줄기는 서로 상승작용을 유발하여 1970년대가 소설이 흥왕한 시대로 특징지어지는 데 결정적인 동력원이 되었으며, 분단모순과 계급모순의 무거운 시대사적 과제에 맞서서 소설의 문학 외적 역할에까지 논의의 진폭이 확장되도록 한 바 있었다.

분단모순의 진원지이자 우리 민족사상 최대의 비극으로서 6·25동란은, 조국을 두 동강으로 갈라놓았다는 표층적 사실과 함께 동시대를 살고 있는 수많은 개개인의 생애에 지울 수 없는 심흔의 상처를 안겨주었다. 문제는 이 상처의 그루터기가 '과거완료'의 사실이 아니라 지금도 내연하는 '현재진행형'이라는 점이다.

외면적으로 한반도의 분단이 고착화됨과 우리의 의식체계 및 문화

---

11) 전자에 많은 관심을 기울인 작가로 김원일·전상국·홍성원·한승원·이문열·조정래 등을 들 수 있고 후자에 기량을 집중한 작가로 황석영·조세희·윤흥길·이문구 등을 들 수 있을 것이다.

관습에서 건강한 활력이 위축됨은 결코 서로 떨어져 있는 별개의 항목이 아니다. 6·25가 한국 현대문학사를 관류하여 하나의 줄기를 이루는 소재가 되어온 것은, 그 여파의 자장이 여전히 우리 삶의 뿌리에까지 미치고 있기 때문이다. 작가들의 이에 대한 인식이야말로 분단문학의 다양한 시도와 전개를 가능하게 한 원동력이라 할 터이다.

시대현실에 반응하여 패배와 반항의 군상을 그린 전후소설들, 그리고 이데올로기와 인간성의 갈등에 관념적으로 접근한 소설들을 거쳐, 1970년대 소설에 이르면 분단문제가 소설의 주요한 주제로 등장하는 사정을 훨씬 상회하게 되고 1980년대에 들어와서는 본격적인 장편소설과 미체험 세대의 작품이 등장하게 된다.[12]

이와 같은 흐름에서 우리는 '국가불행시인행(國家不幸詩人幸)'이라는 동양 고시가의 경구처럼 6·25가 소설의 소재에 있어 중요한 보고(寶庫)가 되어왔고, 분단 이후 반세기를 헤아리는 세월의 경과가 문학을 체험에서 분리시켜 역사적 안목 아래 정리할 수 있는 시간상의 간격을 확보해 주었음을 확인할 수 있다.

이러한 현상은 또한 통일시대와 남북 간 화해의 전망을 탐색해 나갈 앞으로의 시대에서도 그러할 터이다. 남북한이 국토를 통일하고 문화를 통합하는 문제만큼 절실하게 우리 민족의 정신사를 압박하는 것이 없다고 한다면, 분단문학의 발전적 진행단계야말로 민족사의 환부를

---

12) 1970년대 주요한 분단문학 작가들의 작품에서 6·25는 현실의 삶 속에 파고든 후유증의 진원, 유년시절의 아프고도 잊을 수 없는 기억, 그리고 이제는 다시 점검되고 극복되어야 할 대상으로 형상화되었다. 1980년대로 들어와서는 이문열·조정래·김용성 등의 작가들이 본격적인 장편소설로 분단문제에 접근했으며, 임철우·양선규·이창동 등 미체험 세대들의 시각이 주목의 대상이 되었다.

보살피는 작업이며, 직접적으로 밝은 해결의 길이 보이지 않더라도 꾸준하게 천착되어야 할 과제이다.

물론 문학이 이를 위해 구호나 행동을 앞세울 수는 없으며 그 해결의 가능성과 방안을 정신적 결정으로 응축하여 제시하는 데 그치겠지만, 이를 통해 우리 사회의 관심과 의욕을 환기하는 일은 민족과 역사 앞에 선 문학의 책무이기도 할 것이다.

분단된 조국의 비극을 언급할 때, 우리는 단순히 국토의 분단만을 말하지 않는다. 크게는 민족동질성의 균열로부터 작게는 일상적 삶의 밑바닥에까지 침투해 있는 쓰라린 고통에 이르기까지 끈질긴 멍에로 남아 있는 분단상황의 극복을 전제하지 않고서는, 자유롭고 진취적인 우리 민족의 진로를 그려보기가 불가능하다. 그럼에도 불구하고 그 극복이 오늘 내일의 일이 아님이 분명한 이상, 우리는 분단의 구릉을 넘어서 통일의 길로 시대사의 물줄기를 전이시켜갈 정신적 단련을 구체적으로 제시해보는 데 게을러질 수 없는 처지에 있다. 오늘날 우리 분단문학이 서 있는 지평은 바로 이와 같은 숙제를 안고 선 자리라 해야 옳을 것이다.

이와 같은 특수성이 자체적인 체험과 반응의 양식을 설명하는데 머물 때에는 한 특정한 문화의 개별성을 드러내는 데 그치겠지만, 문학적 형상력을 통하여 역사적 계기의 의미공간과 공감의 영역을 넓혀나갈 때에는 보다 확장된 보편성을 확보하게 된다. 이는 곧 우리 문학의 소재적 측면에서 가장 큰 줄거리를 이루고 있는 분단현실을 어떻게 형상화하여야 세계문학의 무대로 나아갈 발판이 마련될 수 있을 것이며, 그에 앞서 어떻게 특수한 상황의 주변성과 한계성을 극복할 수 있을 것인가라는 커다란 부피의 질문과 관련되어 있다.

1970년대에 들어서면서부터 분단문학과는 또 다른 하나의 축을 이루면서 계급모순의 여러 문제에 응전하며 산업화시대의 문제를 다룬 소설들이 아연 활기를 띠기 시작했다. 분단상황이라는 지울 수 없는 민족모순을 끌어안은 채 삶의 질적 수준을 향상시키는 경제건설이 여러 형태로 진척되면서, 문학 또한 이에 상응하는 발 빠른 변신의 행보를 옮겨 놓게 된 것이다. 그런가 하면 우리 사회의 곳곳에서 산업화시대의 들머리에서 파생되는 부정적 현상들이 양산되었고, 소설은 이 불균형성에 대해 예리한 경각심으로 반응하였다.

산업사회의 경제적 불평등과 노동현장의 불합리성을 소설문법을 통해 비판하고 나선 작가들이 괄목할 만한 역량과 수준으로 등장하면서, 이들의 작품이 산업화시대에 대한 소설적 안목을 어떻게 열고 있으며, '성장의 과실'을 조화롭게 분배할 윤리적 지침을 어떻게 상정하고 있느냐 하는 문제가 당대의 쟁점으로 대두하기 시작했던 것이다.

현대소설에 '노동'의 개념을 최초로 적용했다고 평가되는 황석영의 「객지」나 「삼포가는 길」, 곤고한 노동자들의 삶을 충격적으로 제시함으로써 당대 소설에 분명한 획을 그은 조세희의 「난장이가 쏘아올린 작은 공」, 도시 소시민의 삶에 서린 불행과 애환을 상징적 알레고리의 기법으로 드러낸 윤흥길의 「아홉 켤레의 구두로 남은 사내」, 독점자본의 강력한 위력에 대비하여 외지고 그늘진 농민들의 삶을 부각시킨 이문구의 「우리 동네」 같은 작품들이 그 대표적인 것으로 거론될 수 있겠다.[13]

그런가 하면 이처럼 정공법의 소설적 대응과 함께 흥미위주의 호스

테스소설이나 기업소설 등이 양산되어 동시대 문화의 한 특성으로 자리잡았는데, 그것은 나중에 나온 『인간시장』류의 오락성 소설과 미학적 가치 분류에 있어 상호 소통되는 맥락을 가지게 된다.

엄밀한 의미에서 이 작품들이 변동하는 사회의 역사철학적 계기를 형상화한다거나 소설의 사상적 깊이를 예시할 수 있다고는 할 수 없다. 그것이야말로 이러한 세태소설이 그 자체에서 안고 있는 단처이며, 현실의 내포적 진정성을 뚜렷한 문학의 열매로 거두어들일 수 없게 하는 한계이다. 1980년대의 '운동개념으로서의 문학'에 논리적 기반을 공여한 박현채의 탁발한 논문 「문학과 경제」에 비추어 보면 이는 보다 잘 드러난다.14)

그러한 1980년대의 민족문학 주체논쟁에서는 소생산자를 구중간계급으로 분류하고, 신중간계급인 '화이트 칼라'가 전면적으로 부상한 반면, 소생산자는 경제적 차원에서 볼 때 그 삶의 양식을 문화공간으로 옮겨갔다는 설명이 있다. 이 말은 소생산자가 자본주의 경제를 견디지 못해 쇠락했다는 의미이며, 오늘날과 같은 상업화 시대에 있어서는 작가나 문필가만이 소생산자의 기능을 담당하고 있다는 해석이다. 작가를 생산자라는 가늠대 위에 올려놓는 일이 매우 경제적인 관점인데,

---

13) 이 소설들은 기본적으로 당대의 현실을 가진 자와 못 가진 자의 이분법적 대립 구조로 파악하고 있으며 전자가 왜곡된 방식으로 유산계급의 이익을 추구하는 행위가 얼마나 큰 상처로 후자의 빈한한 삶에 타격을 주고 있는가를 추적하고 있다.
14) 이 논문이 결론으로 제시하고 있는 바, "민중의 자기해방, 삶과 노동의 원초적 관계의 회복을 위한 노력은 민족적 요구인 민주주의의 통일·자주와 함께 우리의 문학, 우리의 경제학이 걸머져야 할 거부할 수 없는 과제"라는 주장에 대입해 보면 이 한계점이 더욱 분명해진다.

실상 작가들의 소설생산과 생활수단의 접점이 과거에 비해 대단히 광범위해지고 긴밀해졌다는 사실을 인정한다면, 이 논법에 그다지 큰 무리는 없어 보인다. 물론 다음의 질문이 기다리고 있다. 그렇다면 중간계급으로서 작품생산자인 작가들이 이 산업화 시대에 필적하는 소설을 어떻게 제작해야 할 것인가라는 문제가 떠오르게 되는 것이다.

어쨌거나 문학이, 그리고 그 생산자인 작가들이 현실의 검색 및 개량에 임하는 본연의 임무를 포기할 수는 없는 일이다. 특히 현실을 서사적 형상력으로 재창조하는 소설은 구체적인 담화의 구조를 통해 파편화되어 가는 세계의 공동체적 유대를 되살려 놓아야 할 책무를 안고 있다. 루카치가 힘주어 말한 '새로운 서사세계'는 바로 이러한 측면에의 강조일 터이다. 분절적 세계의 부정적인 모습에 세미한 관찰의 시각으로 접근하거나 총체적인 대응력으로서의 일정한 가치체계를 창출하거나 간에 소설이 이 시대의 본질을 각기의 방식으로 부각시키고 그에 대한 개성 있는 해석들을 부가해나갈 때, 우리는 우리의 정신적 텃밭을 지속적으로 가꾸어나가는 활력 있는 충전의 공간을 갖게 될 것이다. 산업화시대의 부정적 현실들이 아무리 그로테스크한 형상으로 우리 삶의 앞길을 막아선다 할지라도 이를 폭넓은 시선으로 조망하고 해결의 방책을 모색하는 힘은, 곧 문학이 가진 정신주의의 덕목에 크게 의지할 수 있을 것으로 본다.

지금까지 살펴본 분단모순과 계급모순의 한국문학적 상황은, 그것을 확인하고 이해하는 것으로는 아무런 소용이 없다. 당대 우리 문학의 지평 위에서 어떻게 그 두 가지 모순의 실체를 해소하고 극복할 수 있느냐, 그것의 실현을 위한 문학적 응전력은 어떤 작가에 의해 어떻게 가꾸어질 수 있느냐가 문제되어야 하는 것이다.

그와 같은 인식의 초점에 근거하여 황석영의 소설을 살펴보면, 이 작가가 분단모순과 계급모순의 양자에 거쳐 그 문제의식을 매우 깊이 있게 천착하고 있음을 알 수 있다. 뿐만 아니라 양자 각기의 문제가 문학적 표현을 획득하는 데 시발적 기능을 담당했으며, 또한 그것의 확대 발전 과정에 중요한 디딤돌이 되는 소설들을 창작해 왔음도 확인할 수 있다.

분단문제를 민중적 관점에서 다룬 「한씨연대기」 같은 작품, 그리고 앞서 언급한 바 노동의 현장을 다룬 「객지」 같은 작품이 바로 각기 영역의 시발적 기능을 담당한다. 남북 대립 또는 그것을 중요한 빌미요 구실로 하여 장구한 기간에 거쳐 철권의 독재정권이 왜곡한 역사적 현실이, 그의 장편『오래된 정원』이나『손님』에 잘 나타나 있다. 이 철저한 문제의식을 역사의 갈피 속을 헤집으며 시간적 환경을 뛰어넘어 매설할 때에『장길산』을 만나게 되고, 이를 국제관계에 대한 비판적 인식의 지평으로 확대할 때에『무기의 그늘』을 만나게 된다. 아울러 소설 형식과 사실성의 울타리를 비본질적인 것으로 보는 유연한 시각에 이르러 근작『심청』을 보게 된다.

황석영의 이러한 창작이력과 시도들은, 서두에서 지루하게 펼쳐놓은 근대성의 논의들에 비추어 보면 곧 그것의 극복에 관한 소설적 발화법임을 어렵지 않게 확인할 수 있다. 근대성의 여러 제한 조건들, 그것을 넘어선 시야의 확보와 소설장르로의 발현에 대한 관점이, 때로는 현실 공간에서 때로는 역사공간에서 또 때로는 비사실적 순환의 공간에서 형상력을 얻은 그 구체적 증빙으로 그의 소설들은 존재한다. 그의 소설들을 동시대의 민족모순에 대한 리얼리즘적 개선방안의 개진인 동시에, 오랜 숙제로 우리 역사에 부하되어 있는 근대성 극복에 대한 통시적 의미망의 제시로 받아들이는 이유가 거기에 있다.

이 글에서는 먼저 대하 장편『장길산』을 작품 자체로 살펴보는 일을 통해 민중 개념의 문제를, 그리고 세 장편『무기의 그늘』,『오래된 정원』,『손님』을 발표 순서에 따라 살펴보는 일을 통해『장길산』으로부터의 민중 개념 개선과 전근대성의 극복 및 새로운 인식 영역의 확장이라는 문제를 순차적으로 검토하게 될 것이다.

3. 민중 개념의 역사공간으로의 전화, 『장길산』

루시앙 골드만은『소설사회학을 위하여』의 서두에서 "소설은 타락된 사회에서 타락된 형태로 진정한 가치를 추구하는 이야기로 규정될 수 있으며, 주인공에 있어서 이 타락은 주로 매개화 현상, 즉 진정한 가치가 내재적 차원으로 끌려 들어감으로써 자명한 현실로서는 사라져 버리는 현상으로 표현되고 있다."[15]고 규정하고 있다. 소설을 이와 같은 문학형식의 개념으로 받아들일 때, 작가의 세계인식 방법은 부정적인 사회현실에 대해 비판적인 관점을 마련하는 일로부터 시작된다. 1970년대를 소설의 시대라 명명해 왔고 또 분단시대의 폐해와 산업사회의 문제점을 부각시킨 소설들이 그 이름에 값할 만한 수준과 분량을 보여주었으며, 그 70년대의 초반부터 민중문학의 실천적 명제가 구체

---

15) L. 골드만, 조경숙 역,『소설사회학을 위하여』, 청하, 1982, 20면.

적 움직임으로 나타나기 시작한 것은 이러한 태도의 연장선상에 있다. 이때의 문학은 당대사회가 드러내는 진행방향의 기미에 민감한 안테나를 세울 수밖에 없다.

1970년 조선일보 신춘문예에「탑」이 당선되면서 본격적으로 작품활동을 시작한 황석영은 "성실하게 삶을 살려는 선의의 인간과 그 상황의 배반감에 관한 추구로 요약"[16]될 수 있는 초기의 작품세계에서부터 전형적인 리얼리즘의 창작법에 동의하는 작가들의 편에 서 있었다. 앞서도 언급한 바 있지만 그의「객지」에 이르러 비로소 우리 문학에는 생산과 노동의 문제가 등장한다는 지적[17]이나, 전통적인 방법을 답습하는 충실한 묘사가로서 소설적 구조가 일련의 사회참여 문학에서 볼 수 있는 생경한 요설이나 웅변으로 의식되지 않는다는 언급,[18] 그가 사회의 여러 가지 문제 중에서 평등이라는 문제에 가장 큰 관심을 집중하고 있다고 본 시각[19] 등을 통해 이를 용이하게 확인할 수 있다.

그가 내놓은「객지」,「삼포가는 길」,「돼지꿈」등의 선집에 실린 소설들은 그 나름대로의 의미를 평가받았거니와, 그의 작가적 역량을 종합적으로 증거하기 시작한 것은 『장길산』 이후의 장편소설에서이다. 특히 『장길산』은 홍명희의 『임꺽정(林巨正)』에 필적하는 역사소설[20]로 수차에 걸쳐 논거되어 왔으며 전 10권에 달하는 스케일의 방대함이나 스토리의 박진감, 50여 명에 달하는 중요 등장인물의 형상화, 영웅주의

---

16) 김치수,「한국소설의 세 얼굴」,『한국소설의 공간』, 열화당, 1976, 247면.
17) 신경림,「문학과 민중」, 성민엽 편『민중문학론』, 문학과지성사, 1984, 59면.
18) 천이두,「건강한 생명력의 회복」,『한국소설의 관점』, 문학과지성사, 1980, 128면.
19) 오생근,「황석영, 혹은 존재의 삶」,『삶을 위한 비평』, 문학과지성사, 1978, 310면.
20) 권순긍,「이야기성의 회복과 장길산」,『문학과 시대』, 풀빛, 1986, 163~164면.

적 구성방식을 지양하고 민중사관에 입각한 선명한 주제의식, 당대의 풍물 및 풍속에 관해 세밀한 묘사를 획득하고 있는 소설적 배경의 구축, 고전적 풍취와 현대적 감각이 함께 어울리면서 역사소설이 범하기 쉬운 의고적 어투를 배격하고 있는 문체의 묘미 등을 두루 고찰해 볼 때, 우리 문학사에서 분명한 위상을 점거하는 소설적 성과로 손꼽힐 수 있을 것이다. 특히 『장길산』은 역사소설이지만 현실의 모순에 대한 강력한 비판의 뜻을 담고 있는데, 이는 현재적 관심이 역사에 의탁해서 표현된다는 것을 뜻한다.[21] 다시 말하여 『장길산』이 조선조 숙종 연간을 시대적 배경으로 하고 있으나, 이 소설의 내용에 기대어 실제로 작가가 발화하고자 하는 것은 1970년대 중반 이래의 현세적 고난 가운데 있는 서민대중의 삶이 갖는 의미와 그에 대한 침해의 부당성을 밝혀내는 비판적 성찰이었던 것이다.

여기서 황석영의 『장길산』에서 주목하고자 하는 측면은, 조선조 및 현세적 삶에 있어 억압받는 자들의 질곡과 고통이 동일한 조건으로 주어져 있다는 가설을 세우면서, 이를 타개하고 나아갈 미래적 전망과 그 전망의 구체적인 모습으로 그려지는 새로운 대동세계의 존재태가 작품 속에서 어떻게 드러나고 있느냐 하는 문제이다. 황석영 문학의 기초를 이루는, 현실과 문학의 대립에서 현실은 문학이 지향하는 이상적 상태에 대한 결손을 지닌 것[22]으로 나타난다면, 그 결손이 작품을 통해서 어떻게 보완되고 있는가를 살펴볼 때 우리는 삶의 가치를 정당하게 누리며 살아갈 수 있는 세상의 형태가 이 작가의 소설에서 어떻게 추구

---

21) 김병익, 「역사와 민중적 상상력」, 『들린 시대의 문학』, 문학과지성사, 1985, 203면.
22) 권오룡, 「체험과 상상력」, 『돼지꿈』 해설, 오늘의 작가총서, 민음사, 1980, 328면.

되고 있는지 추적할 수 있을 것이다. 그것은 또한 "역사적 소재를 빌어서 현실비판, 혹은 그 드러남의 전이 방법으로 처리하는 유형의 소설"[23]이 바람직한 세계를 구현하는 소설적 태도에 대한 확인이 될 수 있으리라 본다. 이와 같은 입장에서 볼 때『장길산』의 후반부에 나타나는 미륵신앙의 용화세상은 민중들의 투쟁에 의해 쟁취되는 이상세계를 설정하고 있는 실천적 이상세계의 표상이라 할 수 있을 것이다.

이홍식의『국사대사전』이나 신구문화사의『한국인명대사전』에도 나오지 않고 민중사학적 관심에서 최초로 쓰여진 강만길의『한국근대사』에도 전혀 언급되지 않고 있는 장길산[24]을 소설의 소재로 발굴한 것도 놀랍지만, 극히 미소한 사료의 기록을 총 3,600면의 대하소설로 재생산한 배면에는 활발하고도 끈질긴 작가의 상상력의 힘이 내재해 있다고 본다. 장길산에 대한 체계적 사료의 정리와 그 전거에 관한 기록은 정석종의 저서『조선후기 사회변동 연구』[25]에 유일하게 수록되어 있으며,『조선왕조실록』[26] 등 장길산 사건의 관련 문헌을 토대로 이를 조선후기의 사회세력과 정치운동이라는 큰 범위 아래에서 논의하고 있다.

조선시대 17세기 말은 기민층(其民層)의 운동이 격앙되던 시기로서 '해서의 광대도적' 장길산 부대의 활동이 그 대표적인 경우이다. 그들은 구월산을 중심으로 숙종 때 전기간 동안 전국적으로 횡행하지만 장길산은 끝내 체포되지 않았다. 이 장길산 부대는 그간의 승려세력·한

---

23) 김윤식, 「역사소설의 양식개념고」,『한국현대문학사』, 일지사, 1976, 345면.
24) 김병익, 「역사와 민중적 상상력」, 앞의 책, 205면.
25) 정석종, 「숙종연간 승려세력의 거사계획과 장길산」,『조선후기 사회변동 연구』, 일조각, 1983.
26)『숙종실록』권24, 숙종 18년, 임신(壬申) 12월 정해(丁亥).

성 내의 서류(庶類)들과도 결탁하여 왕권에 도전하였다.[27]

소설 『장길산』은 이와 같은 역사적 사실과 시대적 상황의 바탕 위에서 출발하고 있다. 앞서 말한 바처럼 이 소설에는 50여 명의 중요인물들이 등장한다. 장길산의 행적이 스토리의 수미(首尾)와 중간 부분의 주요한 흐름을 감당하고 있기는 하지만, 전체적인 골격은 녹림과 시정의 대소두령, 세상의 개혁을 꿈꾸고 있는 승려들, 검계와 살주계에 소속된 천민과 노비들, 미륵신앙을 추종하는 백성들 등의 저항적이고 체제전복적인 세력들의 다양한 사고와 행위의 조합에 의해 이루어진다. 이들은 마치 『수호지』의 호걸들처럼 제각기의 성격적 특성과 활동영역을 가지고 있다. 이러한 인물들의 부분적인 역할이 당대사회를 지배계층의 관점에서가 아니라 피지배계층의 관점에서 접근하는 해석방법으로 전체화될 때, 우리는 『홍길동전』이나 『허생전』이 보여준 제도권 내에서의 개혁의지와는 전혀 다른, 기존의 체제에 대해 파괴적인 민중의식을 발견하게 된다.

이 세력들에는 광대·노비 등 천민, 중인, 신흥상인, 비판적인 선비, 승려 등의 다양한 신분계층들이 포함되어 있다. 이들이 소설 속에서 서로 밀접한 관련성을 갖도록 배치한 작가의 창작태도는, 당대의 극단적으로 부조리한 세상을 근본적으로 개혁해야 한다고 보고 그 방안으로 제시되는 두 가지의 이념적 대전제에 의존하고 있다. 하나는 "조선의 이씨왕조가 다하고 정씨왕조가 도래"한다는 『정감록』의 도참비기설이고, 다른 하나는 "중의 부처가 아닌 상것들의 부처"로서 미륵불의

---

27) 정석종, 앞의 책, 16면.

새로운 세상이 열릴 것이라는 미륵신앙의 메시아니즘이다. 전자는 부분적인 언급들로 소설 속에 나타나지만, 후자는 특히 소설의 마지막인 9~10권에 이르러 실천적인 행동을 동반하여 구체화되고 있다. 이는 당대까지의 성불을 위한 수련의 도량이나 호국불교의 전통을 가진 일상적인 불교의 모습이 아니라, 하나의 사회혁명운동을 촉발하는 이데올로기의 모습을 띠게 된다.

작가는 소설을 마무리하면서 장길산으로 하여금 도참비기설의 예시적 구도에 입각한 초월자의 출현을 부정하면서 "진인은 따로이 있는 게 아니라 역병에 쓰러져가는 백성들이 다시 살아 환호하며 춤추는 세상에서 서로 정을 주고받으며 살아가는 모든 이가 진인"이라는 민중적 시각의 진일보된 논리를 결정화한다. 이때 작가가 의도하고 있는 용화세상은 초월자의 선도에 의해 주어지는 것이 아니라 당대 민중의 끈질긴 합력에 의해 확보되는 총체적인 삶의 형태인 것이다.

이러한 창작방법은 G. 루카치가 그의 『역사소설론』[28]에서 일관되게 주장하고 있는, 구체적 민중생활의 반영과 그 이념적 기준으로서의 민중성 문제가 작품내재적 연관관계의 필연성을 가져야만, 부르주아 사회에서의 진정한 역사소설을 생산하는 데 이르게 된다는 논리와도 소통된다. 그러므로 "황석영 식으로 말하자면 가장 천한 것들이 가장 강하게 욕망한다."와 같은 지적[29]은, 곧 『장길산』이 "이 세계는 극락이 아니라는 것을 분명하게 깨닫고, 그것을 깨달은 그만큼 초월세계의 도래를 앞당기기 위해 열심히 싸우는"[30] 민중들의 실천적 이상세계 추구

---

28) G. 루카치, 이영욱 역, 『역사소설론』, 거름, 1987.
29) 김현, 「폭력과 왜곡」, 『문예중앙』, 1988년 여름호, 277면.

를 극명하게 부각시킨 소설임을 인식할 때 가능하다고 하겠다.

　역사적 사실에 있어서 조선 후기 숙종연간에 일어난 미륵신앙 사건은 이상사회의 실현을 초월자의 출현에만 의지함으로써 그 실현의 실천방법상 결정적인 결함이 있었고 이 점이 실패의 가장 큰 원인으로 지적될 만큼 혁명적인 사건으로 진전되지 못하였다[31]고 할 때, 지금까지 살펴 본 바처럼 소설로서의 『장길산』은 이 취약점을 민감하게 알아차리고 그 반대논리를 소설의 중심사상으로 펼쳐 놓았다. 이러한 작자의 창작법은 역사적 상상력의 날개를 달고 있을 때에만 가능하다. 『장길산』이 사실(史實)의 기록이 아니라 역사소설이라는 구분을 유지하고 있을 때, 소설이 사실의 미비와 과오를 보완하면서 시대적 간격의 제한조건을 넘어설 수 있음을 인정할 수 있다. 이러한 소설적 형상력의 자유로움은 허구적 상황을 통해 사실보다 더한 진실을 추구할 수 있는 소설형식의 강점이기도 하다.

　『장길산』이 조선시대의 역사적 사실을 소재로 쓰여졌지만 그 소설적 효용성이 적용되는 곳은 바로 현세적 삶이다. 그것은 이 소설이, 소설에서의 시대성과 유사한 압제적 상황이 전개되던 1974년에서 1984년까지에 걸쳐, 수차례 중단의 압박을 받아가며 쓰여졌음을 보아도 알 수 있다. 이 시기가 고통스러운 물리적 통제와 불합리성으로 일관된 시대였으며, "황석영과 그의 장길산은 한결같은 일관성을 가지고 그 변화들을 수렴하고 종합하여, 혹은 더 나아가 앞서 제기하고 추진하면서, 그럼에도 때로는 그것을 초월하고 뛰어넘어 그 변화의 10년을 이

---

30) 김현, 앞의 책, 275면.
31) 임철규, 「유토피아·문학·이데올로기」, 『오늘의 책』, 1985년 봄호, 한길사, 125면.

끌어"[32])왔고, 그로써 "다른 시대에 기대어 우리 시대를 상징화하는 작업을 통해 우리의 보편적 삶의 구조를 특수한 상황과 연결시키는 역사의 현존성을 우리에게 제시"[33])하고 있는 것이다. 『장길산』의 이와 같은 제작년대 문제를 두고 권순긍은, 허균의 『홍길동전』이 봉건해체기, 홍명희의 『임꺽정』이 민족해방운동기에 쓰여졌음과 비교하면서, 우리 시대의 민주화운동기에 있어 민중의 집단적인 힘이 그만큼 필요했기 때문이라고 진단[34])하고 있다.

이렇게 본다면 『장길산』은 역사적 사실에서 소재를 구한 역사소설이지만 결코 과거의 기록에 얽매여 있지 않으며, 박경리의 『토지』나 김주영의 『객주』 등의 대하소설과 더불어 민중의 역동적인 힘과 의지 및 집단의식을 부각시키려는 목표를 가지고 있다고 할 수 있다. 이는 김명인이 『장길산』의 후반부가 실제로 80년대 초반의 일련의 충격적 사건들과 그 당시 민중들의 동향이 상당히 반영되어 있는 부분이 있다고 보고, "잡다한 주변계층의 산발적 주력화와 그로 인한 운동의 전반적 우발성이야말로 멀지않은 장래의 주력계급에 의한 조직적 투쟁을 예감하게 하는 징후"라고 분석[35])함으로써, 『장길산』이 주변계층의 동향에 소설의 중심을 두었기 때문에 한계를 갖는다는 기존의 평가들을 부정하고 있음에 비추어 보면 더욱 분명해진다.

여기서 정석종이 숙종연간의 사서(史書)들을 통해, 산간에서 미륵신

---

32) 김병익, 「역사와 민중적 상상력」, 앞의 책, 200면.
33) 위의 책, 210면.
34) 권순긍, 「이야기성의 회복과 장길산」, 앞의 책, 153면.
35) 김명인, 「지식인문학의 위기와 새로운 민족문학의 구상」, 『전환기의 민족문학』, 풀빛, 1987, 72면.

앙과 같은 민중적 종교로 새로운 이상사회의 실현을 위하여 불교를 전
파하는 산인(山人) 등과 신분적 질곡을 무력으로 타파하기 위하여 활동
하는 극적(劇賊)과의 만남이 쉽게 가능할 수 있었을 것이라고 보고, 그
것이 승려세력과 장길산 부대와 한양의 서류층의 만남이었으며 새로
운 사회의 실현을 위한 움직임으로 발전할 수 있었던 것이라고 추론[36]
하였음과 비교하여, 우리 시대에 소설『장길산』을 통해 제기될 수 있
는 사회적 또는 사회의식적 개혁이 어떠한 의미를 갖고 있는가를 결과
적으로 정리해 볼 필요가 있다.

첫째로『장길산』은 왜곡된 사회현실에 대해 역사적인 상상력을 동
원하여 직접적인 문제제기를 하고 있다. 작가는 예술적 감별과정의 여
과를 거친 소설화라는 안이한 보호망을 설치하지 않고 현실의 전면적
개선에 대한 주장에 있어 조금도 누그러진 완충장치를 사용하려 하지
않는다.

둘째로 그와 같은 개선광정의 주체를 이루는 집단의 모습이 기존의
정치세력이나 제도권의 구성원들에 의한 점진적 시도로써 확립되는
것이 아니라, 피압박자인 민중의 자발적인 논리와 투쟁에 의해 형성되
어 나가야 함을 확신하는 태도를 견지하고 있다. 이것은 곧『장길산』
이 쓰인 시기에 우리 문학의 주류를 이루고 있던 민중문학의 논리이기
도 하다.

셋째로 민중의 힘으로 쟁취되는 새로운 세계가 타협이나 협상의 방
법이 아니라 현존 질서에 정면으로 역행하는 혁명적 방법에 의거해 있

---

36) 정석종,『조선후기 사회변동 연구』, 앞의 책, 167면.

다는 점이다. 이때 그 수단으로 제시되는 것은 물리적인 힘에 반작용으로 대응하는 또 다른 물리적인 힘이다.

이렇게 볼 때 당면하고 있는 시대의 존재형태를『장길산』에서 볼 수 있는 집단적인 민중의 힘으로 변혁할 수 있다는 것이 이 소설의 기본적인 발상이 된다. 그것은 올바른 진행방향을 상실한 것으로 보이는 현실의 구체적인 실상에 바탕을 두고, 이에 대해 집합적인 힘의 행사를 통해 바람직한 이상세계를 추구하는 소설적 행위이며, 동시대의 삶 가운데서 황석영이 소설로써 형상화한 근대성 극복의 소중하고 직접적인 사례라고 규정할 수 있을 것이다.

4. 왜곡된 현실의 실체적 진실, 그 후의 장편들

『장길산』을 뒤이은 황석영의 장편들, 곧『무기의 그늘』,『오래된 정원』,『손님』,『심청』은, 각기 소설의 소재와 주제가 서로 다르지만 잘못된 역사의 진행방향이 노정한 왜곡된 현실과 그 실체적 진실을 드러낸다는 점에서는 일치한다. 그리고 그 실체적 진실의 소설적 형상력은, 우리가 서두에서 살펴본 바 근대성의 여러 부정적 요소들을 넘어서는 하나의 방향 제시가 되고 있다.

『무기의 그늘』은 황석영 자신의 월남전 참전 체험을 바탕으로 하고 있으며, 한국의 분단 문제와 간접적인 상관성을 가지고 있다. 강대국에 의한 약소민족의 비애를 그리되, 그것을 여러 층위에서 다각적으로 관찰하면서 끊임없이 월남에 있어서 '미국이란 무엇인가'와 동시에 '한국이란 또 무엇인가'라는 질문을 환기한다. 그리고 그 밑바닥에는 전란을 겪고 있는 '인간 존재란 무엇인가'라는 원론적인 질문이 잠복해 있다.

그러기에 이 소설에 등장하는 월남은 월남만의 공간환경이 아니다. 『장길산』에서 통시적인 역사의 환경을 거슬러 올라갔듯이, 여기에서는 공시적인 국경의 공간을 넘어간다. 전근대적 제국주의와는 그 얼굴이 다르되 심장은 매한가지인 근대 이후의 제국주의가 그 가운데 있다.

『오래된 정원』은 작가의 옥중 체험이 반영되어 있으며, 개인의 자유와 사회적 규범 사이의 날카로운 긴장관계를 소설의 표면으로 밀어 올린다. 당연히 그 사회적 규범이 잘못된 방향으로 작동했을 때, 개인의 삶이 어떻게 유린되고 파괴되는 것인가에 강세가 있다.

사회 변혁에 투신했던 한 젊은이가 18년간의 옥살이를 마치고 허약한 중년이 되어 세상에 나왔다. 그를 가슴에 품었던 여인은 병으로 세상을 떠났다. 이 막막한 세월의 거리, 감당이 어려운 삶의 형식 변화는, 소설의 이름을 차용한 시대적 난관의 실체이다. 그런데 그 와중에서 "더 나은 삶에 대한 꿈을 추구한 세대의 초상"37)으로 작성된 '오래된 정원'은, 전근대적인 제도적 폭압과 구속의 한계를 일상적 현실 가운데서의 노력과 인내를 극대화하는 방식으로 넘어서려 했다. 그리고 그것이 소설적 치장과 어울려서, 지루하게 계속되는 서사를 유의미하게 수납되도록 하는 힘을 얻었다.

『손님』은 그의 북한 방문 전력이 창작에 사실성을 더하고 또 생각의

---

37) 황석영, 후기, 『오래된 정원』 하, 창작과 비평사, 2000, 318면.

깊이를 더했을 것으로 짐작되는 소설이다. 남북한 인적 교류를 미국이라는 제3국을 매개로 하여 실현하는데, 이는 두말할 나위도 없이 분단 역사의 인위적 장벽을 허무는 의지적 방향성을 포괄한다. 그것이 선전 구호의 차원이 아니라 살상의 역사를 함께 체험한 그 옛 사람을 만나는 차원에서 서술되는 형식은, 한편으로는 시대적 추세를 반영하는 것이며 다른 한편으로는 이념의 대결에서 심정적 화해의 길로 나아가야 한다는 당위성을 표방하는 것이다.

그런데 여기 매우 주목할 만한 하나의 변모가 있다. 시도 때도 없이 과거의 시점에 이미 세상을 떠난 유령들이 소설 공간을 배회하며, 주인공의 눈앞에 나타나 생시와 같이 말을 걸어오는 상황의 설정이다. 리얼리즘 계열의 대표적 작가 황석영이 왜 이처럼 파탈의 방식을 동원하는가 말이다. 아마도 그처럼 자유로운 방식이 아니고서는 탈선의 역사를 다각적으로 조명하기 어려울 터이며, 실체적 진실을 구명하는 일의 엄중함에 비추어 볼 때 소설적 사실성이란 한낱 사소한 도구 이상이 아니라는 작가의 인식 변화도 동반되었을 터이다.

그리고 그러한 변화가 보다 전면적으로 나타나 소설의 외양을 얻은 것이 근래의 작품 『심청』일 것이다. 황석영의 심청은 인당수에 빠지지 않고 중국으로 팔려간다. 그 15세에 출발한 심청은 중국인·영국인의 첩으로, 일본인의 처로 살다가 여든의 나이로 제물포로 귀환한다. 작가는 이 소설을 통해 한 여인의 기구한 운명, 근대화의 물결에 밀려 근본이 뒤흔들리던 18~19세기 동아시아의 운명을 그렸다.

『심청』이 동아시아의 근대화를 상징하는 소설인 것은, 곧 동아시아 전역에 편만했던 전근대적 역사에 대한 비판적 평가와 근대성 극복의 강력한 의식이 서사적 표현을 얻었다는 의미와 동일하다. 『장길산』에서부터 시작된 리얼리즘의 예리하고도 진중했던 세계인식의 방법이, 여기에 이르러 소설적 형식과 유형에 얽매이지 않는 유장한 결말을 도출한 셈이다. 이 곤고한 그리고 창대한 소설의 창작 과정과 그것을 추동해 온 그의 삶은, '근대성'이라는 관측의 창을 통해 바라볼 때 지속적인 비판과 저항정신의 소산이었고, 근대성의 여러 굴곡을 넘어서려는 의지의 표출이었다. 『심청』에 이른 그의 길이 그 다음 단계를 어떤 외형과 내포로 준비할지, 기다리며 지켜보는 것이 이제 우리의 몫이 되겠다.

출전 : 김종회, 「황석영의 소설과 근대성, 또는 그 극복의 서사」, 『작가세계』, 2004년 봄.

소설 교육과 타자의 지평

—황석영 소설을 중심으로

1. 소설 교육의 주체와 타자

현재 한국 사회는 여러 갈등 요인들이 난마처럼 뒤엉켜 있는 형국이다. 식민잔재의 미청산에 따른 민족사의 왜곡과 갈등, 세계사적 냉전에 따른 이념의 대립과 국토의 양단, 거기다 급격히 진행된 서구적 근대화는 우리 사회를 갈피를 잡을 수 없는 혼란과 갈등의 장으로 만들었다. 최근 들어 한층 격화된 보혁의 갈등이라든가 계층 간의 대립역시 오랜 기간 누적된 이러한 문제들과 무관하지 않을 것이다. 우리사회가 이렇게 된 원인의 하나로 근대적 이성(理性)이 재래의 권위주

* 강진호 / 성신여자대학교 국어국문학과 교수

의와 결합되면서 독선적인 주체를 만들었고 그 권위적 주체가 사회 전반을 지배하게 된 사실을 돌아보지 않을 수 없다. 전쟁과 뒤이은 서구적 근대화, 군부독재 억압과 그에 맞선 변혁운동의 격랑 속에서 우리 사회는 점차 민주화되고 근대화의 길을 걸었지만, 그것은 역으로 효율과 합리성을 중시하는 도구적 이성의 구현과정이었다는 점에서 한편으론 독단적 이념과 배제의 논리가 고착되는 과정으로 볼 수 있기 때문이다.

소설 교육과 사회성을 논하는 자리에서 이런 사실을 환기하는 이유는 무엇인가. 소설 교육 역시 이런 현실과 무관하지 않기 때문이다. 소설 교육이 이루어지는 장(場)은 이 복잡다기한 현실이고, 또 소설 교육의 사회성이란 이런 현실에 대한 인식과 관계된다. 한 개인이 자기가 속한 집단의 행동양식과 가치, 규범 등을 내면화하고 그 구성원으로 성장해 가는 과정을 사회화라고 한다면, 이는 곧 주체의 정립 과정으로 볼 수 있고, 그렇다면 소설 교육에서 사회성을 논한다는 것은 소설과 주체의 관계를 문제 삼는 일이라 할 수 있다. 이런 생각에서 이 글은 주체를 구성하는 중요한 요소가 되는 이른바 '타자'의 문제를 고찰해 보고자 한다. 이를테면, 기존의 소설 교육은 대개 '주체'를 중심으로 이루어졌고, 그러다보니 그와는 다른 '타자'를 아예 배제하는 식으로 전개되어 결국 권위적이고 독선적인 주체를 재생산하는 형국이었다는 판단과 문제의식에서 이 글은 시작된다.

주체란 데카르트의 명제에서 언급된 것처럼 합리적인 사고를 소유한 자기 운명의 주인을 뜻한다. '나는 생각한다. 고로 나는 존재한다'라는 명제는 기본적으로 합리성을 구비한 '나'가 스스로를 성찰함으로써 허위의식에서 벗어나 해방과 성숙한 어른의 세계에 도달할 수 있다는 믿음에 바탕을 두고 있다. 계몽의 주인공이기도 한 이 주체가 살아가는 공간이 바로 근대(modernity)이다. 따라서 이 주체에 의해 추동되는 근대는 인간 이성에 대한 굳은 믿음과 더불어 삶이 전반적으로 합리화되고 동시에 물질적으로 부유하며, 사회·종교적 권위라는 미망으로부터 자유로운 삶을 상징한다.[1]

소설 교육에서 주체를 말하는 것은 무엇보다 해방 이후 지난 60여 년 동안의 교육이 이 효율과 합리성을 중시하는 근대적 주체의 양성과정이었다는 사실과 관계된다. 해방 이후 지금까지 한국 교육을 지배한 것은 도구적 교육관이었다. 교육을 경제·정치, 때로는 종교의 도구로 보고 각 부문의 가치 실현을 위해서 그것을 활용했으며, 특히 1960년대 이후 산업화가 본격화되면서 실용 위주의 교육은 한층 강화되어 '경제건설을 위한 교육', '근대화에 기여하는 교육' 등의 구호가 나올 정도였다. 국가 발전을 이룩하려면 새로운 공장과 기술이 필요하고, 그것을 효과적으로 수행하기 위해서는 잘 훈련된 사람이 필요했다. 이 과정에서 인간의 지적·인격적 성숙을 도모하는 교육의 본질적 가치는 자연스럽게 뒷전으로 밀리고 대신 효율과 합리성만을 중시하는 식이 된 것이다.[2] 소설 교육에서도 이 점은 동일해서 작품을 이해하고 감상하는 과정은 곧 작품에 관철된 제반 합리성을 규명하고 그것을 통해서 근대적 가치를 내면화하는 주체 중심의 인식론을 습득하는 과정이었다. 작품을 읽으면서 인물의 성격과 가치를 살피고, 갈등의 원인과

1) 윤평중, 『푸코와 하버마스를 넘어서』, 교보문고, 1990, 1부 1장.
2) 김신일, 『교육사회학』, 교육과학사, 1998, 462~478면.

추이를 분석했던 것은 이들 요소에 관철되는 합리성을 포착해서 작품의 완성도를 가늠하고 궁극적으로 작가의 주장이 합당한가를 평가하기 위한 것이었다. 리얼리즘에서 이런 사실은 더욱 강조되었는데 가령, 총체성·전형 인물(사건)·전형적 상황·갈등 구조·전망 등은 모두 작가가 현실을 얼마나 합리적으로 인식하고 그 실천 가능성을 구체적으로 포착해냈는가를 문제 삼은 용어들이다. 『무정』(이광수)을 읽으면서 작가의 근대관을 비판했던 것은 식민치하의 현실과 일본 제국주의의 속성을 제대로 인식하지 못한 채 일본으로 상징되는 서구적 근대를 맹신한 까닭이고, 또 『고향』(이기영)을 상대적으로 높이 평가했던 것은 갈등의 원인을 착취자와 피착취자의 상반된 이해관계에서 찾고, 피착취 계급의 집단적 대응을 통해서 전자를 제거했을 때만이 평등한 세상이 도래할 것이라는 비교적 합당한 인식을 담고 있었기 때문이다. 소설 교육이 주체를 중심으로 행해졌다는 것은 이렇듯 작품을 이해하고 감상하는 과정이 바로 주체 중심의 인식론을 습득하는 과정이었다는 것을 뜻한다.

그런데, 문제는 이러한 주체가 이제는 더 이상 절대적인 믿음과 수용의 대상이 되지 못한다는 데 있다. 데카르트의 명제는 주체를 보편적 가치·보편적 삶·보편적 이성이라는 소중한 덕목으로 규정하고 그것을 절대화한 것으로, 이러한 주체관은 동구 사회주의권의 몰락에서 분명해졌듯이 이미 그 한계를 드러낸 것이라고 할 수 있다. 기계론적 세계관과 진화론, 생산적·계산적 이성의 지배라는 근대 사회의 핵심적 특성들은 사회주의의 몰락과 더불어 일거에 흔들렸고, 그에 바탕을 둔 근대적 주체는 스스로를 전면적으로 반성하지 않을 수 없게 된 것이다. 미래를 제대로 예측하지 못했다는 것은 현실을 바르게 인식하지 못했다는 말이고, 그것은 주체의 시각으로는 미처 파악하지 못한 또 다른 측면이 현실에 내재되어 있다는 뜻이다. 말하자면 근대적 주체란 자신의 입장을 절대화함으로써 그와는 다른 입장과 가치에 의해 조율되는 타자를 아예 배제하는 독선의 논리를 내포하고 있고, 따라서 그것은 비판적 사유와 자기 성찰의 전제가 되는 상호 주관성의 문제를 도외시한 것이었다. 하버마스가 지적한 대로, 주체가 갖는 비판적 사유와 자기 성찰의 능력은 타자의 가치를 인정하고 받아들이는 상호 주관성의 차원에서만 함양되고 실천될 수 있다. 비판적 사유를 통해야 주체와 주체가 소통되고, 그런 이성적인 주체를 전제로 할 때만이 의사소통의 합리성이 성립되는 것이다.[3] 그런데 기존의 주체는 스스로를 보편적 가치나 이성으로 규정하는 독선적이고 고립적인 주체였을 뿐만 아니라 주체에 내재하는 이질적인 국면들을 간과한 것이기도 했다. 라캉에 의하자면 주체는 고정된 실체가 아니라 일련의 긴장과 이율배반의 느슨한 조합이고, 진정한 주체는 꿈·신체적 증상·여러 무심한 행동들에서 표현되는 무의식 세계의 지배를 받는다. 말하자면 우리 스스로의 내부에 아주 낯선, 신기한, 이상한 측면이 본질적으로 포함되어 있는데, 그것이 곧 주체 안에 내재된 타자성(他者性)이다. 그렇다면 주체는 고정된 실체라기보다 불완전한 과정적 존재이며 무의식·의식·전의식을 포괄하는 총체라 할 수 있고,[4] 따라서 주체를 보완하고 재정립한다는 것은 곧, 주체의 이 타자적 측면들을

3) 위르겐 하버마스, 장은주 역, 『의사소통의 사회이론』, 관악사, 1995, 제2부 참조.
4) 자크 라캉, 권택영 역, 『욕망이론』, 문예출판사, 1996, 1장 참조.

인식하고 그것을 통해서 기존 주체의 이성적 능력과 힘을 강화하는 일이 될 것이다.

소설이란 근대 부르주아의 서사시이고, 본질적으로 주체의 내면을 고백하는 양식이다. 그런 관계로 작품을 이해하고 감상하는 과정에서 주체의 시각이 도입되는 것은 당연한 일로 볼 수 있다. 하지만 소설은 근대 사회처럼 잡종적이고 확장성이 강한 특성을 갖고 있고, 그래서 그 속에는 온갖 종류의 타자들이 현상(現象)되어 있다. 라캉의 말을 빌지 않더라도 주체는 타자를 전제로 하고 그 타자를 통해서 받아들인 자신의 모습을 수용할 때만이 온전한 주체로 거듭난다. 주체라는 말 속에는 이미 타자의 모습이 내재되어 있는 셈이고, 그런 까닭에 주체의 한 측면을 이루는 타자에 대한 고찰은 주체의 이성적 잠재력을 극대화하고 동시에 주체의 사회성을 제고하는 방법이 될 것이다. 이 글은 이런 생각에서 소설을 감상하고 이해하는 과정에서 요구되는 '타자'에 대한 인식과 그것을 통한 소설 교육 방법을 황석영의 최근작을 중심으로 살펴보고자 한다.

2. 개인의 체험을 성찰하는 타자의 시선

작품에서 '주체'에 대비되는 '타자'의 문제를 흥미롭게 보여준 작가는 최근의 황석영이다. 그가 이런 모습을 보이게 된 것은 오랜 방황과 고뇌에서 비롯된 것으로 보인다. 돌이키자면, 황석영처럼 주체 중심의 인식론을 고집한 작가도 드물었다. 그는 「객지」 이래 줄곧 주체 중심의 사고방식을 고수해 온 작가였다. 지금은 고전이 되다시피 한 작품이지만 주체 중심의 사고를 「객지」만큼 철저하게 보여준 작품도 없을 것이다. 부랑(浮浪) 노동자 동혁이 회사 측과 타협을 거부하고 산 위로 오르면서 희망에 사로잡혀 내보인 다음과 같은 결의는 황석영의 행로와 작품 전체를 지배하는 강렬한 파토스(pathos)와도 같은 것이었다. "꼭 내일이 아니라도 좋다."는 확신. 즉, 희생이 보상되고 모두가 한 뜻으로 뭉칠 수 있는 미래가 펼쳐지지 않더라도 결코 현재의 생각을 굽히지 않겠다는, 배타적 신념의 전형적 모습인 것이다. 황석영의 작품이 낭만적 열정과 낙관적 신념으로 충만한 것은 이러한 지향성이 작품 전반을 조율하고 있었기 때문이다. 국내에서의 활동이 벽에 부딪히자 먼 이국으로 떠났고, 거기서 다시 미지의 북행길에 오르는 대담하고 파격적인 행보를 거듭할 수 있었던 것은 바로 한 순간도 자신을 회의하지 않는 배타적 신념이 있었기에 가능했던 것이다.

황석영이 주체 중심의 사고에서 벗어나는 변화를 보인 것은 최근의 일련의 작품들 즉,『오래된 정원』(2000),『손님』(2001),『심청』(2003)에서이다.『오래된 정원』에 오면 타자의 시선이 도입되고,『손님』과『심청』에서는 그것이 역사적 시공으로 확장되어 과거사와 인물들의 삶이 새롭게 해석된다. 이 글에서는 이들 작품을 중심으로 최근 소설에서 감지되는 황석영의 변화를 정리하고 소설 교육과 사회성의 문제를 논하기로 한다.

『오래된 정원』은 황석영이 동구 사회주의권의 몰락을 체험하고 나서 쓴 성찰적인 작품이라는 점에서 민주화 운동의 최전선에 투신했던 인물의 내면 심경을 엿보게 해주는 작품이다. 작가의 말대로, "거의 십오 년 동안을 딴짓으로 세월을 보”낸 뒤에 “다시 출발할 것”을 다짐하면서 씌어졌고, 그래서 작품의 중심을 이루는 것은 회고와 성찰의 정조이다. 그런데 작가는 과거를 성찰하는 과정에서 운동권의 중심에 있었던 ‘주체’의 시선만을 내세우지 않는다. 1980년대를 운동권 내부의 시각에만 의존하지 않고 그와는 거리를 둔 평범한 소시민의 눈을 통해서 바라보는데, 이는 나와 동질적인 것도 아니고 그렇다고 나를 적대하는 또 하나의 자기의식도 아닌, 이른바 타자의 시선[5]에 의존한 것이다. 소설 속의 한윤희는 작가의 분신이라 할 수 있는 오현우와는 다른 코드(code)를 가진 인물이고, 작가는 그런 타자의 시선을 통해 과거를 조망하고 지난 연대의 세계사적인 의미를 질문하고 있다.

작품에서 오현우와 한윤희는 각기 다른 모습으로 1980년대를 보낸 것으로 그려지지만, 두 사람 모두 처음에는 평범한 소시민에 불과했었다. 오현우는 중학교에서 교직 생활을 하면서 유학을 준비 중이었고, 한윤희는 미술대학을 졸업하고 어렵게 임용시험에 합격하여 시골로 발령받은 초임 교사였다. 이 평범한 인물들이 시대의 급류를 타게 된 것은 우연히 체험한 ‘광주사태’ 때문이었다. 광주항쟁을 직접 체험한 뒤 오현우는, 마치 작가의 실제 모습처럼, 유학을 포기하고 조직운동에 적극적으로 뛰어들었고, 그것이 빌미가 되어 수배를 당하고 간첩죄로 검거되어 18년 동안이나 긴 옥고를 치러야 했다. 한편, 우연한 기회에 광주 비디오를 녹화해서 본 한윤희는 참극이 벌어졌던 기간에 전라도에 있었다는 이유만으로 시대의 커다란 짐을 지게 되었다. 이

---

5) 가라타니 고진(柄谷行人), 송태욱 역,『탐구』1, 새물결, 1998, 1장 참조.

들에게 있어서 '광주'는 인생행로를 바꾸어 놓은 '운명의 덫'과도 같
은 것이었다.

> 그가 놓았던 마당의 징검돌을 한 걸음씩 디디며 돌아다녀 보다가 제
> 자리에 서서 돌 하나를 뒤집어보기로 하다. 징그럽고 오묘하기도 하여
> 라. 지렁이가 세 마리, 쥐며느리는 와글와글, 푸른 이끼도 몇 점, 돌 틈
> 서리로 억지로 솟아 나와 있던 제비꽃의 흰 뿌리가 그 축축한 땅 밑에
> 깊숙이 박혀 있는 것도 보인다. 나는 이 작은 우주를 건드려놓은 걸 후
> 회했다. 돌을 다시 제자리에 고스란히 비뚤어지지 않게 조심해서 놓으
> 며 세상에 대하여 잠시 생각하다.6)

작품 전체에 걸친 강렬한 상징으로 기능하는 이 대목은 오묘한 일상
의 삶을 헝클어 놓은 파천황(破天荒)의 폭력이나 다름없는 '광주'를 암
시한다. 징검돌 아래 오묘하게 존재하는, 갖가지 곤충과 식물들이 어우
러져 만들어낸 우주와도 같은 게 우리 일상의 삶인데, 그것을 느닷없
이 뒤흔들었으니 그 혼돈을 어찌 다 헤아릴 수 있으랴! '광주'란 일상
의 평화와 질서를 뒤흔든 폭력이었고, 오현우나 한윤희는 그 폭력 앞
에 노출된 유약한 미물에 지나지 않았다. 따라서 오현우가 미래의 꿈
마저 접어버리고 운동에 뛰어들었던 것은 생존을 위한 처절한 몸부림
으로 이해될 수 있다. 사람이 사람을 죽이는, 세계의 근원적 질서가 흔
들릴 때 거기에 대응하는 방법은 원초적일 수밖에 없을 것이다. 오현
우는 '어중간한 생각이나 행태로는 막강한 폭력을 이겨낼 수 없고 또
한 민중에 의한 권력의 장악은 한 세대가 지나도 불가능할 것'이라고

---

6) 황석영, 『오래된 정원』 상, 창작과비평사, 2000, 74면.

생각했다. 그래서 혁명을 꿈꾸었고, 노동대중의 힘을 동원할 수 있는 방법에 대해서 고민하였다. 혁명의 전위를 키우는 사상학습에 몰두하면서 그는 "급진적인 경향은 절망과 치욕감을 이겨낼 수 있는 유일한 길"이라는 사실을 깨달은 것이다. 이렇게 해서 오현우는 자연스럽게 민주화 운동의 주역으로 성장한다. 돌이켜보자면, 1980년대 이후 우리 사회를 이끌었던 인물은 오현우와 같은 사람이고, 그런 점에서 그는 1980년대 이후 우리 사회를 이끈 변혁의 주체라 하겠다. 그래서 오현우를 중심으로 작품을 이해하자면 『오래된 정원』은 작가 황석영이 자신의 과거를 회상하고 반성하는 내용으로 정리할 수 있을 것이다. 목숨을 내놓아야 하는 고통과 위기의 행보가 서사의 중심이 되고, 작품은 운동권의 중심에 있었던 인물이 지난 과거를 회상하는 후일담이 되는 것이다.

그런데 오현우와 한때 동거했던 한윤희의 시각으로 작품을 이해하자면 작품의 내용은 사뭇 다르게 의미화된다. 한윤희는 사실 운동과는 거리가 먼 인물이었다. 오현우가 수배를 당한 뒤 경찰들에게 쫓기는 과정에서 잠시 동거했을 뿐인 그녀는 현우처럼 미래에 대한 화려한 청사진이나 신념을 갖고 있지 않은 그저 평범한 여자에 지나지 않았다. 물론, 현우와 같이 생활하면서 점차 그를 이해하는 모습을 보이지만, 그녀에게 중요했던 것은 소시민적 평화와 일상의 삶이었다.

> 우리가 바라던 세상, 우리가 꿈꾸던 세상은 갈뫼의 단조롭고 평화로운 일상과 같은 그런 곳이라고 나는 생각해왔어요. 하지만 당신이 책을 통해서 생각하고 이루어낼 세상은 결코 단조롭거나 평화스런 고장은 아

니겠지요. 평등을 위한 단호하고 강력한 계급투쟁이 지속되고 있는 긴
장된 소용돌이의 공간이 되겠지요. 혁명의 적들이 둘러싸고 있을 테니
까요. 당신은 이 생활이 자유주의자의 공간이라고 스스로 비하하지 마
셔요. 내가 바라는 것은 겨우 이만큼밖엔 안 되니까요. 그 어떤 체제라
할지라도 당신과 나의 이 초라한 피난처는 있을 거예요. 그렇다면 나에
게 이념은 아무런 문젯거리도 아니겠지요. 당신만 곁에 있다면…….7)

한윤희가 꿈꾸는 세상은 이렇듯 단조롭고 평화로운 일상이다. 그러
므로 한윤희는 현우로 대표되는 민주화 운동의 주체와는 다른, 오히려
그들에게서 비판받았던 부르주아적 가치를 대변하는 인물이라 하겠다.
현우의 입장에서 보자면 윤희는 분명 비판받아 마땅하고, 실제로 "불
의 시대"로 표현된 지난 1980년대에는 윤희와 같은 소시민적 삶은 용
납받기 힘들었다. 애매하고 감성적인 태도는 부르주아의 소시민 근성
이라 하여 단호하게 비판되었고, 그 대신 과학과 배타적 신념만으로
살아갈 것을 주문받았다. 하지만 지금 생각하자면, 자기와 다르다고 매
도하는 그런 태도를 결코 정상적인 것이라고 볼 수는 없을 것이다. 이
마무라가 근대성을 논하면서 갈파한 대로, 그것은 자신이 의도하는 틀
속에 들어가지 않으면 아예 존재하지 않는 것으로 가정해서 처리하는,
주체의 일방적인 관점만을 고집하는 배제의 논리에 다름 아니다.8) 주
인공 현우가 그러한 경직된 시대와 가치를 대변한다면, 윤희는 그것을
비판하고 소시민적 가치의 소중함을 환기하는 인물인 것이다. 그렇기
에 그녀를 중심으로 작품을 이해하자면, 『오래된 정원』은 1980년대 운

---

7) 앞의 책, 216면.
8) 이마무라 히토시(今村仁司), 이수정 역, 『근대성의 구조』, 민음사, 1999, 1장.

동권의 경직된 가치를 비판하고 소시민적인 삶의 의미를 환기하는 내용이 되고, 윤희는 현우의 단순한 보조자가 아니라 당대를 한층 폭넓게 조망하도록 해주는 '타자'가 되는 것이다.

작품의 후반에서, 한윤희가 독일로 유학을 떠난 뒤 거기서 우연히 만난 이희수에게 급격히 빠져든 것은 그런 시대에서 비롯된 필연적 귀결로 볼 수 있다. 윤희가 서울에서 대학원을 마친 뒤 베를린 유학길에 오른 것은 현실적인 필요성 때문이었다. 대학에서 자리를 잡기 위해서는 유학이 필요했고, 또 오현우의 출감을 기다리기 위해서는 무언가 몰두할 일이 있어야 했다. 그래서 오현우와 사이에서 태어난 딸 은결마저 동생에게 맡기고 만리타국으로 날아간 것이다. 독일에서 그녀는 갈뫼에서처럼 자신의 일에 몰두하면서 고적한 생활을 했고 그만큼 사회 현실에는 관심이 없었다. 오히려 내적으로 심한 외로움에 시달리는 상태였는데, 그런 상황에서 우연히 만난 인물이 이희수였다. 이제 오현우와의 사랑은 그 실체가 아득해졌고 그렇다고 출감 후의 미래를 기약할 수도 없는 상황이다. 오랫동안 그녀는 '중성'이나 다름없는 존재로 지내왔던 것인데, 이희수는 그런 그녀의 잠재된 외로움을 환기하고 '여성'에 눈뜨게 하는 존재로 다가온 것이다. 1980년대는 인간의 기본적인 욕망마저 왜곡해 놓았던 것이고, 그 왜곡된 욕망이 분출되면서 두 사람은 이제 걷잡을 수 없는 운명 속으로 빠져든 것이다.

여기서 이희수 또한 오현우와는 다른 코드를 가진 인물로 주목할 수 있다. 그는 생태론자로 등장하여 자본주의를 비판하는 날카로운 안목을 보여주는데 곧, 사회주의나 자본주의는 하나같이 "풍족한 사회, 풍족함이 순간적인 일에 낭비되는", "생산성의 신화에 사로잡힌" 사회에 지나지 않는다는 게 그의 주장이다.

> 문명은 자연과 사람의 합치된 노력에 의해서만 전환됩니다. 알맹이를 바꾸면 껍데기는 붕괴하거나 새로운 모양이 될 거요. 양적 측면만 중요시하고 수치로 정해서 획일적으로 취급하면, 사물을 만들고 부수고 하는 아주 중요한 질적인 면을 알아차리지 못해요. 물질에 치우친 효율이라는 개념은 규모경제라는 신화로 이어집니다. (…중략…) 사회주의든 자본주의든 생산성의 신화에 사로잡힌 채로 시작한 건 마찬가지요. 풍족한 사회, 풍족함이 순간적인 일에 낭비되는 사회는 세계 전체의 모델이 될 수 없어요. 풍족한 사회의 규범은 세계를 향해서, 우리의 기술과 개발방법을 따르기만 하면 당신들도 잘 살 수 있다고 하지요. 이건 모두의 재난입니다. 다른 모델이 필요해요. <u>겸허하고 단순하고 생명력 있는 주체의 구체적 변화 없이는 시스템은 변하지 않을 겁니다. 노동과 자본에 관한 우리의 오랜 인문적 호소는 결국은 시스템 내부에 그치고 그것을 변화시킬 만한 힘은 갖게 되지 않을 겁니다.</u> (밑줄-인용자)[9]

이런 지적은 사회주의권의 몰락 이후 분명해졌듯이, 자본주의나 사회주의는 모두 경제합리성과 기술합리성 내지 그것을 받쳐주는 생산력 중심주의를 지표로 해서 작동하는 근대의 쌍생아로, 이를테면 한쪽은 개별 기업의 자유경쟁 체제 중심이고, 다른 한쪽은 관리경제 체제라는 점에서 다소의 차이는 있을지라도 그것을 떠받치는 이념·규범·발상법은 전혀 다르지 않다는 것을 환기시켜 준다. 그런 맥락에서 보자면, 자본주의 이후는 사회주의이고 사회주의가 자본주의의 유일한 대안이라는 기존의 신념은 현실성을 갖지 못한 환상에 지나지 않는다

---

9) 황석영, 앞의 책(하권), 229~230면.

는 것을 알 수 있다.[10] 작중 정영태의 독설처럼, 사회주의란 자본주의에 맞서 "겨우 칠십 년 동안" 유지된 "반체제의 바리케이드"에 지나지 않았던 것이다.

이런 내용을 담고 있는 까닭에 『오래된 정원』은 한때 유행했던 이른바 후일담 소설과는 사뭇 다른 모습으로 다가온다. 후일담 소설이 운동에 투신했던 과거의 열정이 사라진 현실에서 지난 시절을 그리워하고 동경하는 형태라면, 이 작품에는 그런 퇴영적 모습은 보이지 않는다. 황석영은, 과거를 반성한다는 것이 사회주의적 시각에서 과거를 되돌아보거나 아니면 운동권의 한계를 내부에서 비판한다고 해서 이루어질 수 없다는 것을 알고 있었다. 작중 이희수의 지적처럼, 과거를 반성하고 새로운 길을 찾기 위해서는 무엇보다 "겸허하고 단순하고 생명력 있는 주체의 구체적인 변화"가 있어야 하고, "노동과 자본에 관한 우리의 오랜 인문적 호소는 결국은 시스템 내부에 그치고 그것을 변화시킬 만한 힘"을 갖고 있지 못하다. 그렇기 때문에 기존의 이념과 논리가 아니라 과거와는 다른 코드로 시스템 자체를 반성할 때만이 새로운 가능성을 찾을 수 있다고 본 것이다. 작품에서 '생태론이나 모성(母性)'이 중요하게 언급된 것은 이런 타자의 시각을 상당 부분 수용하고 있기 때문이다. 작품 말미에서 한윤희가 근년의 화두는 '어머니'였다고 술회하면서, 모성의 중요성을 강조했던 것은 그런 맥락이다. 사실 근대란 남성들의 '삭막하고 쓸쓸한 갈등의 시대'가 아니던가? 그것은 표면으로는 사랑의 메마른 웃음으로 위장하고 있으나 그 내면은, 잃어버린

10) 이마무라 히토시, 앞의 책, 1장 참조.

또는 잃어버릴지 모르는 권력을 되찾거나 지키기 위해 눈을 부릅뜨는 황량한 남성적 영혼들로 가득한 시대였다. 윤희는 그런 시대를 보내면서 자기 역시 거기에 동화되었음을 자각하고 "이 위대한 자연을 회복하고야 말 것"이라는 다짐에 이르는 것이다.

이와 같이 『오래된 정원』은 근대성 전반을 타자의 시선을 빌려 성찰한 작품이고, 그래서 화자와 한윤희·이희수·정영태의 시선이 번갈아 교차되는 과정은 하버마스 식의 의사소통적 합리성이 구현되는 과정으로 볼 수 있다. 그래서 현우가 출옥한 뒤 갈뫼를 방문해서 윤희의 흔적을 더듬으면서 고백한 다음과 같은 진술은 오늘날 '주체'가 어떠한 모습을 갖고 있어야 하는가를 시사하는, 작품 전체의 주제를 집약한 말이라 하겠다.

> "갈뫼에 와서 윤희의 숨결과 접하면서 나는 상대방을 얻게 되었다. 상대를 통해서 나는 여기 구체적으로 존재한다. (…중략…) 나는 이제 상대를 통하여 세속의 길로 돌아오는 중이다."

3. 현대사를 조망하는 탈주체의 시선

『손님』은 그동안 역사 속에 묻혀 방치되었던 황해도 '신천양민학살사건'(이하 신천사건)의 비극을 조망한 작품이다. 분단에 따른 냉전과 반공주의의 압력 속에서 거의 외면되거나 방치되었던 게 신천사건인데, 그것을 작가는 북한에서의 경험과 뉴욕 체류 당시 전해들은 일화를 바탕으로 재구성해 놓은 것이다.[11] 50여 년 전의 사건을 소재로 한 것이

글누림 작가총서

라는 점에서 작품은 외견상 역사소설로 보이지만, 작가의 시선은 과거사의 단순한 조망에 머물지 않고 그것을 통해 현대사 전반을 성찰하는 쪽으로 전개된다는 점에서 『오래된 정원』의 문제의식과 연결되어 있다. 작품의 제목이기도 한 '손님'을 기독교와 마르크스주의로 규정하고, 우리가 '자생적인 근대화'를 이루지 못한 것은 바로 이 "타의에 의하여 지니게 된 모더니티"[12] 때문이라는 주장에서 현대사 전반에 대한 작가의 깊은 통찰을 엿볼 수 있다.

작가가 신천사건에 관심을 갖게 된 것은 무엇보다 이 사건이 현대사의 비극을 상징적으로 보여준다는 데 있을 것이다. 종종 한국판 '게르니카'라고 불려온 이 사건은 피카소가 1951년 그린 <한국에서의 학살>의 소재가 되었던 것으로 알려져 있으나, 그 실상은 남과 북에서 아직도 정리되지 못한 채 서로 다르게 이해되고 있다. 남한과 북한에서 신천사건을 서로 다르게 본다는 것은 그만큼 이 사건이 분단 비극을 상징하는 복잡한 문제를 내포하고 있고 아직도 아물지 않은 환부로 지속되고 있다는 말이기도 하다.

북한의 주장에 따르면, 신천사건은 미제에 의한 "전대미문의 대규모적인 인간살륙 만행"이다. 작품에서 언급되듯, "신천지구 주둔 미군사령관 해리슨놈의 명령에 따라 감행된 신천 대중학살은 그 야수성과 잔인성에 있어서 제2차세계대전 시기 히틀러 도배들이 감행한 오스벤찜의 류혈적 참화를 훨씬 릉가"한 것으로, "오십이일 동안에 신천군 주

---

11) 작품의 창작 과정에 대해서는 「문학을 찾아서―황석영 편」(『문학동네』, 1999년 봄) 참조.
12) 황석영, 『손님』, 창작과비평사, 2001, 260~261면.

민의 사분지 일에 해당하는 삼만 오천 삼백 팔십 삼 명의 무고한 인민들"이 "잔인하고 야수적인 방법으로 학살"된 사건이라고 한다.[13] 북한은 1958년 김일성의 교시로 신천박물관을 건설한 뒤 '미제의 포악성과 야만성을 폭로하며 미제에 대한 증오사상으로 교양하는 박물관'으로 활용하고 있다고 하는데,[14] 황석영 역시 북한의 안내로 이 박물관을 둘러봤고, 그때 받은 충격에서 『손님』을 쓴 것으로 보인다. 그렇지만 황석영은 북한의 시각으로 사건을 보지는 않는다. 신천박물관을 견학하는 과정에서 이미 북한의 선전과는 다른 "또 다른 진상"이 있을 것으로 믿었고, 그런 생각에서 사건 관련 자료를 모았다고 한다. 그래서 작품에는 북한의 주장이 간단히 소개될 뿐 나머지 대부분은 실제 인물들의 증언과 사료로 채워져 있다.

『손님』은 우선 형식에서 독특한 모습을 보여준다. 작품에서 이야기를 하는 사람들은 류요섭과 그의 외삼촌인 안성만을 제외하면 모두가 세상을 떠난 망자들이다. 작가는 이 망자를 소환하여 각자 자신의 얘기를 진술케 하고, 그 이질적인 구술을 바탕으로 독특한 형태의 리얼리티를 구축한다. 마치 남미의 환상적 리얼리즘처럼, 산자에게 죽은 자의 넋이 나타나서 과거의 진실을 이야기하고 또 서로 적대적이었던 사람들이 귀신으로 환생해서 자신의 이야기를 진술하여 궁극적으로 기독교인과 공산당원, 지주와 작인, 망자와 산자의 화해를 꾀하는 형국이다. 8장 '시왕' 편에서 볼 수 있듯이, 산자와 망자가 한 자리에 앉

---

13) 앞의 『손님』, 99면. 신천사건에 대한 북한의 주장은 『조선통사』 하(조선민주주의인민공화국 과학원 역사연구소, 1958, 417면) 참조.
14) 박명림, 『한국 1950─전쟁과 평화』, 나남출판, 2002, 628~629면.

아 서로 자기 이야기를 주고받는 까닭에 화자와 청자는 마치 서로 간의 이해를 도모하는, 하버마스 식의 이해지향적인 의사소통을 하고 있는 듯이 보인다. 이들의 대화는 어떤 효용이나 목적을 전제로 하지 않는다. 단지 자신의 내면적 진실을 말하고 또 상대의 이야기를 들음으로써 과거의 오해를 풀고 서로가 서로를 이해하고자 할 뿐이다.[15] 작품의 형식으로 '황해도 진지노귀굿' 열두마당을 기본 얼개로 차용하고, 사건의 당사자들을 마치 무당이 귀신을 불러오듯 소환해낸 것도 여러 입장들을 두루 제시하려는 의도로 볼 수 있다. 1장 '부정풀이'에서 시작하여 '신받음', '저승사자', '대내림', '맑은 혼', '베 가르기', '생명돋음', '시왕', '길 가르기', '옷 태우기', '넋반', 그리고 12장의 '뒤풀이'로 끝나는 일련의 구성은 무당이 굿을 시작해서 영신과 대리 구술의 단계를 거쳐 뒤풀이로 끝나는 일련의 과정을 그대로 옮겨놓은 듯하다. 그렇다면 작가는 굿을 주재하는 무당이고, 작품은 이 무당에 의해 소환된 여러 귀신들이 각기 숨은 사연을 풀어내고 용서와

---

15) 황석영은 이런 독특한 방식을 통해서 기존 리얼리즘에서 말하는 객관성(즉, 리얼리티)을 새롭게 구축하고자 한 것으로 보인다. 즉, 황석영은 과거의 리얼리즘 형식은 보다 과감하고 보다 풍부하게 해체하여 재구성해야 하고, 그러기 위해서 "주관과 객관은 분리되어서도 안 되고, 또 화자는 어느 누군가의 관점이나 인칭으로 고정되지 않고 등장인물 각자의 시점에 따라 서로를 교차하여 그려야 한다."고 주장한다. 그가 생각하기에 "한 인물과 사건을 두고도 모든 등장인물들이 보여주는 생각과 시각의 다양성으로 자수를 놓듯이" 써야 객관성을 획득할 수 있다. 그런 생각에서 작가는 서로 다른 타자들의 주장을 제시하고 그것을 통해서 "한반도에 남아 있는 전쟁의 상흔과 냉전의 유령들을 이 한판 굿으로 잠재우고 화해와 상생의 새 세기를 시작하자."는 작가적 전망을 제시하고자 한다. 그렇다면 이 작품은 현실을 생산력과 생산관계를 중심으로 이해하고 그것의 내적 운동성을 그려야 한다는 기존의 리얼리즘관을 새롭게 수정한 것이라 할 수 있다(황석영, 「작가의 말」, 앞의 『손님』, 260~261면 참조).

화해에 이르는 하나의 긴 굿판이 되는 셈이다. 이 독특한 굿판의 형식을 빌어서 작가는 북한의 일방적 시각에서 벗어나 한층 포괄적이고 복합적인 차원에서 사건의 진상을 재현하는, 이른바 탈(脫)주체의 사유를 보여주는 것이다.

작품에는 서로 다른 세 개의 입장이 교차된다. 하나는 학살을 주도한 사람들이고, 둘은 학살당한 사람들이며, 셋은 중립적인 사건의 목격자들이다. 기독교도의 입장을 대변하는 류요한과 상호·봉수 등이 첫번째 인물이라면, 광산노동자 출신의 공산주의자 순남 아저씨나 머슴 출신의 일랑(일찌로)이 두 번째에 해당되고, 이들 모두를 비판하면서 중립적인 입장을 취하는 안성만과 요섭이 셋째 부류에 속한다. 이들은 신분상으로는 서로 다르지만 오랜 시간 함께 생활해 온 친구이자 이웃들이다. 요한·요섭 형제나 봉수·상호는 중농 집안의 자식들로 모두 기독교인이며, 일랑은 동네 머슴이고 순남은 요한의 집에서 머슴살이를 하다가 광산 노동자가 된 인물이다. 이들이 서로를 증오하고 도륙하는 비극의 당사자로 전락한 것은 해방 이후였다.

신천사건의 가해자가 된 '요한'이 보기에, 해방 후 기독교인들이 공산주의자를 증오하게 된 것은 무엇보다 해방 후의 정국이 지주인 기독교도의 이익을 배반하는 쪽으로 전개되었기 때문이다. 공산당은 인민위원회를 결성한 뒤 사회개혁에 박차를 가했는데, 이 과정에서 기독교도를 격분시킨 건 토지개혁이었다. 지주들의 입장에서 볼 때 조상 대대로 물려받은 땅을 빼앗는 행위는 생활의 근거를 박탈하는 폭거였고, 그래서 '천지가 개벽하는 듯한 충격'을 받게 된다. 더구나 토지개혁을 주도한 사람들은 대부분 "제 고장에서 대접 못 받던", "어중이떠중이에 머슴 건달 떠돌이 따위들"이었기에 지주들의 감정은 더욱 참담할 수밖에 없었다. 어려서부터 '코를 맞대고 함께 살'았던 이웃들이나 아니면 종처럼 부리던 아랫사람들이 어느 날 갑자기 상전의 심판관이 되어 땅을 내놓으라고 협박하는 상황이 된 것이다. 후일 요한이 일랑과 순남 아저씨를 잔혹하게 살해한 것은 이때 받은 인간적인 배신과 모멸감 때문이었다. 즉, 3월 5일 전국적으로 내려진 토지개혁령에 따라 요한의 아버지는 반동으로 지목되었고, 친구인 상호의 아버지 역시 반동으로 지목되어 목에 '악질지주'라는 팻말을 걸고 다녔다. 요한의 아버지는 토지를 분여하겠다고 해서 나왔으나 온몸에 피멍이 든 상태였는데, 이 일을 주도한 인물이 다름 아닌 농촌위원장 이찌로(일랑)였다. 일랑은 동네의 몇몇 자작농들이 추렴을 해서 고용한 동네 머슴에 불과했던 인물이어서 동네 사람들은 누구도 그에게 경어를 쓰지 않았고 대신 일본식으로 이찌로라고 불렀을 뿐이다. 그런 그가 '박일랑 동지로 둔갑'해서 아버지를 폭행하고 토지를 강탈했으니 요한에게는 "하늘과 땅이 뒤집힌 것"과 같은 충격일 수밖에 없었던 것이다. 이 충격에서 요한은 "빨갱인 거저 씨를 말려야" 한다는 결심을 굳히고, 이후 자신의 행위를 "성전을 위한 싸움과 순교"로 받아들이게 된다.[16]

---

16) 기독교도의 입장에서 신천사건을 기록한 대표적인 저술로는 『抗共의 불꽃』(조동환, 보문각, 1957)이 있다. 이 책은 사건이 발생한 7년 후의 시점에서 정리한 것이라는 점에서, 시각의 문제를 떠나 상대적으로 신빙성이 높은 것으로 판단된다. 황석영 역시 이 책을 검토했고, 특히 기독교도의 이야기는 상당 부분 이 책에 의존한 것으로 보인다. 물론 이 책은 "공산주의를 반대하고 자유를 선택한" 월남민의 시각이라는 점에서 반공주의적 성격이 짙게 배어 있다. 책의 서문에

이러한 입장에서 보자면, 신천사건은 토지개혁으로 모든 걸 잃게 된 지주들이 과거의 은혜를 망각한 채 파렴치한으로 돌변한 공산주의자에 대한 적대감에서 야기된 것으로 정리할 수 있다. 그런 까닭에 기독 청년인 요한에게 공산주의자들은 사탄과 같은 존재였고 자신의 행위는 자연스럽게 사탄에 맞서는 성전으로 이해된 것이다. 사건이 확대되어 서로를 도륙하는 참혹한 상황에서도 요한이 전혀 죄의식을 느끼지 않았던 것은 그런 믿음에서였다. 하지만, 요한과는 정반대의 위치에 있었던 순남·일랑의 입장에서 보자면 그것은 한갓 변명에 지나지 않았다. 순남과 일랑의 입장에서 볼 때 요한의 부친을 비롯한 기독교인들은 모두 일제치하에서부터 권세를 누리던 '친일파'이자 '악질 반동'이었다. 순남과 일랑은 요한과는 전혀 다른 코드의 생각을 갖고 있었던 것이다.

공산주의자인 '순남이 아저씨'가 보기에, 해방 후 사회개혁의 과정에서 가장 큰 방해 세력은 친일 지주를 포함한 기독교인들이었다. 해방이 되었음에도 불구하고 일제에 빌붙어서 떵떵거리며 살았던 이들은 여전히 높은 자리에 앉아 호령하는 상황이 지속되고 있었다. 요한의 아버지와 할아버지는 일제 때 동척의 마름으로 땅마지기랑 과수원을 차지한 뒤 세율을 조작하는 등 작인들을 괴롭혔던 사람들이고, 광명교회 나가던 사람들도 대부분은 많건 적건 제 땅을 갖고 밥술깨나 먹던

해당하는, 당시 국방장관이었던 김용우의 추천사에서 "6·25 전란이 일어나던 해 10월 13일 황해도 신천 재령의 젊은 청년학도들을 중심으로 일어난 반공의 거는 수많은 무명용사들의 피를 흘려 국군과 UN군이 북한을 수복하기 전 황해도 일대를 적구들의 치하에서 완전 해방시켰던 것입니다."라는 말에서 그런 사실을 단적으로 확인할 수 있다.

사람들이었다. 그런데 이들은 해방이 된 뒤에도 여전히 건준의 요원으로 자리 잡고 앉아 토지개혁을 반민족적 발상이라고 주장하는 등 기득권을 지키기에 여념이 없다. 이런 상황에서 공산당은 계급투쟁을 보다 확실하고 가열차게 벌여야 하며, 우파라고 불리는 자들은 실제 '친일파이자 지주이며 자본가이고 또 인민의 적인 미국과 남쪽 반동들의 앞잡이'라는 사실을 폭로한다. 그리고 이들의 토지와 삼림을 국유화하여 토지개혁을 하고 소작제를 폐지하여 토지를 농민에게 무상분배해야 하고, 외세와 계급의 적들을 분쇄하려면 북한에 민주기지를 수립해야 한다는 것을 천명한다. 공산주의자들은 이를 바탕으로 이후 한층 '격렬하게 계급투쟁'을 전개하는데, 요한의 아버지를 폭행하고 토지를 강탈한 이찌로는 그 행동대원이었다. 이찌로는 화전을 일구어 살다가 일제의 대대적인 화전 단속에 걸려 형무소에 갔고 이후 공사판을 전전하다가 해방이 된 뒤 공산주의를 배운 인물로, '땅은 어디까지나 농사를 짓는 사람들의 것이 되어야 한다'는 신념에서 지주들의 토지 몰수에 앞장선 것이다. 요한의 아버지를 끌어내고 토지문서를 강탈해간 것은 그런 신념에서 비롯된 행동이었다.

이런 입장에서 보자면, 순남을 포함한 공산주의자들의 행동은 친일 분자들을 척결하고 토지를 경작자인 인민들에게 돌려주어야 한다는 대의를 실천한 것이 된다. 일제시대부터 지주들에게 온갖 설움을 당했던 까닭에 이들은 "해방이 되어 일본을 몰아냈다는 확실한 증거는 국토를 인민이 되찾는 것"이라 믿었고, 그것을 실천하는 게 사회주의 건설이라고 본 것이다. 따라서 이들이 개혁하고자 했던 것은 지주와 토지제도였다. 그런데 공교롭게도 지주의 대부분이 기독교도였고, 그래서 외견상으로 기독교도와 대립하는 형국이 된 것이다.

이렇게 발단된 사건은 이후 서로 간의 증오와 복수가 반복되는 대규모 학살로 이어진다. 작가의 서술을 통해서 언급되듯이, 특히 재령과 신천에서 민간인이 대규모로 학살된 것은 낙동강까지 후퇴했던 미군이 삼팔선을 넘어 북으로 진격하던 때와 이후 중공군의 참전으로 유엔군이 다시 밀려 내려오던 시점이었다. 먼저 학살을 자행한 것은 기독교인들이었다. 미군이 인천에 상륙했고 머잖아 밀고 올라오리라는 기대에서 기독교인들은 재령을 미리 제압하기로 결정하고, 몇 안 되는 인민위원들을 간단하게 처단한 뒤 바로 재령을 장악하였다. 그런데 공교롭게도 그것이 서부전선에서 퇴각하던 인민군에게 알려졌고, 이에 흥분한 인민군 정규부대가 재령에 진입하여 그들에게 무자비한 복수를 감행한 것이다. 이틀 동안 읍내를 장악한 군부대는 퇴각하는 과정에서 "전부터 반동이라고 파악된 집은 물론이고 기독교인들 집까지 찾아가 상대방이 그랬던 것처럼 집안에서 온 가족을 처형"했고, 그 사흘 밤낮이 구월산 인근에서의 '피의 도화선'이 된 것이다.

사태가 이렇듯 급박해지자, 요한을 비롯한 기독청년들은 그냥 앉아서 당할 수는 없다는 생각에서 먼저 신천의 치안을 확보한 뒤 공산당과 맞서 과감히 싸울 것을 결의한다. 재령에서 피해 온 기독청년들과 연합한 이들은 곧장 신천 일대를 장악하고 공산주의자들을 검거하기 위한 대대적인 색출작업에 들어간다. 이 과정에서 요한은 일랑과 순남이 아저씨를 직접 처단하기 위해 집으로 쳐들어갔고, 가족들을 모두 죽인 뒤 일랑은 철사줄로 코를 꿰어 끌고 다녔으며, 순남 아저씨는 본인의 희망대로 그 자리에서 총살하였다. 이후 학살은 더욱 대담해져서,

특히 평양이 다시 인민군에게 탈환되었다는 소식이 전해진 뒤에는 기독청년들의 만행이 한층 무자비해졌다. 소식을 접한 청년단과 치안대는 후퇴를 준비하면서 읍내에서만 아니라 마을 곳곳에서 즉결처분을 시작했고, 심지어 수백 명을 한꺼번에 학살하기도 하였다. 이제 적과 아의 구분도 사라져서 같은 교인이라도 좌익에 관여한 경력이 있으면 바로 처단하는 살벌한 상황이 된 것이다. 요한의 말대로, "우리는 시험에 들기 시작했고 믿음도 타락했"으며, "더 이상 사탄을 멸하는 주의 십자군이 아"니게 되었다. 인민위원회에 관여했다는 이유로 상호는 친구인 요한의 누나와 그 자식들을 학살했고, 요한은 그에 대한 복수로 상호의 약혼자인 박명선의 세 여동생을 사살했다. 피가 피를 부르는 아비규환의 상황에 빠져든 것이다.

이렇듯 『손님』은 서로 상반된 입장을 동시에 보여줌으로써 신천사건을 보다 온전하게 이해할 수 있도록 해준다. 그동안 북한은 순남이나 일랑의 시각에서 신천사건을 규정해 왔고, 남한의 일부 인사들 또한 그런 견해를 비판 없이 수용하고 있었다.[17] 북한은 이 사건뿐만 아니라 북한지역에서 발생한 모든 양민 피해, 즉 좌우의 투쟁과정에서 좌파는 물론 심지어 우파의 피해조차 전부 미군과 국군의 학살이라고 주장해왔다.[18] 토착 좌우익의 대결과정에서의 피해나 토착 우익의 공격에 의한 노동당원의 피해조차 북한은 그렇게 설명해 온 것이다. 이

---

17) 북한과 동일한 주장을 하는 대표적인 경우로 박세길(『다시쓰는 한국현대사』 1권, 돌베개, 1988), 이재봉(「피카소가 고발한 신천사건」, 『노근리 그 후』, 월간 말, 1999)을 들 수 있다.
18) 김동춘, 『전쟁과 사회』, 돌베개, 2000, 195~281면.

를 통해서 북한은 미제의 야만성을 강조하고 체제 내부의 결속을 다져온 것인데, 신천사건 역시 그런 정치적 선전의 도구였던 셈이다. 그런데 요한은 북한의 그러한 주장이 터무니없다는 것을 말해준다. 공산주의자들의 급진적 개혁정책에 대한 거부감, 인간적인 모멸감, 종교적 사명감 등 기독교인들 역시 그들에게 맞서 싸우지 않을 수 없는 충분한 이유를 갖고 있었던 까닭이다. 실제로, 김일성 정권이 추진한 급진적인 혁명노선은 구 친일세력은 물론 자유주의 세력·기독교 세력 등 민족주의 노선에 공감하는 상당수의 중간층까지 그러한 개혁작업에 강력하게 반발하는 반혁명세력으로 결집시키는 결과를 가져왔었다.[19] 급진적 혁명과정에서 극도의 공포심을 내보인 작중의 요한을 비롯한 기독청년들은 그런 현실을 단적으로 대변하는 셈이다. 따라서 두 입장을 동시에 고려하자면, 양측 모두 타당한 근거를 갖고 있어 어느 하나만이 옳다고 말할 수 없는 것이다. 처지와 입장을 바꾼다면 서로를 이해할 수도 있겠으나, 자신의 입장만을 일방적으로 앞세운 까닭에 피차 씻지 못할 상처를 남긴 것이다. 그렇다면 신천사건은 눈앞의 현실에만 급급해서 미처 상대를 헤아리지 못했던 주체의 미성숙에서 비롯된 것임을 새삼 확인하게 되는데, 그런 사실을 작가는 요섭과 요한의 삼촌이 되는 안성만, 즉 '소메 삼촌'을 통해서 암시한다.

요한과 요섭의 외삼촌인 안성만은 신천사건이 발생할 당시 현장에 있었으나 다행히 목숨을 건져 아직도 북한에 생존해 있는 인물로, 그가 보기에 신천사건은 분별력이 약한 "혈기 많은 이들에 의해서 끌려

---

19) 김동춘, 앞의 책, 248면.

간” 사건이었다.

나는 교단이나 당의 양측이 모두 혈기 많은 이들에 의해서 끌려간다고 생각했다. 대의원 투표일 문제로 다투던 것도 기억하고 있다. 성경에도 나오듯이 가이사의 것은 가이사에게로 돌려준다지 않는가. 안식일 예배를 보고 나서 오후에 귀가하여 투표를 하면 되었을 텐데. 나라에서는 투표일을 하루 늦추어 이튿날 오전까지 기회를 줄 수도 있었을 거다. 하지만 양쪽 다 투표의 거부와 강행은 핑계에 지나지 않았다. 가난하던 이들이 땅을 분여받아 굶주리지 않게 된 것은 예수님의 행적으로 보더라도 훌륭한 일이었다. 교회나 절이 가지고 있던 땅을 소작인에게 나누어준 일도 당연했다.

그때 우리는 양쪽이 모두 어렸다고 생각한다. 더 자라서 사람 사는 일은 좀 더 복잡하고 서로 이해할 일이 많다는 걸 깨닫게 되어야만 했다. 지상의 일은 역시 물질에 근거하여 땀 흘려 근로하고 그것을 베풀고 남과 나누어 누리는 일이며 그것이 정의로워야 하늘에 떳떳한 신앙을 돌릴 수 있는 법이다. 야소교나 사회주의를 신학문이라고 받아 배운 지 한 세대도 못 되어 서로가 열심당만 되어 있었지 예전부터 살아오던 사람살이의 일은 잊어버리고 만 것이다.[20]

작품에서 확인되듯이 요한, 상호, 봉수, 일랑, 순남 등 신천사건을 주도했던 양측의 인물들은 모두 젊은 청년들이었고, 또 하나같이 자신의 생각만을 절대시하는 독선적 사고의 소유자들이었다. 기독교도들은 해방 후 변화된 현실을 외면한 채 단지 공산주의자들이 자신들의 사회적 지위와 종교 활동을 탄압하지 않을까만을 걱정했고, 공산주의자들은

---

20) 앞의 『손님』, 176면.

그런 그들의 입장을 고려하지 않고 '악질 반동'으로 몰아붙였다. 실제 역사를 참조할 때, 양측은 모두 해방과 더불어 전개된 급격한 상황 변화에 합리적으로 대응하지 못했던 것으로 보인다. 토지개혁은 불과 두어 달만에 이루어졌고, 이 과정에서 그것을 주도한 젊은 공산주의자들은 열정은 넘쳤으나 기존의 전통적인 경작방식이나 민족 부르주아들의 입장을 전혀 고려하지 않았다. 이를테면 조만식이나 그와 비슷한 기독교계의 지도자들이나 지방 향신층으로 이루어진 교계의 장로들을 포용하지 못했고, 이들 상반된 세력은 토지개혁에의 저항, 주일날 대의원선거의 강행과 불참, 그리고 테러와 체포·처형으로 맞대결하게 된 것이다. 이러한 조급성은 당시 급박했던 국제정세와 분단 탓일 수도 있으나, 김일성을 중심으로 재편된 북한정권 자체가 항일 빨치산들을 중심으로 급조된 단체였다는 사실과 무관하지 않다.[21] 기독교인들 역시 미숙하기는 마찬가지였다. 평안도와 황해도의 서북지역은 조선에서 기독교 특히 개신교가 가장 먼저 퍼진 지역이었으며, 신자수도 장로교 전체의 절반 이상을 차지하였다.[22] 그리고 기독교 신자들은 일제시대 민중들의 생활수준보다 높은 중농(中農) 이상의 사회·경제적 지위를 갖고 있었다. 그런데 해방과 더불어 이런 사회적 지위에 심각한 변화가 생겼고 심지어 종교 활동까지 위협을 받았다. 그런 상황에서 기독

---

21) 해방 후 북한의 상황에 대해서는 『한국분단사연구』(신복룡, 한울, 2001), 『북한 50년사』1(임영태, 들녘, 1999), 『북한현대사 101장면』(고태오 외, 가람기획, 2001), 『다시 쓰는 한국현대사』(1~3)(박세길, 돌베개, 2003) 참조.
22) 강인철, 「월남 개신교·천주교인의 뿌리」, 『역사비평』 여름호, 1992. 당시 기독교인들의 대응은 앞에서 인용한 『抗共의 불꽃』을 통해서도 자세히 확인할 수 있다.

교도들은 지하로 숨어들었고 그것이 자연스럽게 공산당에 맞서는 지하조직으로 이어진 것이다. 백색테러로 유명한 서북청년단이나 한독당 또는 반공청년단의 정신적 근거는 사실 기독교, 그중에서도 개신교와 깊게 관련되어 있었다. 이와 같이 서로가 미성숙한 주체였기에 사건은 격렬하고 야만적일 수밖에 없게 된 것이다.

작가는 이 주체의 미성숙이 우리 현대사를 왜곡한 가장 큰 원인이라고 보는 것이다. "야소교나 사회주의를 신학문이라고 받아 배운 지 한 세대도 못 되어 서로가 열심당만 되어 있었지 예전부터 살아오던 사람살이의 일은 잊어버리고" 말았다는 진술은 근대 이후 서양문화에 대한 우리의 맹신적 태도를 단적으로 비판한 말이다. '열심당'이란 주체의 신념을 절대시해서 타자를 배제하는 독선적 태도를 말하며, 실제로 우리 현대사는 작가의 통찰처럼 '손님'으로 상징된 외세와 그 추종자들에 의한 광기의 역사라 할 수 있을 것이다. 그리고, 그 광기란 푸코가 언급한 바, 타자를 감금하고 배제해온 독선적 주체의 역사인 것이다. 그렇다면 신천사건의 진짜 주범은, 기독교도나 공산주의자들의 주장과는 달리, 사람살이의 근본을 망각한 채 손님만을 맹신한 우리의 왜곡된 현대사 그 자체인 것이다. 주체의 미숙한 시선에서 벗어나 사물을 공평하게 본다면 기독청년이나 공산주의자들은 서로가 서로를 증오하고 해코지할 하등의 이유가 없었던 것이다. 작가 황석영이 황해도 '진지노귀굿'이라는 독특한 형식을 빌려서 말하고자 한 것도 결국은 주체의 반성과 근대성 전반에 대한 성찰인 것이다.

4. 소설 교육과 타자의 지평

소설 교육을 말하는 자리에서 이렇듯 '타자'의 문제를 언급하는 것은, 서로 다른 코드를 가졌음에도 불구하고 '윤희와 현우', '요한과 순남·일랑'이 마침내 서로를 이해하는 대화적 관계를 만들었듯, 작품을 제대로 감상하기 위해서는 상호 이질적이고 맥락을 달리하는 요소들까지도 적극적으로 수용해야 한다는 생각에서였다. 주체의 시각만을 강요할 때 나타날 수 있는 현상은 타자를 배제한 독선과 아집일 뿐이다. 하지만 우리 사회는 서로가 서로에게 의존하면서 살지 않을 수 없는 까닭에 타자를 배제한 그런 태도를 결코 온당하다고 볼 수는 없다. 삶과 현실을 고려하지 않은 채 추상적 개념과 맹목적 정답만을 강요하는 교육은 이제 중단되어야 한다. 개인의 체험이란 상대화되었을 때 의미를 갖는 것이고, 소설이란 이 타자화된 주체를 서술하는 양식인 까닭이다.

『오래된 정원』을 '타자'에 주목해서 읽으면 주체를 중심으로 이해한 것과는 한층 다른 모습으로 드러난다. 1980년대란, 돌이키자면, 독단적 이념과 그에 수반한 배제의 논리가 횡행했던 시절이었다. 절대권력에 맞서는 변혁운동의 과정에서 선명한 이념과 강경한 투쟁은 무엇보다 중요할 수밖에 없었고, 그것은 자연스럽게 피아(彼我)를 구분하는 배제의 논리로 나타났다. 과학과 이성을 강변했음에도 불구하고 상황은, 타자를 이해하고 포용하기보다는 오로지 주체의 일방적인 관점만을 강요하였다. '나에게 타당한 것은 다른 모든 사람들에게도 타당하다'는 사고방식이란 사실 독선적 편견에 다름 아니다. 운동의 중심에서 벗어나 평범한 소시민의 삶을 갈망했던 한윤희에게 중요했던 것은 평화로운 일상의 나날이고, 운동과 이념은 그녀의 관심권 밖에 놓여 있는 것이었다. 사고의 중심을 그녀에게 놓는다면, 오현우로 대표되는 1980년대란 주체의 일방적 강조와 타자의 배제라는, 근대의 부정성에 깊게 침윤된 시기였음을 확인하게 된다. 『손님』은 이 독선적 주체가 역사 현실에서 어떻게 작동했는가를 보여주는 비극적 사례라 하겠다. 산자와 죽은 자가 대화를 나누며, '신천사건'이라는 동일한 사건에 대한 서로 다른 세 입장이 교차되는 과정을 통해서 작가는 남도 아니고 북도 아닌, 사건의 진실을 새롭게 재구해낸다. 자신을 타자와 함께 상대화하는 즉, 자기를 중심으로 놓고 타자들을 배열하기보다 자신과 타자를 포함하는 전체 장(場)의 한 부분으로서 자신을 이해하는 것이다. 작가는 이 다원적 시선을 통해서, 남한을 중심에 놓고 북한을 배제하는, 혹은 북한의 시각에서 남한을 규정하는 일방성에서 벗어나 남과 북을 동시에 상대화하는 탈주체의 사유를 보여주는 것이다. 통일이 어느 일방의 논리와 주장만으로만 이루어질 수 없는 것이라면 이러한 시각은 앞으로 더욱 심화되어야 할 것이다.

소설 교육이 추구해야 할 목표의 하나는 작품에 대한 포괄적이고 깊이 있는 이해와 감상능력의 배양이다. 소설 교육에서 타자를 고려하는 것은 이러한 능력을 제고하는데 그것이 중요하게 고려되어야 하기 때문이다. 그런 맥락에서 소설 교육에서 타자의 문제는 좀 더 다듬고 정교화되어야겠지만, 다음과 같은 몇 가지는 강조할 필요가 있을 듯하다. 논리와 이성 대신에 감성 교육을 한층 강화할 필요가 있다. 소설 교육은 한편으론 미를 향유하고 계발하는 예술교육이고 따라서 감성의 계발과 연마는 심미적 인간을 양성하는 중요한 과정이다. 논리와 이성으로 작품의 구조를 해석하면서 동시에 작중의 정황과 분위기와 인물의 내면을 감성으로 느끼고 즐길 수 있어야 한다. 다음으로 작품에 투사된 이질의 영역들을 적극적으로 포섭해야 한다. 개발과 진보의 논리에 맞선 생태·환경론자들의 주장이라든가 남성에 대한 여성, 남한에 대한 북한, 한국에 대비되는 동아시아, 주인물에 대한 부인물 등은 그동안 소홀히 다뤄온 이질의 영역들이다. 1990년대 이후 소위 '포스트(post)' 담론의 등장과 함께 이들이 적극적인 관심의 대상이 되었지만, 지금 보자면 그것은 일시적인 흥미 이상으로 진척되지 못한 듯하다. 이 타자의 영역들이 소설이라는 잡종의 형식 속에서 구현되는 양상을 고찰하고, 그것을 통해서 작품 감상의 방법을 개발하는 등의 보다 적극적인 노력이 요망되는 시점이다.

소설은 타자화된 주체를 다루는 양식인 까닭에 다른 교과목과는 달리 주체의 효율과 합리성보다는 타자를 이해하고 소통하는, 그래서 다원적 가치를 존중하는 사회적 주체를 양성하는데 중점을 두어야 할 것이다. 이제 사람들은 누구나 자신의 기준에 의해 보다 나은 것을 추구하고 그로 인해 진짜 좋은 것이 무엇인지도 모르는 상황이 되었다. 자유가 보편화함으로써 각자가 부자유스럽게 되었고, 이성이 보편화하고 정보량이 폭발적으로 증가함으로써 아는 일보다 모르는 일이 더욱 많아졌다. 이런 상황을 비추는 거울과 같은 과목이 문학인 까닭에 이종적인 타자의 영역은 역설적으로 더욱 소중할 수밖에 없는 것이다. 더구나 문학교육은 본래, '있는 것'에 대해 거부하는 자세, '거부하는 정신'을 가르치는 것인[23] 까닭에 주체를 거부하고 미처 인식하지 못했던 타자의 영역을 변화의 계기로 수용하는 일은 더욱 필요할 수밖에 없다. 앞으로의 역사는 어쩌면 동혁과 같은 독선적 인물이 아니라 자기를 배제하고 타자에게 귀 기울이는 자들에 의해서 움직일지도 모른다.

출전 : 강진호, 「소설 교육과 타자의 지평 – 황석영 소설을 중심으로」,
『현대소설사와 근대성의 아포리아』, 소명출판, 2004.

---

23) 송하춘, 「창작교육의 의의와 전망」, 『문학과 문학교육』 2호, 문학과교육연구소 편, 푸른사상, 2001, 22면.

황석영 소설의 젠더 (무)의식

－초기소설을 중심으로

1. 서론－황석영 소설의 근대성과 여성성

황석영은 1962년 「입석 부근」으로 등단한 뒤 「객지」(1971), 「한씨연대기」(1972), 「삼포 가는 길」(1973) 등의 문제작을 계속 발표하면서 1970년대의 대표 작가로 평가받았다. "현실이 스승"[1]이라는 작가의식을 토대로 "알몸뚱이로 부딪쳐 들어가는 현실"[2]과 맞부딪히기에 그의 소설은 "세상을 그 바닥에까지 훑어가며 이해하는 능력"[3]에 토대를 둔 "참

---

* 김미현 / 이화여자대학교 국어국문학과 교수
1) 황석영·최원식(2003), 「황석영의 삶과 문학」, 최원식·임홍배 엮음, 『황석영 문학의 세계』, 창작과비평사, 42면.
2) 천이두(1978),「건강한 생명력의 회복」, 『황석영전집』, 어문각, 411면.

된 사회의식"[4]과 "투철한 인간 의지와 현실, 그리고 역사의식에 바탕을 둔 건강한 리얼리즘"[5]을 보여준다는 것이다. 즉 노동, 분단, 산업화 등의 문제를 통해 한국의 근대화를 리얼리즘적 입장에서 소설화한다는 것이 1970년대 황석영 소설에 대한 평가의 주조였다.

이런 리얼리즘적 특성은 황석영 소설을 자연스럽게 '남성적 문학'으로 규정짓게 했다. 그의 등단작인 「입석 부근」에서부터 지속적으로 발견되는 부단한 상승의지나 씩씩함의 세계가 바로 '남성적인 힘'에 바탕을 둔 적극적인 현실 참여나 현실 개혁, 유토피아 지향 등의 의지와 연관되기 때문이다. 그리고 이런 '힘' 혹은 '의지'와 '남성성'과의 등치로 인해 황석영 소설은 '여성 혐오'의 단계를 넘어 "여성성 박탈"[6]의 상태를 보여준다는 비판까지도 받았다. 여성인물이 전혀 등장하지 않는 「객지」를 비롯한 그의 대부분의 소설에서 남성인물들이 중심적 역할을 담당하는 반면, 여성인물들은 부차적 의미만을 지닌다는 사실이 이를 증명해준다.

하지만 황석영의 소설을 이처럼 평면적이거나 단선적으로 파악하기에는 무리가 따른다. 앞에서 지적했듯이 리얼리즘적 요소가 강한데도 불구하고 비현실적 영웅주의나 손쉬운 해결, 낙관적 전망 등과 연관되는 '낭만주의적' 요소를 지녔다고 비판받는 것[7]과 동일한 맥락에서,

---

3) 김인환(1977. 6), 「체험의 문학」, 『창작과비평』, 690면.
4) 염무웅(1977), 「인간 회복의 문학」, 『장사의 꿈』(황석영 소설선), 범우사, 14면.
5) 이태동(1981, 봄), 「역사적 휴머니즘과 미학의 근거」, 『세계의 문학』, 57면.
6) 진형준(1985), 「어느 리얼리스트의 상상세계」, 『우리시대의 문학』 3집, 문학과지성사, 403면.
7) 앞의 글, 408~409면.

그의 '남성적 문학'도 여성성에 대한 반응이나 여성성의 영향으로부터 자유롭지 못할 수 있기 때문이다. 황석영 소설에 나타나는 남성성에도 균열이나 틈새가 존재함으로써 여성성과의 무의식적 관계가 설정될 수 있다는 것이다. 또한 여성성의 배제나 축소, 왜곡 역시 여성성에 대한 두려움이나 공포의 역반영(逆反映)일 수 있다는 점이나, 아무리 작가가 남성중심적인 문학을 의도했더라도 실제 작품에서는 작가가 의도하지 못했던 젠더의식이 드러날 수도 있다는 점 등을 고려한다면 황석영 소설의 남성성과 여성성의 관계를 재고할 필요가 있다.

특히 황석영 소설의 모태를 살펴볼 수 있는 초기소설8)에서 여성인물들은 주로 남성인물들에 의해 타자화된 주변적 인물들로 존재하지만, 의외로 남성인물들의 의식이나 행위에 적극적으로 개입하는 양상을 보이기도 한다. 즉 앞에서 지적되었듯이 주로 남성인물들을 중심으로 한 현실 비판 의식이나 개혁 의지가 형상화되지만, 그 과정에서 여성인물이 담당하는 역할 또한 간과할 수 없다는 것이다. 황석영 소설에 나타난 여성성이 이처럼 모순된 이중성을 보인다면 그에 대한 '다시' 혹은 '제대로' 읽기가 필요하다. 하지만 황석영 소설에 대한 이런

성민엽(1984), 「작가적 신념과 현실」, 백낙청·염무웅(편), 『한국문학의 현단계 Ⅲ』, 창작과비평사, 136~138면.
김우창(1993), 「밑바닥의 삶과 장사의 꿈」, 『시인의 보석』, 민음사, 361~377면 참조
8) 황석영의 전 소설을 현재를 기준으로 할 때 크게 3시기로 나누어 볼 수 있다. 등단 이후부터 「객지」, 「한씨연대기」, 「삼포 가는 길」 등의 대표 중·단편소설을 주로 쓴 초기(1962~1970년대 중반), 『장길산』(1974~1984), 『무기의 그늘』(1983~1988) 등의 장편을 연재하면서부터 방북(1989)하기 전까지에 해당하는 중기(1970년대 후반~1980년대 후반), 감옥 체험 이후 발표한 『오래된 정원』(2000), 『손님』(2001), 『심청』(2003)부터 현재까지에 해당하는 후기(2000년~현재) 등이다.

'여성적' 읽기는 페미니즘적 입장에서 그의 소설을 비판적으로 읽기 위한 것이 아니다. 오히려 실제 텍스트에 나타나고 있는 복잡한 상호작용에 주목함으로써 황석영 소설에 대한 객관적 이해를 시도하기 위한 것이라고 할 수 있다.[9]

사실 1970년대라는 사회적 현실을 감안한다면 남성과 동등한 입장에서 적극적인 행동을 보여주지 못한다고 해서 여성을 전근대적 인물로 평가하는 것은 논의를 지나치게 단순화할 우려가 있다. 그리고 본격적인 산업화 시대가 시작된 1970년대 한국 사회의 근대성[10]을 논의할 때 일제 식민지 시대인 1930년대에 관한 논의들에서처럼 '남성=근대적 주체', '여성=전근대적 주체'라는 기존의 이분법적 틀을 그대로 답습하는 것 또한 비역사적이고 비생산적인 논의라고 할 수 있다.[11]

이에 본 연구에서는 황석영의 초기소설 속 여성인물의 존재 양상을 남성인물과의 관계를 중심으로 살펴 본 후, 그러한 여성인물의 특성이 황석영 초기소설의 근대성 문제와 연관되는 지점을 살펴보도록 하겠다. 황석영의 초기소설은 1) 장편소설 중심인 이후 시기와 달리 중·단편 소설 중심이기에 작가의식을 좀 더 집약적이고도 반복적으로 고찰할 수 있다는 점, 2) 이후 시기에 나타나는 여성성의 확대와 여성 이미

---

9) 팸 모리스, 강희원 옮김(1997), 『문학과 페미니즘』, 문예출판사, 65면 참조.
10) 본 연구에서는 근대성(modernity)을 지금까지 서구 근대의 삶과 사회를 지배해 왔던 규준으로서의 인식론(협의의 개념)에서부터 그것이 낳았던 전반적인 문화 형성과 가치체계(광의의 개념)까지를 모두 포괄하는 용어로 사용한다. 따라서 근대성은 역사상의 시대 구분 개념이나 모종의 철학적 용어를 가리키기도 하고, 근대 사회의 제도적 특징이나 문학 예술의 새로운 경험 내용을 지칭하기도 한다. 김성기 외(1994), 『모더니티란 무엇인가』, 민음사, 5면 참조.
11) 리타 펠스키, 김영찬·심진경 옮김(1998), 『근대성과 페미니즘』, 거름, 26면 참조.

지의 왜곡 양상 및 그에 관한 최근 논란들[12]을 볼 때, '전사(前史)'나 '징후(徵候)'로서 그의 초기소설에 나타난 여성성을 재검토할 필요가 있다는 점,[13] 3) 여성성을 의식적으로 강조하거나 노골화시키는 다른 시기의 소설들에 비해 여성성에 대한 무의식적 혹은 분열적 인식까지도 문제 삼을 수 있다는 점 등에서 이 작가의 젠더 (무)의식을 살펴보기에 적절하다고 할 수 있다.

이를 위해 황석영의 초기소설 중 예외적으로 남성인물과 거의 동등한 역할을 담당하는 여성인물이 등장하면서 소설의 제목 자체도 여성

---

12) 이런 논란의 중심에 서 있는 작품이 바로 『심청』이다. 이 소설의 주인공 심청은 황석영 소설의 여성인물들이 지닌 분열과 모순을 가장 첨예하게 보여준다고 할 수 있다. '매춘의 오디세이'를 통해 동아시아의 근대화 과정과 고난 받는 여성사를 접목시키려 했다는 작가의 직접 설명을 놓고, 적극적이고 자발적인 여성 주체의 새로운 모습을 발견하는 측(서영채, 오태호)과, 관음증적인 남성의 성적 환타지의 구성물에 불과하다는 측(박숙자, 정문순), 보다 중립적인 입장에서 고난 받는 여성사로서의 근대사에 주목하는 측(김경수, 최영석) 등의 의견이 다양하게 개진되고 있다.
서영채(2004, 봄), 「창녀 심청과 세 개의 진혼제」, 『문학동네』.
오태호(2004, 봄), 「황석영론 연구」, 『작가세계』.
박숙자(2005. 5), 「여성의 몸을 탐하는 남성의 서사」, 『여성과 사회』.
정문순(2004, 상반기), 「포주의 시선에 포획된 여성의 몸」, 『비평과 전망』.
김경수(2004, 봄), 「우리소설의 확장방식에 대하여」, 『동서문학』.
김경수(2004, 봄), 「근대와 젠더, 그리고 解恨 이야기의 발견」, 『작가세계』.
최영석(2004, 봄), 「강신과 축귀」, 『작가세계』.
13) 이런 맥락에서 볼 때 흔히 '남성의 문학'으로만 해석되었던 황석영의 등단작 「입석 부근」에 내재된 여성적 특질을 밝힌 남진우의 논의는 시사하는 바가 크다. 그에 의하면 전형적인 남근 상징인 '입석'의 내부에는 '자궁'이 숨겨져 있기에 바위는 남근이기도 하고 자궁이기도 하다. 그런 남성성과 여성성의 공존 양상을 더욱 발전시켜 남진우는 황석영 소설의 '비극적 영웅주의=수직적 초월=비장한 숭고미'와 '민중적 전망주의=수평적 확산=낙천적 골계미'의 공존까지 연계시키고 있다.
남진우(2000, 가을), 「돌의 정원─황석영 소설과 알레고리적 상상력」, 『문학동네』.

인물을 상징하고 있는 「가화」(1971), 「섬섬옥수」(1973), 「몰개월의 새」(1976) 등 3편을 중점적으로 살펴볼 것이다. 이 소설들에 나타나는 남성인물들의 여성인물들에 대한 모순적인 체험을 통해 작가 황석영 양가적인 근대 인식을 더욱 확실하게 확인할 수 있기 때문이다. 또한 이러한 작업을 통해 여성을 근대의 '바깥'에 위치시키는 기존의 환원론적이고 상투적인 시각의 교정이 가능하고, 근대의 '안'에서 다양한 역할을 담당했던 여성들과의 상호연관 속에서 더욱 분명해지는 남성들의 근대 체험도 효과적으로 설명될 수 있기 때문이기도 하다.

2. 구원하는 여성의 저항성―「가화」

「객지」(1971)와 같은 해에 발표된 「가화」는 여러모로 「객지」와 대조적인 소설이다. 여성인물이 한 명도 등장하지 않은 채 극악한 노동 현장에 대한 고발을 리얼리즘적 입장에서 형상화한 「객지」와 달리, 「가화」는 자신이 버린 옛 애인을 찾아 헤매는 남성의 이야기가 비현실적이고도 몽환적인 분위기로 서술되고 있기 때문이다. 「가화」는 늦게 발표되었지만 탐미적이고 내면적이었던 대학시절에 작가가 이미 써 두었던 소설로서, 오르페우스를 모티프로 삼아 지옥과 같은 물신 세계에서 잃어버린 사랑을 찾아 헤매는 이야기다.[14] 근대적 질서 안에서 삶의 의미를 획득하지 못하는 남주인공 '무(茂)'가 '무(無)'로 변화해가는 과정과 실존적 몸부림을 중심으로 서사가 진행되고 있다.[15]

14) 황석영(2004, 봄), 「황석영이 황석영을 말하다」, 『작가세계』, 22면 참조.

어느 비 오는 날 늙은 노파에게 반강제적으로 꽃 한 송이를 산 남주인공 '무'가 집에 돌아와 보니 과거에 헤어진 '여자'가 와서 기다리고 있다. "낮에는 빈둥거리고 밤마다 얼빠진 술주정꾼들을 위하여 기타를 퉁기는"(127면)16) 밤무대 악사(樂士)로서의 생활에 염증을 느끼고 있었던 '무'는 여자와의 재회를 통해 재생을 꿈꾼다. 꽃을 팔았던 늙은 노파의 말처럼, 여자를 제대로 사랑함으로써 부정적 현실에서 벗어나기를 바라기 때문이다. 이럴 때 여자는 '무'처럼 근대화된 산업사회 속에서 주체성을 상실한 남성에게 전근대적인 향수를 불러일으키면서 상처의 치유나 영원한 재생을 가능하게 해주는 '구원의 여성'17)에 해당한다.

그런데 여자는 하룻밤을 '무'와 같이 보낸 뒤 갑자기 사라져 버린다. 뒤에서 밝혀지지만, 이미 죽은 여자가 환상적 존재로 화(化)해서 '무'를 찾아온 것이기 때문이다. 여자가 사라진 후의 '무'의 심정은 다음처럼 서술된다. "무는 자기가 방안에 혼자 남아 있다는 사실과 생전에 이렇게까지 한 여자를 만나고 싶었던 적이 한번도 없었음을 알았다. 그는 새우처럼 몸을 꾸부리고 올라가야 하는 비좁고 어두운 통로를 생각했다."(138면) 여기서 "새우처럼 몸을 꾸부"린 자세는 자궁 속의 태아를 연상시키기에, "비좁고 어두운 통로" 또한 '산도(産道)'의 상징으로 볼

---

15) 오태호(2004), 「황석영 소설의 근대성과 탈근대성 연구」, 경희대학교 박사학위 논문, 125면 참조.
16) 앞으로 소설의 본문 인용은 『황석영 중단편전집』(전3권, 창작과비평사, 2000)을 기준으로 「가화」는 『객지』(1권)에서, 「섬섬옥수」는 『삼포 가는 길』(2권)에서, 「몰개월의 새」는 『몰개월의 새』(3권)에서 각각 인용하면서 면수만을 밝히도록 한다.
17) 리타 펠스키(1998), 앞의 책, 89~104면 참조.

수 있다. 어머니의 자궁 속에서 다시 태어나려는 요나처럼 '무'는 여자를 찾아 나선다.

이런 '무'가 찾아간 곳은 댄서였던 여자가 자수성가한 사업가와 결혼 후 공연을 하고 있다는 '골든 힐'이라는 곳이다. 회원제로 운영되면서 조직적인 통제와 효율적인 노동이 이루어지는 골든 힐은 바로 근대 자본주의 사회의 축소판이다. 골든 힐에서 '무'는 '낯선 두려움(unhomely)'을 느낀다. 이런 감정은 권력에 예속된 상태에서 탈피해 해방된 정체성을 되찾으려는 자아정치학의 시작이라고도 할 수 있다.[18] 그런데 이곳에서 '무'는 여자를 찾지 못한다. 오히려 '무'가 확인한 것은 여자가 1년 전에 자살했다는 사실이다. 그 이후 골든 힐을 나오는 '무'에게 들리는 것은 희망이 없는 현실 세계로의 진입을 알리는 "승냥이의 울부짖는 소리"(152면)뿐이다. 이제 '무'에게 가능한 것은 새로운 세계로의 초월이 아니라 기존 세계로의 회귀이다. 이럴 때 구원의 여성이었던 여자는 '낭만적 여성'이 아니라 지극히 '현실적 여성'으로 변하게 된다. 유토피아로의 초월이 아니라 디스토피아로의 귀환을 확인시켜주기 때문이다.

기존 논의에서는 '무'의 이런 '남성적' 추구와 그 좌절에만 초점을 맞춰 근대의 폭력성이나 주체성 상실의 비극성과 문명 비판적 요소만 강조했다.[19] 그리고 여자 또한 골든 힐이라는 근대 세계로 '무'를 인도

---

18) 문재원(2005), 「황석영 초기소설연구―<가화>, <탑>, <돌아온 사람>을 중심으로」, 『한국문학논총』 제41집, 414면 참조.
19) 김치수(1979, 가을), 「산업화 사회에 있어서 소설의 변화」, 『문학과지성』.
　　이태동(1981, 봄), 「역사적 휴머니즘과 미학의 근거」, 『세계의문학』.
　　김종철(1989, 봄), 「산업화와 문학」, 『창작과비평』.

하는 안내자로서 기능하기에 남성의 근대 체험을 위한 도구나 희생양으로 간주되었다. 괴테의 『파우스트』에서 파우스트가 새로운 경험과 무한한 자기 발전을 위해 버려버린 어린 시골처녀 그레첸과 유사한 여성인물이 바로 「가화」 속의 여자라는 것이다. 하지만 '무'로부터 버림받았을 때 여자가 어떤 태도를 보였는지에 대해 고찰해 보면 의외의 면모를 발견하게 된다. 근대적 남성 주체를 위한 도구나 희생양으로만 여자를 규정짓기에는 무리가 따르기 때문이다.

> 여자는 굴 양식장의 깊고 잔잔한 물이 내려다보이는 높은 바위 벼랑에 올라섰다. 높아서라기보다 꺾어온 꽃의 찌르는 것 같은 냄새 때문에 어지러웠다. 그 여자는 꽃을 한송이씩 바위로부터 던졌다. 꽃송이가 빙글빙글 돌면서 수면 위에 내려앉아 엷은 파문을 주위에 퍼뜨렸다. 바위 그림자가 아주 미약하게 흔들렸다. 진홍의 반점은 노을의 파편이 날아와 앉은 것처럼 보였다. 잠깐 한자리에 떠 있던 붉은 점이 천천히 반원을 그리면서 바다로 트인 물길을 따라 흘러나갔다. 그 여자는 굳게 엉켜있던 감각들이 느슨하게 풀리며 바깥을 향해 놓여나는 것을 느꼈다. 여자가 꽃들을 계속해서 던졌다. 마지막 남은 꽃의 이파리들을 뜯어 날렸다. 가지와 꽃의 형상에서 해체된 색깔들이 와! 하는 함성을 지르면서 물 위로 떨어져갔다. 물 위에 흩날린 꽃잎의 아라베스크, 빈 손이 된 여자는 신을 벗었다. (133~134면)

여자는 골든 힐에서의 화려한 생활에 만족하지 못한다. 낙서를 하다가 우연히 "꿀, 꿀, 꿀"(132면)이라고 돼지 울음소리를 써야 할 자리에 받침 하나 차이인 "꿈, 꿈, 꿈"(132면)이라고 쓰는 여자의 "실착(失錯)"(132면)은 여자의 숨길 수 없는 이런 무의식이 드러난 것이다. 골든 힐로 대변되는 자본주의 체제에 두려움을 느끼면서 미친 듯이 물건을 사들이는 것으로도 채워지지 않는 여자의 결핍이나 욕망이 가시화되는 순간이기 때문이다. 가난한 댄서에서는 벗어났지만 정신적인 허무감을 극복하지 못한 자신에게 남아있는 꿈이나 자의식을 확인하는 순간이기도 하다. 그런데 아이러니하게도 자신의 욕망이나 꿈에 대한 이런 확인이 여자의 자살을 불러온다.

여자는 가사(假死) 상태에 있었던 도시를 벗어나 '무'와 여행했던 바닷가에 와서 자살한다. 하지만 이때의 자살이 단순한 패배나 도피가 아니라 저항의 의미로도 읽힌다는 데에 문제의 복잡성이 있다. 인용된 앞의 예문에 드러나듯이 바위에서 떨어져 자살할 때 여자의 몸은 골든 힐에서의 '가화(假花)' 상태에서 벗어나 '생화(生花)'와 같은 존재로 변환되면서 바다를 따라 퍼져나간다. 이때 그녀는 "굳게 엉켜 있던 감각들이 느슨하게 풀리며 바깥을 향해 놓여나는" 듯한 느낌을 받는다. 그리고 이처럼 여자가 바다를 향해 찢어진 꽃잎들처럼 몸을 날릴 때 들리는 소리가 '비명'이 아닌 "함성"이라는 점에서 여자의 죽음이 지닌 확산성과 초월성, 저항성을 확인할 수 있다. 여자가 도시로부터 버려진 것이 아니라 스스로 도시를 거부한 것이라고 읽힐 여지를 주는 장면인 것이다. 그래서 여자의 자살 장면은 이 소설에서 가장 몽환적이고 심미적으로 묘사되고 있다.

이렇게 볼 때 '무'가 왜 골든 힐에서 여자를 찾지 못했는지에 대해서도 새로운 대답이 가능해진다. 여자가 이미 죽었기 때문이라는 일차적 해석 이외에도, 골든 힐이라는 근대적 자본주의 체제로부터 벗어나려 했던 저항적 존재이기 때문이라는 이차적 해석도 가능하기 때문이

다. 그래서 여자는 죽어서 '무'를 다시 찾아왔을 때 "여전하시군요. 어
린애 같아요."(128면)라고 말하면서 '무'의 미성숙함을 비판하는가 하면,
'무' 또한 여자와의 재회에서 "여자의 얼굴에 근심이라든가 우울의 그
늘이 없는"(127면) 것을 보고 놀라면서 "새로워진 여자가 오래 전에 남
긴 잔상을 짓뭉개고 완전해지기 위하여 다시 찾아온 것"(137~138면)이
라고 생각한다. 다시 태어남으로써 근대를 극복한 것은 '무'가 아닌 여
자였던 것이다. 그래서 여자는 "덜 되었던 그것이 혼자 완전해져서 현
재의 시간으로 소급되어"(130면) '무'의 근대 경험에 적극적으로 영향을
미치는 존재로 볼 수 있다. 또한 이런 언급을 통해 '무'가 이미 여자에
대한 지배력과 통제력을 상실했다는 것이 증명되기도 한다.

이처럼 「가화」에서의 여성인물은 근대의 '바깥'이 아닌 근대의 '안'
에서 남성과 유사하게 근대를 경험하는 주체라고 할 수 있다. 남성의
입장에서 보면 가화(假花)이지만, 남성에 의해 그렇게 취급되었기에 오
히려 근대로부터 자유롭게 벗어날 수 있었기 때문이다. 물론 이 소설
의 주조는 구원의 여성상의 상실로 인한 근대적 남성 주체의 좌절과
패배이다. 그러나 이런 구원의 실패는 여성인물의 창녀성이나 순응성
때문이 아니라 남성인물 자체가 여성인물이 지닌 저항성을 담보하지
못했기 때문으로 볼 수 있다. 그리고 이 소설에서 여성은 남성을 구원
하려는 것이 아니라 스스로를 구원하려는 여성이다. 따라서 이 소설의
여성은 남성에게는 부재하지만 스스로는 존재한다. 이런 여성성의 부
재와 존재의 틈새 혹은 균열로 인해 남성인물 '무'는 분열과 혼란을
경험하게 되는 것이다.

3. 산책하는 여성의 성찰성―「섬섬옥수」

근대성 논의에서 '산책자(flâneur)' 모티프는 도시를 중심으로 한 자본주의 문명의 체험을 대변한다. 벤야민의 보들레르 연구에서 잘 드러나듯이 근대적 지식인이나 문학생산자로서의 산책자가 거리를 걸으면서 관찰하고 탐구한 도시의 풍경 자체가 바로 근대의 산물이기 때문이다. 따라서 산책자는 근대적인 성찰이나 사유를 대표하는 주체로 자리매김 되면서 자본주의적 일상이나 소외에 대한 반응을 보여주게 된다. 바야흐로 집이 아닌 도시에 사람이 속하는 시대가 도래한 것이다.[20] 산책자는 도시의 관찰자로서 도시를 방랑하면서 독해한다. 그리고 그 과정에서 무위와 무기력, 흥분과 중독, 순간과 영원, 자연과 상품 사이에서 분열을 경험하는 근대적 주체가 된다.[21]

그런데 문제는 이런 산책자 경험에서 '여성산책자(flâneuse)'는 제외된다는 사실이다. 도시 자체가 남성의 공간으로 간주되었기에 도시를 거니는 행위도 남성의 전유물로 인식되었고, 거리를 배회하는 여성은 대부분 성적으로 타락한 창녀들로 취급되었다.[22] 따라서 여성의 산책은 그 자체로 성적 일탈이나 위반, 타락을 의미하는 위험한 행위이기에

---

20) 발터 벤야민, 반성완 편역(1983),『발터 벤야민의 문예이론』, 민음사, 131~144면. 마샬 버만, 윤호병·이만식 옮김(1994),『현대성의 경험』, 현대미학사, 189~211면. 수잔 벅 모스, 김정아 옮김(2004),『발터 벤야민과 아케이드 프로젝트』, 문학동네, 241~256면 참조.
21) 그램 질로크, 노명우 옮김(2005),『발터 벤야민과 메트로 폴리스』, 효형출판, 261~291면 참조.
22) 리타 펠스키(1998), 앞의 책, 43면 참조.

통제의 대상이었다.[23] 때문에 여성산책자의 의미를 재규정하는 것은 흔히 남성을 유혹하며 거리를 배회하는 성적 대상물(창녀)이나, 백화점과 아케이드에서 쇼핑하는 사람(소비자)으로서의 경험을 통해서만 여성의 근대성을 인정했던 기존의 담론에 대한 거부와 수정의 의미를 지닌다. 남성산책자와 유사한 산책 경험을 통해 여성을 근대 체험의 주체로 호명할 수 있다면 여성의 근대 체험을 남성과 대립적으로만 파악했던 기존 논의의 한계를 벗어날 수 있기 때문이다.[24]

황석영의 「섬섬옥수」에서는 특이하게도 지금까지 남성산책자들이 보여주었던 면모를 여주인공이 보여줌으로써 여성산책자를 통한 근대

---

23) 여성산책자에 대해 집중적으로 연구한 김복순은 '소요'는 부정적인 의미가 강하고, '산책'은 긍정적 의미가 강하기에 중립적 용어인 '만보'를 사용하자고 제안한다. 그러면서 남성만보객과 여성만보객의 차이점을 강조한다. 남성의 만보가 대상을 외부에 두면서 주체와 대상 간의 거리두기를 통한 관찰이나 성찰을 중시한다면, 여성의 만보는 대상과의 화해나 동일시를 추구하면서 주체와 대상 간의 소통이나 화해를 중시한다고 본다. 그러나 본 연구에서는 이런 김복순의 지적 자체가 만보의 정의나 차이점이 중립적이어야 한다는 자신의 만보 정의를 다시 긍정화시킨다는 점에서 한계가 있다고 보고, 좀 더 일반화되고 긍정적인 의미를 지니고 있는 기존의 '산책자'라는 용어를 그대로 사용하기로 한다. 그리고 이런 남녀산책자의 구별이 근대적인 산책자 개념 자체의 고유성을 무화시킬 위험이 있기에 오히려 남성과 여성 산책자의 공통점에 초점을 맞출 것이다. 그래야 여성산책자가 남성의 근대 체험을 '전유'하는 방식이나 산책의 '결과'에 드러나는 '차이' 또한 더욱 분명해질 것이기 때문이다.
김복순(2005a), 「군사주의의 젠더 전유 양상과 여성만보객」, 『페미니즘 미학과 보편성의 문제』, 소명출판.
김복순(2005b), 「남성 / 여성 만보의 담론화 과정과 감각적 인식」, 위의 책.
김복순(2005c), 「식민지 근대초기의 만보와 소설 형식의 젠더화」, 『현대소설연구』 제28호 참조.
24) 김소영(1996), 「도시를 걷는 그녀, 플라네즈」, 『시네마, 테크노 문화의 푸른 꽃』, 열화당, 48~49면 참조.

체험 양상을 확인할 수 있다. 물론 황석영의 초기소설 중에서 유일하게 여성 '일인칭' 시점인 이 소설에 직접적으로 여주인공의 거리 배회 장면이 나오는 것은 아니다. 그러나 여주인공이 만나는 남성인물들을 통해 집 밖으로의 외출 혹은 여행이 가능하다는 점, 그런 남성인물들이 여주인공의 다양한 근대 체험의 스펙트럼을 구성하고 있다는 점에서 「섬섬옥수」를 여성산책자 소설로 볼 수 있다. 여주인공이 보여주는 남성 편력 자체가 자본주의적 일상이나 그로 인한 소외와 고독의 체험과 연관되기 때문이다.

이 소설의 주인공 '나'(박미리)는 여러 계층의 남성인물들을 만나면서 자본주의 세계의 실체를 경험하게 된다. 지방 소도시 부자의 딸이라는 자신의 신분에 걸맞은 약혼자 장만오, 가난한 사범대생으로서 신분 상승욕에 불타는 김장환, '나'가 사는 아파트의 수리공인 상수 등이 '나'가 만나는 남성들이다. 이들은 각각 상·중·하의 계층을 대표하면서 근대 자본주의 사회에서 자본이 갖는 의미나 계층 간의 갈등을 유형화한다. 여기서 문제적인 것은 소설의 중심축인 상수에 대한 '나'의 감정이나 태도이다. '나'는 거만한 장만오에게 느끼는 거부감이나 혐오감, 신분 상승욕이 강한 김장환에게 느끼는 연민이나 동정심과는 달리 상수에게는 복합적이고도 모순적인 감정을 느낀다. 그 이유는 자신을 노리개로 여기는 '나'에 대해 상수가 보이는 경멸 혹은 무관심과, 그로 인한 '나'의 조바심과 오기 때문이다. '나'를 열망하는 것 같은데도 쉽게 포기해버리는 상수에게서 '나'는 "내가 던지는 것을 모조리 되돌려보내는 묘한 재주"(332면)가 있다고 느낀다. 그래서 '나'와 상수의 관계는 역전을 거듭한다.

기존 해석에서는 이런 '나'와 남성인물들의 관계 속에서만 이 소설의 주제를 도출해냈다. 부르주아 여성의 허위의식과 모순을 폭로하는 사회소설이나 풍자소설로서의 특성에만 초점을 맞춘 것이다.25) 작가 황석영 또한 '나'에 대해 비판적인 어조를 무의식적으로 표출하기도 한다. 일인칭 여주인공 시점인 이 소설에서 유독 자기 자신에 대해 '나'가 비판적 서술을 할 때 작가의 시선이 침투하는 것도 이 때문일 것이다. 가령 "나는 **자신**이 그렇게 요사스럽고 음탕한 여자는 아니라고 생각한다."(308면), "상수의 말이 너무나 생생해서 나는 **자기**가 이미 그에게 능욕이라도 당한 듯한 느낌이었다."(315면), "한때의 바람기에 인생을 걸만큼 **자기**가 어리석다고는 생각되지 않았다."(336면) 등에 나타나는 '자신'이나 '자기'는 문맥상 '내가'라고 서술되어야 할 부분이다. 그러나 작가는 여성인물 '나'에 대해 부정적 시각을 가질 때 '자기'라는 삼인칭적 호칭을 사용하면서 여성인물인 '나'를 타자화시키고 있다. 이런 작가의 (무)의식은 소설의 결말에서 약만 올리다가 결국에는 상수를 거절하는 '나'에 대해 상수가 내뱉는 마지막 말, 즉 "똥치 같은 게, 겉멋만 들어가지구."(351면)라는 말에서 적나라하게 드러난다. 상수의 말을 빌려와 작가 또한 '나'를 허위의식에 가득 찬 속물이라고 비판하는 것이다.

하지만 이런 기존의 남성 중심적 해석에서 벗어나 '나'가 자신이 속

---

25) 오생근(1974. 6), 「개인의식의 극복」, 『문학과지성』, 416면.
　　염무웅(1977), 앞의 글, 15~16면.
　　권오룡(1981), 「체험과 상상력」, 『돼지꿈』(황석영소설선), 민음사, 396면.
　　오태호(2004), 앞의 논문, 80면.

한 부르주아 계층인 장만오에 대해서 비판적이었다는 점이나, 신분 상 승욕에 불타는 김장환에 대해 우호적이었다는 점을 고려한다면 좀 더 새로운 '나'의 면모를 발견할 수도 있다. '나' 자체가 여성산책자로서 의 특징을 보이면서 다른 계층의 남성들과의 만남을 통해 자신의 계층 에 대해 회의하거나 거기서부터 탈출하려는 시도를 보여주고 있기 때 문이다.[26] 즉 여성산책자로서의 '나'는 대상을 통제하면서 소유하려고 하는 전형적인 시각 주체의 '원근법적' 시선과는 달리 탈중심적이고 비권력적인 주체의 '유동적' 응시를 보여준다.[27] 이런 응시를 통해 여 성산책자는 비판적으로 근대를 성찰하는 주체로 자리매김된다.

그러나 여성산책자의 가장 커다란 특징은 성적 환상이 산책의 커다 란 동인으로 작용한다는 것이다.[28] '나'가 일자무식에 천박하기까지 한 상수에게 관심을 가진 것은 그에게 강간당하는 환상을 가질 정도로 그 의 야성적이고도 남성적인 매력이 강하기 때문이다. 사실 여성의 강간 환상은 지극히 남성중심적인 시각에서 만들어진 성적 판타지에 불과 하다. 그러나 여성의 성적 욕망을 적극적으로 부각시켰다는 점에서는 문제적이라고 할 수 있다. 여성산책자의 섹슈얼리티는 기존 사회질서

---

26) 서영인이 이 소설 속의 '나'를 "1980년대의, 화려하고 대단한 집안을 뿌리치고 비장하게 공장을 기웃거려야 했던, 혹은 1990년대, 안락한 일상 속에서 불안과 분열에 시달려야 했던 여성들의 심리적 언니이며 어머니"라고 지적한 것, 장세진이 "특권의식의 양심을 고발하는 희생양"이라고 지적한 것 등에서 적극적이고 긍정적인 근대 여성 주체의 면모를 확인할 수 있다.
서영인(2003), 「물화된 세계, 소외된 꿈」, 최원식·임홍배 엮음(2003), 앞의 책, 142면.
장세진((1989, 상반기), 「소외집단의 존재인식」, 『표현』, 377면.
27) 주은우(2003), 『시각과 현대성』, 한나래, 252면, 396면 참조.
28) 김복순(2005a), 앞의 글, 457면 참조.

나 계층의식의 위반이나 일탈과 연결될 수 있기 때문이다.

그리고 이런 성적 환상이 여성 주체의 나르시시즘에 기반하고 있다는 점에서 그 적극성과 전복성이 더욱 증대된다. 이 소설에서 '나'는 자신의 거세를 보상하기 위해 몸 전체를 남근화(男根化)함으로써 자신을 가시화시키는 여성적 나르시시즘을 보여주기도 한다.[29] 하지만 이와 동시에 '보여지는 나를 다시 보는 나'를 전면에 내세운다. 이럴 때의 '나'는 타자로서의 유혹자가 아니라 스스로를 사로잡고 유혹하는 자기 자신이 된다.[30] '나'가 맨 처음 상수를 만났을 때 "내가 입고 있는 몸에 꼭 끼는 바지 차림이 남자를 거북스럽게 만들고 있음을 알았다. 눈길을 돌리려고 쩔쩔 매며 애를 쓰는 남자를 관찰하기가 아주 재미있었다."(308~309면)라고 생각하는 대목에서 이런 '보여지는 나'와 '보여지는 나를 보는 나'의 이중성이 확인된다.

이런 '나'의 나르시시즘적 행동은 기존의 남성적 시선을 남성에게 되돌려주는 의미를 가짐과 동시에 '보여지는 여성을 다시 바라보는 여성'을 통해서 '보여지는 여성'을 객관화함으로써 기존의 식민화되고 타자화된 여성의 위치에 동의할 수 없음을 드러내는 전략적 기제가 된다.[31] 나르시시즘을 퇴행적 현상으로 보는 프로이트와 달리 여성의 나르시시즘은 '타자화된 나'와 '타자화될 수 없는 나'라는 이중적 자아의 갈등을 보여주면서 여성적 근대 주체의 내면을 형성할 수 있기 때문이

---

29) 배수경(2004), 「페티시」, 여성문화이론연구소, 『페미니즘과 정신분석』, 여이연, 135면 참조.
30) 장 보드리야르, 배영달 역(2003), 『유혹에 대하여』, 백의, 87면 참조.
31) 김복순(2005c), 앞의 글, 36면 참조.

다.[32] 그리고 여성의 이런 나르시시즘이 단순한 신경증이 아니라 일종의 대안적인 성찰 행위에 해당함을 보여준다.[33]

'나'의 이런 성찰성이 잘 드러나는 부분이 다음의 예문이다.

> 나는 눈을 꼭 감고 잠이 들었다. 꿈도 꾸지 않았다. 그냥 벌건 어둠과 갈잎의 서걱이는 소리만 있었다. 참으로 아늑하고 짧은 잠이었다. 그렇게 축복받은 잠에 빠졌던 때가 평생 몇 번이나 있었을까. 나는 관능의 입구를 활짝 열어놓고 내가 여태껏 잘못 길들여왔던 세상의 찌꺼기를 씻어낸 것 같았다. 그때에 그가 나를 안았다. 그의 입술은 서투르고 딱딱했다. 무미건조했다. 내 가슴 위에 얹힌 손과 머리밑의 팔이 훨씬 가까웠다. 생선의 비린내와 왕골의 쓴맛이 감돌았다. 그의 손놀림은 무의식적이고 기계적이어서 청결했다. 하지만 나는 자연스럽지 않았다. 이상하게도 나 혼자 누워있는 것 같았다. 차츰 잠에서 깨어나며 나는 일종의 감각의 결핍상태로 돌아왔다. 사람들이 물결처럼 밀려 오가는 변화가가 생각났다. 생각은 다시 단절되었던 요 조그만 물을 건너 신작로로 달려갔고 여러 가지 책무며 세상에서 내게 요구하는 사항들이 떠올라왔다. 나는 다시 찌꺼기를 주워모아서 내 전신에 휘감았다. (351면)

결말 부분에 해당하는 이 예문에서는 "관능의 입구"를 발견한 여성 산책자의 시선에 포획된 남성의 성적 대상화가 일어나고 있다. 성 역할의 전도가 발생한 것이다. 물론 예문의 뒷부분에 나타나고 있듯이 결국 '나'는 이런 '야성=자연=전근대성'의 영역을 거부하면서 도시 혹은 근대 속으로 귀환한다. '나'는 상수라는 '남성 사이렌'의 유혹을

---

32) 앞의 글, 36면 참조

33) 조영복(2004), 「여성산책자들의 시선과 풍경의 사유」, 『문학으로 돌아가다』, 새미, 360면 참조.

거부하는 '여성 오디세우스'가 되어 "찌꺼기"로 둘러싸인 서울의 "번화가"로 돌아가기를 선택하기 때문이다. 그러나 기존의 논의에서 간과되었지만 보다 중요한 것은 이런 자신에 대해 '나'가 느끼는 '부끄러움'이라는 감정이다. "나는 자기가 정말로 볼품없는 여자라는 걸 깨달았다."(351면)라는 서술에 드러나듯이 '나'는 자신의 한계를 분명하게 인식하고 있다. 자신이 "욕심이 많은 이기주의자"(328면)임을 자인하고 있기 때문이다. 따라서 이런 자신에 대한 비판적 성찰은 근대를 혐오하면서도 근대 안에서 살아갈 수밖에 없는 모순에 대한 긍정과 반성을 보여준다고 할 수 있다.34)

결국 이 소설에서 여주인공의 (무)의식에 주목한다면, 부르주아 여성에 대한 부정적 시각이나 비판이라는 기존의 논의에서 벗어나 부르주아 여성이 스스로에게 느끼는 반성적 자아 인식이나 그 분열 양상을 포착할 수 있다. 여성산책자로서의 '나'가 남성산책자와 비슷한 경험을 공유함으로써 근대 체험에 있어 남성과 유사함을 보여주고 있기 때문이다. 이로써 이 소설에 등장하는 여성산책자는 근대 남성 경험의 '전유(專有)'가 아닌 '공유(共有)'를 통해 남성과 동등한 근대적 주체로서의 자신의 입지를 마련했다고 볼 수 있다.

---

34) 이런 여성인물 '나'의 부끄러움은 김승옥의 「무진기행」에서 남주인공 '나'가 무진을 떠나 서울로 돌아오면서 느끼는 부끄러움과 동궤의 것이라고 할 수 있다. 때문에 여기서 남성과 여성의 근대 경험이 서로 공유될 수 있다는 근거가 마련된다.

4. 소비하는 여성의 친밀성 —「몰개월의 새」

흔히 황석영의 대표작으로 꼽히는 「삼포 가는 길」은 '삼인행(三人行) 소설'로 불리지만 정씨, 영달, 백화 등의 삼인 중에서 서술의 중심은 정씨에 놓여질 수밖에 없다. 정씨의 고향인 삼포로 가는 과정과 그 결말이 소설의 주조를 형성하기 때문이다. 여성인물인 백화의 성격이 강렬하기는 하지만 전형적이거나 부분적으로 서술되고 있는 이유도 여기에 있다. 「몰개월의 새」는 이런 백화의 성격과 이미지, 기능이 소설 전체로 확대된 소설이다. 실제로도 「삼포 가는 길」에서의 창녀 백화의 삶과 「몰개월의 새」에서의 창녀 미자의 삶은 대부분이 겹쳐진다. 백화가 갈매기집에 있으면서 죄수들 옥바라지를 한 것이 미자가 몰개월에 있는 갈매기집에서 파월 장병들의 뒷바라지를 하는 것으로 바뀌었을 뿐이다. 하지만 '순수한 창녀'라는 상투적이고 성적인 남성 판타지가 투영된 백화의 이미지와 달리 미자의 존재는 훨씬 복합적이고 중층적이다.

일단 「몰개월의 새」에서 미자는 창녀이기에 남주인공인 '나'가 미자를 첫 대면하는 장면부터가 예사롭지 않다. 파월 장병 훈련소인 특수교육대 소속의 '나'는 외출을 나갔다가 술에 취해 "시궁창에 하반신을 담그고 엎드린"(182면) 미자를 보고 욕정을 느낀다. 파병을 앞두고 자신의 회한과 성욕을 풀어 줄 '집밖의 여성'이 필요했기 때문이다. 특히 외딴 바닷가 동네인 몰개월로 흘러들어 왔기에 그곳의 창녀들은 "전국에서 가장 깡다구가 센 년들"(181면)이라는 평판이 자자하다. 때문에 창녀로서의 미자는 남성을 '소비하는' 여성이다. 창녀로서 자신의 성을 판매한다는 측면에서는 '판매자'이지만, 성적 무절제를 통해 남성 자체를 소비하면서 스스로를 욕망한다는 측면에서는 '소비자'라고 할 수 있기 때문이다.[35] 향락적 욕망이나 성애의 극치를 대변하면서 소비적인 여성 이미지를 보여주는 것이 바로 창녀로서의 미자이다.

하지만 미자에 대한 '나'의 이런 관습적인 여성관은 자신을 면회와 준 것에 대한 답례로 미자를 찾아갔다가 손님에게 봉변당하는 그녀를 구해주면서 완전히 바뀌게 된다. '나'가 손님에게 맞아 피투성이가 된 미자의 얼굴을 씻어줄 때, 미자의 얼굴은 사물이 아니기에 스스로를 표현하고 계시한다. 그래서 타자의 얼굴과의 만남은 우리가 일상적으로 만나는 사물과는 전혀 다른 새로운 차원을 열어준다. 레비나스에 의하면 타자의 얼굴은 주로 곤궁과 결핍을 지니고 다가오기에 그런 타자의 얼굴이 호소하는 바에 응답함으로써 타자의 도움을 거절하지 않을 윤리적 책임을 요구한다. 따라서 타자에 대한 관심과 책임을 통해 '자유' 대신 '헌신'을 선택하게 되는 '형이상학적 욕망'을 품게 만든다.[36] 이런 고차원적 욕망은 이전에 '나'가 미자에게 가졌던 '성적 욕망'과는 대조되는 것이다.

미자에 대한 이런 인식 변화 때문에 '나'는 미자와 성적 관계를 맺지 못한다. "나는 빠끔이를 먹지 못했다. 낯을 씻길 때부터 먹지 못하게 무관한 사이가 되어버린 것이다. 식구를 먹어주는 놈이 어디 있겠는가."(189면)라는 서술에서 드러나듯이 이제 미자는 '나'에게 '창녀'가 아닌 '식구'가 된다. 물론 이들의 친족관계는 혈연이 아닌 우애나 애정

---

35) 리타 펠스키(1998), 앞의 책, 106~109면 참조.
36) 강영안(2005), 『타인의 얼굴―레비나스의 철학』, 문학과지성사, 146~152면 참조.

에 기초해서 형성된 것이다. 그리고 성적이고 정서적으로 평등하다는 점에서 기존의 성 차별적 권력관계가 아닌 '순수한 관계(pure relation)'를 형성하기도 한다.37) 즉 여성의 '경제적 빈곤'과 남성의 '감정적 빈곤'이 서로 소통되어 평등한 관계를 이룸으로써 이 둘 사이에 '친밀성'이 형성된 것이다. 친밀성이란 공적인 영역에서 민주주의가 실현된 것과 동일하게 사적인 영역에서 정서적 혹은 인격적으로 평등한 두 사람이 민주적인 관계가 이루어지는 것을 말한다.38) 여성의 힘은 지배력이 아닌 친밀성에서 나온다. 그리고 친밀성의 영역에서는 성의 소비가 아닌 감정의 소비가 일어난다. 이럴 때의 소비는 생산성을 갖게 되며, 여성 또한 소비의 객체가 아닌 소비의 주체로 변화하게 된다. 따라서 여성은 더 이상 남성들에게 '누이 콤플렉스'를 불러일으키는 열등한 존재가 아니다.

이런 친밀성 중심의 관계는 '나'에 대한 미자의 사랑을 '합류적 사랑(confluent love)'으로 만들기도 한다. 앤소니 기든스에 의하면 절대적이고 영원한 것을 추구하는 '낭만적 사랑'과 달리 합류적 사랑은 능동적이고 우발적인 사랑이다. 그리고 투사적 동일시에 의존하는 낭만적 사랑과 달리 합류적 사랑은 두 사람의 정체성이 과거에는 서로 달랐음을 인정하는 가운데 새로운 정체성을 협상해 가는 사랑이다. 낭만적 사랑이 '사랑에 빠지는 것(in love)'을 통해 '완성'되는 사랑을 지향한다면, 합류적 사랑은 '사랑을 하는 것(loving)'을 통해 '구성'되는 사랑을 지향

---

37) 앤소니 기든스, 배은경·황정미 옮김(1995), 『현대사회의 성·사랑·에로티시즘』, 새물결, 11면, 28면. 참조.
38) 위의 책, 29면 참조.

한다.39) 특히 미자의 '나'에 대한 태도가 환상이나 열정이 아닌 헌신이나 소통, 특별한 '사람'이 아닌 특별한 '관계'를 더 중시한다는 점에서 합류적 사랑에 해당한다고 할 수 있다.

> 나는 승선해서 손수건에 싼 것을 풀어보았다. 플라스틱으로 조잡하게 만든 오뚜기 한쌍이었다. 그 무렵에는 아직 어렸던 모양이라, 나는 그것을 남지나해 속에 던져버렸다. 그리고 작전에 나가서 비로소 인생에는 유치한 일이 없다는 것을 알았다. 서울역에서 두 연인들이 헤어지는 장면을 내가 깊은 연민을 가지고 소중히 간직했던 것과 마찬가지로, 미자는 우리들 모두를 제것으로 간직한 것이다. 몰개월 여자들이 달마다 연출하던 이별의 연극은, 살아가는 게 얼마나 소중한가를 아는 자들의 자기표현임을 내가 눈치챈 것은 훨씬 뒤의 일이다. 그것은 나뿐만 아니라, 몰개월을 거쳐 먼 나라의 전장에서 죽어간 모든 병사들이 알고 있었던 일이다. (192면)

몰개월의 창녀들은 전장으로 떠나는 병사들 모두에게 헌신한다. 상처받을 수밖에 없음을 알면서도 자신을 남김없이 던진다는 것은 그녀들에게는 손님 혹은 남성이 '대상'이 아닌 '상대'임을 말해준다. 그리고 그녀들에게는 배타성이 아닌 포용성, 소유의 사랑법이 아닌 존재의 사랑법이 더 중요함을 알려주기도 한다. 앞에 인용한 예문에 드러나듯이 미자(들)의 이런 사랑은 남성인 '나'의 입장에서 보았을 때 한 명의 애인이 아닌 "우리들 모두를 제것으로 간직한 것"이고 "살아가는 게 얼마나 소중한가를 아는 자들의 자기 표현"에 해당하는 것이다. 자기

---

39) 앞의 책, 227면 참조.

외적이거나 관계 외적인 것에 의존하기에 정서적으로 빈약한 남성들과 달리 친밀성의 영역에서 '마음의 전문가'나 '감정의 혁명가'로 활동하는 여성들은 이런 '베풂'이나 '보살핌'에 더욱 강점을 보인다. 이 소설이 옛 애인에 대한 낭만적 사랑에 눈이 멀어 미자가 보여준 합류적 사랑의 진정한 의미를 뒤늦게 깨닫게 된 '나'의 반성적 회상 시점으로 서술되는 것도 이런 맥락과 연결될 수 있다.

물론 이런 여성적 친밀성이나 합류적 사랑의 강조가 기존의 보수적이고 희생적인 여성이미지를 답습함으로써 페미니즘 운동 이전으로 여성이미지를 퇴행시킨다는 비판을 받을 수도 있다. 사실상 작가 황석영이 그리고 싶었던 미자의 진정한 의미 또한 '한없이 베푸는 모성적 여성'과 다르지 않을 수 있다. 하지만 앞에서 살펴보았듯이 합류적 사랑을 중심으로 한 미자의 이미지는 모성이라는 지연적 속성이나 남성의 위안물이라는 사회적 역할에 토대를 둔 기존의 희생적 사랑이 아닌, 성적이고 감정적인 측면에서의 평등한 관계를 통한 보다 능동적이고 적극적이며 경험적인 사랑의 의미에 가깝다는 점에서 차별화된다고 할 수 있다. 본능적이고 관념적인 여성이 아니라 역사적이고 실제적인 여성성에 토대를 두면서 더 이상 관습적이고 전통적인 인간관계가 아니라 개인적이고 내재적인 인간관계가 더 중요하다는 사실을 알려주기 때문이다.

이럴 때 미자는 근대적 여성 주체로서 보다 적극적으로 호명될 수 있다. 미자의 모성적 여성성은 미분화된 자연 상태를 의미하면서 남성들에게 향수를 불러일으키는 전근대적 대상이 아니다. 오히려 "미친년처럼 얼룩덜룩하게 화장한 육십년대의 축축한 습기"(176면)를 내뿜는

“화냥년 같은 서울”(176면)에서 탈출하게 해주는 근대 ‘이후’의 ‘탈’근
대적 주체라고 할 수 있다. 따라서 ‘몰개월’은 전근대적 공간이 아닌
탈근대적 공간에 더 가깝고, ‘몰개월의 새’로 상징된 미자는 근대 ‘바
깥’이나 근대 ‘이전’에 존재하는 것이 아니라 근대 ‘안’이나 근대 ‘이
후’에 구성되는 여성 주체의 의미를 지닌다. 미자를 통해 발전이 아닌
만족, 통제가 아닌 선택, 경제적 우월성이 아닌 정서적 우월성으로 근
대 공간을 가로지르는 여성 주체의 특수한 근대 경험을 부각시킬 수
있는 것도 이 때문이다. 따라서 전근대적이고 희생적인 겉 이미지와는
달리 그 표면에 이런 탈근대적이고 주체적인 여성성을 내포하고 있는
미자는 작가 황석영의 젠더 (무)의식을 반영하는 분열된 존재이자 복
합적인 여성인물로 볼 수 있다.

5. 결론―황석영 소설에 대한 여성적 독해

근대성에 대한 논의에서 가장 위험한 것은 남성과 여성의 근대 경험
을 대립적으로 파악함으로써 다양하고도 복잡한 실제 양상을 제대로
파악하지 못하는 것이다. 여성의 근대 체험에는 어느 하나로 환원될
수 없는 여러 갈래의 계기들이 복합적으로 작용하면서 근대를 유동적
이고 구성적으로 만들고 있기 때문이다. 황석영 초기소설의 여성인물
들도 정반대의 이미지를 보여주거나 모순되는 역할을 담당하면서 남
성들의 근대 체험을 조정하거나 보완한다. 때문에 황석영의 초기소설
에 나타난 이런 균열적이고 혼종적인 여성성에 주목하는 것은 궁극적

으로 황석영 소설의 근대성을 이론이 아닌 실제, 관념이 아닌 현실의 차원에서 고찰함으로써 그 입체성과 복합성을 확보하려는 노력에 다름 아니다. 황석영의 초기소설에서 남성인물들이 여성인물에 대해 느끼는 유혹과 공포, 연민과 혐오, 지배와 종속 등의 양가적 감정 자체가 근대성 자체에 대한 이율배반적인 경험에 다름 아닐 것이기 때문이다.

이런 맥락에서 본 연구에서는 「객지」나 「한씨연대기」, 「삼포 가는 길」 등의 소설이 대표하는 남성 중심적 세계 인식에만 고착되어 별달리 재해석되거나 재평가되지 못했던 황석영의 초기소설을 대상으로 그 속에 내재하는 작가의 이중적인 젠더 (무)의식을 살펴보았다. 황석영의 소설에서 여성을 타자화시키는 가부장적 이데올로기를 밝혀내 그의 소설을 비판하는 여성 중심적 입장[40]이나, 이상화되고 긍정적인 여성이미지를 중심으로 황석영 소설을 과대평가하는 남성 중심적 논의[41] 모두 황석영 소설의 어느 한 면만을 부각시키면서 그의 소설에 내포된 근대 의식이나 젠더 의식의 균열과 분열을 간과할 우려가 있기 때문이다.

황석영의 초기소설에 등장하는 '구원하는 여성', '산책하는 여성', '소비하는 여성'들은 겉으로 볼 때 상투적이고 타자화된 이미지를 보여준다. 그러나 그런 부정적인 여성이미지 속에는 각각 '저항성', '성찰성', '친밀성' 등의 긍정적이고 생산적인 특징들이 내장되어 있다. 즉 「가화」에서의 전통적인 구원의 여성상이 갖는 적극적인 저항성, 「섬섬옥수」에

---

40) 최성실(2003, 여름), 「국가주의라는 괴물과 성 정치학」, 『문학과사회』.
41) 김미영(2005), 「황석영 소설에 나타난 여성인물 연구」, 『한국문학 이론과 비평』 제29집, 참조.

서의 여성산책자가 보여주는 비판적 성찰성, 「몰개월의 새」에서의 소비하는 여성이 지닌 민주적인 친밀성 등은 모두 남성 중심적 이데올로기의 표면을 뚫고 나온 여성 주체의 적극적이고도 긍정적인 이면이라고 할 수 있다. 황석영은 이런 모순적이고도 중층적인 여성 인식을 통해 자신의 착종된 젠더 (무)의식을 드러낸다. 의식적 측면에서는 여성을 타자화시키는 측면이 강하지만, 무의식적 측면에서는 여성의 주체성을 인정하는 불연속적 서사를 형성한다는 것이다. 황석영은 여성을 두려워함과 동시에 욕망하고, 폄하함과 동시에 이상화한다. 그리고 여성들이 근대로부터 배제되었다고 생각하지만 남성들보다 먼저 혹은 적극적으로 근대에 참여하고 있는 여성의 경험에 대해 긍정하기도 한다.

사실 황석영 소설의 표면에서 확인되는 타자화된 여성이미지를 보고 그의 반페미니즘적 작가의식을 비판하기는 쉽다. 그러나 한국 근대소설의 정전(正典)으로 평가받는 황석영의 소설들처럼 가치 있는 텍스트에서 여성에 대한 부정적 묘사만을 지속적으로 발견해내면서 그것을 비판하는 것은 여성의 근대 체험을 근대 주체인 남성의 도구나 희생양, 괴물에 불과한 존재로 고착시키는 우(愚)를 범하는 일이 되기도 한다.42) 따라서 보다 생산적이고 미래지향적인 독해는 남성의 권력을 강화시키는 수동적 여성보다는 불일치나 모순을 드러내는 능동적 여성의 재현 양상에도 주목하는 것이다. 황석영 소설이 갖고 있는 남성 중심적 시각의 위험성을 무조건 간과하자는 것이 아니라, 그런 전형적인 남성성의 틈새에서 균열을 일으키며 어렵게 형성되고 있는 여성 주

---

42) 팸 모리스(1997), 앞의 책, 36면 참조.

체의 긍정적 모습을 재발견하자는 것이다.[43)]

　이런 작업을 통해 근대성 자체가 어느 하나로 환원될 수 없는 중층적 구성물이라는 점을 확인할 수 있고, 남성과 여성의 근대 경험을 대립적으로만 파악해온 기존의 근대성 담론에 대한 비판적 검토 또한 가능하다. 근대성에 대한 남성과 여성의 경험은 '질'이 아닌 '정도', '결과'가 아닌 '과정'에서의 차이를 보여준다고 할 수 있기 때문이다. 여성의 능동성과 욕망을 간과하는 기존의 논의를 답습한다면 여성에게 의외로 이로웠거나 이로울 수 있었던 근대의 가능성을 간과하는 것이 되며, 여성 주체들도 남성과 근대 체험을 공유하면서 근대 안에서 근대와 함께 적극적이고도 다양한 역할을 담당했다는 역사적 사실 또한 무시하는 것이 된다. 황석영의 초기소설에 나타난 젠더 (무)의식은 이런 오인의 증거이자 그것의 극복을 위한 발판이기도 한, 중층적이고도 균열적인 근대 텍스트라고 할 수 있다.

출전 : 김미현, 「황석영 소설의 젠더 (무)의식 − 초기소설을 중심으로」,
『어문연구』 제34권 제4호, 2006년 겨울.

---

43) 이런 작업은 페미니즘을 '성찰적 근대화의 또 다른 중요한 표현'으로 파악하려는 시도와도 연관된다.
이수자(2004), 『후기 근대의 페미니즘 담론』, 여이연, 175~176면 참조.

황석영 소설에 나타난 전통 양식 전용 양상 연구
―『손님』, 『심청』, 『바리데기』를 중심으로

1. 들어가며

이 글에서는 황석영의『손님』(2001), 『심청』(2003), 『바리데기』(2007)를 중심으로 각각의 작품에 나타난 전통 양식 전용 양상을 고찰하려고 한다. 이들의 작품은 '황해도 진지노귀굿', 고전 '심청전', 서사무가 '바리데기' 등 우리의 고유한 서사 양식을 차용하여 한반도, 동아시아 나아가 전지구적 차원의 현실적 문제를 제기한다. 이는 과거의 형식을 동시대 현실에 접목시킴으로써 새로운 서사의 모델을 모색하려는 기획의 일환으로 해석할 수 있다.

* 고인환 / 경희대학교 교양학부 교수

작가 또한 이러한 시도에 대해 언급하고 있는데, '리얼리즘적 기획이나 산문도 변해야 한다', '현실주의적 서사를 우리의 형식에 담는다',[1] '우리만의 독특한 서사 언어를 구축해야 한다'[2] 등으로 요약할 수 있다. 여기에는 서구 중심의 근대 서사와 전통 서사 양식을 대화적 맥락으로 이끌려는 시도, 나아가 서구 중심의 근대 소설 양식을 우리의 전통 양식을 통해 창조적으로 전용하려는 의도가 함축되어 있다.[3]

이러한 전통 서사 양식과 근대 소설 양식의 교차는 서구 중심으로 전개된 근대성의 장에서, 식민주의적 지배의 과정을 역전시켜, 비서구 지역의 창조적·주체적 문화를 생성시킬 수 있는 가능성을 시사한다.[4] 이 과정에서 문명의 결여 상태로 부정되었던 전통문화는 서구 중심의 근대성을 상대화하는 주체적 문화로 부활할 수 있다. 물론 이를 위해서는 작품 속에 드러나 있는 전통적 서사 양식이 왜곡된 근대 동일성 담론에 대항하는 미학적 형식으로 거듭나야 한다.

『손님』은 기독교와 마르크시즘으로 대변되는 서구문화(손님)의 왜곡

---

1) 심진경, 「한국문학은 살아 있다―소설가 황석영과의 대화」, 『창작과 비평』, 2007년 가을호, 243면 참조.
2) 황석영, 「문학의 지평에 금표(禁標)는 없다―분단시대를 관통하고 경계를 넘나드는 대서사의 입담―황석영」, 『문학의 문학』, 2007년 가을호, 33면 참조.
3) 물론 여기에는 서구문화의 자장에서 자유롭지 못했던 우리의 문학을 세계화하려는 작가의 욕망이 비껴있다. 다음의 언급은 이를 잘 보여준다. "한국은 언어와 문화가 마이너리틴데 이걸 어떻게 뚫고 나가야 할까요? 전혀 예측 못하는 방향으로, 저들이 여태까지 고수해왔던 소설적 서술이나 방법론, 이런 것과는 다른 방식으로 보여줄 수 있어야 합니다. 그게 바로 자기 스타일이지요."(심진경, 앞의 글, 247면) 이러한 황석영의 발언은 서구 중심의 문학에 대한 강한 대타의식을 함축하고 있다.
4) 나병철, 『탈식민주의와 근대문학』, 문예출판사, 2004, 187~188면 참조.

된 수용이 우리에게 남긴 상처를 치유하기 위한 해원의 넋굿이며, 『심청』은 동아시아 근대의 파고를 헤치며 힘겹게 살다간 수많은 심청을 위로하기 위한 진혼 서사이며, 『바리데기』는 21세기의 디스토피아를 떠도는 디아스포라들에게 바치는 현대판 바리무가라 할 수 있다.

이렇듯, 『손님』, 『심청』, 『바리데기』는 전통 연희 양식을 차용하고 있는데, 이는 억울하게 살다간 원혼(冤魂)을 위로하려는 의도를 함축하고 있다. 황석영이 위무하려는 원혼들은 공통적으로 서구 중심의 근대화 논리에 희생된 수난자의 형상을 띠고 있다. 작가는 이들의 원한을 풀고 화해와 상생의 논리를 제기하기 위해 전통 연희 양식을 차용한 것이다.

이 글은 전통과 급격히 단절되고 서구화로 편향된 한국문학의 근대화 과정에서, 전통 양식의 차용과 현재적 복원은 서구 중심의 근대문학에 응전하는 주요한 방식의 하나라는 점을 전제로 한다. 이러한 전제를 바탕으로 황석영 소설에 나타난 전통 양식 전용 양상을 고찰함으로써 국민국가의 경계를 넘어 새롭게 전개되는 우리 문학의 한 가능성을 탐색하고자 한다.

2. 통일시대를 예비하는 해원의 넋굿─『손님』

황석영의 『손님』은 황해도 진지노귀굿 열두마당을 작품의 기본 구조로 차용하고 있다. 황해도 진지노귀굿 열두마당의 순서와 『손님』의 순서를 대비해보면 다음과 같다.

① 진지노귀굿 : 1. 초부정, 2. 시왕제석, 3. 사자, 4. 대내림, 5. 맑은
   혼 맞기, 6, 사자베 가르기, 7, 생명돋움, 8. 시왕베 가르기, 9. 길
   가르기, 10. 망자 옷 태우기, 11. 넋반상 받기, 12. 상문풀기5)

②『손님』 : 1. 부정풀이－죽은 뒤에 남는 것, 2. 신을 받음－오늘은 어
   제 죽은 자의 내일, 3. 저승사자－망자와 역할 바꾸기, 4. 대내림－
   살아남은 자, 5. 맑은 혼－화해 전에 따져보기, 6. 베 가르기－신에
   게도 죄가 있다, 7. 생명돋움－이승에는 누가 살까, 8. 시왕－심판
   마당, 9. 길 가르기－이별, 10. 옷 태우기－매장, 11. 넋반－무엇이
   될꼬 하니, 12. 뒤풀이－너두 먹구 물러가라

인용 대목에서『손님』은 지노귀굿의 형식을 거의 변형 없이 차용하
고 있음을 알 수 있다. 몇몇 어휘를 현대어로 고쳐 썼으며, 작품 내용
에 맞게 부제를 달았을 따름이다. 이는『손님』에서 황해도 진지노귀굿
이 차지하는 비중을 미루어 짐작할 수 있는 부분이다.

진지노귀굿에는 다른 종류의 굿들과 확연하게 대비될 수 있는 독특
한 구조적 특징이 있는데, 그것은 바로 굿의 절차들 간의 관계가 일관
적 연계성을 지닌다는 점이다. 산자와 죽은 자가 삶과 죽음의 연계성
을 재체험하는 과정이 진지노귀굿에는 일관된 논리로 반영되어 있다
는 것이다. 이는 굿의 제의적 특성과 연관되는데, 특히 지노귀굿에서는
살아남은 자들과 망자와의 이별의 재체험 과정이 강조된다. 이 경우
망자만이 아니라 살아남은 자들 또한 맺힌 한을 풀고 마음이 맑아지는

---

5) 김인회, 「굿에서의 죽음의 교육적 의미－황해도 진지노귀굿을 중심으로」,『황해
   도 지노귀굿－망자의 천도를 비는 굿』, 열화당, 1993, 103면 참조.

단계로 성숙한다.[6]

이러한 특징은 『손님』이 진지노귀굿을 차용하게 된 의도를 잘 보여준다. 먼저 형식적 측면에서 굿의 절차들이 일관된 논리적 순서에 따라 전개된다는 점은 필연적 인과관계를 요구하는 근대 소설의 구조와 상동성을 지니며 대화적 관계를 형성한다. 나아가 넋굿의 형식은 혼령들이 출몰하여 그들의 목소리로 과거를 술회하는 서술 방식을 가능하게 함으로써 근대 소설의 영역을 확장시키는 데 기여하고 있다.

삶과 죽음, 실재와 헛것, 인간과 유령, 현재와 과거 등의 대화(화해)를 통해 비극적 분단현실을 넘어서려는 『손님』의 문제의식이 이러한 진지노귀굿의 구조적 특성에 의해 형식적 안정감을 부여받는 셈이다. 또한 신천학살사건이라는 과거의 역사를 재체험하면서 비극적 분단현실을 극복하려는 작품의 의도는, 살아남은 자들과 망자와의 이별의 재체험을 통해 서로가 맑은 혼으로 승화되는 굿의 절차와 포개지며 상승작용을 일으킨다.

한편, 『손님』에서 작중을 떠도는 유령들은 기독교와 마르크시즘으로 대변되는 서구문화(손님)를 주체적으로 수용하지 못해 억울한 죽음을 당한 원혼들이다. 이들은 분단현실이 야기한 민족적 비극의 희생양이다. 황석영이 차용한 황해도 진지노귀굿은 이들을 위로하기 위한 넋굿인 셈이다. 이 넋굿의 목적은 원혼들의 한을 풀고 화해와 상생의 시대를 준비하는 것이다.

이를 위해서는 두 가지가 전제되어야 한다. 첫째, 과거를 온전하게

---

6) 김인회, 앞의 글, 113~115면 참조.

불러내야 한다. 즉 과거 역사에 대한 왜곡을 걷어내고 원혼들의 목소리를 직접 담아내야 한다. 둘째, 원혼들과 살아남은 자가 만나 맺힌 한을 풀어야 한다. 여기에서 살아남은 자의 몫은 원혼들의 한을 풀어주고 망자를 편안하게 떠나보내는 것이다. 이는 왜곡된 서구문화(손님)를 주체적으로 수용하는 것이 된다. 이 작품의 넋굿이 분단극복의 과제와 연결되는 지점은 바로 여기이다.

그럼 원혼들의 화해 방식을 구체적으로 고찰해 보자. 진지노귀굿에서 망자는 생전에 있었던 그대로의 인격 수준으로 굿판을 찾아와서는 굿 절차가 진행되어 감에 따라 더욱 성숙해진 상태로 승화되어 떠난다.[7] 황석영은 이러한 진지노귀굿의 '맑은혼 맞기' 절차를 차용하여 과거의 원혼을 불러들인다. 작품 곳곳에서 드러나는 서술자의 개입이 절제된 사실의 객관적 제시는, 망자를 생전의 모습 그대로 불러내어 갈등하는 세력 사이의 골 깊은 적대감을 해소하려는 작가의 의도를 함축하고 있다.

'순남 아저씨'(공산주의)와 '류요한'(기독교) 사이의 대화(죽은 자의 대화)를 중심으로 짜여진 '제5장 맑은 혼-화해 전에 따져 보기'는 원혼들의 목소리를 환각·환상의 힘을 빌어 교차 서술함으로써 '제8장 시왕-심판마당'을 예비한다. 제5장에서는 해방 공간에서 이데올로기 대립으로 발생한 '신천학살사건'의 배경을 각자의 관점에서 서술하고 있다. 이는 과거 신천에서 벌어진 살육과 대립의 현장을 구체적으로 제시하기 전에 서로의 입장을 객관적으로 따져봄으로써 양자 사이의 대화적 관계

---

7) 김인회, 앞의 글, 114면 참조.

를 만들어내는 데 기여한다. 이러한 과정을 통해 '제8장 시왕-심판마당'에서는 신천학살사건의 전모가 드러난다. 주목할 점은 유령들의 목소리와 살아남은 자의 목소리가 상호 교차하며 해원의 과정이 구체적으로 드러난다는 점이다.

그러면 살아남은 자의 목소리를 중심으로 해원의 과정을 따라가 보자. 우선 살아남은 자는 원혼들의 목소리를 통해 왜곡된 과거의 역사를 바로잡는다. 이를 통해 과거와 현재, 기독교와 공산주의가 대화적 관계를 통해 주체적으로 전용된다. 이 화해의 영매가 요섭이다. 굿판을 주재하기 위해 요섭은 형과 한 몸이 되어 고향을 방문한다. 이러한 모습은 형의 교조화된 기독교 정신과 요섭의 기독교 정신이 혼용된다는 사실을 드러내주며, 과거와 현재가 대화적 관계를 맺으며 고향(신천)으로 수렴된다는 것을 의미한다. 이는 살아남은 자가 망자와 대면하여 서로의 원한을 확인하고 화해하는 제의의 준비 과정이라 할 수 있다.

한편, 마르크시즘의 관점 또한 요섭의 시각을 통해 객관화된다. 이러한 작업은 북한의 공식적 담론, 즉 마르크시즘의 왜곡된 역사 해석을 요섭의 시각으로 상대화하는 데서 시작된다. 북한은 기독교와 마르크시즘을 배경으로 한 민족 내부의 참혹한 전쟁이었던 '신천학살사건'을 미군이 저지른 만행이라고 왜곡한다. 과거의 역사가 현재의 필요에 의해 정교하게 조작된 것이다. 이러한 북한의 태도는 이 사건을 직접 체험한 요섭의 시각을 통해 폭로된다.

북한의 공식 담론을 상대화한 요섭은 또 다른 영매 소매 삼촌을 만남으로써 기독교와 마르크시즘 사이의 대화적 관계를 형성하는데 성공한다. 소매 삼촌이라 불리는 안성만은 교인이며 당원이다. 이는 기독교와 마르크시즘을 동시적으로 체현한 인물이라는 사실을 암시한다.

　　야소교나 사회주의를 신학문이라고 받아 배운 지 한 세대도 못 되어
서로가 열심당만 되어 있었지 예전부터 살아오던 사람살이의 일은 잊어
버리고 만 것이다.8)

　　"사람은 무슨 뜻이 있거나 가까운 데서 잘해얀다구 기랬디. 늘 보넌
식구들콰 동니사람들하구 잘해야 한다구. 길구 제 힘으로 일해서 먹구
살디 않으문 덫을 놓아 먹구살게 되넌데 기거이 젤 큰 죄라구 말이다.
난 목사가 되딘 않았디만 선생님 말씀대로 살라고 힘써서."
　　(…중략…)
　　"아직두 난 교인이다. 길구 당원이야."9)

　　안성만은 '예전부터 살아오던 사람살이의 일', 즉 '가까운 데'인 '늘
보넌 식구들콰 동니사람들'한테 잘하고 '제 힘으로 일해서 먹고살'아
야 한다는, 함께 하숙하던 선생님의 말을 가슴에 품고 기독교와 마르
크시즘을 주체적으로 전용하는 데 성공한 인물이다.10)
　　이렇듯, 기독교와 마르크시즘의 만남은 '예전부터 살아오던 사람살
이의 일'을 매개로 이루어진다. 여기에서 소메 삼촌이 터득한 삶의 태
도는 토착적 삶의 방식을 현재적으로 전용하는 모습이라 할 수 있다.
그의 삶은 전통적 삶의 방식을 통해 서구의 문화를 주체적으로 전용하

---

8) 황석영, 『손님』, 창작과 비평사, 2001, 176면, 이하 작품과 면수만 표시.
9) 『손님』, 173면.
10) 고인환, 「황석영의 『손님』 연구」, 『한국학논집』 제39집, 한양대학교 한국학연구
　　소, 2005, 293~294면 참조.

려는 태도를 보여준다. 소메 삼촌이 남과 북, 기독교와 마르크시즘, 이데올로기와 일상적 삶, 과거와 현재, 삶과 죽음의 경계에서 비극적 분단현실 너머를 조망하는 예언자(영매)가 될 수 있는 것도 이 때문이다.

> "기도는 안하세요?"
> "기런 때엔 기도허는 거이 아니다. 나타나문 보아주구 말하문 들어주는 게야. 인차 세상이 바낄라구 허는지 부쩍 나타나구 기래. 너 왜 기런다구 생각허니?"
> "저희들 가책 때문인가요?"
> (…중략…)
> "그 일을 겪은 사람덜으 때가 무르익었단 소리디. 이제 준비가 되었단 말이다. 기래서…… 구원할라구 뵈는 게다."11)

위의 인용문은 '나타나문 보아주구 말하문 들어주는' 삶의 태도, 즉 '예전부터 살아오던 사람살이'의 태도가 통일시대를 준비하는 '굿판'의 매개물로 전화하고 있음을 보여준다. 이러한 과정을 통해 살아 남은 자와 죽은 자가 어우러지는, 화해와 상생의 시대를 예비하는 한판 굿이 진행되는 것이다.

『손님』에서 황해도 진지노귀굿이 지닌 의미를 요약하면 다음과 같다. 첫째, 황해도 진지노귀굿은 작품의 서사구조를 이루는 뼈대로 기능하고 있다. 억울하게 살다간 원혼을 위무하는 지노귀굿의 구조는 이데올로기의 갈등 때문에 억울하게 죽은 원혼을 해원하려는 『손님』의 주제의식을 효과적으로 표출하는 데 기여한다. 둘째, 황해도 진지노귀굿

---

11) 『손님』, 174~175면.

의 차용은 근대 소설 양식의 재현구조에 의문을 제기한다. 『손님』의 넋굿은 분단소설의 주류를 형성했던 리얼리즘 기법을, 환각·환상의 기법이 가미된 전통적 서사양식을 통해 '해체 / 재구성'하려는 의지와 맞물려 전개된다. 산 자와 죽은 자의 대화를 가능하게 하는, 재현의 틀을 넘어서는 굿의 세계는 재현된 심상과 스스로를 동일시하는 근대의 통합된 서사에 균열을 낸다. 셋째, 서구 중심의 왜곡된 근대문화(기독교 / 마르크시즘)에 대한 미학적 응전의 일환으로 기능하고 있다. 신천학살사건은 서구 중심의 근대성을 주체적으로 수용하지 못한 이 땅 민중들의 처절한 상호 격돌장이었기 때문이다. 황석영은 『손님』의 지노귀굿을 통해 우리가 잊어버리고 살아온 것이 무엇인지를 환기하고 '예전부터 살아온 사람살이의 태도'로 억울하게 죽은 원혼들을 해원하고 있는 것이다.

3. 동아시아 근대를 위한 진혼 서사 — 『심청』

황석영의 『심청』은 고전 『심청전』의 기본 형식을 차용하고 있는 작품이다. 고전 『심청전』의 경우 '가난한 심청이 공양미 삼백 석에 몸을 팔았다 → 물에 빠진 심청이 구출되어 왕비가 된다 → 맹인 잔치를 열어 부녀가 상봉하고 아비가 눈을 뜬다'는 서사구조를 지닌다. 이는 숭고한 효를 실천한 심청이 희생과 고통 뒤에 큰 행복을 얻는다는 고전적 세계관을 반영한다.

황석영은 판소리계 소설 중에서 유난히 신화적이고 초월적인 질서의 영향력이 강하게 남아 있는 심청전을 다시 쓰면서 그것을 치밀하게 현대적인 맥락 속에 위치시킨다. 심청이 심청전에 가한 변화는 크게 세 가지다. 하나는 심청전의 무시간성의 공간에 시간성을 부여한 것. 그것도 그 시기를 전근대와 근대의 이행기로 설정하였다. 다른 하나는 심청이 활동공간을 중국, 대만, 싱가포르, 일본 등 동아시아 지역으로 확대한 것. 그리고 마지막은 심청의 삶에 탈향과 귀향, 전락과 정화, 타락과 승화, 성장과 해탈의 인생역정 드라마를 부여하고 있다는 점이다.12) 이에 『심청』은 극심한 혼란의 양상으로 전개된 동아시아의 근대화 과정을 재현하고 그를 통해 한계에 직면한 모더니티의 어떤 가능성을 탐색하고자 한 소설이라 할 수 있다.

고전 『심청전』의 여러 요소는 황석영의 『심청』에 투영되어 있다. 황석영의 『심청』에도 용궁이 있으되 그것은 심청이 오키나와에서 차렸던 요정의 이름이며, 왕비가 되는 원텍스트의 신데렐라 시나리오도 규모는 작지만 한 영주의 후취 영부인이 되는 것으로 살려놓았다. 또한 심청이 아버지를 찾기 위해 벌였던 맹인 잔치는 영주의 부인이 된 심청이 정치적 의도로 마련한 노인 잔치로 변형되어 있다.13)

분명 고전 『심청전』은 이 작품을 지배하는 원텍스트로 기능하고 있다. 하지만 『심청』의 근간이 상품과 화폐의 흐름을 좇아 동아시아의 근대를 표류하는 심청의 모험담이라는 사실 또한 부인하기 어렵다. 이

---

12) 류보선, 「모성의 시간, 혹은 모더니티의 거울」, 『심청』 하 해설, 문학동네, 2003, 311~312면 참조.
13) 서영채, 「창녀 심청과 세 개의 진혼제―황석영의 『심청』 읽기」, 『문학의 윤리』, 문학동네, 2005, 177면 참조.

러한 심청의 모험은 근대와 대면하는 전근대적 인물의 근대체험기라 할 수 있다. 심청이 근대적 주체와 초월적 주체의 사이에 존재하는 것도 이와 무관하지 않다.

그렇다면 황석영은 왜 고전 『심청전』의 모티프를 차용했을까? 우선 고전 『심청전』에 나타난 전근대적 이데올로기를 현대적 관점에서 재해석하고자 하는 의도를 지적할 수 있다. 작가의 관심이 동아시아 근대의 풍경에 쏠려 있다는 점은 고전 텍스트를 근대적 관점에서 재구성하려는 의지를 반영한다. 우리 문학사에서 채만식과 최인훈은 고전『심청전』을 전복적으로 수용한 바 있다.14) 황석영은 이를 이어받아 동아시아 근대의 모습을 효과적으로 포착하기 위해 고전 『심청전』의 모티프를 가져왔다. '수난당한 수난의 구원자로서의 샤먼'인 심청의 고난을 통해 서구 중심으로 전개된 동아시아 근대의 폭력성을 고발하고 새로운 희망을 구현하려는 의도로 고전 『심청전』을 가져온 것이다. 심청이 서구 중심의 근대의 파고에 희생된 동아시아(조선) 민중의 초상으로 읽히는 이유도 여기에 있다.

이렇듯, 황석영의 『심청』은 동아시아를 표류하는 근대적 주체인 심청의 모험을 통해 고전 『심청전』을 전복하고 있다. 하지만, '수난→구원'이라는 고전 『심청전』의 초월적 모티프를 수용하고 있다는 점에서

---

14) 채만식과 최인훈은 고전 『심청전』의 초월적인 성격을 걷어내고 냉혹한 현실성을 중심으로 심청 이야기를 다시 쓴 바 있다. 「심봉사」(1947, 채만식)와 「달아 달아 밝은 달아」(1979, 최인훈)는 고전 『심청전』의 효 이데올로기로 대변되는 봉건적 가치를 철저하게 배격하고 근대적 가치를 중심으로 재해석하였다. 이 두 텍스트는 세계와 개인의 대결이라는 사실적이고 실질적인 세계관을 통해 고전 『심청전』을 전복하고 있다.

채만식과 최인훈의 텍스트와 차별성을 지닌다.

천상에서 술을 관리하던 선녀 심청이 노군성인 심봉사에게 사사로이 술을 주어 신주를 축낸 죄로 인간세계로 내려와 온갖 고초를 겪게 된다는 내용[15]은 고전 『심청전』의 초월적 성격을 암시한다. 심청이 하늘에서 내려온 선녀의 현신이라는 점은 『심청』에 나타난 고전 『심청전』의 전용 양상을 이해하는 데 주요한 시사점을 제공한다. 작가는 작품의 처음과 끝에 이러한 고전 『심청전』의 모티프를 배치했다. 이를 인용해 보면 다음과 같다.

> ① 관음의 현신은 빛의 다리를 미끄러지듯 건너와서 잠든 여인의 앞에 나타난다. 그네는 눈부신 금실 은실의 하늘옷을 입고 옷띠를 날리며 머리에는 옥관을 쓴 형상이다. 돌아가신 어머니 곽씨가 샀 바늘질에 겨워 잠시 일거리를 밀어놓고 초저녁 잠이 들었을 때였다. 청이 태어나기 이전의 관음 형상이 말한다.
> 소녀는 다른 사람이 아니오라 남해관음(南海觀音)입니다. 제가 죄를 짓고 인간으로 정배하여 댁으로 내려올 제 제불보살 석가님이 온몸을 던져 세상을 공양하라 하셨으니 부디 받아주옵시고 어여삐 여기소서.
> 이러한 태몽으로 청이는 엄마가 자기를 낳자마자 산후 불순으로 돌아가셔서 눈먼 아버지가 동네방네 안고 다니며 동냥젖을 얻어먹여가며 키워주셨다는 걸 들어서 안다.[16]

---

15) 김진영·김현주 역주, 「『심청전』과 구원의 문제」, 『심청전—박순호 소장 『효녀실기심청』』, 박이정, 1997, 16면 참조.
16) 황석영, 『심청』 상, 문학동네, 2003, 14~15면, 이하 작품과 면수만 표기.

② "예전 어느 강변 마을에 아름다운 여인 하나가 나타났더란다. 나
는 부모형제가 없는 사람으로 재물도 영화도 원치 않으나 내가 가
진 경전을 외우는 이에게 시집을 가련다구 그랬다지. 여러 사내들
이 다투어 그네와 정분을 나누었으나 마지막에 마씨 총각이 경전
을 외워 장가를 들게 되었구나. 혼인을 하자마자 몸이 아프다며
방에 들어가 쉬던 여인이 죽더니 삽시간에 재처럼 흩어져 금색 뼛
가루가 되고 말았다더라. 며칠 후에 한 선승이 지나가다 보고 그
이는 관음의 화신이었다고 그러더란다. 정분의 허망함과 살림의
덧없음을 깨우치려고 잠깐 보이셨다는구나."
청이 한참씩 쉬었다가 다시 말하려고 애쓰는 게 안쓰러워서 기리
가 그만 쉬시라고 하자, 다시 또 이렇게 말했다.
"참 길은 멀기두 하다. 남들 해치지 말구 살아라."
그네는 품속에서 뭔가 꺼내어 기리에게 내밀었다. 그건 오래 전에
그네가 고향 황주에 갔다가 절에서 찾아온 자신의 위패였다. 아직
도 흐릿하게 심청지신위(沈靑之神位)라는 글씨가 보였다. 청은 간
신히 속삭였다.
"나 가거든 화장하여 바다에 뿌려다우. 그것도 함께 태워버리
고……"
심청은 눈을 감고는 한번 빙긋이 웃었다. 오물조물한 입이 조금
움직였을 뿐, 실컷 울고 난 사람의 웃음처럼 그건 아주 희미했
다.17)

①은 수장제를 지내는 도중 잠시 의식을 잃으며 어머니를 떠올리는
장면이다. 여기에서 심청은 남해관음의 현신으로 제시되어 있는데, 이
는 고전 설화 속 여성 영웅으로서의 심청 이미지를 표상한다. ②는 고

---

17) 『심청』 하, 306~307면.

향으로 돌아온 심청이 편안한 임종을 맞이하는 대목인데, 근대 서사의 주인공 심청이 설화 속의 관음으로 거듭나는 장면이다. 작품의 시작과 끝, 심청의 출생과 죽음, 탈향과 귀향이 얼굴을 맞대고 있는 형국이다. 이 사이에 근대적 주체 심청이 놓여 있다. 황석영의『심청』은 이 근대적 주체 심청의 고난을 중심으로 전개된다.

이런 점에서『심청』은 근대의 속물화된 가치가 실현되는 동아시아를 횡단하는 창녀 심청(근대적 주체)의 고난을, '정분의 허망함과 살림의 덧없음'을 깨우쳐주기 위해 하늘에서 내려온 관음보살의 '실컷 울고 난 사람의 웃음'으로 감싸고 있는 작품이다.

따라서 심청이 중국으로 팔려 간 이후 조선으로 되돌아오기까지의 긴 여정은, 작품 전체를 감싸고 있는 외부 액자 고전『심청전』의 내부 이야기가 된다. 이 내부 이야기가 동아시아 근대를 체험하는 심청의 수난기인 셈이다. 황석영은 효의 가치를 실현하기 위해 인당수에 빠져 구원 받은 심청을, 근대의 폭력성을 온몸으로 겪고 인내하며 스스로를 구원하고 나아가 세상을 구원하는 관음보살의 현신으로 변신시킨 것이다.

이렇듯,『심청』에서 고전『심청전』은 '고난→구원'의 모티프로 되살아난다. 황석영은 고전『심청전』에서 효의 이데올로기로 은폐한 심청의 고난을 근대적 관점으로 부활시킨 것이다. 이를 통해 서구 중심으로 전개된 동아시아 근대의 폭력성이 생생하게 드러나고, 더불어 심청의 고난은 동아시아 민중들의 초상으로 확장된다. 서구 중심의 근대가 지닌 남성적 폭력에 응전하는 심청의 모성성(동양적 가치의 실현)이 강조되는 이유도 이 때문이다.

여기에서 근대적 주체인 심청의 모험을 어떻게 볼 것인가의 문제

즉, 동아시아를 떠도는 심청의 편린이, 한계에 다다른 서구 중심의 근대 논리를 구원하는 희망의 메시지를 구현하고 있는가의 문제가 제기된다. 이는 『심청』을 앞뒤로 감싸고 있는 관음보살의 미소(초월적 성격)가 근대적 주체 심청의 자기구원 과정과 자연스럽게 연결되는가의 문제와 무관하지 않다.

논쟁의 여지가 있지만[18] 필자가 보기에 황석영이 새롭게 창조한 『심청』이 채만식이나 최인훈의 경우만큼 고전 『심청전』을 철저하게 전복시키지도, 그렇다고 근대적 주체의 모험(수난)을 초월적 영웅의 구원으로 승화시키지도 못한 듯하다. 하여 『심청』에서 고전 『심청전』의 차용은 절반의 성공, 혹은 절반의 실패에 머물렀다고 할 수 있다.

황석영의 『심청』에 나타난 고전 『심청전』 전용 양상을 요약하면 다음과 같다. 첫째, 고전 『심청전』을 근대적 관점에서 재해석하고자 하는 의도가 반영되어 있다. 황석영은 동아시아 근대의 모습을 효과적으로 포착하기 위해 고전 『심청전』의 서사구조를 빌려온 것이다. 둘째, 황석영은 고전 『심청전』의 '고난→구원'의 모티프를 차용하고 있는데, 이는 서구 중심의 남성적 논리에 포박된 동아시아(여성)의 희생을 강조하기 위한 의도를 함축하고 있다.

---

18) 가령 류보선, 서영채, 유임하 등은 심청의 '명랑한 예기'로서의 이미지나 '모성성' 등을 통해 서구 중심의 모더니티에 대응하는 주변부 모더니티의 가능성을 확인하고 있고, 오홍진, 박숙자 등은 심청의 모성성이 서구 중심의 남성적 시선에 포획된 가공의 이미지에 불과하다고 본다. 이에 대해서는 류보선, 「모성의 시간, 혹은 모더니티의 거울」, 『심청』 하 해설, 문학동네, 2003 ; 오홍진, 「모성성과 여성성의 경계―황석영의 '20세기 3부작'을 중심으로」, 『경계와 소통, 탈식민의 문학』, 역락, 2006 참조.

4. 21세기의 디아스포라들을 위한 무가—『바리데기』

바리데기는 전국적으로 전승되는 무속신화인데, 전승 지역마다 세부적인 면에서 많은 차이를 보인다. 일반적으로 공유하고 있는 서사의 구조는 다음과 같다. '바리공주의 부모가 연이어 딸을 낳는다→바리공주가 버림을 받는다→구조자가 버려진 곳에서 바리공주를 구해낸다→바리공주의 부모가 병에 걸린다→바리공주가 약수물 가지러 길을 떠난다→바리공주는 약수를 얻기 위해 대가를 행한다→바리공주가 약수탕을 다녀온다→바리공주는 돌아오는 도중에 저승 가는 배의 행렬을 구경한다→바리공주가 부모를 살려낸다→바리공주가 부모 살린 공을 받는다.'[19]

황석영의 『바리데기』는 이러한 서사무가 『바리데기』를 차용하여, 신자유주의의 논리가 지배하는 시대, 21세기판 '바리공주'의 지난한 삶을 추적하고 있다. 우리나라 서사무가의 원형이라 할 수 있는 '바리데기' 이야기의 주인공 바리가 생명수를 찾는 과정에서 겪는 고달픈 여정을 메타 구조로 삼아, 북한에서 태어난 한 소녀가 궁핍한 북한을 떠나 중국의 이곳저곳을 거쳐 영국에 뿌리 내리기까지의 힘겨운 여정을 그리고 있는 작품이 바로 『바리데기』[20]인 셈이다.

이 작품에서 바리데기 설화는 할머니가 바리에게 들려주는 옛날이야기로 부활한다. 이러한 바리 설화는 바리의 의식과 행동을 지배하며

---

19) 김진영·홍태한, 『서사무가 바리공주전집』, 민속원, 1997, 15~38면 참조.
20) 김경수, 「작가의 욕망과 소설의 괴리—황석영의 『바리데기』에 대한 한 생각」, 『황해문화』, 2006년 겨울호, 415면 참조.

『바리데기』의 서사 구조에 직·간접적으로 개입한다. 바리설화는 먼저 작중인물의 설정과 이야기 구조에 영향을 미친다. 바리가 일곱째 딸이고 산속에 버려진다는 점, 흰둥이가 일곱 마리의 새끼를 낳는다는 점, 그리고 일곱째 칠성이가 바리와 같은 처지라는 점, 바리와 할머니가 신통력을 지니고 있다는 점 등이 그것이다. 또한 '장승/알리', '서천으로 가는 장면/영국으로 가는 배', '지옥에 갇힌 죄인들을 구원해주는 장면' 등은 바리설화의 내용을 『바리데기』의 서사구조와 포개어 놓은 예이다.

이렇듯, 서사무가 '바리데기'는 『바리데기』에서 바리의 현실적 여정과 동행한다. '북한→중국→영국'으로 이어지는 바리의 여정은 병든 세상을 구원하기 위해 서천에서 생명수를 구해오는 바리공주의 여정과 동궤에 놓인다. 다만, 바리의 현실적 여정은 영국에서 끝난다. 하지만 죽은 할머니의 혼이 인도하는 영적 여행(꿈)에서 바리는 저승세계를 지나 무쇠성에 도착한다. 그리고 생명수가 먼 곳에 있지 않다는 사실을 깨닫는다. 이러한 설정은 바리설화가 모순된 현실을 초극하기 위한 상징적 장치가 아니라, 부정한 현실을 어떻게 극복할 것인가의 문제와 관련하여 차용된 것이라는 사실을 암시한다.

설화에서의 바리데기는 고통스러운 삶의 관문을 통과한 후에, 기어이 '생명수'를 얻고 세계를 구원하는 '문제해결형'의 인물이다. 그러나 이 소설 속의 바리는 지속적인 '문제제기형'의 인물로 등장한다. 이것은 오늘의 고통스러운 지구적 현실에 대한 낭만적인 소설적 해결이 오히려 현실의 모순에 대한 예리한 인식을 막을 것이라는 황석영의 현실적인 판단이 개입한 때문인 것으로 판단된다.[21] '지금 여기'의 구원은 바리설화에 반영된 구원과 그 성격이 다르기 때문에, 바리설화의 모티프는 현실의 상황에 맞게 작품 속으로 수용된 것이다.

다음으로 작품 속에 반영된 바리설화의 환상성에 대해 고찰해 보자. 황석영은 바리설화의 환상적 요소를 도입하여 『바리데기』의 서사성을 풍부하게 한다. 이는 바리의 꿈(환상성)과 현실적 여정이 교차하며 진행되는 서사구조에 반영되어 있는데, 전통 서사의 환상성을 도입하여 서구 중심의 리얼리즘 기법에 의문을 제기하는 기능을 한다.

이를 작품의 초반부(북한)와 중·후반부(중국/영국)로 나누어 고찰해 보자. 작품의 초반부를 장식하는 바리의 삶은 북한의 비참한 삶을 사실적으로 포착하는데 기여한다. 이러한 리얼리티는 바리데기 설화의 환상성(비현실성)과 팽팽한 긴장감을 유발하며 대화적 관계를 형성한다. 초반부에서 간간이 드러나는 바리의 초월적 면모는 현실을 생생하게 드러내는 데 기여하고 있다. 바리의 능력이 현실의 문제를 초월적으로 해소하고 있지 않다는 점은 이를 보여주는 예이다.

> 우린 여길 못 떠나구 있다. 야들 아부지를 기다리고 이서. 우리 두 양주 식량 구하레 회령 청진 돌아치다 차를 못 잡구 걸어왔대서. 사흘 만에 집에 돌아오니 저것들이 꽁꽁 얼어서 굶어 죽었두나. 나두 억이 막혀서 이 자리서 넘어지멘 죽었지. 우리 호주는 어디로 떠나가 안 돌아오는지. 저 마당을 보라. 이게 다아 동네 사람덜이야. 모두 떠나구 우리만 남았다.
> 나는 문간에 마당에 검은 연기처럼 이리저리 뭉쳐서 흐물대고 있는

---

21) 이명원, 「약속 없는 시대의 최저낙원―황석영의 『바리데기』에 대하여」, 『문화과학』, 2007년 겨울호, 315면 참조.

> 혼들을 보았다. 할머니 생각이 나서 헝겊배낭에서 비닐에 싼 밀가루 곱
> 장떡을 꺼내어 조금씩 뜯어 마당에 던지기 시작했다. 안방의 아낙과 두
> 아이들에게도 던졌다.[22]

인용문은 부모를 찾아 떠난 바리가 고향 근처에서 굶어죽은 귀신들을 만나는 장면이다. 귀신과 대화하는 바리의 모습은 북한의 비참한 현실을 생생하게 드러내는 데 기여한다. 이렇듯 리얼리티와 병행하는 환상성은 작품의 서사성을 풍부하게 하는 데 일조한다.

하지만 바리가 중국으로 건너가면서부터는 상황이 달라지기 시작한다. 중국에서는 바리의 신비한 능력, 즉 발 마사지 손님의 건강상태나 그들의 과거를 투시하는 초월적 능력 등이 강조되기 시작한다. 나아가 이러한 능력 자체가 구체적인 삶의 서사를 규제하기 시작한다. 이와 더불어 영국으로 건너가게 되는 계기, 즉 '샹 언니'와 '쩌우 형부'를 따라 '따렌(大連)'으로 가게 되고 거기서 사기를 당해 영국으로 팔려가게 되는 설정에는 우연성까지 개입한다.

이러한 우연성과 바리의 신통한 능력이 부각되면서 바리설화의 환상성(초월적 성격)이 서서히 작품을 지배하기 시작한다. 특히 작가는 영국행 배안에서의 장면을 환상성을 동원하여 시적으로 표현했다. 바리는 이승과 저승의 경계에서, 몸과 정신의 분리 / 재구성을 통해 새롭게 태어난다.

작가는 가족을 잃고 절망에 빠진 바리를 일으켜 세우는 장면도 환상적으로 처리했다. 할머니는 바리의 꿈에 나타나 '서천의 끝'으로 안내

---

22) 황석영, 『바리데기』, 창작과 비평사, 2007, 90~91면, 이하 작품과 면수만 표기.

한다. 바리는 불바다, 피바다, 모래바다(인간이 세상에 지어 놓은 지옥)를 건너 서천의 끝(무쇠성)으로 향한다. 바리가 거쳐온 지옥 같은 현실(디스토피아)이 재현되며 고통 받는 영혼들이 앞 다투어 바리에게 구원을 요청한다.

이러한 환상성(비현실성)은 현실에 대한 사실적 접근을 저해하는 요인으로 기능하기도 한다. 저승의 여로가 과도한 추상화에 기울어 구체적인 성격의 이승 여로와 어긋난다는 점, 저승 여로를 걷는 도중에 공수 가능한 무녀로 신생하는 바리의 입을 통해 나오는 해원, 해한의 언어들이 한결같이 도덕 교과서 등에서 가져온 것들로서 느닷없다는 느낌 등은 이를 보여주는 예이다.[23]

하지만 이러한 한계에도 불구하고 작가는 모순된 현실에 대한 응전의 시선을 늦추지 않는다. 여기에서 바리설화의 환상성은 다시 현실의 리얼리티와 조우하며, 현실 너머의 세계에 대한 사유의 지평을 열어준다.

주지하듯, 바리의 영국에서의 삶은 중국에서의 그것과 마찬가지로 '바리'의 초월적 능력이 지배한다. 하지만 이와 더불어 주변부 하층민들의 삶이 생생하게 그려지고 있다는 점 또한 사실이다. 이러한 이산자들의 삶에 대한 관심은 바리설화의 문제의식을 세계적으로 확장시키는 기능을 한다. 작가는 '가장 고통 받는 자가 세상을 구원한다'는 바리설화의 주제의식을 전 지구적으로 확장한다. 이를 위해 황석영은 작품의 시·공간적 배경을 북한으로 설정하여 이야기를 시작한다. 이는 두 가지 의미를 함축하고 있는데, 먼저 우리의 구체적 삶의 현장에

---

23) 정호웅, 「우리 소설의 앞길을 열어가는 문학」, 『문학의 문학』, 2007년 가을호, 408면 참조.

서 이야기를 시작하여 이를 세계로 확장하려는 의도(특수성과 보편성의 조합)이고, 다음으로는 '북한 → 중국(연변) → 영국'으로 이어지는 공간의 이동, 즉 신자유주의의 이데올로기에 의해 가장 고통 받는 공간에서 구원의 가능성을 찾으려는 시도이다.[24] 바리는 주변부에서 중심부로 이동하여, 중심과 주변을 동시에 구원하려는 작가의 현실인식을 반영하는 인물이다.

황석영은 『바리데기』를 통해 비서구 / 서구, 피식민 / 식민, 이슬람(주변부의 삶) / 기독교(서구중심주의) 사이의 갈등을, '타인과 세상에 대한 희망'(남을 위한 눈물 / 생명수)으로 중재하고 있다. 이는 21세기 디스토피아적 현실에 대한 구원의 가능성을 주변부 디아스포라들의 연대를 통해 탐색하고 있음을 반영한다.

『바리데기』의 바리설화 전용 양상이 지닌 의미를 요약하면 다음과 같다. 첫째, 바리설화는 작품의 서사구조를 지배하는 모티프로 기능하고 있다. 바리설화는 작중 인물의 설정이나 성격에서부터 '북한 → 중국 → 영국'으로 이어지는 바리의 고달픈 여정은 물론, 절망의 구렁에 빠진 바리를 다시 일으켜주는 구원의 목소리로, 나아가 병든 세상을 구원한다는 주제의식까지 지배하며 『바리데기』를 장악하고 있다. 둘째, 작가는 바리설화의 환상성을 도입하여 서구 중심의 리얼리즘 문학이 지닌 기법적 한계를 심문한다. 이는 근대소설 양식의 시공간적 제약을 뛰어넘는다는 의미와 더불어, 우리의 전통 양식을 통해 서구 중심의 근대 논리에 응전하는 한 방식이라는 의미를 함축한다. 셋째, 황

---

24) 고인환, 「서사의 힘」, 『문학수첩』, 2007년 겨울호, 418면 참조.

석영은 바리설화의 모티프를 세계적으로 확장시키고 있다. 이 작품에서 바리설화는 우리의 고유한 전통 무가의 영역을 넘어 전 세계의 주변부 문화와 만나고 있기 때문이다. 넷째, 작가는 바리설화를 21세기적 현실에 맞게 수용하고 있다. 바리설화의 구원이 현실세계에서는 쉽게 이루어지지 않을 것이라는 사실을 강하게 환기하는 결말은 이를 잘 보여주는 예이다. 이를 통해 작가는 불가능해 보임에도 불구하고 구원에 대한 희망을 포기하지 말아야 한다는 사실을 강조하고 있는 것이다.

5. 나오며

이상으로 황석영의『손님』,『심청』,『바리데기』에 나타난 전통 양식의 전용 양상을 살펴보았다. 황석영은 전통 양식의 전용을 통해 서구 중심의 근대 논리에 희생된 존재들의 고통을 위무하고 있다. 이는 서구 중심의 근대가 다다른 한계를 극복하기 위한 주변부 모더니티의 가능성을 탐색하려는 작업의 연장이기도 하다.

『손님』에서 차용한 황해도 진지노귀굿은 작품의 형식과 내용을 지배하며 서구적 이념에 희생된 원혼을 위무하는 데 기여하고 있다. 특히, 재현의 틀을 넘어서는 진지노귀굿의 세계는 근대의 동일성 서사에 균열을 내면서 왜곡된 서구문화에 대한 미학적 응전의 한 방식으로 기능하고 있다. 이에 반해『심청』에 도입된 고전『심청전』은, 동아시아의 근대를 관류하는 심청 이야기와 유기적으로 결합되지 못해 다소 긴장감이 떨어진다. 하지만 고전『심청전』의 '고난→구원' 모티프는 서구 중심의 논리에 포박된 동아시아 여성의 고난을 함축함으로써 근대 양식에 응전하는 전통 서사의 한 가능성을 시사한다. 한편, 『바리데기』에 원용된 바리설화는 신자유주의의 논리가 지배하는 21세기의 디스토피아적 현실과 길항하며 작품의 서사성을 풍부하게 하기도, 반대로 현실에 대한 구체적 인식을 저해함으로써 서사의 긴장을 떨어뜨리기도 하였다.

이상에서 '『손님』→『심청』→『바리데기』'로 이어지는 전통 양식의 근대적 전용은 서구 중심의 근대화 논리에 대한 미학적 응전 방식의 하나라 할 수 있다. 물론 미흡한 점도 없지 않다. 서구 중심의 근대 서사 양식에 우리의 전통 양식을 포개어 놓고, 서구 문화의 일방적 강요에 희생된 주변부 원혼들을 위무하려는 황석영의 작업은 악명 높은 근대의 이분법에서 자유롭지 못한 것이 사실이기 때문이다.[25] 하지만 세계문학으로서의 우리 문학의 가능성을 전통 양식의 근대적 전용을 통해 타진하려는 그의 모색은, 서구문학에 응전하는 우리 서사의 창조적 갱신의 한 예를 보여준다는 점에서 2000년대 한국문학의 소중한 성과로 기록될 것이다.

출전 : 고인환, 「황석영 소설에 나타난 전통 양식 전용 양상 연구－『손님』, 『심청』, 『바리데기』를 중심으로」, 『한민족문화연구』 제26집, 한민족문화학회, 2008. 8

---

25) 권성우는 황석영의 이러한 기획이 정통 리얼리즘에 대한 지나치게 완고한 인식에서 비롯된 것이 아닌가 하는 의문을 제기한다. 나아가 리얼리즘을 서구적 양식으로 보면서 동아시아의 새로운 서사 양식을 창출해야 한다는 황석영의 관점은 전도된 오리엔탈리즘의 혐의에서 자유롭지 못하다고 보았다(권성우, 「서사의 창조적 갱신과 리얼리즘의 퇴행 사이－황석영의 『바리데기』론」, 『한민족문화연구』 제24집, 한민족문화학회, 2008, 241~243면 참조).

제 3 부

작품론 ; 장편 서사의 힘

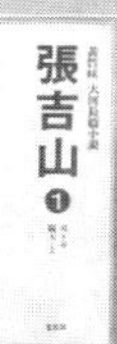

『장길산』과 역사적 진실성의 추구

1. 머리말

분단 이후 남한에서 창작된 역사소설 중 가장 탁월한 작품으로 평가받고 있는 황석영(黃晳暎)의 『장길산(張吉山)』에 대해서는 지금까지 적지 않은 논의들이 있었으나, 그 대부분이 단편적이고 피상적인 논의에 그치고 만 것이 또한 사실이다. 이러한 기존 논의의 한계를 넘어서 『장길산』에 대한 총체적이고 심층적인 논의에 도달하기 위해서는, 이 작품을 한국근대 역사소설사, 그중에서도 특히 식민지시대 최고의 역사소설인 벽초(碧初) 홍명희(洪命憙)의 『임꺽정(林巨正)』에 비추어보는 작업이 필수적인 과제이다. 뿐만 아니라 역사소설 일반에 대한 정치(精緻)한

* 강영주 / 상명대학교 국어교육과 교수

문학이론과, 아울러 작품의 시대배경인 조선후기에 관한 사학계의 풍부한 연구성과를 적극 활용하여 논구해 본다면, 『장길산』의 문학사적 의의와 한계는 더 충실하게 해명될 수 있으리라 본다.

필자의 논문 전체는 이와 같은 삼중(三重)의 조명하에 역사소설『장길산』을 본격적으로 분석해보고자 한 것이나, 여기에서는 그중 주로 세 번째 방법에 의거한 부분만을 싣게 되었다.[1] 이는 발표 지면상의 제약 때문만이 아니라, 지금까지 학계에서나 평단에서나 『장길산』에 대한 역사학적인 논의가 전무하다시피 한 실정임을 감안한 때문이기도 하다.

동시대의 현실을 다루는 현대소설(Gegenwartsroman, 현대물)의 경우에 비해 역사소설에서는 이른바 '리얼리즘의 승리'가 더욱 성취되기 어렵다는 주장이 있다.[2] 현대소설에서는 현실 그 자체가 작가의 주관적 상상력을 제약하고 있기 때문에, 있는 그대로 그리기만 하면 현실의 진실된 반영이 어느 정도는 가능하다. 그러나 역사소설의 소재가 되는 과거사는 추상적 기록의 형태로만 현존하는 것이기 때문에 살아있는 현실처럼 작가의 상상력을 구속하지는 못하며, 작가의 주관적 의도대로 조직하고 굴절시키기에 한결 용이한 것이다. 그러므로 역사소설에서는 창작에 임하는 작가의 세계관이 작품의 성패를 결정적으로 좌우하며, 현대소설의 경우보다 더욱 투철한 역사의식이 요구된다고 할 수

---

1) 이 글은 「역사소설의 리얼리즘과 민중성—『장길산』론」 중의 일부를 독립시킨 것이다. 논문 전체는 필자의 저서『한국 역사소설의 재인식』(창작과비평사, 1991)에 수록되어 있다.
2) G. Lukács, "Der historische Roman," *Probleme des Realismus III*(Neuwied : Luchterhand, 1965), p.295.

있다.

그런데『장길산』의 작가는 자신이 이 작품을 창작한 의도에 대해 다음과 같이 밝히고 있다.

> 분단된 나라의 과도적 시대의 작가로서 나는 칠십년대에 비롯되었던 민중이라는 개념의 실체를 찾아서, 자생적인 근대화의 원류(源流)에 닿을 것을 바라면서 민중사라는 장강(長江)의 상류로 거슬러올라갔던 셈이다.[3]

여기에서 분명히 드러나 있듯이『장길산』은 초기의 중·단편들을 통해 민주화와 통일을 지향하는 우리 시대 민중들의 삶과 투쟁을 형상화해온 작가가 이러한 현대 민중운동의 전사(前史)로서, 봉건왕조를 타도하고 근대적인 시민사회와 민족국가의 수립을 위해 분투한 조선후기 민중들의 동향을 소설화하려 한 야심작인 것이다.

이와 같은 작가의 창작의도는, 역사소설에 대한 서구의 고전적 역사소설가들의 견해와 맥을 같이하는 것이라 할 수 있다. 즉 스코트로부터 톨스토이에 이르기까지 일관된 전통을 이루고 있는 이러한 역사소설관에 의하면, 역사소설이란 현재의 전사(前史)로서 과거의 역사를 생생하게 묘사함으로써 현재에 대한 우리의 인식을 풍부하게 하는 데에 그 의의가 있다.[4] 따라서 역사소설의 소재로서는 역사상 중요하고도 현재적인 의의를 지니는 과거사가 선택되어야 할 뿐 아니라, 그것이 역사적으로 진실하면서도 구체적으로 묘사되어야만 현재에 대한 올바

---

3) 황석영,「『장길산』과의 10년」, <한국일보>, 1984. 7. 6.
4) G. Lukács, 앞의 책, p.64.

른 인식에 기여할 수 있게 된다. 역사적 진실성의 정도가 역사소설에 대한 가치평가의 중요한 준거가 되는 것은 바로 이 때문이다.

이렇게 볼 때『장길산』의 작가는 일단 역사소설로서 대단히 적절한 소재를 선택한 것이라 할 수 있다. 가령 동일한 숙종조를 배경으로 하더라도 장희빈(張禧嬪)과 같은 인물을 주인공으로 하여 궁중 내부의 음모나 암투 따위를 그린다면, 이를 제아무리 흥미진진하게 형상화한들 의미 있는 역사소설이 되기는 어려울 것이다. 한편『장길산』과 마찬가지로 조선시대 민중운동을 다룬『임꺽정』의 경우에도, 작품의 주된 시대배경인 명종조는 현재와는 시간상으로도 더 멀 뿐 아니라 근대사회를 지향한 움직임이 태동하기 이전인 조선전기에 속하기 때문에, 그 소재 자체는 현재의 전사적 의의가 상대적으로 약한 것이 사실이다. 그에 비해『장길산』의 배경이 되고 있는 17세기 말은 중세 봉건사회로부터 근대 시민사회로 이행하려는 자생적인 움직임이 일기 시작하던 조선후기의 초두에 해당한다는 점에서, 그 시대 민중운동은 우리 시대 민중운동의 전사로서의 의의를 더욱 뚜렷이 지니고 있는 것이다.

물론 이처럼『장길산』의 소재가 현재의 전사로서의 의의를 다분히 지니고 있다고 해서 작품의 역사소설적 가치가 저절로 보장되는 것은 아니다. 역사소설의 가치가 오로지 그 작품의 소재가 지닌 현재적 의의에 좌우되는 것이라면, 장길산의 활약보다는 19세기 평안도농민전쟁이나 갑오농민전쟁과 같이 현대에 더욱 가까운 시대를 택한 작품들이 무조건 더 훌륭하다는 일방적인 논리가 성립될 것이다. 그리고 이러한 논리를 극단화하면 현재의 전사를 그리는 역사소설은 현재 자체를 그리는 현대소설보다 본질적으로 열등할 수밖에 없다는 주장에 귀착되고 말 것이다.

그러므로 소재의 현재적 의의가 확보된 위에서 나아가 문제 삼아야 할 것은, 『장길산』이 과연 작품의 배경이 되고 있는 시대를 역사적으로 얼마나 진실하게 그리고 있는가 하는 점이다. 단 여기에서 요구되는 역사적 진실성이란 흔히 오해되고 있는 것처럼 개개의 디테일에 대한 고증에 주력한다고 해서 획득되는 것은 아니다. 이는 민중들의 삶을 총체적으로 형상화하는 가운데 그 시대의 가장 첨예한 사회적 격변이 지닌 역사적 필연성을 생생하게 부각해낼 때 비로소 획득된다고 할 수 있다.5) 이러한 전제 아래 이 글에서는 『장길산』의 시대배경인 조선 후기에 관한 사학계의 연구성과를 원용하여, 이 작품에 풍부하게 묘사되고 있는 그 시대의 사회상이 역사의 실상과 어느 정도 부합되는지, 그리고 그 시대 민중운동의 동향과 전망이 얼마나 진실되게 그려지고 있는지를 면밀하게 구명해보고자 한다.

2. 당대현실의 반영

「서장」에 묘사된 장길산의 탄생 장면을 제외한다면, 『장길산』은 1679년(숙종 5년)부터 1699년(숙종 25년)까지의 20년간을 그 시대배경으로 하고 있다. 이 작품에는 이러한 17세기 말 조선의 사회상이 도처에서 대단히 폭넓고 다채롭게 묘사되고 있다. 금속화폐가 전국적으로 유통되기 시작한 데 따른 상업의 발달상과, 청과 국교를 맺은 이래 증대일

---

5) 같은 책, 201~203면.

로에 있던 대청(對淸) 사무역(私貿易), 그리고 광산 경영, 인삼 재배, 무기와 사기 제조 같은 민간 수공업의 실태 등, 그 시대의 사회경제적 발달상이 실로 풍부하게 묘사되고 있는 것이다. 이와 아울러 일부 양반이 몰락하고 서민 부자가 출현하는 등 봉건적인 신분질서가 동요함에 따라 도망 노비가 증가하고 천민들의 계급적 각성이 고조되어가는 양상도 생생하게 그려지고 있다.

예컨대 제2부 「군도(群盜)」에서 서울 일원의 신흥 상업중심의 하나인 칠패(七牌)·서강 등의 번영상이라든지, 경강(京江) 해운을 장악하고 있는 강주인(江主人)·선주인(船主人)·중도아(中徒兒) 등의 활약상과, 쌀에 화수(和水)를 먹인다든가, 물품을 송두리째 투식(偸食)하는 경강 모리배들의 비리를 그리고 있는 대목 등은 대단히 인상적이고 구체적으로 묘사되어 있어 눈앞에 보는 듯이 생생하다. 물론 이는 강만길 교수의 「경강상인과 조선도고(造船都賈)」를 비롯한 조선후기의 사회경제사에 대한 사학계의 연구성과에 크게 의존하고 있는 것이 사실이다. 그러나 작가는 이러한 연구를 통해 발굴된 지극히 단편적인 사료들을 바탕으로 놀랄 만큼 풍부하고도 잘 짜인 이야기를 엮어내고 있는 것이다.

그런데 문제는, 이와 같이 『장길산』에 폭넓게 묘사되고 있는 사회현실이 작품의 배경이 된 시대의 실상에 비해 지나치게 앞서 발달한 것으로 그려져 있다는 점이다. 최근 국사학계의 연구성과에 의하면, 17세기 말은 금속화폐가 비로소 전국적으로 유통되고 상업인구가 증가하는 등 사회경제적으로 상당한 변화가 오기는 했으나, 자본주의의 맹아가 싹트기 시작하던 봉건사회 해체기의 극히 초기단계에 해당하던 시기이다. 그럼에도 불구하고 『장길산』에 묘사된 당시의 사회현실을 보면, 마치 사회 전반에 걸쳐 자본주의적 관계의 발전이 상당한 정도로 진행되어 있는 것처럼 그려져 있다.

그중에서도 가장 현저한 예로서는 이경순이 경영하는 사요(私窯)의 실태에 대한 묘사를 들 수 있다. 이 작품에서 검계·살주계·미륵향도계에 깊이 관여하고 장길산 일당의 역모에까지 참여하는 것으로 되어 있는 이경순은 "신량천역(身良賤役 : 신량역천－인용자)"의 도장(陶匠)으로서, 대규모의 "사분원(私分院)"을 가지고 있는 부상(富商)이다.6)

> 월송골 이도장네 분원에는 가마가 다섯이나 되는데, 장인이 한 가마에 십여 명씩이었다. 변수 밑에 조기장(造器匠)이 있고, 연자매꾼, 흙 고르는 수비(水飛), 연정(鍊正), 도자기 모양을 바로잡는 참역이 있고, 머리가마꾼과 조역과 환장이가 있으니 공장에만도 오십여 인이 들끓는 셈이었다. 다시 들판에는 도자기에 잿물 올리고 말리는 자, 파기를 처분하는 자, 신재를 벌채하는 자, 흙을 파고 나르는 자 등등으로 나뉘어 있으니, 월송골의 들판 곳곳에는 이도장네 사분원 일꾼들이 들끓는 셈이다. (3-104)

이처럼 이경순의 사요는 여주에서 "백여 명의 도공"을 고용하여 조직적인 분업적 협력에 의해 생산작업을 진행하고 있는 대규모의 사업장이다. 그리고 "일반 시장에서는 그의 잡사기와 그릇류가 아래로 삼남을 나가고 위에는 관북에 오를 정도"로 생산규모가 크며, 사기나 옹기뿐 아니라 백자까지도 생산하는 것으로 되어 있다(3-8). "경순이 잡사

---

6) 황석영, 『장길산』 개정초판(현암사, 1983~1984) 제3권, 16면. 이하 『장길산』에서 인용된 부분은 주석을 생략하고 본문에 권수와 면수만을 밝힌다.

글누림 작가총서

기와 옹기는 수량만 대강 묻고는 납품해가도록 하였으나, 백자는 일일이 가져다가 채색도 보고 모양도 따졌으니 (…중략…) 도장들은 경순이 장사치뿐만이 아니라 실제로 가마를 지켰던 도한(陶漢) 출신이라서 그의 말이라면 모두 꼼짝 못하고 복종하였다.”(3-104)는 것이다.

그러나 17세기 말에 이미 이와 같이 도장 자신이 직접 경영하는 대규모의 사요가 있을 수 있었는지는 대단히 의심스럽다. 일반적으로 조선시대의 사기제조는 관요(官窯)에 의한 것과 사요에 의한 것으로 크게 구분된다. 다른 수공업 분야의 경우 대부분 조선후기에 들어서 관영 수공업체제가 파탄을 맞은 것과는 달리, 사기 제조업은 관영 수공업체제가 늦게까지 남아 있던 희귀한 분야의 하나로서, 특히 왕실용 사기 제조를 전담하던 관요인 경기도 광주의 분원은 다른 관요들이 폐지된 뒤인 조선조 말까지도 존속하였다. 한편 민수용 사기와 옹기 제조를 위해서는 조선 초부터 각지에 사요들이 존재했었다. 그런데 17세기 이후 수공업자들이 부역노동 대신에 무명을 납부하는 가포제(價布制)가 실시됨에 따라, 지방 사기장들은 전국 각지에 산재해있던 사기점·옹점 등의 점촌(店村)에 집단적으로 거주하면서 그릇을 제조 판매하는 소상품생산자로 성장해갔다. 그러나 이와 같은 민수용 사기 제조는 그 생산규모도 매우 영세했을 뿐 아니라 박제가(朴齊家)가 그의 『북학의(北學議)』에서 개탄하고 있는 바와 같이 제품의 질이 극히 낮았던 것으로 추측된다. 따라서 당시 민간에서 날로 증대되고 있던 고급 사기제품에 대한 수요는 주로 궁중용으로 제조된 분원 사기 중 일부가 유출됨으로써 충당되고 있던 실정이었다.

다른 한편 자본을 축적한 일부 상인들이 사기제조업 등 수공업에 투자하여 소규모의 작업장을 차려놓고 약간 명의 고용노동자들에 의해 상품을 생산케 한 뒤 이를 판매하기도 하였는데, 이 같은 상인물주(物主)의 출현은 대체로 18세기 후반 이후의 현상이었다. 이와 아울러 일부 부유한 수공업자가 독립된 자본으로 자기 작업장을 확장하고 노동자를 고용하여 독자적으로 생산·판매하는 극히 예외적인 경우가 생겨나기도 했으나, 이 역시 적어도 18세기 후반 이후의 일이라 보는 것이 통설이다.[7]

뿐만 아니라 사기제조 분야에서 자본주의적 경리에 의한 공장제수공업이 출현하게 된 것은 19세기 이후였으며, 이 경우에도 작업장은 대단히 소규모에 불과하였다. 19세기 초·중엽에 세워진 요업공장들 중 대부분이 20명 미만의 노동자를 고용하고 있었으며, 그중 가장 규모가 큰 공장이라 할지라도 고용 노동자수가 50명 미만인 실정이었다. 심지어는 20세기에 들어선 뒤인 1932년에도 조선 요업공장의 공장당 평균 노동자수는 18명에 불과했던 것으로 보고되고 있다.[8] 이렇게 볼 때 『장길산』에서 묘사되고 있는 바와 같이 도장 출신의 이경순이 자기 자본으로써 임금노동자로 짐작되는 장인들을 고용하여 대규모의 사요를 경영하는 일종의 산업자본가가 된다는 것은 적어도 17세기 말에는

---

7) 朴齊家, 『北學議』 內篇 瓷條 ; 송찬식, 『이조후기 수공업에 관한 연구』(한국문화연구소, 1973), 134~174면 ; 강만길, 『조선시대 상공업사연구』(한길사, 1984), 79~129면 ; 홍희유, 『조선중세 수공업사연구』(지양사, 1989), 251~264면 ; 전석담 외, 『조선에서 자본주의적 관계의 발생』(이성과현실, 1989), 54~56면 ; 김광진 외, 『조선에서 자본주의적 관계의 발전』(열사람, 1988), 25~35면 참조.
8) 김광진 외, 위의 책, 65~66면 ; 高橋龜吉, 『現代朝鮮經濟論』(千倉書房, 1935), 341면 참조.

있을 수 없는 일이라 생각된다.

　이와 같이 작중현실이 17세기 말의 현실로 보기에는 지나치게 발달한 것으로 그려져 있는 문제점은 상업 분야에서도 마찬가지로 확인된다. 가령 제2부「군도」에서 강화의 선주 유춘득이 "한양의 쌀값을 이리저리 조정하여 철마다 수만 전을 벌어"(4-81) 선단을 마련했다든가, 제4부「역모」에서 배대인네 상단이 청에 수출하기 위해 상인물주가 되어 생산지에서 수달피를 독점하는 등 도처에 도고상업(都賈商業)이 극도로 발달한 것처럼 묘사되고 있으나, 이처럼 도고상업에 의해 대대적으로 상업자본의 축적이 이루어지기 시작한 것은 빨라야 18세기 이후의 일이었다.9) 또한 제3부「잠행(潛行)」에서 상세히 묘사되고 있는 한양성 내외의 번영상은 서울의 인구가 17세기 말에 비해 2배 가까이로 증가한 18세기 말 이후의 사료들에서 비로소 찾아볼 수 있는 양상이다.10)

　이 밖에도『장길산』에는 전국 도처에 장시는 물론 대규모의 객주・여각이 번창하고 있을 뿐 아니라, 지방 소읍에 이르기까지 "짙은 화장에 모란송이처럼 얹은머리를 올리고 푸른 저고리 붉은 치마, 노랑저고리 붉은 치마를 떨쳐입은" 채 시조와 잡가를 능숙하게 읊는 창기를 여러

---

9) 강만길,「경강상인과 조선도고」,「도고상업과 반도고」,『조선후기 상업자본의 발달』
　　(고려대학교출판부, 1973), 59~97면, 156~200면 ; 강만길,「이조후기 상업구조의
　　변화」,『분단시대의 역사인식』(창작과비평사, 1978), 232~262면 ; 오성,『조선후기
　　상인연구』(일조각, 1989), 109~141면 ; 사회과학원 역사연구소,『조선전사』중세 1
　　(푸른숲, 1988), 50~66면 ; 전석담 외, 앞의 책, 85~90면 ; 河原林靜美,「18・9세기
　　에 있어서 廛人과 私商에 대하여」,『봉건사회 해체기의 사회경제구조』(청아출판
　　사, 1982), 105~146면 참조.
10) 이우성,「18세기 서울의 도시적 양상」,『한국의 역사상』(창작과비평사, 1982),
　　26~64면 ; 손정목,『조선시대 도시사회연구』(일지사, 1977), 241~276면.

명씩 두고, 식사를 주문하면 "갈비찜에다 제육하구 생선매운탕에 꿩구이를 내오"는(1-101~3) 화려한 색주가들이 성업중인가 하면, 화폐의 전국적 유통이 이루어진 지 얼마 안 되는 당시의 실정에 비추어볼 때 지나칠 만큼, 환과 어음 같은 신용화폐까지도 널리 유통되고 있는 것으로 그려져 있다.

이와 아울러 『장길산』에는 봉건적인 신분질서의 해체 또한 시대적으로 훨씬 앞설뿐더러 광범하게 이루어진 것처럼 묘사되고 있다. 이 작품에서 작가는 새로운 인물들이 등장할 때마다 그 인물의 내력을 소개하면서 그의 신분계층이 반드시 드러나도록 배려하고 있다. 이는 작가가 등장인물들에 대해 항상 사회적 출신성분을 염두에 두고 그에 합당한 성격과 행동을 부여하려 의식적으로 노력한 결과라 생각된다. 그리고 그 인물들은 대부분 부침(浮沈)이 심한 그들의 인생 역정을 통해 봉건적인 신분질서가 해체되어가고 있는 사회현실을 매우 극명하게 반영하고 있다. 활빈도의 두령들이 몰락양반·행상·사공·군졸·사노·광대 등 다양한 신분의 백성으로 살아가다가 각기 우여곡절 끝에 도적이 되는 것은 말할 것도 없거니와, 군소인물들 중에도 천민출신으로서 신흥부자가 된다든가, 반대로 본래는 양민이었으나 밑바닥에 처하여 극적인 개인사의 부침을 겪는 다양한 인물들이 등장하고 있는 것이다. 특히 제3부 「잠행」에서 살주계 사건의 전말을 통해 묘사되고 있는 노비들의 계급적 각성과 저항은 그 시대 민중의식의 동향을 매우 예리한 필치로 그려낸 경우라 할 수 있다.

그러나 이같은 등장인물들의 신분계층의 변화과정 역시 『장길산』에서는 작품의 시대배경에 비해 볼 때 상당히 과장되게 그려져 있는 것

글누림 작가총서

이 사실이다. 예컨대 이 작품에 소개되어 있는 군소인물들의 내력을 보면, 제1부 「광대」에서만도 재인말 손돌노인의 옛 친구인 신천의 심부자라든가, 길산이 감옥에서 만난 양선달, 김기를 몰락하게 만든 봉산의 여첨지 등, 천민 출신으로서 지주나 부상으로 상승한 인물들이 너무도 흔히 등장하고 있다. 또한 "이제 시세가 재화를 중히 여기게 되어 반상(班常)을 막론하고 상업에 종사하는 일은 대수롭지 않게 되었다."(1-323)는 박대근의 말과 같이, 이 작품에서는 그 시대에 양반으로서 상업에 종사한다든가 반대로 서민 부자가 양반행세를 하는 등의 일이 별반 희귀한 일이 아닐 만큼 일반적으로 신분계급간의 구분이 흐려진 것처럼 처리되고 있다.

뿐만 아니라 이경순이나 박대근의 경우에서 볼 수 있듯이 부유한 상인들이 양반을 모칭(冒稱)하지 않고도 어느 곳에서나 세도 있는 양반에 못지않은 대접을 받으며 당당하게 행세하는 것으로 그려져 있다. 그러나 이처럼 서민 부자가 도처에 눈에 띄고, 송도 유수의 아우 일행과 시비를 벌이게 된 박대근이 "유수를 누가 먹여 살리는데……."(1-128)라고 큰소리칠 정도로 부상의 지위가 격상되는 것은 18세기 이후라야 있을 법한 현실이며, 그나마도 18세기 이후의 일부 사료와 야담에 나타난 희귀한 사례들을 보편적인 현상으로 전제할 때만 성립 가능한 상황인 것이다.[11]

---

11) 『장길산』에서는 그 시대의 실상에 비해 "신분계층끼리의 선이 분명하지 않"다는 점은 이 작품의 고증에 대한 작가와의 논쟁에서 한 사학자에 의해 부분적으로 지적된 바 있다(이이화, 「역사소설 『장길산』과 『금환식』의 엉터리 고증」, 『뿌리깊은 나무』, 1976. 9 ; 황석영, 「고증의 한계-이이화씨에게 되묻는 말」, 『뿌리깊은 나무』, 1976. 10 ; 이이화, 「풀어야 할 오해-황석영씨에게 또 하는 말」, 『뿌

그런데 이상한 것은 작가 자신도 작중에 묘사된 현실이 17세기보다 최소한 1세기 후의 사회상임을 알고 있었을 뿐 아니라, 이 점을 공언 하기까지 한 바 있다는 점이다. 『장길산』의 연재에 앞서 <한국일보> 에 실린 「작가의 말」에서 그는 "18세기를 그 시대적 배경으로 삼고, 알려지지 않은 비천한 사람들을 등장인물로 해서 나는 이른바 '역사소 설'을 쓰려 한다."고 밝히고 있다. 그리고 연재 중의 한 대담에서도 "내부에서 근대적 역량이 자라기 시작한 18세기는 의미심장한 시대였 고, 따라서 그 어류에서 뭔가 쓰고 싶다는 구상을 하게 되었습니다."고 말하고 있으며, 연재를 속개하면서 쓴 작가의 말인 「『장길산』 3부를 시작하며」에서도 "내부에서 근대적 역량이 자라기 시작한 18세기는 오 늘날 자못 의미심장하다."고 하면서 같은 견해를 되풀이하고 있다.[12]

이 작품에서 숙종대의 실존인물인 장길산은 1655년(효종 6년) 을미(乙 未)생으로 설정되어 있으며, 종장(終章)에서 가짜 장길산이 살해되는 장 면까지 계산한다 해도 1679년(숙종 5년)부터 1699년(숙종 25년)까지 약 20 년간에 걸친 그의 활약상이 묘사되고 있는 셈이다. 그럼에도 불구하고 작가가 마치 이 작품이 18세기를 배경으로 한 역사소설인 양 전제하고 있는 것은 모순이라 하지 않을 수 없다.

이러한 모순은 한편으로 70년대 사학계의 풍부한 연구성과를 활용 하여 "자생적인 근대화의 원류"에 해당하는 18세기 조선사회를 생생하

리깊은 나무』, 1976. 11).
12) 황석영, 「작가의 말」, <한국일보> 1974. 6. 30 ; 황석영, 「작가에게 묻는다ㅡ나 에게 나의 춤을」, 『한국문학』 40호(1977. 2), 269면 ; 황석영, 「『장길산』 3부를 시작하며」, <한국일보> 1977. 12. 15.

게 그려 보이겠다는 작가적 야심과, 다른 한편 광대 출신의 의적 장길
산의 역모사건이라는 매우 특이한 소재를 살려 민중의 저항운동을 소
설공간에서나마 적극적으로 펼쳐 보이려는 작가의 문제의식이 상충한
데서 초래된 결과라 생각된다. 이와 같이 상충하는 두 가지 창작의도
에 내재한 모순을 심각하게 고려하지 않고 창작에 임한 데서 이 작품
의 역사적 진실성에 적잖은 손상을 가져오게 된 것이다.

전체적으로 보아 『장길산』에서 작가가 특히 큰 비중을 두어 묘사하
고 있는 것은 그 시대의 상업 발달상이다. 아마도 이것은 조선후기의
가장 뚜렷한 변화의 하나가 상업의 발달일 뿐 아니라, 작가가 이익(李
瀷)의 『성호사설(星湖僿說)』 중 장길산에 관한 다음과 같은 기록을 중시
한 때문이 아닌가 한다.

무사 최형기가 응모하여 도적을 잡으러 파주에 당도하니, 상인 수십
명이 말을 몰고 지나갔다. 밀고한 사람이 말하기를, "저들은 모두 다 도
적이다" 하므로 모조리 잡아 가두었는데, 그들이 타고 있던 말은 모두
날랬으며 암컷이었다.[13]

이 기사는 장길산 일당이 수십 명이나 무리를 지어 말을 몰고 다닐
만큼 형세 좋은 대규모의 도적떼였으며, 상업에 종사하거나, 혹은 적어
도 상인을 가장하고 다니기도 했음을 시사해준다. 작가는 여기에 착안
하여 소규모로 출발한 장길산 일당이 형세가 커짐에 따라 단순한 도적
질에 머물지 않고, 나아가 "세간의 이"(6-33)를 아울러 도모함으로써 대

---

13) 李瀷, 『星湖僿說』 권14, 人事門 林巨正條.

규모의 자생력 있는 조직으로 발전한 것으로 그렸으리라 추측된다. 이 작품에서 작가가 장길산 일당에게 물심양면에서 커다란 영향을 미친 존재로 송상(松商) 박대근과 같은 인물을 매우 비중 있게 그리고 있는 것은 이러한 발전과정을 자연스럽게 매개하는 인물이 반드시 필요했기 때문일 것이다.

본래 양반의 서자인 박대근은 적서차별에 불만을 품고 가출하여 송도 거상(巨商) 배대인의 차인이 되었다가, 뛰어난 상재로 주인의 눈에 들어 마침내 그의 사위이자 후계자로까지 출세하게 되는 인물이다. 제 4부 「역모」에 이르면 박대근은 송도 사대전 임방회의의 좌장이 되어 사행무역(使行貿易)에 관한 회의를 주재하는가 하면, 그간 비밀리에 재배에 성공한 인삼과 대하(貸下)받은 관은(官銀)으로 청상(淸商)과 대규모의 밀무역을 하여 막대한 이익을 거두며, 의주와 동래에 해외무역의 거점을 마련하고 각처에 송방을 연결하여 "전국의 상단에서 가장 실속 있는 배대인네 상단의 실질적인 운영자요 북변 무역로에서 실권을 쥐고 있다는"(10-193) 인물로 묘사되고 있다. 뿐만 아니라 그는 상거래에서 신의를 절대시하고 국리민복(國利民福)을 도모하는 호탕한 상인으로, 본래 협기(俠氣)를 좋아하고 현실에 대한 비판의식이 투철하여 장길산 같은 광대나 마감동 같은 도적들과 격의 없이 의형제를 맺는가 하면, 그들을 활빈도가 되도록 교화하고 그들과 더불어 역모를 하기까지 한다.

이와 같은 박대근의 인간됨과 활약상에 대한 묘사에서 두드러지게 나타나 있듯이, 『장길산』에서 작가는 그 시대의 상인계층을 대단히 호의적으로 다루고 있을 뿐 아니라, 봉건사회 해체기에 그들이 담당했던 역사적 역할을 긍정 일변도로 과대평가하고 있다. 물론 이 작품에서도 해주의 부상 신복동이나 상인으로 변신한 이후의 고달근의 경우와 같이 몇몇 악덕상인들이 그려져 있는 것은 사실이다. 그러나 박대근을 위시하여 작품에서 중요한 역할을 맡고 있는 대다수의 상인들은 투철한 역사의식과 민족의식을 지니고 있으며, 대단히 도의적이고 진취적인 행동을 보여주고 있는 것이다.

예컨대 박대근의 장인이자 조선 굴지의 거상으로 설정되어 있는 배대인은 본래 보잘것없는 송방 차인의 아들로서 부상 배씨의 양자로 들어갔으나, 유흥으로 장사 밑천을 탕진하고 쫓겨났다가 탁월한 상업적 수완을 보이고 난 뒤 양부에게 다시 받아들여진다. "이는 송상이 원래 친족 혈육의 가치보다도 그 상업 경영 능력에 따라 애정의 경중을 따지던 습속 때문이었다."(5-282)는 것이다. 그 후 배대인 역시 박대근이 행수차인으로서 보인 상업적인 수완을 보고 그를 막내사위로 삼는 한편, 그가 기민하게 인삼재배에 착수하는 것을 보고 내심 감탄하여, "시절이 바뀌니 사람도 바뀌어야지. 내 할 일은 끝났어. 이제부터는 자네가 맡아 해야지. 이 집 재산을 구워먹든 삶아먹든 자네 마음대로 하게."(5-298)라고 하며 그에게 상단의 운영권과 모든 재산의 관리권을 맡긴다. 이처럼 배대인은 봉건적인 혈연관념과 차별의식에서 완전히 탈피하여 오로지 상업적인 역량에 따라 인물을 평가·발탁하고, 시대의 추이를 미리 내다보면서 사업을 흔쾌히 물려주는 철저히 합리적이고 근대적인 의식의 소유자로 묘사되고 있다.

뿐만 아니라 배대인은 상거래에서 신의를 가장 중히 여기며, 사사로운 이익보다 공익을 우선시하는 도덕적인 상인이기도 하다. 예컨대 그는 나이 어린 막내딸 귀례가 상재(商才)를 발휘하여 도고의 수법으로 적지 않은 이문을 남기자, 다음과 같이 훈계한다.

> 첫째, 속임수를 쓰지 않았느냐. 헛소문으로 거래를 활발하게 하여 일
> 단 이문을 보았으되 신용을 잃어 다시는 그런 이들과 거래를 트지 못할
> 것이다. 장사는 신의를 쌓아올리지 않으면 도적질 같은 것으로 지탄받
> 게 되는 게야. 둘째로, 싸고 헐한 약재를 택한 것이 잘못이다. 부는 풍
> 족한 자에게서 얻어야 하고, 일반 가난한 자들의 원망을 받으면 오래
> 가지 못하는 것이다. 일반 사람들이 쉽게 취하여 쓰는 약재를 매점하였
> 으니 피해가 없었다고는 할 수 없다. 끝으로, 셋째는 상도(商道)를 타락
> 시킬 위험이 있었다. 이런 축재가 알려져 그 방법이 널리 퍼지면 시장
> 은 마비되고 말 것이니라. 허나 그 용(用)은 그릇되었으되, 취재(取財)는
> 제법 잘 하였다. (2-113~4)

이와 같이 배대인은 조선후기에 자행되던 도고상업의 문제점을 준
엄하게 비판하면서 일국의 경제를 담당하는 중요한 계층으로서 상인
이 지켜야 할 윤리적인 규범을 교시하고 있다. 뿐만 아니라 그는 박대
근이 비밀리에 인삼재배를 시도하고 있음을 알리자 "그것이 사실이라
면 참으로 좋은 일이군. 이제는 돈이 없는 사람들도 위급할 적에 인삼
을 먹을 수가 있을 것이고, 청왜의 무역에서도 유리해질 것이다."(5-297)
라고 하여, 상업적인 타산에 앞서 백성들에게 돌아갈 혜택을 먼저 생
각하며 기뻐한다.

이처럼 이상화된 상인의 모습은 박대근의 경우에 더욱 증폭되어 나
타난다. 제1부 「광대」에서 그는 악덕상인 신복동을 징치(懲治)하면서,
"재물이란 소리(小利)를 모아 대리(大利)를 이루는 것이니, 장사치는 민
생의 근본이 되는 생산을 돕는 일임을 스스로 잊지 말아야 할 것이

다."(1-323)라며 상도의에 대해 일장의 훈계를 한다. 또한 그는 자신이 우연한 기회에 도움을 준 언실이 모녀가 인삼재배의 비법을 터득하고 있는 사실을 알게 되자 다음과 같은 말로 격려한다.

> (…전략…) 우연히 저 아이에게 인정을 보인 것은 잊어주십시오. 설혹 제가 한푼도 취하지 않더라도 부인의 소망이 이루어져 삼의 다량 소출이 가능해진다면, 그리하여 대외무역의 활로가 열린다면 장사꾼으로서 그에 더한 보람이 없을 듯합니다. 제 힘 닿는 데까지 도와드릴 것이니 삼포를 계속 가꾸어 나가십시오. (5-294)

요컨대 이 작품의 도처에서 박대근은 상업적 이익에 대해 대범하기 짝이 없으며, 공익과 국익을 중시하는, 지극히 윤리적인 상업관을 드러내고 있는 것이다.

그런데 배대인과 박대근에게서 볼 수 있는 이러한 윤리적인 상업관은 이 작품에서 그들만이 지니고 있는 것이 아니라, 일반적으로 송상들의 사고와 행동양식을 지배하는 신조인 양 그려져 있다. 박대근의 중매로 언실의 남편이 되어 인삼재배를 도맡게 된 최윤덕이 "나두 송도 사람이오. 인삼의 재배법에서 그 상권까지 모든 송도인이 나누어서 누려야 하오."(10-27)라고 말하고 있듯이, 송상은 사적인 이익에 앞서 송상 전체의 이익을 생각하는, 공동체 의식이 매우 강한 집단으로 되어 있다. 그러므로 『장길산』에 형상화되어 있는 배대인과 박대근의 윤리적인 상업관은 그들의 개성이라기보다는 송상이라는 한 상인집단의 전형적인 속성을 극대화한 것이라 할 수 있다. 이 점은 배대인이 사행무역에 나선 자기 상단의 부하들을 떠나보낼 때 훈시하는 그의 송사(送

辭)에서 단적으로 드러나고 있다.

> (…전략…) 한번의 장사길로 큰 재물을 모아 오기를 기대한다면 그것
> 은 상고를 바라는 게 아니라 도적질을 바라는 것이야. 그러므로 송방의
> 장책(帳冊)은 대를 물려서 내려오는 것이니라. (…중략…) 장책 적는 법
> 과 읽는 법을 먼저 익혀야 자기 상도의 장단처를 반성할 수가 있고, 신
> 용이 귀함을 알 수가 있고, 한 푼의 돈이 귀한 것과 땀흘려 버는 보람을
> 알게 되어 상단의 이를 자기 것으로 알게 되는 것이다. 장책이 정직하
> 고 삿됨이 없어야 부상대고가 되느니라. (10-30)

이러한 배대인의 훈시에 잘 드러나 있듯이 작가는 배대인과 박대근
뿐 아니라 그들이 속한 송상 전체를, 합리적이고 근대적인 경영으로
부를 축적하면서 아울러 항상 공익을 염두에 두는 윤리적인 상인으로
이상화하고 있는 것이다.

『장길산』에서 박대근을 중심한 상인들이 반봉건투쟁의 중요한 일익
을 담당한 것으로 그려져 있음은 이와 같이 상인계급을 그 시대의 실
상보다 훨씬 이상화함으로써 비로소 가능해진 일이다. 앞서 언급했듯
이 박대근은 인삼재배와 대청무역을 통해 북변 무역로의 실권을 장악
한 인물이다. 이러한 부상대고(富商大賈)인 그가 언실의 신랑감이자 자
신의 뒤를 이어 인삼재배와 대청무역을 관장할 인물로 최윤덕을 선택
한 것은 다음과 같은 기준에 의해서였다.

> (…전략…) 우선 강직하고 정의감이 있으며 신의가 있는 송도 사람이
> 어야 했던 것이다. 인물도 저만하면 서글서글하게 잘생겼고 뱃보도 있
> 으며 꾸밈이 없이 솔직하여 간교한 것과는 거리가 먼 위인이었다. 경우

가 바르고 싹싹하다는 송도인의 기질에 대한 세인들의 평이란 그 반면
에는 영리하고 경박하다는 뜻도 함께 지니고 있었다. 그러한 위인은 사
대전 점포마다 지방에 나가 있는 수많은 송방에서 얼마든지 골라낼 수
가 있었다. 그러나 대근은 그런 자는 장사치에 그칠 뿐이며, 실로 심기
가 올바르고 굳건히 서 있는 사내라야 부상대고가 될 것이라 여겼던 것
이다. (3-309)

이처럼 박대근은 자신과 같은 부상대고가 되려면 이해타산에 밝고
약삭빠른 장사치의 차원을 넘어서, 뛰어난 윤리의식과 강한 의지력, 그
리고 원대한 포부를 지닌 인물이라야 한다고 믿고 있는 것이다.

이러한 부상대고답게 박대근은 축재뿐만 아니라 나아가 부의 사회
적 재분배라는 문제에까지 생각이 미치고 있다. 앞서 언급한 바 악덕
상인 신복동에게 훈계하는 장면에서 "이제 난세에 모든 사람의 도의가
혼란하여 비록 남의 물산으로 이윤을 도모한다 할지라도, 종내에는 그
이를 도와준 백성의 것으로 되돌려주어야 마땅한 것인즉, 내 이름없는
장사치로서 백성에게 돌려줄 자산을 모으려는 뜻을 품은 지 오래더
니"(1-324) 운운하고 있듯이, 박대근은 사유재산에 대한 관념을 초월하
여 자신의 재산을 사회로 환원하려할 만큼 도덕적인 인물로 묘사되고
있다. 또한 그는 제1부 「광대」에서 구월산의 부두령 마감동과 결의형
제를 하면서 다음과 같은 농담을 주고받는다.

"이 사람아. 나는 송도 제일가는 부상(富商)이 되려네. 그래 재물이
많이 생기면 자네들과 나눠 쓸 셈이지."
"그만두우. 우린 벼슬아치나 인색한 부자집을 털어두 밥술깨나 족히

들 수 있으니까."

박대근이 껄껄 웃었다.

"내가 부상이 될 테니까, 자넨 나를 털러 오면 되잖아." (1-155)

이러한 농담에서 단적으로 드러나 있는 바와 같이 상인으로서 축적한 부를 민중과 더불어 아낌없이 나누어 쓰겠다는 박대근의 고결한 포부는 그가 배대인네 상단의 행수차인으로서 지방 저자에 난장을 트러 돌아다니던 작품의 서두에서부터, 국내 굴지의 부상대고로 성장한 작품의 말미에 이르기까지 일관되게 견지되고 있다.

이와 같이 고결하고 원대한 포부를 지난 대상으로서 박대근은 상인계급과는 근본적으로 모순된 이해관계에 있는 도적패와 대결하기는커녕 오히려 현실에 대한 그들의 불평불만에 공감을 표하면서 자신의 신조를 따르도록 그들을 설득하고 계몽한다.

> 겨우 남의 재물을 뺏어 주림이나 견디겠다고 사내대장부가 산속에 들어와 있는가. 아닐세…… 백성을 돕는 녹림당이 되어야 하고, 힘을 길러 저 도적들을 없애야 하지. 내가 재물의 참뜻을 깨달은 것은 바로 그것일세! 힘…… 팔도에 두루 덮이는 막강한 힘일세. (1-173)

도적이라면 모름지기 활빈도가 되어야 하며, 활빈행을 위해서는 재물이야말로 결정적인 힘이 된다는 그의 신조는 작품의 도처에서 피력되고 있다. 나아가서 그는 장길산 일당에게 단순히 도적질에만 의존하지 말고 사주전(私鑄錢 : 위폐 제조)이나 잠상(潛商 : 밀무역)·잠채(潛採 : 광업) 등에 손을 뻗쳐 자생력있는 대규모의 조직으로 성장해 나가도록 권유하면서 "물력은 힘이요."(2-295)라고 외치는 것이다. 그리하여 장길산 일당이 대규모의 광산과 풀무간을 경영하는가 하면 객점을 내고 상단을 운영하는 등의 사업을 통해 "각처의 유민들에게 정착할 삶의 근거를 마련해"줌으로써 "명화적당에서 자신의 산물을 지어내는 무리로 바뀌"(10-138)게 된 데에는 박대근의 집요한 설득과 "누만전"(10-40)에 달하는 그의 투자가 결정적인 힘을 발휘한 것으로 처리되고 있다.

뿐만 아니라 박대근은 자신의 물력과 장길산 일당의 병력을 중심으로 봉건왕조에 대한 각지·각계층의 불만세력을 결집시켜 '반정(反正)'과 '입국(立國)'을 하려는 엄청난 계획까지 세우고 이를 실제로 추진한다. 제2부 「군도」에서 인삼재배가 가능하리라는 희망에 들뜬 박대근이 "우리가 한양을 꺾고 나라 밖의 상권까지 잡는다면……."이라고 말하자, 그의 아내 귀례는 "어째요, 천도(遷都)하시게요?"라고 당돌하게 묻는다. 그러자 박대근이 "쓸데없는 소리……."라고 무질러버리고 말지만 (5-289), 그녀는 평소에 지극히 통찰력있는 인물로 설정되어 있는만큼, 이는 곧 박대근의 의중을 꿰뚫은 말이라 볼 수 있다. 그후 박대근은 장길산에게 인삼재배에 성공한 사실과 함께 그로 인해 송도의 상권을 장악하게 되리라는 희소식을 알리면서 다음과 같이 자신의 계획을 밝힌다.

> 상권의 판도가 바뀐다는 것은 장사뿐만 아니라, 우리 힘의 내실이 단단해진다는 얘기요. 이를테면 무과를 거친 무관 가운데, 출사하는 데 어려움이 많은 자들을 금력으로 뒤를 대어 병수사까지만 올려놓아도, 그 지역의 병력은 모두 우리 군사가 되는 게요. 까짓, 수년 안에 첨사·병사·선전관까지 열명 쯤은 심어놓을 수가 있소. (9-125)

역모를 위한 이 같은 은밀한 계획이 구체적으로 어떻게 수행되었는지는 작품의 말미에 이르도록 끝내 불분명하게 되어 있지만, 박대근이 장길산의 역모에 정신적·물질적으로 막강한 영향을 끼치면서 깊숙이 관여한 것만큼은 의심할 여지없는 명백한 사실인 것이다.

이상에서 살펴본 바와 같이 작가가 장길산의 후원자이자 그에 못지않게 크게 활약한 인물로서 송상 박대근을 등장시킨 것은 조선후기 경제사에 비추어볼 때 상당히 근거 있는 설정이라 할 수 있다.

조선초기부터 전업적이고 조직적인 상인집단으로 발전해온 송상, 즉 개성상인은 18세기 이후에는 도고상업에 손을 대어 대자본의 집적에 성공하는 한편, 대외무역에도 적극적으로 참여하여 그 주도권을 장악해갔다. 그리하여 일부는 집적된 상업자본을 광산 경영이나 인삼재배업과 그 가공업 등에 투자하여 상인물주 내지 산업자본가로 변신하기도 하였다. 또한 송상은 결속력이 강하여 집단의 권익을 지키기 위한 회의체제를 갖추고 있었을 뿐 아니라, 사개송도치부법(四介松都治簿法)이라는 복식부기법을 사용하는 등 합리적인 경영방식을 추구하기도 하였다. 더욱이 19세기 초 평안도농민전쟁 당시에 상당수의 송상들이 홍경래가 이끈 농민군을 경제적으로 지원한 사실은 개성인들이 전통적으로 지니고 있던 이씨왕조에 대한 반감과 함께 송상들의 정치적 의식을 엿볼 수 있게 하는 사례로 지적되기도 한다.[14]

이러한 사정을 감안해볼 때 『장길산』에서 송상 박대근을 주요 등장인물로 설정한 것은, 이미 지적한 바와 같이 비록 17세기 말 조선의

---

14) 강만길, 「개성상인과 인삼재배」, 『조선후기 상업자본의 발달』, 앞의 책, 9~10면, 98~132면.

현실로서는 지나치게 앞선 것이 사실이지만, 그 나름의 타당성을 지닌 것이라 생각된다. 다시 말해 작가는 강만길 교수의 「개성상인과 인삼재배」를 비롯한 70년대 사학계의 연구와 이를 통해 발굴된 사료들을 적절히 활용하여, 송상 박대근의 상업계에서의 활약과 장길산 일당에 대한 지원과정을 대단히 흥미롭고 실감나게 묘사하고 있는 것이다. 예컨대 박대근이 전라도에서 온 언실이 모녀를 도와준 끝에 인삼재배에 성공하고, 최윤덕을 언실이와 결혼시켜 자신의 후계자로 삼는 이야기는 박대근으로 하여금 활빈도를 지원할 만큼 거액의 자금을 손쉽게 얻도록 하는 데에 적절한 설정이었다고 할 수 있다. 그런데 이는 숙종조에 전라도 동복현(同福縣)의 한 여인이 산삼의 씨를 받아 이를 전지(田地)에서 재배하는 데 성공하였고, 그 재배법을 개성인 최모가 전수(傳受)하여 널리 전파했다는 후대의 기록[15]에 바탕을 둔 것으로, 작가는 간략하기 짝이 없는 이 기록을 작중의 인물과 상황에 자연스럽게 접맥시켜 매우 구체적인 이야기로 변모시켜놓고 있는 것이다.

그러나 『장길산』에서 박대근을 중심으로 전개되는 상인들의 활약상은 조선후기 상업계의 실태에 비해 지나치게 미화되어 있을뿐더러 그 역사적 역할이 과대평가되고 있는 문제점을 드러내고 있다. 송상이 당시 상인들 가운데서는 상대적으로 진취적이고 합리적인 사고와 행동양식을 지닌 집단이었던 것은 사실이다. 하지만 송상 중에서도 특히 송도 사대전 상인들은 한편으로는 도고상업이나 밀무역 등을 통해 봉건적인 상업체계의 일각을 무너뜨리는 역할을 하면서도, 다른 한편 관

---

15) 金澤榮, 『韶濩堂集』 紅蔘志 ; 張志淵, 『韋菴文稿』 人蔘條(강만길, 「개성상인과 인삼재배」, 앞의 책, 123면에서 재인용).

부와 굳게 결탁하여 자신들의 특권적인 이익을 고수하고자 하는 이중적인 면모를 지니고 있었다.[16] 즉 그들은 봉건사회의 해체를 앞당기는 데에 일정한 역할을 수행한 계층이면서, 동시에 봉건체제의 태내에서 성장하고 보호받아온 집단으로서의 역사적 한계를 명백히 지니고 있었던 것이다.

『장길산』에서 박대근이 관장하는 배대인네 상단은 송도 사대전에 속하며 박대근은 사대전 임방회의의 좌장을 맡기까지 한다. 또한 그들은 사행무역에 참여하여 막대한 이익을 거두기 위해 관부로부터 거액의 은을 대하받기도 한다. 그러므로 배대인네 상단은 난장을 트러다니고 도고상업을 하는 등 사상(私商)과 유사한 일면을 보여주고 있기는 하지만, 근본적으로 봉건적 어용상인 집단에 속하는 것임에 틀림없다. 그림에도 불구하고 이 작품에서 박대근은 철저히 반봉건적이고 반체제적인 인물로 그려져 있을 뿐, 그에게서는 봉건적인 특권에 의존하여 부를 축적해온 어용상인으로서의 속성을 조금도 찾아 볼 수 없는 것이다.

이와 같이 송상 박대근이 지닌 반봉건적인 성향을 일방적으로 강조한 위에서 작가는 상인계층을 장길산 일당의 역모에 자금을 제공할 뿐 아니라 나아가서는 거사의 일익을 담당한 중요한 집단으로까지 부각시키고 있다. 이는 앞서 언급한 바와 같이 19세기초 평안도농민전쟁에 다수의 상인이 가담한 사실을 고려할 때 전혀 무리한 발상은 아니라 할 수 있다. 평안도농민전쟁 당시에는 홍경래의 측근으로 금광을 경영한 우군측이나 평북 일대에서 부명(富名)을 날린 이희저와 같은 부상대

---

16) 강만길, 「개성상인과 인삼 재배」, 앞의 책, 98~113면.

고들이 참여하고 있었으며, 그 밖에도 의주로부터 개성에 이르는 지역의 부민대상(富民大商)들의 대부분이 그 지엽(枝葉)이 되었다고 할 만큼 많은 상인들이 자금을 제공했던 것으로 알려져 있다.17)

그러나 이러한 평안도농민전쟁 당시의 현실은 여러모로 『장길산』에 묘사되고 있는 상황과 달랐다는 점을 간과해서는 안될 것이다. 무엇보다도 평안도농민전쟁은 1811년에서 1812년에 걸쳐 일어난 사건으로서, 『장길산』의 배경이 된 17세기 말에 비해 무려 백 년 이상이 지난 후대의 일이다. 따라서 봉건사회의 해체 정도와 그에 따른 상인계급의 성장에 있어서 그 사이에 커다란 진전이 있었으리라는 점을 감안해야 한다. 뿐만 아니라 이처럼 다수의 상인들이 가담했던 19세기의 평안도농민전쟁조차도 이씨왕조와 세도정치의 타도를 표방하기는 했지만, 철저히 민중을 주체로 하여 봉건체제 자체를 전복시키고자 한 근대적인 혁명과는 현격한 거리가 있었던 것이 사실이다. 이렇게 볼 때 『장길산』에서 사대전 임방회의의 좌장인 송상 박대근이 시대적 한계를 초월하여 그토록 강렬한 반봉건의식을 가지고 봉건체제를 타도하는 투쟁에 적극 나선 것으로 그려져 있는 점은 이 작품의 역사적 진실성을 감소시키는 또 하나의 중대한 요인이라 하지 않을 수 없다.

이러한 문제점과 관련하여 또 한가지 지적할 것은, 『장길산』에서는

---

17) 정석종, 「홍경래란」, 『전통시대의 민중운동』 하권(풀빛, 1981), 347~348면 ; 홍희유, 「1811~1812년의 평안도농민전쟁과 그 성격」, 『봉건 지배계급에 반대한 농민들의 투쟁』 이조 편(열사람, 1989), 70~108면 ; 河原林靜美, 「1811년의 평안도에 있어서의 농민전쟁」, 『봉건사회 해체기의 사회경제구조』, 앞의 책, 285~314면 ; 鶴園裕, 「평안도농민전쟁의 참가층」, 『전통시대의 민중운동』 상권(풀빛, 1981), 234~281면 참조

상인계층을 중시하고 그들의 활약을 부각시키려 한 나머지 반봉건투쟁의 실질적인 주체였던 농민의 존재가 거의 무시되고 있다는 점이다. 이 작품에서 활빈도의 두령들은 몰락양반·행상·사공·군졸·사노·광대 등 다양한 출신으로 되어 있음에도 불구하고, 유독 농민 출신만은 찾아볼 수 없다. 물론 제3부 「잠행」에서 본래 춘천의 농민으로 자비령 녹림당의 두령이 된 최흥복이 등장하는 등 농민들의 삶이 그려진 대목이 일부 있는 것은 사실이나, 그러한 대목들은 작중에서 극히 지엽적인 위치를 차지하고 있을 따름이며, 최흥복과 같은 인물은 장길산 일당 안에서 결코 송상 박대근과 같은 지도적인 역할을 맡고 있지 못한 것이다.

또한 이 작품에서는 상인계층을 이상화하면서 농민들의 존재를 소홀히 취급한 결과, 그 시대에 양자가 맺고 있던 복합적인 관련양상이 제대로 반영되지 못하고 있다. 17세기 후반 이후에는 화폐경제의 발전으로 토지가 상품화함에 따라, 상인들도 축적된 자본의 많은 부분을 수익성이 비교적 안정된 토지에 투자하는 경향이 나타났다. 18세기에 송상들이 후에 개성부에 편입된 풍덕부 내 두개 면의 옥토를 거의 다 사들여 농민들에게 소작을 주었던 것은 그 구체적인 사례이다. 그런데 이러한 상인－지주층이 그들의 자본을 토지에 투자한 것은 자본주의적 영농을 위해서가 아니라 주로 봉건적 지대의 수탈을 목적으로 한 것이었으므로, 이러한 면에서 그들은 농민들과 이해관계가 대립하는 일면을 지니고 있었다.[18]

---

18) 전석담 외, 앞의 책, 105~112면.

　그럼에도 불구하고 『장길산』에서 송도의 부상대고인 송상 박대근은 토지 소유나 농민수탈과는 전혀 무관하게 부를 축적했을 뿐더러, 농민을 중심으로 한 당시 민중들의 이익을 대변하고자 하는 진보적인 인물로 묘사되고 있다. 이는 작가가 당시의 사회경제적 변화를 상업 위주로만 파악하여, 그에 못지않게 큰 비중을 차지하고 있던 농업생산력의 발전과 농민층의 분해현상을 소홀히 한 데서 초래된 결과라 하지 않을 수 없는 것이다.

3. 사회변혁의 전망

　이와 같이 『장길산』에서 작가가 상인층을 다분히 이상화하고 그 시대 사회변혁운동에서 상인층이 담당했던 역할을 과대평가한 것과 같은 문제점은 이 작품이 제시하고 있는 사회변혁의 전망에서 더욱 심각한 양상으로 드러나고 있다. 장길산이 주로 활약했던 17세기 말은 경제적으로뿐 아니라 정치·사회적으로도 일대 전환기로서, 조선후기 민중운동의 동향을 예감케 하는 크고 작은 사건들이 빈발했던 시기였다. 『장길산』은 이러한 사건들을 작품의 중심된 줄거리에 통합하여 망라하다시피 하고 있으며, 여기에 직접·간접적으로 연루되어 있는 장길산의 언행을 통해 사회변혁의 전망을 의욕적으로 제시하고 있다.

　이 작품에서 가장 큰 비중으로 다루어지고 있는 민중운동은 물론 장길산 일당의 활빈행이다. 운부대사의 문하에서 입산수도를 마치고 돌아온 길산은 "첫째로는 우리가 활빈당이요 둘째로는 백성들의 병졸이

며 셋째로는 어지러운 나라를 평정하고 새로운 세상을 만들자는 것이
오.”(5-324)라고 선언하면서 여러 두령들과 함께 활빈행을 결의한다. 그
리하여 작품의 후반부인 「잠행」에서부터 그들은 활빈도로 자처하며
본격적인 의적활동을 대대적으로 벌여나가는 것이다.

　그런데 제3부 「잠행」의 후반부에서는 작품의 주류를 이루는 활빈도
의 활약상과는 별도로, 검계(劍契)와 살주계(殺主契) 사건의 전말이 흥미
진진하게 다루어지고 있다. 한양 인근의 장사치와 무뢰배들이 “미륵의
세상”(7-339)을 만들기 위해 조직했다는 비밀결사 검계와, 그와 유대를
가진 한양 성내 권문세가의 노비들이 양반들의 세상을 타도하고 “상사
람의 나라”(7-159)를 세우고자 만든 살주계가 민심을 교란하는 활동을
벌이던 중, 관의 추적을 받아 그 조직이 와해되는 과정이 소상히 그려
지고 있는 것이다.

　제4부 「역모」에서는 검계·살주계의 잔여세력과 장길산 휘하의 활
빈도가 승려세력과 합류하여 미륵신앙의 이념 아래 “역성혁명과 입국
(立國)”(9-285)을 추진한 이른바 미륵신앙사건이 묘사되고 있다. 길산의
스승인 운부대사의 지시로 구월산 오진암에 모인 이들은 당면 정세를
분석하고 자신들의 그간의 활약상을 종합적으로 점검한 후 거사계획
을 세운다. 그 일환으로 양주 칠성암에서 미륵도를 전파하며 세력을
규합해나가던 승려 여환은 “금당개세 미륵출래(今當改世 彌勒出來)”(9-291)
라는 문구로 시작되는 ‘신서(神書)’와 아울러 칠월 그믐에 천변대우(天變
大雨)가 일어나 미륵세상이 도래하리라는 유언(流言)을 퍼뜨리고 이에
힘입어 추종세력을 이끌고 한양으로 진격하려 했으나, 그 며칠 전에
진짜 폭우가 쏟아지는 뜻밖의 사태로 백성들이 동요하는 바람에 계획

이 탄로나, 핵심인물들은 모조리 처형되고 만다.

　미륵신앙사건이 장길산의 활빈도가 관련된 첫 번째 역모사건이라면, "정진인(鄭眞人)"을 추대하여 입국하려던 승려들의 거사계획은 그들이 가담한 두 번째 역모사건이라 할 수 있다. 미륵신앙사건이 실패로 끝난 뒤에도 활발하게 의적활동을 벌이며 그 세력을 비약적으로 확장해 나가던 활빈도는 장길산의 친구로 출가하여 승려가 된 이갑송 즉 대성법주를 통해 각처의 승병을 기르는 자금을 제공한다. 금강산의 한 암자에 운부대사를 중심으로 모인 승려들은 "백성들이 환희작약하는 나라"를 세운 뒤 북변의 옛 땅을 되찾아 중원에까지 진출하려는 목표를 세우고, 정몽주의 십삼대손이라는 당년 9세의 "정진인"을 "아국(我國)의 주(主)"로 추대하는 한편 장차 최영 장군의 후손인 최성(崔姓)을 얻어 "중원에 세울 나라의 주인"을 삼고자 한다(10-387~389). 이와 같이 원대한 목표 아래 그들은 승려와 활빈도뿐 아니라 지사(地師) 이영창을 중심으로 한양의 몰락선비들과 서얼·중인들을 포섭해나가던 중, 거사에 가담한 한양 선비들의 고변(告變)으로 실패하고 만다.

　이 작품에서 장길산은 이상과 같은 일련의 사회변혁운동에 빠짐없이 관여하면서도, 자신이 주도한 활빈행을 제외한 여타의 민중운동에 대해서는 일정하게 비판적인 태도를 취하고 있다. 작가의 전망은 무엇보다도 이러한 장길산의 비판을 통해 극명하게 드러난다.

　우선 검계·살주계의 활동에 대한 장길산 측의 평가는 오진암 모임 장면에서 활빈도의 책사 김기가 한 발언에 단적으로 표출되어 있다. 그에 의하면 살주계원들은 일반 민중들과의 유대를 꾀하면서 공분(公憤)을 일으켜 그들을 움직이게 하지 못한 채 "격하고, 다만 먹이 마르지도 않은 종이에 불과"한 방문(榜文)을 붙이는 등 즉흥적인 행동만을 일삼았다는 것이다(9-132~133). 이는 곧 작가가 대중으로부터 고립된 민중운동상의 과격노선을 암암리에 비판한 것이라 할 수 있다.

다음으로 승려 여환 등이 주도한 미륵신앙사건이 실패로 끝나자 장길산은 "신서라든가 천변대우의 낭자한 유언은 너무 지나쳤지요. 그런 방법으로 동원이 이루어진다 하여도 백성을 속여서는 오래 못 갑니다."(9-390)라며 비판한다. 그는 일찍부터 운부대사의 가르침에 따라 비승비속(非僧非俗)의 미륵도가 되었음에도 불구하고, 이 사건의 주모자들이 미륵신앙의 신비적이고 비합리적인 요소를 거사에 이용하려 한 것을 비판하면서, 민중의 진정한 신뢰에 뒷받침된 사회변혁운동의 노선을 주장하고 있는 것이다.

이와 같은 당대 민중운동에 대한 장길산의 비판은 작품의 말미에서 묘사되고 있는 승려들의 거사사건에 관한 그의 태도에서 더욱 선명하게 드러난다. 거사계획을 알리러 온 승려로부터 운부대사가 이영창 등의 선비들을 통해 한양성 내의 불평객들을 그러모아 내응세력을 심고 있음을 들어 알게 된 장길산은 즉각 "그 사람들이 이번 거사에 무슨 도움이 되겠습니까? (…중략…) 저는 돌아가신 김기 삼촌 외에 글줄이나 아는 자들을 믿지 많습니다."(10-428)라고 부정적인 반응을 보이면서 이를 신랄하게 비판한다. 즉 그는 민중의 고통을 알지 못한 채 정권 장악을 위해 기회주의적인 처신을 일삼는 양반 지식인들의 속성을 비판하는 한편, 그럼에도 불구하고 거사를 위한 방편으로 그들과 결탁하려는 승려들의 계획을 간접적으로 비난하고 있는 것이다. 이와 아울러 그는 정진인을 추대하는 역성혁명을 통해 "용화세상"을 이루려는 승려들의 계획 자체에 대해서도 통렬히 비판한다.

> 재물과 신분의 구별이 없는 대동세상은 가장 천한 것에서 찾지 않으
> 면 안됩니다. 도대체 진인(眞人)이란 무엇입니까? 진인은 따로이 있는
> 게 아니라 역병에 쓰러져가는 팔도의 백성들이 다시 살아 환호하며 춤
> 추는 세상에서 서로 정을 주고받으며 살아가는 모든 이가 진인이지요.
> 차라리 왕후장상의 씨를 새로이 만들 바에는 북관의 곳곳마다 널려 있
> 는 무인지경으로 들어가 우리끼리 용화세상을 이루어 살아가는 것이 낫
> 겠지요. (10-428~429)

다시 말해 진인이란 모든 억압으로부터 해방된 민중이며, 자신들이
추구하는 용화세상이란 또 다른 봉건왕조가 아니라 그러한 민중이 주
인이 되어 사는 세상이라는 것이다. 이처럼 장길산은 미륵신앙을 철저
히 민중적이고 현세지향적인 이념으로 해석한 위에서, 이러한 자신들
의 이념을 구현하기 위한 가장 근본적인 과제에 대해 다음과 같이 열
변을 토한다.

> (…전략…) 저희 활빈도는 참 활빈하려면 땅을 모두 빼앗아 갈아먹는
> 이에게 고루 나누어주어야만 합니다. 그 일이 근본이요 겨우 양곡이나
> 재물 등속을 빼앗아 나누어주고 지방수령들이나 징치하는 것은 지엽말
> 단이올시다. 근본이 서지 않는다면 집정은 어느 쪽이든 마찬가지입니다.
> 저는 세상이 바뀌지 않더라도 저희 활빈도가 백성의 군사임을 알고, 참
> 용화세상을 이루는 일을 끊임없이 벌이고 다닐 것입니다. (10-429)

여기에서 마침내 장길산은 민중이 주인이 되는 세상을 만드는 데 있
어 가장 근본적인 것은 봉건적인 토지소유관계를 타파하고 농민에게

토지를 균등하게 분배해야 한다는 인식까지 보여주고 있다. 그리하여 그는 "저희들은 서수라와 백두산 인근 일대에 광활한 무인지경을 보아 두었습니다. 일이 성사가 안되더라도 저희는 각처의 유민들과 더불어 그곳에 가서 다시 시작하렵니다."(10-430)라고 하여, 거사가 실패할 경우 변방의 황무지에서 민중이 주인이 되는 진정한 이상촌을 건설하겠다는 포부를 밝힌다. 그러나 작가는 이러한 이상향을 구체적으로 그리는 대신에, 작품의 말미에서 극히 간략한 설명으로 막연하게 처리하고 있다.

> 세상의 소문에는 장길산이 압록강변의 벽동 수백리의 골짜기 안에 깊이 숨었다고도 하고, 또는 두만강의 하류 서수라의 광활한 숲과 호수 사이에 대부락을 이루어 살고 있다 하였지만, 아무도 확인하지는 못하였다. 그러나 활빈도의 깃발은 여전히 사라지지 않았다. (10-432)

이상과 같이 『장길산』에서 당대의 중요한 민중운동과 그에 대한 길산의 비판적 언행을 통해 제시되고 있는 전망은 좌절을 모르는 낙관주의를 그 특징으로 하고 있다. 길산이 월정사에서 승려들과 만나 미륵신앙사건의 성패에 관해 논하는 대목은 이러한 낙관주의가 표출되고 있는 좋은 예라 할 수 있다.

> 도안스님은 풍열을 돌아보았다.
> "(…중략…) 그러나 실패란 것은 실상 없다고 생각되오. 비록 거사를 일으켰다가 몇몇이 잡혀 역률로 죽는다고 하여도, 그만큼 백성들 사이에는 씨를 뿌려놓는 셈이 되니까."
> 풍열이 말하였다.

"나무아미타불…… 좋은 말씀이네. 이번 거사는 철벽의 틈을 뚫고 나가는 첫 번째 파도가 될 게야. 일단 흐름이 생기면 뒤를 이은 다른 물결이 끊임없이 일어나 몰아치게 될 것이고, 드디어는 철벽이 무너지겠지."

길산의 얼굴을 밝아졌고 두 노승의 눈에는 따스한 빛이 담겨 그에게로 전하여지고 있었다. 범람한 물이 마른 땅 위로 넘쳐갈 때 그 물결의 선두는 스스로 골을 찾고 감돌아 나가게 되나니, 뒤이은 물줄기가 이미 이루어지고 찾아낸 길을 따라서 흐름을 얻게 되는 법이 아니던가. 대저 역사를 논할 때, 도도한 물결의 끝없는 흐름은 잊고서 잠시 암벽에 걸려 돌아가거나 웅덩이에 괴는 흐름의 한 끝만 보고서 꺾였다느니 멈추었다느니 하게 마련이지만, 높은 데서 낮은 데로 흐르는 것이 물의 본성이자 섭리인 것이다. 사람의 일은 늘상 그러하여 나아가게 되어 있으며, 전혀 없던 일을 시작하는 일에 실패란 없는 것이며, 그만큼 나아간 것이 아니랴.

실로 풍열이 그들의 입국에 관한 뜻을 세운 일을 물길을 여는 것에 비유한 것은 적절하였다. 이러한 원류(源流)가 오랜 세월에 걸쳐 흐르면 드디어 장강대하(長江大河)가 되어 산천을 변화시킬 것이었다. 보에서 터진 물줄기가 광야를 향하여 달음질쳐 흘러가기 시작할 것이다. (9-158~159)

이처럼 『장길산』에는 당대의 민중운동사가 비록 그 자체로서는 좌절의 연속으로 보일지 모르나, 거시적인 안목으로 조감하면 그 이후의 민중운동에 면면히 이어진다는 점에서 본질적으로 실패의 역사가 아니라는 작가의 낙관적인 역사의식이 뚜렷이 드러나고 있다.

이같은 작가의 낙관주의는 주인공 장길산이 끝내 패배하지 않은 채 종적이 묘연해진 것으로 처리된 작품의 말미에서 절정에 달하고 있다. 승려들의 거사사건에 연루된 사실이 드러났음에도 불구하고 장길산은 관의 추적을 벗어나 더욱 맹렬히 활빈행을 벌였으며, 심지어는 "사방에서 장길산을 자처하는 자들이 나타났고 활빈도를 흉내 내는 무리들이 삼남에서도 벌떼처럼 늘어가고 있었다."(10-432) 이에 조정에서는 궁여지책으로 이전에 활빈도의 출몰이 가장 잦았고 따라서 그에 관한 소문이 가장 번성한 황해도 봉산의 장터에서 무고한 광대 한 사람을 골라 타살하고는, 드디어 장길산을 처단했다고 선전함으로써 민심을 수습하는 데 그쳤다는 것이다.

그런데 바로 그날 장터에 있던 한 아이가 죽은 광대의 피묻은 취발이 탈을 탐내어 집어 들었으니, 그가 바로 후에 봉산탈춤을 중흥시켰다는 안초목으로, "그는 탈과 함께 장길산이란 이름도 잊지 않았다."(10-435)고 한다. 뿐만 아니라 이어지는 『장길산』의 마지막 대목에서는 작품의 에필로그로서 운주사 전설이 소개되고 있다. 반란에 실패하여 천불산에 숨어살던 노비들은 그곳에 천불천탑(千佛千塔)을 하룻밤 사이에 세우면 새 세상이 온다는 미륵의 계시에 따라 전력을 다해 역사(役事)를 하던 중, 노고를 견디지 못한 한 노비가 "닭이 울었다!"고 거짓 외쳐 모두 손을 놓는 바람에 일이 수포로 돌아가고 만다. 그러나 그날 밤 미륵상이 되기 위해 사방에서 몰려오던 바위들은 그 자리에 넘어지면서도 머리를 계곡 쪽으로 향하였으니, 이는 먼 훗날에라도 다시 일어서 미륵상이 되기를 바랐기 때문이라고 한다.

요컨대 작가는 장길산의 운명을 봉산탈춤의 전승에 관한 전설과 연결시킴으로써 광대로서의 그의 예술이 후대의 탈춤에 계승되어 영원히 살아있음을 암시하는 한편, 운주사 전설을 통해서는 '미륵의 세상'을 이룩하고자 분투한 영웅 장길산의 염원이 후대의 민중운동에 계승되어 언젠가는 실현되리라는 점을 강력히 시사하고 있는 것이다.

　『장길산』에서 형상화되고 있는 당대의 민중운동은 모두 역사상 실재했던 사건으로서, 이에 대해서는 정석종 교수의 주목할 만한 연구논문들[19]을 통해 적지 않은 사료들이 소개된 바 있다. 작가는 이러한 사료와 연구논문들을 적절히 활용하여, 당대의 민중운동을 총체적으로 묘사하는 가운데 자신의 역사적 전망을 제시한 것이라 할 수 있다.

　장길산 일당의 활약에 관해서는 『숙종실록』과 죄인들에 대한 공초 기록인 『추안 급 국안(推案及鞫案)』 중 「이영창 등 추안(李榮昌等推案)」에 부분적으로 언급되어 있으며, 『성호사설』, 「임꺽정조(林巨正條)」에도 그에 관한 풍문들이 기록되어 있다. 『숙종실록』에 간략히 언급되어 있는 검계·살주계 사건은 야사인 『조야회통(朝野會通)』과 『연려실기술(燃藜室記述)』에 더 상세한 기록이 남아있다. 그리고 미륵신앙사건은 『숙종실록』과 『연려실기술』 중 여환 등의 역모에 관한 기록과 아울러 「역적 여환 등 추안(逆賊呂還等推案)」에 매우 소상한 기록이 있다. 승려들의 거사계획 역시 『숙종실록』에 사건의 개황이 소개되고 있는 외에, 「이영창 등 추안」에 그 전모가 자세히 드러나 있다.

　『장길산』에서 작가는 이러한 사료들을 바탕으로 당대 민중운동의 실상을 재현하는 데 괄목한 만한 성과를 보여주고 있다. 이는 무엇보다도 관련사료들을 철저히 민중사적인 시각에서 재해석하려 한 작가의 의식적인 노력에 힘입은 것이라 할 수 있다.

---

19) 정석종, 「숙종조의 사회운동과 미륵신앙」, 「숙종연간 승려세력의 거사계획과 장길산」, 『조선후기 사회변동연구』(일조각, 1983), 22~78면, 131~173면.

이조후기를 바라보는 민중의 한 사람으로, 민중운동사를 새겨보는 의미에서 깨달은 점이 많습니다. 역사의 실재자료를 새로운 눈으로 평가해야 한다는 것이죠. 역사의 사실을 기술한 사람이 그 사회에 어떠한 위치에 있는가가 역사관을 푸는 열쇠입니다. 『왕조실록』, 『승정원일기』, 『비변사등록』 등은 전부 지배층을 중심으로 쓴 자료가 아닙니까. 정치권에서 소외된 민중을 주체로 민중의 눈에서 소설을 써나가고 있습니다. 저는 역사의 기술자가 '우매하다'고 썼다면 '어질다'고 보는 반면적 고찰이 역사에 필요하다고 봅니다. 이조후기의 민란·난동·소요 등을 진압하는 입장과 반항하는 입장 중 저는 후자의 편에 서 있습니다. 『장길산』은 요즘 활발해진 민중운동사 연구와 함께 노비문서·호적문서·토지대장, 민요나 민담 재해석 등에 의해 새로 태어난 인물이라고도 할 수 있지요.[20]

이러한 의도에 따라 작가는 관변사료에 흉악한 도적패로 기록된 장길산 일당을 빈민들을 구제하고 탐관오리를 징치하는 활빈도요 의적으로 환골탈태하여 그리고 있을 뿐 아니라, 정권탈취를 노린 황당무계한 음모로만 기록된 미륵신앙사건 등을 종교적 외피를 두른 민중혁명운동으로 승화시켜 묘사해 놓고 있는 것이다.

그러나 이와 같이 당대의 역사를 민중의 입장에서 재구성하려 한 작가의 진취적인 의욕에도 불구하고, 이를 통해 제시된 『장길산』의 전망은 몇가지 중대한 문제점을 지니고 있다.

전망의 문제에 있어서 『장길산』이 보여주고 있는 성과와 한계는 이 작품을 벽초의 『임꺽정』과 대비할 때 더욱 선명하게 부각된다. 벽초는

---

20) 황석영, 「작가와 함께 분석해 본다―소설 『장길산』의 매력」, <한국일보>, 1977. 1. 12.

연재 초기에 발표한 작가의 말에서 "옛날 봉건사회에서 가장 학대받던 백정계급의 한 인물"인 임꺽정을 백정계급의 단합을 통해 반봉건투쟁을 시도한 인물로 형상화하면서 그의 의적활동에 현대 민중운동의 선구로서의 의의를 부여하고자 했음을 밝힌 바 있다.[21] 그러나 화적패를 결성한 임꺽정 일당이 청석골에 자리 잡고 본격적으로 활동하는 시기를 다루고 있는 『임꺽정』, 「화적편」을 보면, 이러한 작가의 의도가 실제 작품에서 충분히 구현되었다고 하기는 어려울 것이다. 물론 일부 대목에서 임꺽정 일당이 역모에 뜻을 두고 있는 것이 시사되고 있기는 하지만, 작품 전체를 놓고 볼 때 정작 이들이 적극적인 활빈행이나 봉건체제 타도를 목표로 지속적인 활동을 벌이는 것으로는 결코 그려져 있지 않은 것이 사실이다. 그러기는커녕, 임꺽정은 청석골 화적패의 점고 장면에서 봉건군주와 같이 금관을 쓰고 홍포를 입고 나타난다든가, 한양에 잠입해 있던 시기에는 양반첩을 셋씩이나 두고 밤낮으로 기방 출입을 하는 등, 약탈로 풍족한 생활을 하며 졸개들의 시중을 받고 청석골에서 기를 펴고 산다는 것 이상의 목표를 추구하지 않는 것처럼 묘사되어 있다.

『임꺽정』의 이러한 측면에 대해서는 극단적으로 상반되는 견해들이 제시된 바 있다. 즉 이는 작가가 역사적 인물로서의 임꺽정의 한계를 냉철하게 그리려 의식적으로 노력한 결과 "임꺽정의 형상화에 현실주의가 관철되고 있"[22]는 경우라 하여 높이 평가하는 견해가 있는가 하

---

21) 洪碧初, 「『林巨正傳』에 對하야」, 『삼천리』 창간호(1929. 6), 27면.
22) 임형택의 발언, 「『임꺽정 연재 60주년 기념좌담―한국 근대문학에 있어서 『임꺽정』의 위치」, 『벽초 홍명희와 『임꺽정』의 연구자료』, 임형택·강영주 편(사계

면, 반대로 이처럼 임꺽정 일당을 일개 도적패에 불과한 것으로 그린 나머지 미래에 대한 전망을 제시하지 못함으로써 당시의 풍속과 세태의 묘사에만 치중한 일종의 세태소설로 전락했으며, 이는 일제 말의 암흑기에 처한 "작가의 사회의식의 약화"[23]를 반영한 것이라 비판하는 견해도 있다.

그런데 임꺽정은 조선시대 민중운동이 아직 본격화되기 이전의 시기에 활약했던 만큼, 민중운동의 지도자라기보다는 군도의 괴수로서의 한계를 크게 탈피하지 못한 인물이었음이 어느 정도 사실이라 추측된다. 따라서 작가가 이와 같은 시대적 한계를 지닌 그의 존재를 미화시키지 않고 있었던 그대로 그리고자 한 것은 일면 정당했다고 볼 수 있다. 그러나 작가는 이처럼 주관의 개입을 절제한 사실적인 묘사를 견지하면서도, 이를 통해 임꺽정 일당이 끝내 패배할 수밖에 없었던 요인들을 부각시킴으로써 후대의 민중운동을 위한 전망을 암시하는 경지에까지는 도달하지 못했다고 보아야 할 것이다.[24]

이렇게 볼 때 『장길산』에서 장길산 일당이 미래에 대한 확고한 전망을 지니고 봉건체제에 저항하는 활동을 벌이는 것으로 그리고 있음은 분명 이 작품이 『임꺽정』에 비해 진일보한 면이라 할 수 있다. 앞서 살펴본 바와 같이 장길산 일당은 적극적인 활빈행을 벌여나갈 뿐더러, 나아가서는 미륵신앙이라는 일종의 민중적 이념 아래 민중이 주인이

절, 1996), 339면.
23) 염무웅의 발언, 위의 좌담, 334면.
24) 강영주, 「홍명희와 역사소설 『임꺽정』」, 『벽초 홍명희와 『임꺽정』의 연구자료』, 앞의 책, 394~395면.

되는 이상사회를 건설하려는 원대한 계획을 추진하고 있는 것이다.

그러나 여기에서 우선 문제 삼아야 할 것은 이처럼 장길산 일당을 확고한 전망을 지니고 반봉건투쟁에 나선 혁명적 집단으로까지 묘사한 것이 과연 역사적 진실성을 올바로 구현한 것인가 하는 점이다. 이러한 문제점은 무엇보다도 작가가 주인공 장길산을 비롯한 주요 등장인물들에게 그 시대인으로서는 지나치게 진보적인 의식을 부여하고 있는 데에서 단적으로 드러나 있다.

앞서 살펴본 바와 같이 장길산은 그 자신도 지도자의 한 사람으로 참여한 당대의 주요 사회변혁운동들이 지닌 한계를 모조리 꿰뚫어보고 있을 뿐 아니라, 그 대안으로 민중과의 굳건한 유대 위에서, 민중이 일체의 차별로부터 해방되어 나라의 주인이 되는 세상을 건설할 것을 적극 주장한다. 그리고 이를 위해 민중들이 신봉하는 미륵신앙을 합리적이고 현세지향적인 변혁이념으로 재해석하여 활용하고자 하며, 지주로부터 토지를 몰수하여 이를 농민들에게 균등히 분배하는 토지소유제도의 개혁이 이상사회 수립의 관건이라는 인식까지 보여주고 있다.

송상 박대근 역시 상인이면서도 상인으로서의 계급적 이해관계로부터 완전히 초탈한 인물로 묘사되고 있다. 그는 상행위에 있어 이해타산보다 공익과 국익을 우선시하며, 사유재산에 대한 관념을 초월하여 자신이 축적한 막대한 부를 사회로 환원하려는 포부를 품고 있는 지극히 윤리적인 상인이다. 또한 그는 장길산 일당을 설득 계몽하여 활빈도가 되도록 하는 데 결정적인 영향을 발휘할 뿐 아니라, 역모를 추진하는 그들에게 아낌없이 자금을 제공하고 거사에 적극 가담하는 등, 철저히 반봉건적이고 반체제적인 인물로 그려져 있는 것이다.

이와 같이 작가는 장길산을 비롯한 주요 등장인물들을 시대적 한계를 초월한 진보적 의식의 소유자로 묘사한 위에서 한걸음 더 나아가, 그들을 패배를 모르는 불굴의 승리자로 만들고 있다. 즉 일련의 거사들이 명백히 실패로 끝났음에도 불구하고, 장길산을 비롯한 주요 등장인물들은 실질적인 타격을 거의 입지 않은 채 자신들의 포부를 끝까지 관철해나간 것으로 되어 있는 것이다.

장길산은 미륵신앙사건과 승려들의 거사계획의 주모자의 한 사람이었으나 그만은 용케도 관의 집요한 추적을 모면하여 살아남았을 뿐 아니라, 모든 거사가 수포로 돌아간 뒤에도 더욱 확대된 추종세력을 이끌고 북관의 모처에 이상촌을 건설하여 자신의 뜻을 마침내 실현한 듯이 되어 있다. 그리고 이 작품에서 장길산에 못지않게 이상화되어 있는 송상 박대근 역시 장길산과 관련된 거사에 누차 가담했는데도 전혀 피해를 입지 않고 갈수록 거부가 된 양 그려져 있다. 또한 작가가 각별히 아끼는 인물의 하나인 수적(水賊) 우대용도 박대근과 마찬가지로 작품의 말미에 이르러 종적이 묘연하게 되어 있기는 하나, 마지막으로 언급된 대목으로 미루어보면 한번도 실패한 적이 없는 수적행위와 대규모의 해상 밀무역을 통해 세력을 엄청나게 키워갔으리라 짐작된다.

그런데 이는 조선시대의 민중운동이 거의 예외 없이 실패로 끝났을 뿐더러 그때마다 지도부가 모조리 체포 처형되거나 재기불능의 궤멸적인 타격을 입어 역사의 무대에서 사라진 사실에 비추어볼 때 역사적 진실과 모순되는 것이라 하지 않을 수 없다. 물론 『성호사설』에서 장길산을 끝내 토포하지 못했음을 개탄하고 있듯이, 장길산의 체포나 처형에 관한 기록이 사료에 보이지 않는 것은 사실이다. 그러나 이와 아

울러 승려들의 거사계획에 가담한 이후의 그의 활동에 관한 기록 역시
더 이상 보이지 않는다는 점을 감안해야 할 것이다. 즉 장길산의 암약
을 특별히 문제시하여 그를 체포하라는 국왕의 비망기(備忘記)가 내렸
다는 『숙종실록』의 기사를 끝으로 다시는 그의 활동에 대한 기록이 나
타나지 않음을 보면, 그 후로는 장길산 일당이 봉건조정에서 우려할
만큼의 대규모적인 활동을 벌이지는 못했음이 실상에 가까우리라 생
각된다.

그럼에도 불구하고 이 작품에서 묘사된 것처럼 17세기에 이미 장길
산이나 박대근 등과 같이 진보적 의식을 지닌 탁월한 지도자가 막대한
자본과 병력을 갖추고 당대의 민중운동을 주도해나갔다고 한다면, 이
어지는 18세기 이후의 조선시대 민중운동사가 그토록 간고한 투쟁의
역사로 점철될 수밖에 없었던 사정을 제대로 설명할 길이 없게 된다.
역사적으로 볼 때 19세기의 평안도농민전쟁이나 갑오농민전쟁에서조
차도 농민군 지도부가 제시한 사회개혁의 전망은 이 작품에서 장길산
의 활빈도가 궁극적으로 실현하고자 했던 이상에 훨씬 미달하는 것이
었다. 또한 후자에 비해 압도적으로 많은 민중들의 참여와 지원이 뒤
따랐음에도 불구하고 농민군은 결국 봉건정부에 의해 철저히 궤멸당
하고 만 것이 엄연한 사실이다. 요컨대 『장길산』에서 작가가 지나치게
낙관적인 전망을 제시하고자 한 것은 시대적인 조건을 무시한 역사의
미화(美化)로서 비판될 소지가 다분한 것이다.

이와 같이 역사적 진실성을 훼손시키는 과도한 낙관주의와 아울러
또 한 가지 문제시되어야 할 것은 이 작품에서 작가가 전망을 제시하
는 방식이다. 『장길산』에서 전망은 충분한 구체성을 띠고 작중의 현실

과 융합되어 나타난다기보다는 주인공 장길산의 발언을 통해 직설적으로 표출되고 있다. 다시 말해 작가는 당시의 민중운동을 구체적으로 그리면서 그러한 운동들이 결국 실패로 끝날 수밖에 없었던 그 필연성을 부각시키는 가운데 후대의 민중운동을 위한 전망을 자연스럽게 도출하지 못하고 있다. 그 대신에 구체적인 사건의 진행과 동떨어진 시공(時空)에 주인공 장길산을 등장시켜 그로 하여금 문제의 사건들을 비평하면서 작가의 결론을 대변케 하는 방식을 즐겨 취한다. 그러므로 이 작품이 제시되어 있는 전망은 작중 현실과의 유기적인 관련 속에서 우러나온 것이 아니라, 그 시대인들의 의식의 한계를 초월한 현대적인 이념을 작중에 직접적으로 투사한 결과로 보이는 것이다.

더욱이 이처럼 주인공의 발언을 통해 직접 토로하는 방식을 취함에 따라 이 작품에서 전망은 장길산 일개인의 관념적인 인식에 그치고 있을 뿐 아니라, 실상 내용적으로도 매우 막연하고 추상적인 수준을 넘어서지 못하고 있다. 작가가 장길산을 시대적 한계를 뛰어넘은 통찰력의 소유자로 설정해놓았음에도 불구하고, 정작 장길산이 봉건체제를 타도하고 새로이 건설하고자 하는 이상사회란 "용화세상", "재물과 신분의 구별이 없는 대동세상", "역병에 쓰러져가는 팔도의 백성들이 다시 살아 환호하며 춤추는 세상" 등 다분히 시적이고 신비적인 표현으로 제시되고 있을 따름이다. 이상사회에 대한 좀 더 구체적인 구상이라 할 수 있는 "땅을 모두 빼앗아 갈아먹는 이에게 고루 나누어 주어야만" 한다는 그의 주장도 경자유전(耕者有田)의 원칙을 천명한 것일 뿐, 토지의 소유·경작 및 생산물의 분배에 관한 구체적인 내용을 갖춘 토지제도 개혁론과는 현격한 거리가 있는 것이다.

4. 맺음말

이상에서 『장길산』에 묘사되고 있는 조선후기의 사회상과 이를 통해 제시된 사회변혁의 전망이 어떠한 성과와 한계를 드러내고 있는지를 살펴보았다. 끝으로 규명되어야 할 것은, 이 작품을 통해 "자생적인 근대화의 원류"에 해당하는 조선후기의 민중운동을 그려보이겠다고 한 작가가 왜 그와 같이 과장된 전망을 작중에 무리하게 도입하여 역사적 진실성을 적잖이 훼손시키게 되었는가 하는 점이다. 이 문제와 관련하여 다음과 같은 작가의 말은 하나의 단서를 제공하는 것으로 보인다.

> (…전략…) 나는 이른바 '역사소설'을 쓰려 한다. 소재 빈곤과 현실도피의 수단으로 선택되는 '야담'이 아니라, '한 시대가 다른 시대 속에서 주목할 가치가 있다고 생각한 일들에 관한 기록'에의 도전으로서 우리 시대를 상징화하고 싶다.[25]

여기에서 작가는 자신이 장길산의 활약을 역사소설의 소재로 선택한 것은 그것이 지닌 현재적 의의에 각별히 주목한 때문이라고 하면서, "우리 시대를 상징화하고 싶다."고 하여, 이를 현재의 상황에 대한 일종의 비유로서 형상화하겠다는 의도를 뚜렷이 밝히고 있다. 그리고 이 작품이 완간된 후에도 작가는 "『장길산』은 역사적 알레고리를 통해서 쓴 70년대의 이야기입니다."[26]라고 하여, 그 같은 의도를 재확인하

---

25) 황석영, 「작가의 말」, <한국일보>, 1974. 6. 30.

게 해 주고 있다.

이처럼 『장길산』의 작가는 식민지시대 이래 우리 역사소설의 대부분이 현재의 문제와 아무런 관련을 지니지 못한 현실도피적인 역사소설들이라는 점에 대한 엄중한 비판 위에서 이 작품의 창작에 임한 것이라 생각된다. 사실 이광수·김동인·박종화의 역사소설들은 야담에 가까운 작품들이 다수일 뿐 아니라, 이러한 작품들은 대체로 당대의 현실문제에 대결할 용기나 의욕이 결여된 채 과거로 도피하고자 하는 것들이었다. 그리하여 가급적이면 당대와 동떨어진 과거의 역사를 지극히 신비롭게 그려 보임으로써 짙은 엑조티시즘을 드러내었으며, 현실에 대한 문제의식이 결여된 결과 흥미 위주의 오락물로 전락하는 경우가 많았던 것이다.

이에 비해 이광수의 작품 가운데서 『단종애사』나 현진건의 『흑치상지』 같은 몇몇 역사소설들은 과거의 역사를 현재에 대한 비유로 형상화함으로써, 지난 시대의 역사에 강렬한 현대적 의의를 부여하고자 했다. 특히 현진건의 역사소설관에 의하면, 현실문제에 대한 직접적인 표현과 비판이 불가능한 당시의 상황에서 이러한 유형의 역사소설은 효과적인 타개책이 될 수 있다는 것이다.27) 이러한 역사소설은 과거의 역사 중에서도 당면한 현실문제들에 비추어 현재적 의의가 뚜렷한 사건을 소재로 선정하기 때문에, 현실도피적인 역사소설에서는 기대하기 어려운 역사의식을 보여줄 수 있다.

그러나 실제 작품들을 보면, 이처럼 과거의 역사를 현재의 상징으로

---

26) 황석영, 「『장길산』의 창작과정」, 『강좌 한국문학』(정민, 1990), 182면.
27) 현진건, 「역사소설 문제」, 『문장』 제1권 제11호(1939. 12), 128면.

서 그리려 한 역사소설들은 과거의 역사로부터 직접적으로 교훈을 끌어내려 한 나머지, 작가의 주관적 의도에 부합하도록 역사를 일정하게 왜곡하는 경향이 있다. 뿐만 아니라 그렇게 해서 제시된 역사적 교훈이란 『단종애사』나 『흑치상지』 등에서 보듯이, 과거와 현재의 역사적 상황 간의 근본적인 차이를 무시하고 양자를 추상적으로 동일시한 결과 도출된 것이기 때문에, 현재의 상황에 대해 적합한 교훈이 될 수 없는 경우가 많다.

그러므로 역사소설의 창작에 있어서, 과거의 역사를 현재의 상징으로 취급하여 그로부터 현재를 위한 교훈을 끌어내려는 것은, 지나간 역사를 현재의 전사로서 진실되게 묘사하고자 하는 것과 동시에 달성되기 어려운 목표라 하지 않을 수 없다. 엄밀한 의미에서 역사는 결코 반복되는 것이 아니기 때문에, 과거의 역사를 다소간에 왜곡하지 않고서는 현재의 상황을 위해 적절하고도 직접적인 교훈을 줄 수 있을 만큼 면밀하게 대응되는 역사적 비유를 창출할 수는 없는 것이다.

앞서 언급한 현실도피적인 역사소설과 비유를 통한 교훈 추구의 역사소설이 신비적인 세계에 탐닉한다든가 이념을 강조하고자 역사적 진실성을 등한시 한다는 점에서 낭만주의적 역사소설이라 한다면, 과거의 역사를 현재의 전사로서 진실되게 묘사하려는 역사소설은 역사적 진실성을 무엇보다도 중시하므로 사실주의적인 역사소설이라 할 수 있다.[28] 그런데 이미 살펴본 바와 같이 『장길산』의 작가는 현재의 전사로서 조선후기의 민중운동을 그리겠다는 의욕을 과시한 바 있다.

---

28) 강영주, 「한국근대역사소설연구」(서울대학교 박사학위논문, 1986), 8~11면.

그러면서도 동시에 이를 현재의 상징으로 다루겠다는 것은 실은 양립
하기 어려운 사실주의적 역사소설관과 낭만주의적 역사소설관 사이에
서 작가의 창작의도가 심각한 분열을 노정하고 있음을 의미한다. 작품
전체로 보아 당시의 사회현실을 충실하고 생생하게 묘사하고 있는『장
길산』이, 부분적으로 역사적 진실성을 훼손시켜가면서까지 그 시대의
현실을 지나치게 근대적인 것으로 미화하거나 사회변혁운동에 있어서
과장된 전망을 제시하고 있음은, 바로 이와 같이 상호모순된 창작의도
를 동시에 관철시키고자 한 결과라 생각된다.

　아마도 작가는 70년대 이후의 민주화운동을 강력히 염두에 두고 이
작품의 소재를 선정했으며, 이를 통해 우리 시대의 민주화운동에 대해
역사적으로 근거지어진 낙관주의적 전망을 제시하고 싶었을 것이다.
이처럼 역사소설의 창작에 있어서 과거의 역사와 현재 간의 긴밀한 관
련을 찾고자 한 작가의 의도는 마땅히 높이 평가되어야 하겠지만, 이
는 또한 과거의 역사를 현재의 전사로서 일관되게 충실히 재현하는 가
운데서만 달성될 수 있음을 잊어서는 안될 것이다.

출전 : 강영주, 「『장길산』과 역사적 진실성의 추구」, 『창작과비평』, 1990년 겨울.

베트남 민족해방투쟁의 안과 밖

—『무기의 그늘』론

1. 뛰어난 재능의 작가[1]

황석영은 뛰어난 재능의 작가이다. 1970년 조선일보 신춘문예에 당선된 이후 20여 년의 작품활동을 통해 그가 일구어낸 성취는 눈부실 정도이다. 그는 거의 언제나, 누구보다 앞서서, 70, 80년대 민족문학의 새 지평을 끊임없이 열어온 참된 창조정신의 소유자이다. 70년대 초반의 「객지」(1971), 「삼포가는 길」(1973)은 급속도의 근대화 과정을 지나고 있던 당대 한국현실의 한 본질적 단면을 떠돌이 막노동자의 절망적

---

* 정호웅 / 홍익대학교 국어교육과 교수
1) 이하 소제목은 편자가 임의대로 붙인 제목임을 밝힌다.

인 분노와 정처 없는 막막함을 통해 포착해낸 문제작이었다. 이미 인구 비 25%를 넘어선 노동계층의 현실을 반영하는 작금의 작품들에 비한다면 대단히 소박하지만, 성장(근대화) 이데올로기의 선도 아래 질주해온 5·16 이후 한국 사회의 핵심을 찌르는 날카로움을 지니고 있었다. 그 소박함은 인식의 폭과 깊이가 좁고 얕음을 의미하지만 동시에 그 같은 인식의 수준 문제 이전의 것, 즉 본질에 대한 직관적 통찰의 본래 면목이기도 하다. 황석영의 재능은 역사소설에서도 빛났다. 실록의 몇 구절과 전설로만 남아 있는 조선조 중기 한 도적의 생애를 놀라운 상상력으로 복원해낸『장길산』에서 그는 미륵 신앙을 중심에 놓고 이 시대를 살았던 민중들의 가난한 삶과 열망의 세계를 살아 꿈틀대는 듯한 힘찬 붓길로 그려내었다.『임꺽정』을 이으며 동시에 그것을 넘어서서 수미일관하는 자족성을 획득함으로써 몇 백 년 전 과거가 바로 오늘일 수 있음을 보여주었다.『장길산』은 그리하여 현재를 과거에 의탁하는 역사소설 유형의 전범으로 우리 소설사에 자리잡았다. 여기에 멈추지 않는다. 70년대 분단소설의 평판작인「한씨연대기」(1972), 우리 시대 중산층의 형성과정에 대한 소설적 탐구의 첫 시도인「열애」(1988), 아직 미완이지만 한국 사회의 전체성 속에서 농촌을 그려내려는 야심적 시도인「농토」등.

두 번의 연재 중단을 겪으며 연재 시작 13년 만에 완결된 노작『무기의 그늘』또한 황석영의 그 이전 작품들과 마찬가지로 철두철미 리얼리즘을 견지하며 동일한 책무에 복무하는 주체의식의 작품으로 기존의 베트남전 소재 소설들과는 전혀 구별되는 새로운 차원을 확보함으로써 우리 소설의 영역을 확장한 문제작이다.

이른바 <자유의 십자군>으로 참전하였던 우리의 경험은 다수의 베트남전 소재 소설을 낳았는데 그 대부분이 소박한 휴머니즘의 수준을 벗어났다고 보기는 어렵다. 전쟁의 참상과 비인간성을 폭로하고 비판하는 정도에 머물러, 미국인의 값싼 인도주의적 반성의 산물인 할리우드 영화를 충분히 극복하지는 못하였던 것이다. 베트남전의 본질에 육박, 이를 형상화해낸 『무기의 그늘』은 이 점에서 전혀 다른 차원의 작품이다.

2. 용병들의 목숨 지키기

『무기의 그늘』에 앞서 황석영의 1970년도 조선일보 신춘문예 당선작인 「탑」을 살펴볼 필요가 있다. 데뷔작인 만큼 어수선하고 명료하진 못하지만 여기에는 『무기의 그늘』을 멀리 배태하고 있는 원형질이 들어 있다. 전쟁으로 없어진 절터에 덩그마니 선 탑을 지키는 한국군의 사투가 작품의 내용이다. 병력 지원도 없이 고립된 한국군 일개 분대가 우습게도, 조그만 탑 하나를 사수하라는 명령을 받는다. 신앙심 강한 불교도들인 주민들의 반발을 고려하였기 때문이다. 베트콩 편에서도 이 탑이 중요하기는 마찬가지, 치열한 공방전이 벌어진다. 막대한 인명손실을 당하고도 탑을 끝내 지켜내긴 하지만 그들은 우롱당했던 것, 미군의 불도저에 밀려 탑은 일순에 무너져 내리고 만다. 이 짤막한 이야기를 통해 베트남전의 본질이 그 한 단면을 선명히 드러낸다. 월남전은 결국 미국과 베트남 민중과의 싸움이라는 것이다.

그런 골치 아픈 것은 없애버려야지. 미합중국 군대는 언제 어디서나
변화시키고 새롭게 할 수가 있네. 세계의 도처에서 말야. (「삼포가는 길」,
삼중당, 47면)

불도저를 들이댄 미군 중위의 자신감 넘치는 말이다. 한갓 하급장교
의 말이지만 여기에는 세계의 경찰을 자부하며 제3세계 문제에 폭력적
으로 개입해온 미국의 몰염치한 간섭주의와 교만한 팽창주의가 고스
란히 들어 있다. 탑이란 대부분이 불교도들인 베트남 민중의 삶 그 자
체일 터인데 국익만을 쫓는 제국주의적 시각 앞에서는 아무 의미 없는
야만족의 한갓 우상에 불과할 뿐이다. 공산주의자들의 도발에 맞서 베
트남의 자유와 평화를 지키려 왔노라 내세웠지만, 기실은 베트남 민중
의 삶의 근원을 전혀 무시한 폭력적 개입이었던 것이다. 베트남전의
성격이 이러하다면 필사적으로 싸워 탑을 지켜낸 한국군들은 무엇인
가. 화자인 "나"의 다음 진술은 의미심장하다.

나는 안다. 우리가 싸워 지켜낸 것은 겨우 우리들 자신의 개 같은 목
숨에 지나지 않는다는 것을. (위의 책, 48면)

탑을 사수하라는 한국군의 작전명령이 어디에서 비롯되었든, 그들의
사투는 베트남전의 구조적 성격 속에서는 한갓 용병들의, 그러므로 개
같은, 목숨 지키기의 의미밖에 아무것도 없다. 이 같은 인식이 확장되
고 심화된 작품이 『무기의 그늘』이다.
『무기의 그늘』은 크게 보아 네 국면으로 구성되어 있다. 합동수사대
(CID) 요원인 한국군 병장 안영규가 이끄는 국면을 가운데 놓고, 민족

해방전선에 투신한 젊은 지식인 팜 민이 중심이 된 것, 치부에 눈멀어 조국을 배신하는 타락한 장교 팜 꿰엔이 중심이 된 것, 그리고 미군의 "밀라이 학살 사건" 등을 심문조서 형식으로 제시하여 미국의 베트남전 참전의 본질을 드러낸 것 등이다. 이들 네 국면이 긴밀히 얽혀 베트남전의 실상을 총체적으로 드러낸다. 작가가 포착해낸 베트남전의 본질은 PX와 달러로 표상되는 미제국주의의 침략과 이에 맞서 민족해방을 성취하려 싸우는 베트남 민족 사이의 전쟁이다. 그렇다면 저 용맹한 청룡·맹호의 한국군은 무엇인가. 그들은 미국의 경제원조, 군원, 차관, 기업특혜를 담보로 블러드 머니 40불에 고용당한 농촌 출신의 용병일 뿐이다. 이처럼 『무기의 그늘』은 베트남전에 대한 인식에 있어 「탑」의 그것과 거의 똑같다. 다만 후자가 조그만 사건을 통해 그 단면을 관념의 형태로 드러내었음에 대해 전자는 구체적 형상으로 표출하였다는 점에서 구별된다. 각 국면의 분석을 통해 베트남전의 실상은 어떠한가를 검토해 보기로 하자.

3. 제국주의 경제 침략의 논리

작품의 시간적 배경은 민족해방전선의 구정 대공세가 있었던 1968년의 3월에서 9월까지의 6개월간이다. 처음을 열었다 끝을 맺는 인물은 합동수사대원인 한국군 안영규 병장이다. 여기서도 분명하듯 그가 이 작품의 주인공이며 그가 이끄는 국면이 작품의 중심이다. 작품의 처음에도 끝에도 등장하는 인물이니 그에 대해선 우리도 끝머리에서 한 번

더 다시 다루어야만 할 것이다.

그는 "이 전쟁에 책임 없이 참석한 징병군인으로서 임기를 마치고 제대할 뿐"(상권, 79면)이란 냉정한 국외자의 입장을 취하는 인물이다. 이른바 중도적 인물이라 하겠는데, 그의 이 같은 모든 것으로부터 거리두기는 베트남전쟁의 추악한 실체에 눈 떴기 때문이다. 그의 동료들이 혹은 죽고 혹은 다쳐 평생의 불구가 되고 누구 하나 예외 없이 커다란 정신적 상처를 입게 됨에도 남의 땅 죽음의 정글을 <박박> 기었던 것은 땅 한 뙈기 없는 가난한 살림을 조금이라도 일으켜 보고자 하는 눈물겨운 바람 때문이기도 했지만, 그보다는 막강한 식민 종주국 미국의 경제원조, 군원, 차관, 기업특혜 등을 조건으로 한 강력한 요청이 있었기 때문이다. 그러므로 그들은 미국인 대신에 죽음의 전장에 투입된 용병 이상이 아니었다. "도미노 이론"을 내세워 공산세력의 팽창을 강조하는 위협이나 우방의 <자유와 평화>를 돕는다는 이른바 "십자군" 깃발로 이 같은 진실을 가렸지만 그는 여기에 눈 떴던 것이다. 장막의 한 부분이 일단 젖혀지면 나머지 부분도 쉽게 열리는 법, 베트남전쟁의 객관적 실체를 점점 더 깊이 이해하게 되면서 그의 중도적 성격은 더욱 강화된다. 베트남에서는 어떤 개인적 이익도 취하지 않겠다는 그의 예외적인 결심의 단호함은 이것을 단적으로 증거한다. 그는 관찰하고 나름의 눈 뜬 기준으로 판단할 뿐, 자발적으로 개입하진 않는다. 그는 "입장이 없다."(하권, 90면)라고 말한다. 미국인, 한국인, 베트남인 모두를 상대하는 합동수사대원이라는 점 때문이기도 하지만 이 같은 성격을 지녔기 때문에 베트남전쟁의 제양상이 그와의 관련을 통해, 주관의 개입에 의한 왜곡됨을 피하여 폭넓게 그려질 수 있었다.

그를 통해 드러나는 핵심은 미국과 관련된 베트남의 경제질서이다. 중부 베트남의 물산 집산지이며 미군의 보급창이 있는 다낭의 경제질서가 드러나고 그럼으로써 베트남전을 궁극적으로 규율하는 미국 제국주의의 정체가 선명하게 부각된다. 그 경제질서의 중심에는 PX가 있다. 베트남 경제의 자기조정능력을 근본에서 뒤흔드는 PX란 무엇인가. 그것은 큰 함석 창고 안에 벌어진 디즈니랜드, 그리하여 대량산업사회가 지어낸 소유의 꿈을 피 묻은 군표 몇 장으로 살 수 있는 곳이며, 대량파괴능력을 지닌 나라의 국민들이 사용하는 일상용품을 파는 곳이며, 갈보와 목사와 무기밀매업자가 사이좋게 드나들던 기병대 요새의 잡화점이고 무엇보다도 그것은 가난한 제3세계인들의 문명을 파괴하고 새롭게 길들이는 강력한 신형무기이다.

그리고 PX는 바나나와 한 줌의 쌀만 있으면 오손도손 살아가는 아시아의 더러운 슬로트 헤드들에게 문명을 가르친다. 우유빛 비누로 세수하는 법과, 가슴을 시원하게 하는 코카콜라의 맛이며, 향수와 무지개색 과자와 드로프스와, 레이스 달린 잠옷과 고급시계와 보석반지를 포탄으로 곤죽이 되어버린 바라크 위에 쏟아낸다 (…중략…) 한 번이라도 그 맛과 냄새와 감촉에 도취된 자는 결코 죽어서라도 잊을 수가 없다. 상품은 곧 생산자의 충복을 재생산해낸다. 캔디와 초콜릿을 주워 먹고 노래를 흥얼거리며 자라나는 아이들은 저들의 은정과 낙천주의를 신뢰한다. 시장의 왕성한 구매력과 흥청거리는 도시 경기와 골목에서의 열광과 도취는 전쟁의 열도에 비례한다. PX는 나무로 만든 말(馬)이다. 또한 아메리카의 가장 강력한 신형무기이다. (상권, 64면)

　이렇듯 PX는 트로이의 말처럼 소리 없이 스며들어, 내부에서, 그 전체를 파괴하는 놀라운 파괴력의 신형무기이다. 여기에 비한다면 제국주의 침략의 첨병이라 말해지는 선교사의 역할은 참으로 소박하다. 새로운 문명을 가르쳐 충실한 복속을 유도하는 이 신형무기의 핵심이 경제적인 데 있음은 자명한 터인데, 이 점의 포착이야말로 『무기의 그늘』을 놀라운 작품이라 평가하게 만드는 가장 큰 이유이다.

　작가가 파악한 PX의 경제논리는 이러하다. 미군과 한국군 등의 연합군에 필요한 물품을 제공하는 곳이 PX이지만 그 공급량은 필요량을 훨씬 넘는다. 잉여물량이 시중으로 유출되는 것은 당연할 것인데, 앞의 인용에서 분명하듯 그것이 베트남인을 길들여 영원한 고객으로 묶는다. 한번 묶이면 빠져나오기란 거의 불가능하다. 끝없는 물량 공세 앞에 기존의 자급능력은 위축되고 그 체계는 불구화되며 발전의 가능성은 차단된다. 앞에서 이미 지적했듯 베트남 경제의 자기조정능력이 근본에서 동요하고 마침내는 자생력을 잃고 파괴되는 것은 당연한 귀결이다. 이익을 쫓아 맹목적일 수밖에 없는 본질을 지닌 제국주의는 그 파괴력만큼 무서운 가속도의 자기운동성을 또한 지니고 있다. 예컨대 보급창을 통해 공급되는 생야채나 과일 등을 베트남인들에 비싸게 팔아 그 돈을 다시 베트남인 노무자들의 임금이나 군의 용역비로 사용한다. 그뿐인가. 달러 대신 사용하는 군표를 불시에 바꿈으로써 엄청난 착취를 행하기도 한다. 요컨대 미국의 베트남전 참전은 한국이나 필리핀 등 다른 제3세계 국가의 경우에서와 마찬가지로 공산권 세력의 팽창을 저지한다는 정치·군사적 목적 이외에 이처럼 무서운 경제적 목적 또한 지닌 것이었다.

그 같은 경제적 목적이 미국인 모두를 위한 것이 아니라는 사실 또한 작가는 꿰뚫고 있으니 제3세계에 대한 제국주의 침략의 본질을 깊이 통찰했음이다. 그렇다면 누구의 이익을 위해서인가. 미국 제국주의의 실세인 다국적 기업과 다국적 금융, 그리고 그들의 "세일즈맨인 정치가들"의 이익을 위해서이다. 베트남에 파견된 미군들 또한 "더러운 빈민가의 뒷골목에서, 어두운 바에서, 할인표를 오려갖고 달려가던 슈퍼마켓에서, 기름투성이의 차 밑바닥에서"(하권, 117면) 끌려온, 한갓 수단에 불과한 신세이다. 만화가 지망생이었던 미군 스태플리의 전쟁과 미국에 대한 지극한 혐오, 그리고 탈출 기도를 통해 작가는 그 같은 사정을 명쾌하게 드러내었다.

미국뿐만이 아니다. PX는 또한 일본의 전자제품으로 터져나가고 사이공 거리를 질주하는 승용차의 대부분은 일본제이며, 귀국하는 한국군의 레이션 상자 속에 든 물건의 대부분 또한 그러하다. 그러므로 베트남전쟁이란 결국, 제국주의 국가들의 독점자본들이 판을 치는 "냉혹한 장사"(하권, 93면)의 한 형태라는 인식이다.

달러는 이 모든 상황의 극명한 상징물이다. 그것은 곧 자유이며 질서이며 무소불위의, 가공할 힘이다.

> 저 피의 발에 던진 달러, 가이사의 것, 그리고 무기의 그늘 아래서 번성한 피빛 곰팡이 꽃, 달러는 세계의 돈이며 지배의 도구이다. 달러, 그것은 제국주의 질서의 선도자이며 조직자로서의 아메리카의 신분증이다. 전 세계에 광범하게 펼쳐진 군대와 정치적 힘 보태기, 다국적 기업망의 그물로 거두어진 미국 자본의 기름진 영양 보태기, 지불과 신용과 예금의 중요한 매개체로 정착된 달러 보태기, 다국적 은행의 번창 등의

결합 위에 피빛 꽃은 피어난다. (하권, 251~252면)

"미국의 돈이 있는 어떤 나라든지 그 경제는 점차 미국 지향적으로 될 것"(상권, 237~238면)이란 제국주의 질서 속 진리를 실어 나르고 실현시키는, "무기의 그늘 아래서 번성한 핏빛 곰팡이 꽃", 달러의 상징성에 대한 탐구가 이 작품의 핵심인 것이다.

그 탐구의 결과는 다음 인용에 명료하게 요약되어 있다. 거듭 반복하여 밝힌 내용이지만 논의의 소결론으로써 인용해 보기로 한다.

> 미국의 대외 원조는 다음과 같은 목적과 결과에 의하여 분류함. 미국의 세계적인 군사 정치정책을 수행하기 위한 것. 문호 개방정책, 즉 천연자원에 대한 접근의 자유, 무역, 미국 기업의 투자 기회를 얻기 위한 것. 무역과 투자 기회를 찾는 미국 기업에게 즉각적인 경제적 이익을 주기 위한 것. 저개발국가에서의 경제발전이 확고하게 자본주의 방식에 따라 뿌리를 내리도록 보장하기 위한 것. 원조수취국들이 점점 더 미국의 다른 자본시장에 의존하도록 만들기 위한 것. 확대된 차관에 따른 부채는 거래 중심국 자본 시장에 대한 원조수취국들의 구속 사슬을 영속화시킴. (상권, 149~150면)

작품을 구성하는 네 국면 중, 미군의 "민간인 부녀자 강간 살인 사건"과 "밀라이 학살 사건", "베트콩 용의자 고문 살해 사건" 등을 심문조서 형식으로 제시한 것은 언뜻 보아 지금까지 살펴온 제국주의 경제 논리와 무관한 것으로 비친다. 별다른 이유 없이 양민들을 무차별 학살하는 미군들의 광적인 행동은 전장에서 으레 있음직한 광기의 발동일 수도 있다. 그러나 이들 사건의 근저에 가로놓인 것은 미국의 베트남 참전이 언제나 주장하듯 베트남인의 자유와 평화를 위한 것이 전혀 아니라는 사실이다.

> 사람 보는 데서 대변을 보고 음식이라는 것이 고향의 어떤 쓰레기통 속에서 나온 물건보다 더러운 것을 먹는 마을 사람들이 우리와는 똑같 지 않다. (상권, 68면)

베트남 소녀를 납치하여 윤간하고 짐승 죽이듯 살해한 행위는 미군들의 베트남인에 대한 생각을 보여준다. 베트남인(나아가선 아시아인 전부)을 여러 등급 아래인 야만인으로 생각하여 "국" 또는 "슬로트 헤드"라 멸시하는 미국인들의 인종 우월주의가 그 모습을 극명하게 드러낸 것이다. 그들의 자유와 평화를 지키고 또는 되찾아주기 위해 왔다는 미국인들이 이처럼 베트남인을 짐승처럼 생각하고 대한다는 이 기묘한 아이러니는 무엇인가. 비록 말단 군인들의 생각이고 행동이지만 그것은 미국의 참전이 베트남의 자유와 평화와는 전혀 무관한 것임을 명확히 드러낸다. 미군들의 양민 학살은 불도저로 탑을 밀어버리는 「탑」에서의 미군들의 행위와 전혀 똑같은 성격의 것으로, 궁극에 있어서는 제국주의 경제침략의 논리와 긴밀히 연관되어 있는 것이다. 우리의 이런 판단을 유력하게 뒷받침해주는 것은 사건을 처리하는 미군 당국의 태도이다. 사건에 대한 미국 당국의 대응은 이렇다.

> "만약에 외부에 알려질 때에는 군기의 엄정함을 보여줌으로써 미군의 명확한 대민방침을 전시한다. 즉 미군은 전투원의 **작전 중 실수**를 살인 죄와 같이 다루며 인명을 준중한다는 것을 공지시켜야 함" (상권, 77면.

강조는 인용자)

　　안영규가 주도하는 국면에서 또 하나 주목되는 것은 토이라는 인물이다. 베트남군 헌병 출신으로 눈 하나를 잃고 제대한 그는 수사대의 정보원이다. 스스로를 프랑스 식민당국 고 딘 디엠·미국이 만든 무기력한 현실순응주의자로 규정하는 그에게는 "다만 전쟁이 끝날 때까지 가족과 함께 살아남고 싶다."(상권, 169면)는 애처로운 바람밖에 다른 욕망은 없다. 그는 자기와 같은 인물이 남베트남의 절반을 차지하리라 진단하는데 다 같이 파행적인 베트남 역사의 슬픈 산물인 셈이다. 장사꾼의 후손이며 수사대의 정보원답게 현실을 꿰뚫어보는 통찰력이 만만찮지만 자신의 설 자리를 잃어버린 이 불행한 인물은 그럼에도 "나는 여기서 한 발자욱도 움직이지 않을 것이다. 베트남에서 산다. 내 자식들도"(상권, 170면)라고 단호하게 말한다. 제국주의 침략에 맞서 적극 투쟁하는 전선에 뛰어들진 못하지만 그렇다고 침략 세력에 빌붙지는 않는, 그리고 결단코 조국을 버리지는 않겠노라 다짐하는 그는 아마도 베트남을 비롯한 제3세계인의 절대다수를 대변하는 전형적 존재일 것이다. 작가는 이 같은 인물을 놓치지 않음으로써 이른바 <전면적 진실>에 보다 가까이 갈 수 있었다.

4. 순결한 민족의식의 안팎

팜 민이 주도하는 또 하나의 국면은 이 작품 중 가장 순결한 부분이
다. 팜 민은 다낭시의 큰 상인이었던 유복한 부르주아 집안에서 태어나
자란, 섬세한 감성을 지닌 의과대학생이었는데, 보장된 미래의 안락한
생활과 사랑하는 여인을 포기하고 해방전선에 뛰어든다. "순결한 승
리"(상권, 61면)라 칭송되는 그의 투신은 그런데 공산주의자로서의 결단
이 아니라 남베트남 현실에 대한 환멸과 민족적 정열에 이끌린 것이다.

> 저는 물론 적과 싸우겠습니다. 그러나 지금 말씀드리지만 저는 공산
> 주의자로서 해방전선에 들어온 것은 아닙니다. 저는 뒤에 평화가 온다
> 면 사람들의 질병을 치료하는 의사로서 살아갈 것입니다. 저는 해방전
> 선의 전사로서 민족적 소망이 달성되는 때를 준비하기 위하여 스스로
> 투신했습니다만 마르크스주의자는 아닙니다. (상권, 218면)

이런 성격의 그의 투신과 그 받아들여짐은 통일전선을 기본 전략으
로 삼았던 베트남 민족해방투쟁의 특질을 명료하게 보여준다. 프랑스,
일본, 미국 등의 식민세력에 맞선 장구한 세월의 베트남 민족해방투쟁
은 1930년의 당 창건을 계기로 조직화·무장화되었다. 이 시기의 전략
은 "모든 지식분자·지주·장로를 근절시켜라."라는 슬로건에서 확인
되듯 투쟁 주체의 범위를 엄격하게 제한하는 대단히 경직된 성격의 것
으로 그것은 "식민지 베트남의 반제혁명에서 민족부르주아지, 지식분
자 등은 비혁명적이며 (중국처럼) 반동적이기조차 하다."라는 코민테른
의 교조적 지령에 근거한 것이었다. 그러나 그 결과 이들 세력의 반동

화를 불러 고립을 자초함으로써 강대한 적의 물리력에 의해 괴멸당하고 말았다. 이후 베트남 민족해방투쟁의 기본 노선은 통일전선으로 일관하게 되는데 이를 뒷받쳐준 것은 다음과 같은 인식 내용들이다. 먼저, 식민지 상황에서 무엇보다 앞서는 것은 민족해방이어야만 하는데 그것은 타민족에 의한 식민지적 지배가 모든 진보적 발전을 근본적으로 제한하기 때문이다. 제국주의 식민지배 세력에 맞서 민족해방을 전취하기 위해서는 모든 민중세력의 결집, 곧 통일전선의 수립이 필수적인데 그것은 식민지 상황에서의 모든 민중은 제국주의 및 그 추종세력의 억압과 수탈에 고통받기에 하나로 뭉쳐질 수 있고 그럼으로써 고립된 소수의 적을 물리칠 수 있는 강력한 힘의 확보가 가능하기 때문이다. 통일전선은 "긴 전쟁역사를 통해서 끊이지 않고 이어져온 두드러지고 굵은", "민족해방과 분단된 민족의 재통일"을 열망하는 "하나의 민족적 의사"(이영희, 『베트남전쟁』, 두레, 87면)의 전략적 형식이었다.

통일전선을 기본전략으로 삼기에 제국주의 세력을 추종하지 않는다면 누구나 관대하게 포용한다. 예컨대 트린 아저씨, 예전 다낭의 유년학교 교장이었으며 디엠 정권에 반대하는 불교도들의 반정부 운동에 참여하기도 했던 경력의 양심적 지식인이다. 베트남 역사에 대한 그의 해박한 지식과 견해를 존경하는 젊은이들이 모여들던 시절도 있었다. 큰아들은 월북하고 작은아들은 행방불명, 불행과 끝없는 전쟁에 지쳐 지금은 아편에 빠져들었다. 오늘을 벗어나 "바나나와 망고가 주렁주렁 열리고 새들이 즐겁게 노래하는 델타 부근"(상권, 59면) 메콩강의 흐름이 보이는 곳으로 환각 속 여행을 떠나는 아편 중독자, "폭풍우의 날에도 시간은 지나간다."(상권, 62면)를 외며 시간의 흐름에 모든 것을 맡겨버린 허무주의자가 되었지만, 적대시하지는 않는다. 슬픈 역사의 희생자로 포용하는 것이다. 이런 일이 가능할 수 있음은 과일이 주렁주렁 열리고 새들이 즐겁게 노래하는 메콩강의 델타, 외세의 침략에 고통 받지 않던 지난 시절의 평화를 그리워하는 그 또한 강렬한 민족주의 정신의 소유자이기 때문일 것이다. 비록 낙백했지만 영혼만은 베트남의 땅과 강을 떠나지 않았기에 민족해방을 우선 목표로 설정한 통일전선에 포용될 수 있었던 것이다. 구체적인 현실조건에 근거한 통일전선의 이 같은 포용성, 민중의 지도부에 대한 신뢰와 복종, 그리고 구석구석까지 거미줄처럼 뻗친 강고한 조직 등이 민족해방전선을 추구하고 있지만 그보다 근본적인 것은 순결한 영혼의 청년들이 지닌 조국에 대한 사랑과 이에서 비롯되는 엄혹한 자기통제와 희생의 정신이다.

혁명은 찬란한 섬광이 아니라 돌과 같은 침묵의 누적인 것이다. 그러므로 해방전사는 꽃같은 무정부주의자가 아니라 자신을 둘러싼 무관심의 광야 속에 내던져진 돌멩이다. 드디어 한 돌멩이는 무더기를 이루어 부딪혀서 반짝이고 또한 구르고 날아가, 전신이 무기가 되는 것이다.
(하권, 74면)

꽃처럼 아름답게 피고 싶은 또는 불처럼 휘황하게 타오르고 싶은 젊음의 욕망을 누르고 "무관심의 광야 속에 내던져진" 침묵하는 돌멩이가 되는 것, 그 고통은 죽음의 그것과 다르지 않다. 금시라도 터져 나올 듯 끝없이 부풀어 오르는 욕망을 누르며, 마침내 무기가 되어 날아갈 때까지 침묵하는 길고 긴 기다림은 순결하지 않으면 절대로 가능할 수 없다. 팜 민, 타트, 탄 등의 베트남 청년들이 그들의 지도자 호치민을 좇아 "끊임없이 새롭게 살아"(상권, 96면)가고자 노력하고 또 그렇게 살아가는 것은 그들이 순결한 영혼의 소유자이기 때문이다.

그러나 이것만으로는 충분하지가 않다. 10세기가 넘는 오랜 기간 중국의 동화정책에 굴하지 않았고, 100여 년의 프랑스 지배, 일본과 미국의 침략에 맞서 끊임없이 싸웠으며, 마침내는 엄청난 인원과 가공할 화력을 지닌 침략자를 몰아내고 민족해방을 쟁취한 베트남 민족의 놀라운 저력을 설명하기에는 부족하다. 한 미국 종군기자의 다음 분석은 이에 의미심장하다.

> 왜냐하면 그것(한 민족해방전선 장교의 진술)은 국가의 〈가족〉 전체를 뒤엎기 때문이다. 이제 갑자기, 〈부모〉이자 모든 권위의 원천인 사람은 인민이고 〈자식〉으로 그들에게 복종하는 사람은 군인들이다(…중략…) 그러나 그 진술 안에는 또 다른 메시지가 있다. 베트남의 관인들이 언제나 공식적이고 중국적인 부자관계를 국가 존립 상태의 모델로 여겨온데 반해서 이전선의 장교는 베트남적인 모자관계를 대안으로 제시하고 있었던 것 같다. 왜냐하면 그가 보기에 군인들은 — 어린이가 어머니의 자궁에서 나온 듯이 — 인민으로부터 나왔으므로, 그들만이 〈자제(自製)〉하면서 인민들과의 억눌린 갈등상태에서 살아서는 안 된다. (프란시스 피체럴드, 「민족해방전선의 기원과 구성」, 이영희, 앞의 책, 195면)

중국적인 부자관계란 유교의 질서체계를 말한다. 天−地, 君−臣, 官−民, 父−子의 빈틈없는 위계질서를 강조하는 그것의 본질은 군림과 복종의 수직관계이다. 天命과 忠孝가 그 핵심 이데올로기임은 이 때문이다. 베트남의 오랜 지배이데올로기는 유교였고 당연하게도 지배

체계는 이 같은 수직적 위계질서에 근거한 것이었다. 그러나 국민의 대다수는 불교도였으니 1972년 당시 남베트남 인구의 약 80%가 이에 해당하였다. 제네바 협정(1954) 이후 북쪽의 가톨릭 신자 약 30만(전체 약 60만~80만) 명이 월남하여 합세했음에도 이럴 정도이니 불교의 영향력이 어떠했는가를 가히 짐작하겠다. 소수의 가톨릭 신자들이란 대개가 식민종주국인 프랑스에 동화되었던 분자들로 베트남전 종식에 이르기까지 지배계층을 형성하였다. 그들의 지배 아래 있었던 민중의 대다수가 불교도임은 이로써 자명한데 민족해방전선의 종교적 성격이 불교적이었음을 말해주는 것이다(이영희, 「베트남전쟁 Ⅲ」, 앞의 책 참조).

수직적 위계질서를 강조하는 유교와는 달리 불교는 평등의 종교이다. 부처 앞에 왕후장상과 평범한 백성의 구별은 없다. 모든 생물은 윤회의 그물망을 벗어날 수 없으니 현세의 왕이 후세에서는 한갓 미물로도 태어날 수 있는 것이다. 유교적 부자관계와 구별되는 베트남적 모자관계는 이 같은 인식론과 밀접하게 관련되어 있다.

민족해방전선의 전사들이 민중 위에 군림하지 않고 오히려 그들이 자신들을 낳은 어머니라 생각하는 것은 그러므로 자연스럽다. 그것은 "물고기는 물을 떠나 살 수 없다."라는 마오쩌둥의 명제를 좇아 물고기 같은 존재인 민중 속에 섞여야 한다는 전술과는 차원이 다르다. 민중이 어머니라면 그들을 낳아 기르고 그들의 삶의 대대손손 이어내리게 하는 국토 또한 어머니이다. 제국주의의 침략 아래 민중의 삶이 유린된 것은 곧 국토의 유린이요 어머니의 유린이다. 나를 낳고 길러준 어머니는 곧 민중이요 국토이기에 어머니는 마치 기름처럼 녹아 국토와 하나되어 존재한다.

　어머니는 이미 기름처럼 형체 없이 녹아서 이 찢어진 국토의 곳곳에
스며있어. (상권, 98면)

　팜 민보다 먼저 해방전선에 투신한 친구 탄의 말이다. 그의 이런 생각이 아편의 환각 속에서 훼손되지 않은 메콩강 델타를 찾아가는 트린 아저씨의 정신과 궁극적으로는 동일한 것임은 자명하다. 보 구엔 지압의 「해방전쟁과 인민의 군대」 속 "작지만 승패에 관한 중요한 승리는 사상을 통해서 거두고 커다란 승리는 민족주의를 통해서 거두어야 한다. 종국에 가서는 공산주의자로서가 아니라 민족주의자로서 승리해야 할 것"(상권, 212면)이란 가르침이 이와 관련된 것임도 물론이다.

　사랑하는 여인을 다른 남자에게로 떠나보내야 하는 팜 민과 같은 경험을 지닌 타트의 고뇌를 다스리는 "사랑과 혁명이 같은 길"이란 명제 또한 이에 이어져 있다. 연인의 결혼을 마음 속 깊이 축복하고 "그들에게서 태어날 아기들에게 자랑스런 조국을 물려주겠다고 다짐하고"(하권, 280면) 전선에 뛰어들어야 하고 또 그럴 수 있는 것은 민중은 국토이며 그것은 곧 어머니라는 인식 때문인 것이다. 민족해방전선에 투신한 이들의 '순결한 승리'를 가능케 한 근본은 바로 이것이었다.

　팜 민을 비롯한 민족해방전선의 전사들이 이루는 순결한 삶의 세계에 정면으로 배치되는 타락한 세계가 다른 한 쪽에 있어 서로를 뚜렷이 부각시킨다. 일신의 안락과 치부에 눈먼 성장인 람 중장과 경찰서장인 카오 대령, 그리고 성장의 전속부관인 팜 꾸엔 소령 등의 타락한 삶의 세계이다. 당대 남베트남 지배계층의 반민족성과 매판성을 전형적으로 보여주는 이들 중 중심은 팜 소령이다. 팜 민의 형으로 사이공

법과대학을 졸업한 인텔리로서, 대학 시절 해방전선에 연결된 독서클럽에 참가했다가 칸라오(비밀경찰 조직)에 체포되었으나 협조한다는 조건으로 풀려난 욕된 전력을 지녔다. 그로 인한 자괴감에 눌려 "아무 책임도 지지 않겠다. 그러므로 아무것도 선택하지 않겠다."(상권, 130면)란 생각의 허무주의자로 돌변해버렸다. 육군 간부학교를 거쳐 장교로 임명되었을 때에는 "가장 미국적인 사고를 갖춘 장교"(상권, 123면)로 인정받았고 이후 승진가도를 달려 성장의 전속부관이 되기에 이르렀다. 성장의 막강한 힘과 자신의 두뇌를 이용, 치부를 위해선 어떠한 범법행위도 마다않는 인물이 된 그의 소망은 국제화폐인 달러를 긁어모아 베트남을 떠나는 것이다.

> 팜 꾸엔은 혼자 있을 때에는 언제나 침울한 얼굴을 하고 있었다. 그는 아무것도 책임지지 않겠다는 주의이고, 그러나 절대로 손해보지 않고 살아남겠다는 입장이며 드디어는 싱가포르나 타일랜드 쯤에 정착하고 싶은 개인적 소망을 갖고 있었다. (상권, 130~131면)

그는 그와 결혼하는 한국 여인 오혜정의 진단대로 "국적이 없는 자"이며, "대륙과 대륙의 피안을 떠나서 한없이 부표처럼 흘러가는 미아"(상권, 161면)이며, 되돌아갈 곳을 잃어버린 "총구에서 나온 총알"(하권, 282면) 같은 존재이다.[2] 상처 입은 수많은 동족들처럼 그 또한 역사의

---

[2] 삶의 방향성을 상실해 뒤돌아갈 과거도 열어 나아갈 미래도 없는, 그래서 '신의 오발탄'인 「오발탄」의 인물들과 <총구에서 나온 총알>처럼 다만 떠돌 뿐인 운명의 저주에 갇힌 그와 오혜정은 동질적이다. 물론 전적으로 같은 것은 아니다. 황석영은 팜 소령의 떠돎을 **죄의식**과 관련시킴으로써 새로운 인물 성격을 창출하였다.

슬픈 희생자인 것이다. 굳이 전쟁상황이 아니더라도 어느 시대 어느 나라에도 있을 수 있는 지식인의 한 전형이라 하겠는데, 그러나 이 작품에서는 적절한 설정이라 하기 어렵다. 그의 좌절과 이후의 타락을 비밀경찰에 굴복한 데서 비롯된 자괴감이란 심리적 원인에 지나치게 치우쳐 설명하고 있음으로 해서, 그 계층의 근본 속성에서 비롯된 당대 남베트남 지배계층의 타락의 일반성에서 멀찍이 벗어났기 때문이다.

5. 베트남과 한국적 상황의 구조적 동일성

앞에서 밝혔던 대로 다시 안영규에게로 돌아갈 차례이다. 우리는 그를 중도적 인물이라 지적하였는데 또 한편으로는 그렇지 않기도 하다. 다양한 관계들의 연결점으로 기능할 때의 그의 일체의 가치판단을 중지하는 중도적 인물이지만, 제국주의 국가의 식민지인 베트남을 통해 마찬가지 처지인 고국을 생각할 때의 그는 작가로부터 반제국주의의 세계관을 부여받은 인물로 변모한다. 그 또한 베트남인들과 마찬가지로 미국인들의 눈에 "국"이며 "슬로트 헤드"로 비치는 제3세계 약소국민이라는 사실을 냉정히 인식하고, 그러므로 베트남 문제가 궁극적으로는 베트남인들 자신에 의해 주체적으로 해결되어야 하듯 한국의 경우 또한 그러해야 할 것이라 생각한다. 그것은 베트남과 한국의 상황이 전혀 동일하다는 발견에서 비롯된 것인데, 그가 고향인 북한을 비로소 "객관적으로 보기 시작"(상권, 116면)한 것도 이때부터이다. 그리하여 "전쟁터에서 보고 들은 부담"을 반드시 "고향에 돌아가 보상을 해

내리라."(117면) 작심하는 것이다.3)

안영규의 이같은 개안과 작심은 베트남전쟁을 다룬 작품의 끝을 열어, 베트남을 통해 한국의 현실을 생각하게 만드는 이 작품의 요점 중 하나이다.

우리의 거친 분석을 통해서도 이 작품의 의의는 분명히 드러난 듯하다. 베트남전을 기존의 동일 소재 작품들과는 전혀 다르게, 제국주의의 경제침략의 측면에서 접근하여 그 총체적 실상을 드러내었다는 점, 그 같은 베트남의 현실이 우리의 경우와 다르지 않다는 사실을 명백히 하였다는 점 등에서 이 작품의 성취는 뚜렷하다.

마지막으로 이 작품의 큰 문제점 하나를 지적하고자 한다. 해방전선에 투신하는 이들 중 분명한 성격을 부여받은 이들은 도시 출신 지식인으로 국한되어 있는데 이로 인해 통일전선을 기본 노선으로 설립했

---

3) "나는 황석영의 대표작 가운데 하나인 장편 『무기의 그늘』을 읽으며 주인공 안영규가 기어코 고향에 돌아가리라 혼잣말로 속다짐하는 부분이 무엇을 뜻하는지 몰라 의아해한 적이 있다. 그의 고향은 북한 땅 황해도였기 때문이다. 이후 작가의 범민련 활동과 방북 등 해외에서의 통일운동 소식을 접하며 나는 그 의문을 풀었다고 생각했다. 외세의 신제국주의적 지배 아래 들어 언제나 동족상쟁의 위기상황 안에 갇혀 있는 우리 현실을 넘어 자주적 통일민족국가를 이루고 그럼으로써 한반도의 안정된 평화를 확보하고자 하는 작가의 꿈을 드러낸 것으로 이해했던 것이다. 그러나 『장길산』을 다시 읽으며 안영규의 다짐 속에 담긴 의미가 다만 그것만은 아니었다는 것을 깨우친다. 고향인 황해도의 산천경개를 세밀하게 그려내고 황해도의 역사와 그 속을 살아간 사람들의 삶을 핍진하게 되살리는 작가의 고된 행로를 이끈 것 가운데 하나가 그 고향에 대한 애정이고 깊은 연민의 마음이었음을 알게 되었다. 고향 황해도에 대한 애정과 연민은 해방 직후 황해도 신천땅을 휩쓸어 무수한 생령들을 원통한 죽음으로 내몰았던 이데올로기적 광기를 다룬 최근작 『손님』에서도 분명하다. 『장길산』은 『무기의 그늘』, 『손님』과 함께 그런 복잡한 사연 속에 들어 있는 작품이다."(졸고, 「「張吉山」과 성 페르소나」).

던 해방전선의 실체를 온전히 포착할 수 없었다. 무엇보다도 해방전선의 주축이었던 농민 출신에 대한 어떤 언급도 발견할 수 없는데 이는 자료의 부족만으로 이해하기에는 곤란한 작품의 치명적 문제점이다. 해방전선군의 주된 근거지였던 농촌에서의 활동상이 전혀 포착되지 않은 것은 이에 말미암은 것일 터이다. 그러나 그렇다고 해서 이 작품이 거둔 높은 성취가 빛을 잃는 것은 아니다. 『무기의 그늘』은 80년대 우리 소설의 새 영역을 연 문제작으로 거듭 논의되어야 할 것이다.

출전 : 정호웅, 「베트남 민족해방투쟁의 안과 밖-『무기의 그늘』론」, 『외국문학』, 1990년 봄.

대안적 이념 모색을 향한 내적 고투

―『오래된 정원』론

작가 황석영(黃晳暎)을 떠올릴 때면, 나는 언제나『장길산』을 읽던 대학 초년시절로 되돌아간다. 문학을 한답시고 국문과에 들어갔으나, 정체 모를 적의와 분노만이 늘어가던 스무살, 내 젊음의 '독서노트'에는 황석영의『장길산』과 조정래의『태백산맥』, 이문열의『사람의 아들』과 같은 소설에 대한 독후감이 뒤죽박죽 섞여 있었다. 그때 나는 종로와 광화문 거리에서 처음으로 폭력에 대한 구체적인 공포를 느꼈다. 다만 추상으로 존재했던 정치권력의 폭력을 경험의 영역에서 확인할 수 있었던 것이다.

황석영의『오래된 정원』을 읽으면서, 나는 감옥과 군대로 흩어졌던 내 선배들의 아픈 삶을 들춰보는 듯해 고통스러웠다. 그러나 정직하게

---

* 이명원 / 문학평론가

말해, 내 문학의 선배들이 이야기한 '불의 시대'의 고통스러움을 나는 마음 깊이 느끼지는 못했다. 억압적인 정치권력에 맞서 인간다운 삶의 위엄을 회복하고자 한 그들의 실천은 정당한 것이었지만, 그 정당성의 이면에서 강화된 이념의 급진성과 이로부터 파생된 거의 금욕주의에 가까운 정치 중심의 일원론을 기꺼이 받아들일 수는 없었던 것이다. 이념의 투명성이란 그것을 산출해낸 개체의 일상적인 삶의 행복에 기여할 수 있을 때라야 그 정당성을 확보한다고 생각했기 때문이다.

> 모두들 광주에서의 무자비한 양민학살을 보고 들었고 그것이 불의 시대였던 팔십년대의 시작이었다. 이전처럼 어중간한 생각이나 행태로는 막강한 폭력을 이겨낼 수가 없고 민중에 의한 권력의 장악은 한 세대가 지나도 불가능할 것으로 보였다. 모두들 혁명을 이야기했다. 그리고 노동대중의 힘에 대하여 생각했다. 자연스럽게 그들은 혁명의 전위를 키워가기 위한 사상학습으로 치달았다. 급진적인 경향은 절망과 치욕감을 이겨낼 수 있는 유일한 길이 되었다. (상권, 104면)

이념의 '급진성'을 통해 치욕과 절망을 '대리충족'할 수 있다는 이러한 진술의 의미를 나는 '사적 개인'의 차원에서만 공감할 수 있다. 이를테면, 나는 소비에트 및 동구의 격변 이후 우리 지식사회에 광범위하게 불어닥친 환멸감을 이해할 수는 있었으나 거기에 공감할 수는 없었다. 당대의 세계사적 변화를 환멸로 인식할 만한 체험의 구체성이 내게는 결핍되어 있었기 때문이다.『오래된 정원』에서 전개되는 80년대의 다양한 운동 주체들의 실천적인 행위에 대한 나의 공감은, 이러한 과정이 '인간다움'의 품위와 존엄성을 보존하기 위한 열망의 형태로 분출된 것이라는 사실에서 비롯된다. 말하자면『오래된 정원』이 나에게 촉발하는 감동의 체험은, 당대적 문맥에서의 급진적 이념의 건설과 그것의 해체과정에 대한 성찰에서 비롯된 것이기보다는, '한계상황' 속에서 인간다움을 향한 투쟁이 어떻게 눈물겨운 정당성을 획득할 수 있는가에 대한 '성찰'에서 비롯된다. 가령 다음의 인용문이 그러한 경우다.

> 뒤로 비스듬히 누운 채로 못을 손톱 끝으로 잡고 힘을 주어 빼내려고 기를 쓴다. 어떤 경우에는 쉽게 뽑히기도 하고 아니면 하루 종일 걸리기도 한다. 그래도 시간은 흐르게 마련이고 마루 판자의 못 하나를 뽑는 일이 역사를 바꾸는 일보다 더욱 중요한 사업이 되어버린다. 아, 드디어 못이 뽑혔다! 이 작은 쇠붙이야말로 짐승으로부터 사고하고 일하는 인간으로 나를 바꿔줄 열쇠인 것이다. (하권 67면)

한계 상황에서는 하나의 못을 빼는 일도 인간다움의 회복을 위한 구체적인 실천이라는 것 ― 그것이 바로 내가 공감할 수 있는 '해방의 파토스'였다. 그러나 이 해방의 파토스는 작품 속에서 매우 다양한 양상으로 나타난다. 전위적 이론가인 현우, 노학연대를 통해 일하는 자의 자유를 쟁취하고자 한 미경, 학생운동의 조직화와 실천에 진력한 영태, 한 개인에 대한 사랑으로부터 출발하여 운동에 동참하게 된 윤희, 인간중심의 주체론에 반기를 들고 생명사상에 몰입하는 희수와 같은 인물들이 보여주는 다채로운 형태의 해방의 파토스는, 바꿔 말하면 작가 황석영의 현실에 대한 열린 시각을 반영하는 것으로도 볼 수 있다.
　『오래된 정원』이 종래의 후일담 소설이 보여준 한계를 탈피하여 유효한 문학적 방향성을 제시해준 데에는, 이처럼 해방의 파토스를 다양한 차원에서 모색하는 인물들에 대한 황석영의 개방적인 서술태도에서 비롯된다. 이와 함께, 이 소설은 종래의 후일담 소설이 보여준 이분법—아름다운 과거와 환멸로 가득한 현재—의 단순화된 시각을 지양하고, 그것을 관계성 속에서 성찰하는 유연한 시각을 드러내주고 있다. 이 소설에서 '의미있는 상징'으로 기능하는, 갈뫼의 옛집에 놓여 있는 한 점의 그림은 그것을 상징적으로 보여준다.

① 두 사람의 얼굴을 크고 작게 거의 간격이 없이 그려놓았다. 왼편에 있는 얼굴은 나였다. 내가 그림에서 입고 있는 셔츠는 흰 바탕에 푸른 바둑무늬가 찍힌 반소매 남방이었다. 바깥 세상에서의 마지막 여름이었지. 그때에는 모두가 긴 머리를 하고 있어서 그림 속의 나도 길게 자란 뒷머리가 셔츠의 깃 뒤로 빠져나와 있었다. 눈에는 짙은 음영이 칠해져 있고 움푹 팬 볼은 당시의 고뇌를 드러내고 있는 것 같았다. (…중략…) 처음에는 내 얼굴 옆으로 창호지를 바른 격자 창문이 그려져 있었는데 그 위에 회색이 덧칠해지고 윤희는 편지에 쓴 것처럼 자기 얼굴을 그려넣었다. (…중략…) 뺨에는 여러 겹의 서로 조금씩 다른 물감이 덧칠해져서 그네의 쇠락한 젊음과 인상의 깊이를 동시에 느끼도록 해주었다. (…중략…) 서른두 살의 젊은이와 사십대 중반의 여인은 서로 다른 색깔의 배경을 등지고 나란히 서서 나를 바라보고 있었다. (상권, 68~69면. 강조는 인용자)

② 다른 색깔과 분위기로 묘사된 서른두 살의 젊은이와 사십대의 여인이 앞서거니 뒤서거니 하면서 이쪽 현실계를 내다보고 있는 것 같았다. 그네는 바로 내 등뒤에서 가까운 곳이 아니라 나의 어깨 너머 먼곳을 응시하고 있었다. 당시에 내가 애타는 마음으로 불안하게 바

라보았던 곳과 훨씬 뒤에 그네가 자기 시대의 눈으로 나의 등뒤에
서 넘겨다본 곳은 세계의 어느 방향으로 가는 길이었을까. (상권,
254~55면. 강조는 인용자)

추억은 자신의 운명을 유보적으로 보여준다. 그림 속에 응결된 형태
로 남아 있는 시간의 '편차'가 우리에게 보여주는 것은 '냉혹함'이며,
여집합의 형태로만 존재했던, 그들의 비극적인 운명을 봉합하려는 윤
희의 안타까운 '욕망'이다. 덧칠된 시간은 이미 흘러가버린 시간이며,
남아 있는 것은 흘러간 시간 속에서의 안타까운 기다림, 기약 없는 만
남에 대한 윤희의 욕망의 흔적일 뿐이다. 흔적에 대한 흔적, 욕망에 대
한 욕망으로서의 한장의 그림은, 다시 시간이 흘러, 그것을 바라보는
현우의 내면에 깊은 통증을 불러일으킨다. 아파라, "서른두 살의 젊은
이"로 멈춰 있는 고립된 생과 "사십대의 여인"이 되어 죽어갈 운명에
처한 또 다른 생이 한 몸으로, 나란히, 뒤늦게 돌아온 "나를 바라보고
있었다"니!

『오래된 정원』에서 피어나는 문학적 향기는 이처럼 각기 다른 시간
의 간극들이 교차편집으로 구성된 데서 연유한다. 지나간 과거는 현재
시점에서 되비쳐지고, 오늘날의 현실은 축적된 시간과의 연관 속에서
그 의미를 재정립한다. '역사성과 일상성의 깍지끼기'로 표현할 수 있
을 이러한 서술기법을 통해, 황석영은 일상성 속에 내재한 역사성의
의미와 가치를 탐색하고 있는 것이다.

그러나 이때 우리가 주목할 필요가 있는 것은, 서술의 주도권이 옥
중에 갇힌 현우의 시선에 의해서보다는 윤희의 시선에 의해 더 적극적

으로 표출되고 있다는 점일 것이다. 따라서『오래된 정원』에 활력을 불어넣는 것은 현우를 중심축으로 전개되는 '혁명의 담론'이기보다는 윤희를 중심축으로 전개되는 '사랑의 담론'이라는 점을 지적할 필요가 있을 것이다. 혁명은 개인적 사랑의 사회적 확장방식을 의미한다.『오래된 정원』에서 이러한 의미를 체현하는 인물은 윤희이다. 평범한 미술교사에 불과했던 윤희가 이후 진보적 운동에 깊이 개입하게 되는 것은 현우와의 개인적 사랑으로부터 출발한다. 황석영은 윤희에게서 나타나는 이러한 개인적 사랑의 점진적인 확대와 심화과정에 대한 서술을 통해, 이념의 투명성과 전위성을 기반으로 당대적 모순을 지양하고자 한 운동의 결여 부분을 환기하면서, 동시에 이후 기획하고 모색해야 할 대안적 이념의 방향성에 대한 단서를 제공하고자 한 것은 아니었을까. 윤희의 아버지를 좌파 지식인으로 설정한 후, 이를 현우와의 정서적 교감의 매개로 삼고, 여기에 잔가지로 영태와의 운동과정을 덧칠하고, 급기야 베를린 장벽의 붕괴를 희수와 함께 목도하게 한다는 플롯의 설정을 통해, 우리는 작가의 의도를 유추할 수 있게 되는 것이다.

그것은 한편에서 해방 이후의 한국현대사의 비극적 전개과정을, 다른 한편에서는 자본주의 세계체제의 전면적인 관철과정을, 주관을 배제한 채 객관화하고자 하는 작가의 의도로 여겨진다. 이를 통해 작가는 몰락해버린 '혁명의 시대'를 추모하고, 이를 대체할 대안적 이념의 모색을 꾀하려 한 것은 아닐까. '윤희의 노트'에 적힌 다음과 같은 일절들은 그것을 매우 명시적으로 보여준다. "근대는 수컷들의 삭막하고 쓸쓸한 갈등과 번민의 시대였어요. 어느 밀폐된 방에서 숨어 지내는

비밀경찰 출신의 늙은 고문자처럼 그것은 황폐하고 외로워요.”(하권, 304면)

그렇다면 “쓸쓸한 갈등과 번민의 시대” 이후 우리는 어떤 역사를 기획할 수 있을까? 황석영은 현우와 윤희의 입을 통해 다음과 같은 두 가지 대안을 제시하고 있다.

① 나는 한 시대가 종언을 고하고 나서 그것이 무엇이었던가를 독방에서 아프게 이해하는 데 몇년이 걸렸다. 국가권력을 장악하려는 여러가지 시도는 낡아버렸거나 불필요한 일이 되어버렸다. 지난 세기에 자본과 물질의 체제 속에서 반체제의 눈으로 세계를 바라보았던 생각은 그것을 현실화하는 과정에서 왜곡되었다. 오히려 이제는 무너진 건물 사이로 솟아나온 철골처럼 남아버린 몇가지 명제가 소중해졌는지도 모른다. 어느 집단에나 민주적 원칙의 관철과 대중에 의한 주권의 회복은 수백년 이래로 가장 생명력있는 유산으로 확인되었다. 이는 불탄 자리에서 골라낸 살림도구 같은 것이리라. 국가권력에 대하여 변화와 개혁을 들이대고 이름없는 사람들의 집단이 서로 연대하며, 아이들의 땅뺏기 놀이처럼 그침없이 한뼘 두뼘 자본이 남겨먹은 것들을 되찾아 실질적인 평등의 단계로 영역을 넓혀나가야만 한다. (하권, 309면)

② 남자들이 같은 남자들을 죽인 전쟁의 세기를 보내면서 내면적으로는 그와 함께 살해한 모성을 생각해요. 나도 스스로 내 안에서 그것을 죽였어요. 당신을 앗아간 것들이 나로 하여금 스스로 그렇게 하도록 만들었어요. 나는 이 위대한 자연을 회복하고야 말 것입니다. (하권, 306~307면)

①에서처럼 현우의 대안은 급진적인 혁명의식이 지양된 자리에 일상의 구체성에 기반한 "변화와 개혁", "실질적인 평등"을 정착시키자는 명제로 귀착된다. 이것은 앞에서 언급한 이른바 '급진성'의 포기선언인 셈이다. 한 시대를 자가 발전시켰던 이 급진적인 '혁명테제'가 변화된 현실 속에서는 더 이상 유효하지 않은 '이상주의'의 한 형태로 규정되고 있는 것이다. "내가 할 일이 아직도 남아 있을까. 아마도 일이 남아 있다면 그건 바로 일상과의 씨름이다."(하권, 310면)라는 현우의 고백은 그것을 곧바로 작가 황석영의 고백으로 이해해도 지나치지 않을 듯하다. 그러나 오늘날 우리를 둘러싸고 있는 일상의 세계는 이른바 '불모'의 영역을 형성하고 있다. '급진성'으로 무장된 성난 젊은이들이 빠져나간 자리는, 부유하고 곱게 자란 '연약한 세대'들에 의해 충원되고 있다 때문에 변화와 개혁, 실질적인 평등을 향한 계몽적 기획은, 이전 연대의 급진적 혁명테제만큼이나 지난한 과제로 흔히 제기된다. 정치영역에 대한 혐오와 사적 영역의 거의 무한대에 가까운 확장 속에서 강화되는 것은 현실에 대한 냉소와 맹목이다.

이때 더 현실적인 대안적 이념으로 떠오르는 것이 관용과 공감의 태도로서의 '모성'―위대한 '자연의 회복'이라는 명제일 것이다. 그러나 여기에도 문제는 남는다. 가령 오랜 영어생활을 마치고 현장으로 복귀한 김지하와 박노해의 문학적 변신은 얼마나 돌연하며 또 역설적이게도 급진적(?)인가. '위대한 자연의 회복'이란 미명 아래 전개되는『천부경』류의 고토 회복 명제라든가, 지는 싸움은 하지 않겠다는 자기고백을 토대로 전개되는 선정주의적 운동관이 세련되고 댄디하게 변화된 현실 속에서의 대안으로 제기되기도 하는 터이니! 그러나 윤희의 위대

한 자연으로의 복귀 혹은 '사랑의 담론'은, 그것이 세련된 표현의 삶을
포괄하는, 더 넓은 차원에서의 '심층적' 근대성에의 열망을 간접적으로
보여준다.

> 그래두 나는 여기를 사랑하고 자랑스러워하겠어요. 요만큼이라두 이
> 루어낸 사람들과 같은 시대에 살았으니까요. 이 초라하고 남루한 누더
> 기 더미 속에서 보석 같은 알갱이들을 골라내어 다시 빛나는 옷으로 지
> 어낼 테니까요. (하권, 303면)

위대한 자연은 그 안에 초라하고 남루한 누더기 더미가 있다는 것
을, 바로 그 속에 보석 같은 알갱이들이 묻혀 있다는 것을, 그리하여
그것이 다시 빛나는 옷으로 변용될 수 있다는 것을 포용하는 '성속일
여(聖俗一如)'의 삶으로 제시되는 것이다. 그것은 지나간 역사를 급진적
인 단절과 도약으로 쉽게 괄호 치는 단순함을 의미하기보다는, 시간의
'계기성' 속에서 확장되고 심화되는 '자아 인식의 기획'이라는 형태로
나타난다. '고뇌'가 내장된 동시대인의 통증에 예민하게 반응하면서도,
그것을 더욱 고양된 인간조건과 연동시키는 과제가 어찌 보면,『오래
된 정원』 속에 피력되고 있는 대안적 이념 모색을 향한 고투의 흔적인
지도 모른다.

그러나 이러한 대안적 이념 모색의 고투는 아직 미정형의 그것이다.
작품 속에서 현우와 윤희의 어긋나고 빗나가는 사랑을 완성하는 존재
는 그들의 딸 은결이지만, 은결과 현우와의 만남이 완전한 일체감을
보이지 않고 상호탐색의 시도에서 그쳐버리고 마는 것은 이런 이유 때
문이 아닐까? 그렇다면 윤희와 현우가 꿈꾸었던 '오래된 정원'은 어디

에 있는가?

　　당신은 그곳을 찾았나요?

　　윤희가 내게 묻는다. 집으로 돌아오는 중이오, 라고 나는 대답할 것이다. 인가를 찾아서 산을 넘고 언덕을 내려오는 중이라고. 멀리 마을의 불빛이며 연기나는 굴뚝이 보인다고. 당신이 살고 겪어온 길을 따라서 나는 휘적휘적 걷기 시작했다고. 나는 젊은 내 얼굴 뒤편에 떠오른 그네의 눈길 이쪽에 서서 중얼거렸다. (하권, 312면)

잃어버린 유토피아로서의 '오래된 정원'은, 미래 선취(先取)를 통해 성급하게 획득되는 것이 아니라, "집으로 돌아오는" 즉 성찰과 회귀의 자리에서 비로소 만들어가야 할 그것이 아닐까? 다시 그것은 지나간 역사를 추억으로 남겨 손쉽게 폐기해버리는 버려진 그림이 아니라, 축적된 시간의 계기성 속에서 관조하고 성찰하는 '지금－여기'를 보여주는 한 장의 그림이 아닐까? 윤희가 현우의 어깨 너머로 바라보고자 했던 그것은 결국 그 그림 앞에 서서 지나간 추억을 회억하는 현실계의 현우가 앞으로 찾아내야 할 그것은 아닐까?

그것은 과거로부터 발굴되는 것이 아니라, 지금의 현실로부터 탐색해야할 수수께끼로 소설 속에서 제시된다. 황석영의 문단 복귀는 이러한 탐색을 향한 새로운 출발을 의미한다. 『오래된 정원』은 황석영 문학의 중간결산이자 새로운 이정표를 제시하는 매우 의미있는 작품이다. 이 작품은 어떠한 과거도 '청산'의 대상이 아닌 '성찰'의 대상이라는 정당한 인식을 보여주며, 어떠한 좌절과 상처에도 불구하고 인간다운 삶의 품위와 존엄을 위한 투쟁은 그칠 수 없다는 아름다운 생의 욕망을 보여준다. 주어진 것이 운명이라면, 우리는 이 운명과 적극적으로 싸울 의무가 있다. 황석영의 소설이 감동적인 것은 이 때문이다.

출전 : 이명원, 「대안적 이념 모색을 위한 고투 — 황석영의 『오래된 정원』」,
『창작과비평』, 2000년 여름.

억압된 기억의 꿈

—『손님』론

1. 유령이 출몰하다

황석영의 장편 『손님』은 '그로테스크한 현실성'을 지니고 있다. 죽음의 이미지가 곳곳에 돌출적으로 배치돼 있고 죽은 자들은 현실 공간에 갑작스럽게 등장해 떠돈다. 잔혹한 학살의 이미지는 텍스트 내에서 섬광처럼 겹쳐지고 있다. 피의 제전(祭典)은 너무도 붉은 비릿함으로 재현(representation)의 핍진성을 높인다. 이렇듯 『손님』은 '넋 청(—請, 혼을 불러들임)'을 통해 텍스트 내에서 산 자와 죽은 자가 함께 호흡할 공간을 마련하고 있다.

---

* 오창은 / 단국대학교 연구교수

황석영이 불러들이는 넋은 '분단의 넋'이기에 '현실성'을 지닌다. 이제 한반도를 배회하는 '분단의 유령'은 청(請)해서 환기시켜야만 하는 대상이 되어버렸는지도 모른다. 현대적 일상의 견고함은 사람들의 시야를 '미시적'으로만 가두어두려 하고 있다. 일상적 삶과 규율은 현대인을 자동적으로 움직이게 하는, 충전이 필요 없는 미세하고도 지속적인 에너지원에 비유될 수 있을 것이다. 분단은 남한의 일상적 현대인들에게는 아무 문제도 야기하지 않는 듯이 보인다. 그래도 분단의 유령은 슬그머니 현대인의 어깨를 낚아채며 공포의 전율을 던져주곤 한다. 유령은 비유컨대 데리다(J. Derrida)적 유령(specter)일 것이다. 이것은 죽어 없어진 것이 남아 있는 형태이며, 현실 속에서 불가사의한 투명체인 듯 가시적 접근마저도 힘든 형상(形象)이다. 존재하는 듯하면서도 파악되지 않는 유령은 엄존하는 '분단의 현실'이라 부를 수 있을 것이다. 유령에 대한 『손님』의 탐색 과정은 '귀신들의 향연'과 연관돼 있고, 또 종국에는 '씻김굿'으로 변환된다. 도발적인 표현일 수도 있지만 『손님』은 전통과 현대성이 결합된 21세기형 '분단소설'이라 할 수 있다.

한국문학은 '분단소설'과 관련된 주목할 만한 성과들을 쌓아왔다. 그러나 어느 순간부터인지 분단과 관련된 서사양식들은 대부분 '낡은 것'으로 간주되고 있다. 『광장』(최인훈)의 이명준은 이념의 대립 속에서 갈등하다 중립국으로 향하는 배 위에서 '푸른 바다의 물빛'을 온몸으로 끌어안아버렸다. 그의 고뇌에 찬 선택은 이데올로기가 붕괴한 21세기와 불화하고 있어 안타깝기만 하다. 「학」(황순원)의 성삼이와 덕재가 고향의 친화성을 통해 휴머니즘적 화해를 모색했던 공간은 분단세대들에게 더는 향수의 대상이 아니다. 남한과 북한사회는 분단된 이후에 태어나 자란 세대들로 채워졌고, 그들은 아픔의 기원에 대해 무관심한 듯하다. 「장마」(윤흥길)에서 분단으로 인해 서로 갈등했던 할머니와 외할머니는 세월의 흐름 속에서 '남북 이산가족 상봉'마저도 경험하지 못한 채 세상을 떠나버렸을 수도 있다. 이제 젊은 독자들에게 분단소설은 점점 도덕적 당위로 전락하고 있으며, 서사적 텍스트의 측면에서는 누추한 '옛 것'으로 외면당하고 있다. 어떤 의미에서 보자면 임옥인의 「월남 전후」(1956)에 등장하는 길혜선만이 북한공간에 대한 예외적이고 친화적인 시선으로 인해 이색적 호소력을 지니고 있는지 모른다. 일상적 삶에 포위당한 현대인에게 북한은 이미 '타자(the other)'이며, 임옥인 이후 남한 소설은 오랫동안 이 '타자'에 대한 직접적 접근이 차단돼왔다.

1989년 북한을 방문한 이후 그 체험을 10여 년 동안 발효시켜 내놓은 황석영의 『손님』은 '분단소설'의 새로운 지평을 개척한 작품이다. 일견 『손님』은 해방기와 한국전쟁 시기를 문제 삼고 있어 고루한 듯 보일 수도 있다. 그러나 이 소설이 선보인 파격적인 형식 실험은 '낯설게하기' 효과를 자아내고 있으며, '서사가 부재'했다던 1990년대 이후의 소설적 흐름에 새로운 전환의 가능성을 보여주었다. 『손님』은 한국전쟁 이후 익숙해져버린 분단문제에 대해 '분석적 접근'을 뛰어넘어 감성의 전환을 환기시키고 있다. 이는 견고한 '분단체제' 속에서 '통일'에 대한 수사적(修辭的) 몸짓만 허용해온 현실에 대한 모반의 기획이라는 측면에서 의의가 크다. 사실 적당한 거리를 두고 살펴보면 1970~1980년대 황석영의 소설들은 이야기체의 묘미를 직선적 서사로 전환시킨 '긴 호흡의 문학'이었다. 그러나 현실 지형의 변화 속에서 그는 전통적 서사의 영역(굿판의 형식, 마당놀이의 형식)을 포용하면서도 시선의 다각화를 모색하고 있다. 무엇보다 탐구의 대상이 되는 것은 그의 세계관에 약간의 변화 조짐이 포착되고 있다는 점이다. 이는 소설에 대한 그의 바뀐 시각을 통해 확인할 수 있을 터이며, 구체적으로는 텍스트『손님』의 면밀한 분석을 통해 증명될 수 있을 것이다.

2. 낯선 공간에 들어서기

『손님』은 초반부에서 류요섭 목사의 꿈을 통해 '신천사건'의 전모를 단편적으로 제시하고 있다. 이 꿈속의 장면은 모두 고향인 '황해도 신천'과 연관된 이미지들로 넘쳐난다. 류요섭 목사와 그의 형 류요한 장로에게 '고향'은 감각적이면서도 환기적이다. 그들에게 '고향'은 향기로운 이름으로 귓전을 감돌다가도 어느새 피 냄새가 뭉게뭉게 피어오르는 곳이다. 이는 고향에 대한 이중적 감정 표현에 다름 아니다. 그들에게 고향은 무의식 속에서는 수구초심(首丘初心)의 장소이지만 현실적으로는 자신의 탯줄이 묻힌 곳 위에서 피의 향연을 벌여야 했던 '광란의 장소'인 셈이다.

『손님』은 바로 '광란의 장소'를 파고든다. 그곳은 '북한의 과거와 현재가 교차하는 공간'으로서의 의미를 지닌다. 바로 그 '고향'으로의 외출은 낯선 미지의 땅인 '타자(북한)'에게 다가서기이며, '타자(남한과 연관된 북한)'의 역사를 구성적으로 재인식함으로써 '스스로 타자되기(통일)'를 기획하는 것이기도 하다. 『손님』은 '황해도 진지노귀굿'의 형식에 따라 열두마당으로 구성돼 있지만, 전체적 서사는 위에서 언급한 '고향'과 관련해 크게 두 부분으로 나눠 파악할 필요가 있다. 1부는 미국에 거주하는 류요섭 목사가 50여 년 만에 고향을 방문해 북한의 풍경을 인식하게 되기까지의 과정을 다루고 있다. 2부는 류요섭 목사가 고향 '황해도 신천 일대'에서 벌어진 살육에 대해 죽은 원혼(死靈)들과 '접신(接神)－오신(娛神)－송신(送神)'하면서 해원(解寃)에 이르는 과정으로 구성돼 있다.

1부에서 류요섭 목사가 금단의 장막을 걷어내고 북한으로 진입하는 것은 「한씨 연대기」(1972)에서 한영덕이 부활해 고향으로 향하는 것 같은 상상력을 발동시킨다. 류요섭 목사가 방북할 때 지니고 가는 류요한의 유골 조각은 '한영덕의 한'과 섬세하게 겹쳐진다.

처음 평양에 도착했을 때 류요섭 목사는 "이 거리와 자기가 현실이 아닌 것"(71면) 같은 생경함을 느낀다. 그 생경함은 낯선 거리의 언어들로 스쳐 지나간다. 공산품상점, 농산물상점, 물고기상점, 남새상점 등등, 그리고 "우리식대로 살아나가자! 위대한 수령 김일성 동지 만세!"(72면)와 같은 구호들. 류요섭 목사가 평양거리의 생경함을 누그러뜨리게 되는 것은 지나가는 평양 시민들을 관찰하면서부터다. 풍경은 그 풍경을 만든 사람들을 감추어버리기 쉽다. 대상을 바라보는 주체의 내면을 낯선 풍경의 이질감이 덮어버리기 때문이다. 그러나 풍경을 이루는 사람들의 구체적 맵시가 확인되면, 그 풍경은 전혀 다른 의미로 재해석된다. 이산가족 상봉 이후 류요섭 목사의 동숙자였던 교수는 "어머니하구 형을 만나구 나니까 갑자기 여기가 푸근하구 편하게 생각된다 이거요. 낯설고 물선 미국보다는 여기가 훨씬 나은 편이겠지요."(96면)라며 놀랄 만한 입장의 변화를 표명한다. 그동안 남북한 일상인들의 시선이 얼마나 깊이 이데올로기에 침윤돼 있었는가를 보여주는 구체적 예시이다. 주체와 풍경은 대화적 관계를 맺어 내면화될 때 눈높이를 맞출 수 있게 된다. 거대담론에 익숙해 있던 분석들이 미시담론으로 구체화될 때, 조작된 관념의 실체는 맨얼굴을 보여주기 시작한다고도 할 수 있다. 분단 이데올로기의 극복과 이질감의 해소는 '개방과 왕래'라는 구체적 관계를 통해야만 가능해진다는 사실을 『손님』은 우회적으로 보여주고 있는 것이다. 류요섭 목사와 교수의 변화는 북한 풍경이 어떻게 내면화되면서 '낯선 풍경'이 '친화적 풍경'으로 진전되고 있는가를 보여준다. 이러한 풍경의 내면화를 통해 류요섭 목사는 비로소 형수님, 소메 삼촌, 조카 단열을 만날 의향을 내비치게 되는 것이다.

류요섭 목사가 북한에 남겨졌던 가족들과 상봉하면서 『손님』의 초반에 이미지로만 존재하던 '신천사건'의 막은 서서히 올라간다. 2부는 이른바 '신천사건'을 적극적으로 문제 삼고 있다.

도대체 1950년 황해도 신천에서 어떤 일들이 벌어졌던 것인가. 신천은 정규군들이 치열한 공방전을 벌였던 장소는 아니었다. 오히려 신천은 한 동네에서 생활하던 살붙이들이 서로 죽이지 않으면 죽임을 당해야 했던 악몽의 장소였다. '삼만오천 명이 넘은 사상자'가 발생한 신천대학살은 남한의 제주도 4·3항쟁, 여순사건, 그리고 지리산 주변의 빨치산 활동과 연관된 역사적 상상력과 자연스럽게 결합될 수 있을 것이다. 남한의 독자들은 현기영의 『순이 삼촌』(1978), 조정래의 『태백산맥』(1989)의 독서 경험으로 '신천사건'을 자연스럽게 겹쳐 읽게 된다. 역사적 상상력에 의해서만 서사적으로 재구성될 수 있는 이러한 고통스런 상처는 망각의 밀실에서 이제 환기의 광장으로 나와야 한다. 그런 의미에서 '황해도 신천'은 남북한 민중들의 공감대가 형성되는 비유적 공간이다.

신천 궁흥면 만궁리에서는 한 마을의 인구가 대부분 사라졌고, 신천면 양장리에서는 남자 전원이 죽었다. 45일간의 밀고 밀리는 전쟁의 공방전 와중에서 '죽음'의 악령은 독기 품은 독사처럼 똬리를 튼 채 도사리고 있었다. 내 편 네 편도 없이 의심만 난무했던 신천에는 죽음의 악순환만 반복되고 있었던 것이다. 그리고 모두들 폭력에 진저리치면서도 폭력에 전염돼 계속 죽음의 함정을 만들었다. 말하자면『손님』은 이러한 방식으로 망각의 깊은 땅속에 묻어버린 분단체제의 유령을 소환하고 있다.

3. '그들이 스스로 말하게 하라'

여기서 좀 더 깊숙이 텍스트 내로 진입해보자.『손님』은 놀랍게도 상이한 담론 체계가 충돌하며 갈등하고 있다. 담론(discourse)을 '언표의 배치구도'라고 할 때, 분단에 대한 북한의 담론 체계는 단호하다. 1950년대 전후복구 시기 이후 북한의 공식담론 체계는 '미국=악의 화신'이라고 공격하면서 '미국'을 '과녁(主敵에 대한 북한식 표현)'으로 규정해왔다. 1950년대 북한문학의 대표작인 천세봉의『석개울의 새봄』(1958)에서도 북한사회를 혼란스럽게 하는 간첩들은 한결같이 '남한'이 아닌 '미국'에서 파견된 것처럼 그려졌다는 사실에서 이를 다시 한 번 확인할 수 있다.

『손님』이 직접적으로 다루고 있는 신천사건에 대한 북한의 공식담론도 미국과 연관된 완고함으로 표명된다. 류요섭 목사를 수행하는 북한의 지도원은 수차례에 걸쳐 분단의 원인을 '외세의 탓'으로 돌리고 있다. 또한 북한이 미제국주의자의 잔학성을 보여주기 위해 조성했다는 '신천박물관'을 류요섭 목사가 방문하기 전에도 지도원은 분명한 확인을 받고자 한다.

> "전쟁기간에 미제침략자들은 공화국 북반부 지역을 일시 강점하였던 불과 한 달 반 동안에 천인공노할 범죄를 감행하였소. 외세뿐만 아니라 몰수지주, 친일파, 간상배, 기만과 위협으로 규합한 일부 락후분자들이 저들의 앞잡이가 되어서 만행의 협력자가 되었지요." (90면)

> "우리가 선생을 보자구 한 것은 다른 게 아니라…… 이 말씀을 꼭 드리자구 해서요. 민족의 단결을 위해서는 명심해야 될 문제가 있시오. 우리가 분렬하게 된 것은 원천적으로 외세 때문입네다. 일제와 미제가 그렇게 만들었디요." (95~96면)

이는 남북 분단의 문제를 비롯해 한반도에 존재하는 악의 근원을 '미제국주의'로 한정하려는 북한의 공식담론 체제의 강한 의지 표명이다. 그러나 『손님』은 북한의 공식담론에 정면으로 대립하는 전개양상을 보인다. 박물관장의 말실수 형식을 빌려, "저희끼리 그랬시니 천벌을 받았지"(107면)라고 사건의 본질을 내비친다든지, "당시에 미군은 주둔하지 않고 북쪽을 향하여 차를 타고 재빨리 지나갔을 뿐"(108면)이라고 직접적으로 진술함으로써 '신천사건'의 진상을 확실히 한다.

이제 『손님』이 북한의 공식담론을 부정하는 방식에 대해 주의 깊게 살펴볼 필요가 있다.

『손님』은 북한의 '공식적 기억'을 손님(방문자, 사자들)의 시선으로 재구성하고 있다. 여기서의 '손님'은 미국에서 북한을 방문한 류요섭 목사와 과거로부터 현재로 호명된 '신천사건'의 희생자들이다. 비록 '신천박물관'에서 당시 참극을 증언한 목격자들은 '치안대와 청년단'이 저지른 일들을 모두 '미군'들이 저지른 일들이라고 고쳐 말하고 있지만, 텍스트 내에서는 전혀 다른 진술들이 행해지고 있다. 그것들은 각자의 방식대로 "다른 색깔로 그림 그려져" 있지만, 모두가 함께 저지른 악몽들이 "즉물적 잔재"로 여전히 남아 있음을 확인하고 있다(103면).

『손님』에서 아쉬운 부분은 북한사회를 구성하는 사람들의 구체적 목소리가 없다는 점이다. 류요섭 목사의 조카 류단열만이 현실적인 인물로 등장할 뿐이다. 이러한 불구성은 남북한 관계가 아직도 위태로운 선을 밟고 있음을 나타내는 것으로 읽힌다. 그래서 『손님』의 방북은 아직도 불완전한 형태로 남아 있다. 반면, 죽은 자들의 목소리를 재현한 형식적 선택은 『손님』의 부분적 성공을 극대화시키고 있다. 황석영의 서사와 북한의 공식담론은 바로 이 부분에서 충돌한다. 텍스트 『손님』에 등장하는 죽은 영혼들의 진술이 '현실 관계'에서 벗어난 투명한 목소리라는 사실은 지금까지 쉽게 간과돼왔다. 작가 황석영은 이 투명한 목소리의 효과를 배가시키기 위해, 분단현실에 날카롭고 첨예한 과제를 부각시키기 위해 '죽은 혼'들을 불러들인다. 독자들은 이들의 진술을 통해 소설이 진실에 육박하고 있는 듯한 느낌을 갖는다. 『손님』의 사실성 확보는 몇몇 비평가들이 지적한 것처럼 소설 속의 목소리가 여러 사람의 시점으로 교차되어 있기 때문이 아니다. 오히려 죽은 자들의 목소리가 투명한 형태로 소설 속에 투영돼 있기 때문이다. '죽은 자'의 유언에는 거짓이 없다는 통념이 있다. 작가가 고심해 확보한 죽은 자들의 진술에서 독자들은 진실을 읽을 수 있다고 믿게 된다. 이것은 소설적 진실이다. 작가 황석영이 『손님』을 통해 획득할 수 있었던 극적 성취는 북한사회로의 진입이라는 내용의 새로움과 더불어 죽은 자들의 입에 메가폰을 갖다 대주었기 때문에 가능했다. 따라서 류요섭 목사는 신천사건에 대한 직접적인 언급을 회피한다. 다만 인민군 소녀들과 연관된 사건에서만 개입하고 있을 뿐이다. 이는 소설의 화자이기도 한 류요섭의 기억이 신천사건으로부터 일정한 거리두기를 하도록 설정돼 있음을 드러낸다.

기억의 모티프는 『손님』 전편을 관통하는 핵심적 작동기제이다.

기억과 기억이 만난다는 것은 무엇을 의미하는가? 이들이 어떻게 대화성을 획득할 수 있는가? 잃어버린 혹은 멈춰버린 시간은 정지된 공간을 상상하게 만든다. 이는 '사자(死者)들의 공간', '시간이 없는 공간'이다. 한반도의 손님은 마르크스주의와 기독교지만 서사구조의 손님은 류요섭 목사와 소메 삼촌 안성만, 그리고 죽은 자들이다. 이들은 매개체이자 영매(靈媒)로서 현존하는 사람들에게 '잊혀진 그들'을 환기시켜준다. '잊혀진 그들'은 시간을 초월한 영적 존재이기에 현존하는 사람들이 호명하지 않는다면 대상이 될 수 없다. 영매는 대상을 호명해냄으로써 죽은 자와 산 자들의 관계를 복원시킨다. 그것을 가능하도록 설정했다는 점이 『손님』의 장점이다. 이 기억의 장치는, 과거의 황석영이 현실을 해석해왔다면, 현재의 황석영은 소설을 해석해내고 있음을 보여준다.

기억과 소설, 서사와 기억의 관계에 대한 황석영의 진지한 성찰이
『손님』의 진앙으로 자리잡고 있다는 사실은 중요하다. 황석영은『오래
된 정원』(2000)에서부터 탐색해오던 소설 미학적 형식 실험을『손님』에
와서는 좀 더 낯선 형태로 강화시키고 있는 것이다. 서로 다른 기억들이
만난다는 것, 오해된, 혹은 자기 삶으로만 기억되던 과거가 소설을 통해
의미화되고 있다는 것은 황석영에게 '소설의 발견'이다. 루카치(Gyögy
Lukács)는『소설의 이론』에서 '소설에서 발생하는 모든 내적 행동은 시간
의 힘에 대항하는 투쟁'이라고 기억에 관해 말한 바 있다. 서사는 대상
을 꿰뚫고 변화시키는 창조적 기억에 의존하는데, 이 기억은 응축된 형
태이기에 삶의 의미에 대한 예시적·직관적 파악을 돕는다.『오래된 정
원』에도 기억을 다시 배치하려는 황석영의 노력이 잘 투영돼 있다. 감옥
이라는 공간에 갇혀 있었던 오현우는 강탈당한 시간을 버티기 위해 기
억을 갈무리한다. 반면, 남한 현대사의 격랑 속에서도 공간적 자유를 지
녔던 한윤희는 오현우에게 시간을 구속당하고 만다. 이들은 인간이 모
든 것을 향유할 수 없다는 불완전성의 존재 증명 때문에 서로 만나지
못한다. 단지 오현우와 한윤희가 함께 존재했다는 과거 증명을 위해 딸
은결이만이 현실의 시간과 공간을 함께 지니고 있을 뿐이다.『오래된 정
원』은 황석영이 기억을 직선적 시간으로 대치하지 않고 삶의 흐름을 재
배치하는 핵심적 도구로 인식하기 시작했음을 잘 보여준다.

『손님』도 '기억'과 관계하고 있지만『오래된 정원』에서의 기억과는
다른 면모를 보여주고 있다. 여기서의 기억은 담론 체계와 갈등하는
기억이다. 개인적 체험의 기억이 권력의 공식적 기억과 갈등할 때, 사
람들은 실제 과거를 파편화시키고 자발적으로 '기억에 윤색(潤色)'을 가

하는 왜곡된 생존방식을 택하게 된다. 이는 '부인된 기억'이며 '억압된 기억'이다. 반면, 공식적인 기억은 과거의 사실을 있는 그대로 재현시키는 것이 아니라, 권력의 거울을 통해 다시 보여주는 것이다. 따라서 공식적인 기억이 작동하는 통로를 통해 권력은 재생산되고 있다. 개인의 체험과 기억이 공식담론 체계에 의해 지속적으로 억압되고 짓밟힌다면 구체적 개인의 삶은 담론 체계의 틈새에서만 기생하게 된다. 그것은 흔적으로만 남아 있고, 그 흔적은 돌출적이고 예외적인 상황에서만 모습을 드러낸다. 따라서 스스로 발설하고 드러낼 때 개인적 기억은 다시 부활할 수 있고, 삶도 복권될 수 있다.

억압된 기억의 복원은 예속된 삶의 미궁에서 벗어날 수 있는 '해방의 가능성'을 지니고 있다. 공식적 기억과 상반되는 구체적 개인들의 체험과 기억이 재구성될 때 억압에 대한 저항은 가능해진다. 흔히 민족분단의 아픔이라고 일컬어져온 '한국전쟁'에 대한 역사 기술이 남한과 북한에서 상이하게 이뤄지는 것도 구체적 개인의 기억이 조작돼 있기 때문이다. 한국전쟁의 경우, '죽음의 대서사'만 존재하고 민중들의 체험적 기억들은 무의식의 심연에 매장돼 있다. 이러한 기억 조작은, 한국전쟁을 국제 관계와 이데올로기의 대립으로 인한 숙명적 사건으로 절대화시킨다. 따라서 남북분단은 필연적인 것이며, 분단체제는 담론상으로는 극복의 대상이지만, 역사적으로는 피할 수 없었다는 숙명론적 패배주의에 빠지게 된다. 이러한 공식적 담론 체계는 공유된 체험을 통해 억압된 기억을 복원하고 스스로 발설하는 데서 재구축의 가능성을 모색할 수 있다. 따라서 구체적 기억의 재구성(소설작업)은 권력과 폭력에 대한 저항의 방법이라는 데 의의가 있다.

4. 망각된 것들의 슬픔

'신천에서 벌어진 사건'은 평화를 기약하지 않고 '버림' 혹은 '떠남'을 전제로 하고 있다. 사실, 모든 전쟁은 평화를 지향한다고 말한다. 역사적으로 전쟁의 경우 승자는 의례적으로 유토피아적 평화를 약속해야 했다. 따라서 '전쟁과 평화'는 모순적 균형 상태를 유지하고 있는 듯이 보인다. 그러나 한국전쟁은 내부의 전쟁과 외부의 전쟁이 겹쳐지면서 '전쟁과 평화'의 모순적 공존마저도 누락시켜버렸다. 한국전쟁의 역사적 경험은 남한이 북한을 '마귀들의 지옥'으로, 북한이 남한을 '타락한 부르주아지의 세계'로 규정하도록 했다. 따라서 '휴전'은 서로가 서로를 포기함으로써 얻은 '판도라의 상자'일 뿐이다.

> 고향을 떠날 때에는 모두 눈물을 삼키고 가지만 우리는 침을 뱉지는 않았어도 다시는 돌아오지 않으리라 작정했다. 이곳은 이제부터 마귀가 번성하게 될 지옥일 뿐이라고 생각했다. (248면)

가해자였던 요한과 상호가 속했던 쪽은 북한을 철저하게 짓밟은 채 남한으로 미국으로 떠나버렸다. 버림받은 땅에 그 어떤 미련도 없었으므로, 조그만 자비나 관용도 이미 그들의 것이 아니었다. 불에, 총에, 칼에, 그리고 도끼, 괭이, 쇠스랑에 찍혀서 '신천'에는 더는 과거가 존재하지 않게 되었다. 한국전쟁 이후 남북한이 함께 지니고 있는 적의는 서로에 대해 '무책임'했던 '과거 학살'에 대한 감출 수 없는 감성의 집단화다.

『손님』이 문제 삼는 기억은 바로 '내부의 폭력'과 연관돼 있다는 점에서 흥미롭다. 전쟁의 폭력은 거대한 구조 사이의 여과 없는 충돌이다. 따라서 개인들의 희생은 '전쟁'이라는 이름 밑에 은폐될 수 있다. 한국전쟁이라는 '큰 전쟁의 피바람'은 장구한 세월 동안 삶의 공동체를 형성해왔던 '신천' 주민들이 서로를 파괴했던 '작은 피의 제전'을 망각케 한다. 이 내부 전쟁의 뒤편에는 외부에서 온 『성경』과 『자본론』이 버티고 있다. 즉, 문화제국주의의 근원에 대한 성찰적 추적을 『손님』은 담지하고 있는 것이다. 『손님』은 악령에 의해 '사로잡혔던 통제할 수 없었던 폭력'에 관한 서사적 재현이다. 제도적 폭력이 '근대성'의 다양한 작동 기제에 의해 은폐돼왔다면, 이제는 보다 투명한 탈식민적 목소리로 '제국의 폭력'을 드러내려 한다.

신의 법(기독교)이나 인간의 법(마르크스주의)은 둘 다 폭력의 역사를 지니고 있다. 십자군전쟁이나 러시아혁명과 같은 피의 역사는 사람들이 '신의 이름' 혹은 '혁명의 이름'을 빌려 쓴 것들이다. 그렇다고 신의 뜻이 폭력을 만들었고 인류에 대한 공리적 개혁의 시도 자체가 살인을 저지른 것은 아니다. 신과 인간의 법을 무소불위의 무기로 오해한 사람들이 '뜻'을 왜곡시키면서 신과 인간마저도 위태롭게 했다고 볼 수 있다. 사람살이의 도리를 외면한 절대화된 이념의 폭력은 사람들의 양손에 지울 수 없는 혈흔을 새기게 한다. 행위자인 사람들은 "시험에 들기 시작"하고 "믿음도 타락"하여 "눈에 빛이 없어"지기에 이미 인간이 아니다(246면). 공동체의 동족을 살해한 사람들은 인간과 신의 복수에 대한 엄습해오는 공포로 인해 끊임없이 피를 부르게 된다. 과연 피는 피로써 씻을 수 있는 것인가. 그래서 한나 아렌트는 "폭력은 권력을 파괴할 수는 있지만 절대로 권력을 생산할 수는 없다."고 강조하고 있다. 한반도에서 권력 투쟁을 벌였던 '기독교와 마르크스주의'는 야만화된 권력으로 변질되면서 원죄를 가지게 되었고 폭력과 결합하면서 인간을 배신했다.

폭력이 통제 불가능하게 되면, 사회의 작동기제는 멈춰버린 시스템으로서의 의미가 아니라 날뛰는 짐승으로서 '인간' 모두에게 씻을 수 없는 상처를 남긴다. 그래서 사회체제라는 신체에 각인된 상흔은 개별자들의 죽음보다 오래 지속된다. 이러한 독점화된 폭력(살인기계)에 대해, 그리고 상처에 대해『손님』은 넌지시 짚어나가고 있다. 요한의 아들 단열이 삼촌인 류요섭 목사에게 다음과 같이 항변하는 장면은 잔혹한 학살이 과연 남한과 북한에 어떤 상처를 남겼는가에 대해 성찰하게 한다.

"머 종교야 어두운 시절의 미신이니깐 다 좋다 말입니다. 반동이던 앞잡이던 기것두 거저 넘어갈 수 이서요. 사람은 왜 죽입네까?"
"그땐 서루 죽이구 미워했지. 이제 그 사람들두 하나 둘 세상을 떠나구 있다. 서로 용서를 하지 않으면 우리는 영영 못 만나게 된다." (94면)

폭력에 대한 공포의 집단적 감성화가 '분단 유령'의 실체이다. '분단 유령'이 끊임없이 배회하며 더 큰 공포를 불러들이기 전에, 주체가 스스로 말하게 하여 해명하고 치유해야 한다.『손님』은 류단열이 죽은 아버지 요한과 비현실적으로 화해하는 것을 허용하지 않고 있다. 일상인들이 안고 있는 현실적 갈등을 토로하는 류단열의 항변은 서사적 해결의 화두가 아니다. 요한과 단열의 갈등이 암시적 해결로만 그치고 있다는 점은『손님』의 한계라고도 지적할 수 있다. 대신『손님』은 류단열의 화해를 이끌어내기 이전에 사자들의 화해를 이끌어내는 데 서사적 역량을 집중시킨다.『손님』이 중반 이후 급격히 '과거'로 회귀하는 것도 이 때문으로 보인다. 『손님』은 과거 상처에 대한 처방전이지, 미래의 병을 막기 위한 예방주사는 아닌 것으로 읽힌다. 어쩌면 이들은 샴 쌍둥이일는지도 모른다.

그런 의미에서 위의 인용문은 분단 현실이 이미 역사적 경험으로 남북한에서 사는 모든 사람들에게 깊이 각인돼 있음을 보여준다. 그것이 비록 공식적 기억의 억압과 개별적 망각의 역사를 거쳤다 하더라도, 서로의 얼굴을 대면하는 상황에서 발생할지 모르는 당혹감은 여전하다. '이제 와서 식구를 찾는 것'에 대한 염치없음에 대한 질타는 피의 뜨거움을 넘어선 현실이다. 요한의 아들 류단열은 과거화된 상처를 씻어내기 위해 '어려운 세월'을 버텨왔다. 그것이 북쪽에서는 성실한 당원의 길로, 혹은 남쪽에서는 성공한 벤처 사업가의 길로 접어들었다 하더라도, '사람을 죽였던' 비참한 과거의 기억은 거부될 수 있는 성질의 것이 아니다. 이러한 두려움에 대해 "서로 용서를 하지 않으면 우리는 영영 못 만나게 된다."고 류요섭 목사는 말한다. '용서'는 판도라 상자 속의 희망과 같은 것이며, '분단 극복'의 출발점이다. 이것이 『손님』에서 메아리치는 전언이자, 작가 황석영의 외침이다. 그래서 황석영은 '씻김굿'의 형태로 과거의 것은 과거로 되돌려주려 하는 것이다.

5. 기억의 복원을 위하여

'분단은 국제 관계상 필연적이었다. 그리고 분단체제의 억압은 역사화돼 현재에 이르고 있다.'

이는 일종의 통념이다. 통일운동이 '분단체제로 인한 공유된 억압'을 중시해왔던 것도 분단이 이미 전제돼 있었기 때문이라고 할 수 있다. 이런 관점에서 보면, 민중은 항상 피해자이므로 '통일'도 민중의 입장에서 바라봐야 한다는 시각이 도출된다. 그러나 이러한 언술에는 '억압은 주체들이 스스로 만들어내기도 한다'는 사실이 괄호로 묶여 있다. 『손님』은 분단의 억압에 대해 전복적 뒤집기를 시도하는 작품이다. 우리는 이데올로기의 '큰 전쟁(기독교와 마르크시즘)' 뒤에 공범자의 얼굴로 존재하는 민중들 간의 처절한 '작은 전쟁'을 『손님』이 묘파하고 있는 것에 주목해야 한다. 어느 순간 정당성마저도 내팽개쳐버린 전쟁기계들의 '작은 전쟁'은, 『손님』에 촘촘히 박혀 있는 활자들을 통해 독자의 망막을 아프게 찔러온다. 일상을 살아가는 모든 이들은 『손님』에서 현자(賢者)로 등장하는 소메 삼촌의 이야기처럼 '가해자'일 수도 있다.

아직도 분단의 공식화된 기억의 역사는 '자동기술'되고 있으므로, 그에 대한 일상적 저항과 감성적 체험 방법은 끊임없이 갱신돼야 한다. 공동체의 기억 속에 남아 있는 상처는 개별자의 죽음보다 오래 지속된다. 따라서 상처를 제대로 치유하기 위해서는 기억을 모을 필요가 있다. 개개인의 기억이 만나 화해를 모색하는 공동체 기억으로 재구성되고 분단 세대들에게 전수될 때 역사는 다시 씌어질 수 있다. 공식적으로 기술된 기억은 권력 관계와 밀회하고 있기 때문에 '화해 가능성'을 봉쇄시킬 수밖에 없다. 이는 마치 이카루스의 녹아내린 날개가 미궁(labyrinthos)의 출구마저 막아버리는 것에 비유할 수 있다. 남북한 권력에 의해 짓눌린 공식적 기억을 벗어날 수 있는 '억압된 기억'을 적극적으로 말해야만 한다. '분단의 유령'이 두려움의 대상이 아니라, 어루

만지며 토닥거릴 수 있는 실체로 인정되기를 『손님』은 희망한다. 『손님』은 억압된 기억의 복원을 통해 집단화된 공포의 감성에 대해 당당하게 발설함으로써 폭력의 공포와 분단체제에 저항하고 있다.

분단소설의 측면에서 볼 때, 『손님』은 이미 경계를 넘어선 작품이기도 하다. 하이데거의 말을 빌리자면, "경계는 어떤 것이 멈추는 곳이 아니라 어떤 것이 그것의 존재를 시작한 곳"이다. 황석영이 분단의 경계를 넘어섰듯, 『손님』은 남한문학의 경계를 넘어 '북한공간'으로 진입했다. 이는 중요한 의미를 지닌다. 분단소설은 항상 결핍의 문학이었다. 이미 '분단'이라는 용어는 완전한 상태(분단되지 않은 상태)를 상정하고 있다. 그리고 당대의 모든 문학은 통일된 미래의 문학사적 관점에서 볼 때 '반쪽의 문학'일 수밖에 없다. 그래서 결핍을 채우고자 하는 욕망은 '분단문학'의 원초적 지향일 것이다.

이 욕망의 충족을 위해 황석영은 잃어버린 민족의 과거를 찾고 있으며, 흐트러진 기억의 파편들을 모아 공식적 기억에 저항하는 서사적 몸짓을 기획하고 있다. 그의 잃어버린 시간 찾기는 분단 현실에 고통받는 민족을 향해 있기에 전통적 형식과 결합하려는 접근으로 읽힌다. 황석영이 과거 기억들의 파편들을 모아 서사화하는 것은, 과거를 넘어서지 않고는 현재를 올바로 성찰할 수 없다는 신념에 입각해 있다. 이런 의미에서 황석영의 『손님』은 '단일하고도 직선적인 서사'에서 벗어나 '기억에 대한 통합적 서사'로 접어든 작품인 것이다.

출전 : 오창은, 「억압된 기억의 꿈 – 황석영의 『손님』」, 〈경향신문〉 신춘문예, 2002.

창녀 심청과 세 개의 진혼제

―『심청』론

1. 『심청』의 활기

황석영의 장편 『심청』에서 무엇보다 인상적인 것은 심청의 행로를 감싸고 있는 활기와 명랑성이다. 『심청』이 다루고 있는 것은 중국 장사꾼들에게 팔려간 19세기 조선의 한 소녀의 일대기이다. 게다가 그 소녀의 이름이 심청이다. 자기희생을 통해 효를 실현하고자 했던 전설적인 소녀의 이야기 『심청전』에 대해, 신소설을 쓴다고 자부했던 1910년의 이해조는 '처량 교과서'라 비판했었다. 더욱이 황석영의 『심청』은 어느 날 갑자기 장사꾼들에게 팔려버린 소녀의 이야기로 시작한다. 희

* 서영채 / 한신대학교 문예창작과 교수

생의 자발성조차 제거되어 있는 것이다. 비통하거나 우울하기로 치자면 처량 교과서인 『심청전』보다 더 해야 한다. 그런데도 작품 속에 존재하는 활기라면 좀 이상하지 않은가. 그 활기의 원천은 무엇인가.

먼저, 황석영의 『심청』이 지니고 있는 패러디적 구성 자체가 지니고 있는 힘을 지적해야 할 것이다. 인당수 푸른 물결에 몸을 던졌고 연꽃 속에서 부활하여 왕비가 되는 신화적 텍스트로서의 『심청전』이 있다. 황석영은 여기에 자신의 장편 『심청』을 겹쳐 놓았다. 두 개의 텍스트가 겹쳐지는 순간 황석영은 필자라기보다는 독자의 입장에 서게 된다. 그는 신화적 텍스트를 읽으며 익명의 필자들을 향해 다음과 같은 질문을 던지고 있는 셈이다. 남경의 장사꾼들에게 팔려간 심청은 과연 어떻게 되었는가. 옥황상제나 용궁 같은, 대중을 위한 신화적 장치들을 배제하고 따져보자는 것이다. 이에 대한 대답 또한 자명할 것이다. 채무 노예가 된 19세기의 소녀가, 인신공희의 제물이 아니라면 할 수 있는 일은 분명하지 않은가. 남경 부자 노인의 동첩(童妾)이 되고, 음률을 익혀 예기가 되고, 어찌어찌하여 바닥 창녀로까지 전락하고, 다시 영국 동인도 회사 직원의 현지처가 되고, 돈을 모아 요정 주인이 되는 것, 그것이 황석영이 내어놓은 대답이다. 황석영의 『심청』에도 용궁이 있으되 그것은 심청이 오키나와에서 차렸던 요정의 이름이다. 또 왕비가 되는 원텍스트의 신데렐라 시나리오도 규모는 작지만 한 영주의 후취 영부인이 되는 것으로 살려 놓았고, 심청이 아버지를 찾기 위해 벌였던 맹인 잔치는 영주의 부인이 된 심청이 정치적 의도로 마련한 노인 잔치로 변형되어 있다. 『심청』이 지니고 있는 활기는 일차적으로 황석영이 시도한 이러한 겹쳐 쓰기 자체가 지니고 있는 힘의 소산이라 해야 할 것이다. 원텍스트의 신화성과 그에 대한 현실주의적 대안 서사 사이에서 형성된 대화적 관계와 그 긴장의 산물인 것이다.

황석영은 여기에서 한 발짝 더 나아간다. 15세의 심청이 남경으로 팔려온 후 팔순 노인이 되기까지 유랑을 거듭하는 시기는 19세기의 60 여 년 동안이다. 황석영은 동아시아에서 근대화의 격랑이 소용돌이치던 이 시기를 무대로 끌어냈고, 심청으로 하여금 남경과 타이완, 싱가포르, 류큐, 나가사키 등지를 유랑케 했다. 그럼으로써 그는 근대로 진입하는 동아시아의 다양한 풍경들을 포착해낸다. 아편전쟁이 터져 남경으로 진군하는 영국 군대와 태평교도들의 움직임, 그리고 개항 문제로 뒤엉켜 있는 일본의 정국과 새로운 이윤을 찾아 동진하는 동인도회사 직원들의 움직임이 심청의 삶에 개입해 들어오고, 사츠마 번의 식민지가 되어 서서히 사라져가는 류큐 왕국의 역사가 후반부 이야기의 배경으로 깔린다. 이처럼 다양한 이야기들이 심청이 스쳐가는 길목마다 기다렸다는 듯이 툭툭 터져 나온다. 심청은 호기심 많은 처녀의 시선으로 그 풍경들을 바라보고, 그 자신이 풍경의 하나가 되어 혹은 다치고 상처 입으면서도 미끄러지듯 앞으로 나아간다. 심청이 만들어내는 이러한 여로를 따라, 제물포와 남경, 싱가포르, 나가사키를 잇는 하나의 선이 만들어지고, 그 선에 감싸이는 황해와 동중국해와 그곳을 유랑해야 했던 심청의 삶의 역정이 하나의 신체로 부각된다. 그곳은 다양한 이야기의 힘들이 각축과 경연을 벌이는 전장이며 시장이다. 황석영의 『심청』이 지니고 있는 활기는, 또한 주인공 심청이 보여주고 있는 명랑성은 이러한 공간 자체의 부산함과 활기의 소산이다.

요컨대 황석영은 신화적 서사의 세계 속에 잠들어 있던 심청을 불러내어 매우 특별한 미션을 부과했던 셈이다. 근대로 진입하는 19세기 동아시아의 풍경을 포착해내는 것이 그것이다. 근대성이 조형되는 이 공간과 심청의 만남은 매우 낯설고 이국적인 느낌으로 다가온다. 논리적으로는 친숙하면서도 실감으로는 다가오지 않았던 동아시아적 근대라는 개념이, 심청의 시선을 통해 구체적 생활공간의 형태로 드러나기 때문이다. 그것은 흡사 컴퓨터 그래픽 화면으로 재생된 고대 도시의 모습을 보는 것과 같은, 익숙하면서도 낯선 기묘한 느낌을 준다. 잘 짜인 서사가 제공하는 과거로의 여행은 그 어떤 미래로의 여행보다 이국적이다.

하지만 심청이라는 전통적 캐릭터에게 이 여행은 대단한 고역이 아닐 수 없다. 그에게 주어진 미션을 완수하기 위해 여행은 필수적이지만, 19세기의 조선 여성에게 여행이 어떻게 가능할 것인가. 여행의 기본 형태는 전쟁과 교역과 순례이지만 이는 원천적으로 남성들에게 주어진 옵션들이었다. 심청에게는 그 어떤 길도 열려있지 않으며 그나마 약간의 가능성이 있다면 그것은 교역의 길이다. 그래서 심청은 자신이 지니고 있는 유일한 재화인 신체 자본을 동원할 수밖에 없었고, 매춘이라는 험한 길을 가야 했다. 그러나 매춘은 매우 위험한 물건이다. 비윤리적이기 때문이 아니라, 자칫하면 주체를 집어삼켜버릴지도 모를 심연이 그 안에 도사리고 있기 때문이다. 성애와 섹슈얼리티의 문제가 그것이다. 황석영은 『심청』을 일컬어 '매춘의 오딧세이아'라 불렀지만, 심청에게 주어져 있는 유랑 길은 오딧세우스의 경우보다 훨씬 더 위험하다. 곳곳에 심연이 도사리고 있으되 오딧세우스와는 달리 그 어떤 천상적 힘의 도움도 기대할 수 없기 때문이다. 그것은 심청뿐 아니라 황석영에게도 마찬가지다. 창녀 심청이 자기 혐오나 염세주의의 늪에 빠져버린다면 그가 요구했던 미션의 완성은 불가능하게 된다. 이들은 어떻게 그 위험으로부터 스스로를 지켜내는가.

2. 두 개의 죽음-창녀 심청의 탄생

창녀 심청이라는 어구는 그 자체로 형용모순이어서 사뭇 기이한 느낌으로 다가온다. 『심청가』나 『심청전』의 주인공 심청은 출천대효(出天大孝)일 뿐만 아니라 본디 서왕모의 딸로 잠시 인간 세계에 몸을 의탁한 선녀의 현신이다. 인당수에 몸을 던졌을 때는 옥황상제가 친히 구원을 명했고 이로 인해 사해용왕들이 심청을 구하기 위해 전전긍긍했을 정도였다. 그런 심청으로 하여금 황석영은 창녀의 길을 걷게 했다. 『심청전』의 서사를 둘러싼 역사적 정황을 염두에 두면 그것이 훨씬 더 현실에 가까울 것이다. 그럼에도 여전히 창녀 심청은 정서적으로 선뜻 수용되기가 어렵다. 효녀 심청의 이미지가 워낙 압도적인 탓이다. 선녀가 창녀가 되기 위해서는 무언가 특별한 입사의식이 필요하다. 황석영이 『심청』의 초두에 배치해 놓은 두 개의 장면은 이를 위한 장치로 보인다.

첫째는 소설의 첫머리에 놓여 있는 제사 장면이다. 심청을 사들인 장사꾼들은 심청을 제물로 하여 두 번에 걸쳐 제사를 지낸다. 한번은 조선쪽에서 심청을 바닷물에 세 번 잠기게 하여 수장제를 지내고, 또 한 번은 중국 쪽에서 심청의 제웅을 만들어 바다에 띄워 보내는 방식으로 용왕에 제사를 지낸다. 황석영의 『심청』은 이와 같이, 『심청전』이 지니고 있는 인신공희라는 신화적 요소를 탈마법화시키는 것으로 시작된다. 몇 번에 걸친 제사이건 간에 뜻은 마찬가지다. 심청의 상징적 죽음이 그것이다. 하지만 이것은 또한 매춘을 위한 입사의식이기도 하다. 황해로 내던져진, 짚으로 만든 심청의 제웅에는 심청의 넋(靈駕)이라는 글자가 씌어져 있다. 그냥 심청이 아니라 심청의 넋이다. 물론 단순한 제사의 의식에 불과한 것이겠지만 이런 의식이 표면적인 의미 이상의 것으로 다가오는 것은 그 이후의 심청의 삶 때문이다. 남경으로 가는 배에서 심청은 중국 옷으로 갈아입고, 렌화라는 중국식 이름을 얻는다. 렌화는 영혼과 결별함으로써 육체로만 남은 심청이다. 연꽃이라는 새로운 이름을 얻은 심청은 이로써 매춘을 위한 첫 번째 관문을 통과했다. 영육의 분리가 그것이다. 육체만 남은 인간으로 태어나는 것은 성 매매의 시장으로 나가기 위한 필요조건이다.

렌화가 된 심청은 이제 두 번째 관문을 통과해야 한다. 자신의 육체를 사물화하는 일이 그것이다. 육체가 그 자체로 독립적인 것일 수 있을 때에만 영육의 분리는 견딜 수 있는 것이 된다. 남경의 부자 노인 첸씨에게 동첩으로 팔려간 심청은 청주로 목욕하고 새롭게 중국 복식으로 갈아입은 자신을 향해 묻는다. 너는 누구냐. 그가 난생 처음 보는 서양식 거울 앞에서, 또 처음으로 늙은 남자의 손길을 받아들이고 그로 인해 달아오르는 자신의 육체를 느끼면서 심청은 거듭 묻는다. 너는 누구냐. 이는 영혼인 심청이 육체인 렌화에게 던지는 질문이고, 이런 질문은 그 존재 자체가 영육의 분리를 견딜 수 없어하는 의식의 산물이자 통합된 자아에 대한 갈망의 산물이다. 렌화는 심청에게 대답한다. "나는 렌화라니까. 넌 이미 귀신이야."1) 이 대답을 받아들여 내면화시키는 일이야말로 영육의 분리를 완성할 수 있는 요체다.

심청을 동첩으로 받아들인 지 채 일 년이 되지 않아 첸 노인은 복상사를 한다. 열여섯 살의 심청은 노인의 시신과 나란히 누워 환상 속에서 한 생애를 편력한다. 첸이 태어나 소년이 되고 아름다운 청년기를 거쳐 백발 노인이 되는 전 과정을 하나의 환상으로 목도하는 것이다. 뒤이어, 이번에는 지나온 자신의 삶이 또 하나의 환상으로 펼쳐진다. 그 자신의 성장과정이 삼인칭 시점에 의한 생생한 환상으로 눈앞에 전개되는 것이다. 그 순간은, 모든 존재를 사위게 하는 절대적 위력으로서의 시간의 흐름을 매우 구체적인 환상으로 경험하는 순간이다. 시간성의 위력을 이처럼 구체적이고 절실하게 받아들임으로써 심청은 삶을 전체로서 조망케 하는 새의 시선을 확보하게 된다. 16세의 나이로 그는 이미 현자가 되는 것이다. 현자의 시선으로 보자면 죽은 첸씨의 몸과 그 옆에 나란히 놓여 있는 렌화의 몸은 정확하게 등가이며, 이로써 심청과 렌화의 분리, 영혼과 육체의 분리는 객관적인 것이 된다. 이것이 심청이 통과하는 두 번째 관문이며, 이 관문을 통과함으로써 심청은 창녀 되기를 위한 마지막 준비를 마친다.

이 두 개의 과정은 두 개의 상징적인 죽음으로 이루어져 있다. 영혼의 죽음이 하나이고 육체의 죽음이 다른 하나이다. 두 번의 죽음을 통해 심청은 영혼도 감각도 없는 철두철미한 허깨비, 완벽하게 물화되고 파편화된 존재로 다시 태어난다. 남근을 받아들이는 질과, 끈끈한 손길

---

1) 황석영, 『심청』, 문학동네, 2003, 상권, 42면. 이후 인용은 본문에 면수만 표시함.

에 접촉하는 젖가슴, 매끄러운 피부와 젖은 입술과 위장된 오르가즘의 교성, 눈길을 끄는 화장한 얼굴과 유혹하는 눈빛들이 모두 자기만의 논리로 독립하여 저마다 하나씩의 부분 대상이 되고 경우에 따라 서열화되기도 하는 매춘부 신체가 곧 그것이다. 그것은 심청이라는 영혼과도 무관하며 렌화라는 육체와도 그러하다. 첸 노인의 죽음 후 그의 집을 빠져나와야 했을 때, 진장의 기루에서 최초로 명실상부한 매춘을 해야 했을 때, 또 인신매매범들에게 납치당하여 처참한 윤간을 당하고 바닥 창녀 생활을 해야 했을 때, 심청이 이 끔찍한 외상적 경험들 속에서도 자아를 지킬 수 있었던 것은 매춘부의 신체를 사용함으로써였다. 그럼으로써 심청은 오히려 죽음의 경험을 통해 새롭게 태어나는 능동적인 주체로 남을 수 있었다. 영육의 분리는 감내할 수밖에 없는 고통이지만, 이는 또한 위력적인 존재로 버티고 있는 신화적 힘에 맞서 심청이 구사할 수 있는 책략이자 무기가 되는 것이다. 그것은 두 개의 죽음을 통해 단련된 존재의 힘이다.

3. 매춘 남성의 시선과 창녀의 응시 – 전복되는 누이 콤플렉스

이렇게 하여 심청은 창녀의 신체로 다시 태어난다. 이 과정을 그리고 있는 것이 『심청』의 전반부이다. 남경 첸 노인의 집에서 탈출하여 진장의 기루를 거쳐 타이완 북단의 항구 지룽에 이르는 노정이 그것이다. 이 길에서 심청은 채무 노예로 출발하여 매춘의 막노동자로 이행해간다. 그 길의 출발점인 진장의 기루는 심청에게는 하나의 원점으로 존재한다. 『심청』 전체를 통하여 가장 활기 있게 묘사되는 부분이 진장 기루의 풍경이라는 사실도 이런 점에서 보자면 당연해 보인다. 첸노인이 죽은 후 새장에 갇힌 신세가 되었던 심청은 첸의 아들이자 진장 기루의 사장인 구앙을 유혹하여 탈출에 성공한다. 주인을 잃은 동첩이라면 다른 데로 팔려가는 것밖에 다른 길이 없었으므로 심청으로서도 그것이 최선의 선택이었을 것이다. 이전까지는 단지 인형과도 같은 존재였을 뿐인 심청이 여기에서부터는 적극적인 주체로 변신한다. 심청의 눈에, 도박장과 술집 유곽과 아편굴을 겸하는 진장의 복락루는 놀라운 풍경으로 다가온다. 여기서부터는, 호기심 어린 시선으로 이것을 바라보는 심청도, 또 복락루의 구성원들과 운영 실태를 묘사하는 황석영도 신이 난다. 심청은 구앙의 정부 노릇을 하면서도 기루의 풍속을 배우고, 구앙과의 거래를 통해 스스로 유녀들의 십장 격인 화지아가 된다. 사장의 정부라는 배경도 있었고, 또한 심청 자신이 지니고 있는 빼어난 용모와 기녀로서의 자질 때문이기도 했다. 이런 정황 속에서 심청은 적극적으로 기루의 풍속을 배우고 남자를 다루는 방법과 음률을 익혀 뛰어난 예기로 탄생한다.

　남경 첸 노인의 집에서 진장의 기루로 이어지는 이 공간이야말로 창녀 심청에게는 새로운 삶을 얻는 원초적인 장소가 된다. 그곳에서 그는 죽음과 부활을 경험했고 창녀의 신체라는 새로운 몸을 얻었다. 그가 태어났고 그를 팔아넘긴 부모가 있는 땅으로서의 조선이 있지만, 심청에게는 그곳이 오히려 비현실적인 공간으로 다가온다. 첸 노인의 시신 옆에서 자신의 앞길을 생각하면서 심청은 스스로에게 이렇게 말했다 : "하지만 청이로 돌아갈 수는 없어."(58면) 뒤이어 심청은, 자신이

청이로 존재했던 조선 땅이 저승처럼 아득하게 느껴진다고 표현했다. 돌아가는 것은 불가능하다는 말일 수도 있고, 돌아가지 않겠다는 의지일 수도 있다. 어느 쪽이건 분명한 것은 심청이 과거로 돌아가지 않는다는 것이다. 실제로 이후의 여정에서 심청은 과거로 돌아가겠다는 의지는 물론이고, 황주 복사골이나 아버지에 대한 어떤 절실한 그리움도 내보이지 않는다. 유년을 추억하는 아련함으로 복사골을 떠올려보는 정도가 전부이며, 그것도 동냥과 삯바느질로 표상되는 가난의 기억이 태반일 뿐, 거기에는 그 어떤 가슴 벅찬 행복의 기억도 남아 있지 않다. 심청이 진장을 떠난 후 여러 곳을 전전하면서 자신을 소개해야 했을 때 썼던 말은 나는 진장의 화지아였다는 것이었다. 황주 복사골은 죽은 심청의 고향일 뿐이다. 복락루가 있는 진장이, 그리고 진장에 대한 환유적 표현으로서의 남경이 그에게는 진짜 고향인 셈이다.

이로써 심청이 지니고 있던 전통적인 이미지, 희생양이자 인륜의 완성자라는 이미지는 완전히 전도되기에 이른다. 그것은 『심청전』의 가장 심층적인 요소에 대한 전복에 해당된다. 아버지의 시력을 되찾게 하기 위해 목숨을 바치는 효녀의 이야기, 『심청전』을 보자. 가장 표층에 있는 것은 모든 덕의 근원으로서 존재하고 있는 효의 이념이고, 두 번째 층위에 존재하고 있는 것은 집단적 소망의 판타지로 등장하는, 심청의 부활 및 부친과의 재회라는 설화소이다. 이 둘은, 창녀 심청의 등장에 의해 『심청전』이 탈마법화되는 순간 쉽게 사라져버린다. 이념이나 그에 기반한 집단의 환상은 자기 시대에만 유효한 것이기 때문이다. 하지만 세 번째 층위에 있는, 희생당하는 순결한 여성의 이미지는 경우가 다르다. 이것은 시대구속적인 이념이나 환상이 아니라 처녀 매매라는 당대의 현실과, 순결한 여자들의 희생을 무기력하게 바라볼 수밖에 없었던 남자들의 죄의식에 기반하는 것이기에 한층 더 근원적이고 쉽게 부정되기 어렵다. 최소한 남성중심적 사회 구조나 시선이 사라지지 않는 한에서 그러하다. 하지만 황석영이 조형해낸 창녀 심청은 이러한 남성적 죄의식에 대한 부정에 입각해 있다. 그것은 심청의 전통적인 이미지에 부착되어 있던, 또한 근대 초기의 소설에서부터 1970년대 호스티스 창녀 소설들에 이르기까지 한국의 근대소설사에서 자주 등장하는 누이 콤플렉스를 뒤틀어 놓는 일에 해당된다.

누이 콤플렉스를 구성하는 기본 요소는 희생자 여성과 무력한 남성의 개념쌍이다. 김윤식은 이광수의 장편 『무정』을 분석하면서 주인공 이형식이 보여주는 여성들에 대한 정결한 태도를 일컬어 누이 콤플렉스라 했다. 그에 의하면, 이광수의 누이 콤플렉스는 그가 성장 과정에서 보여주었던 누이들에 대한 정서적 의존과 미션 스쿨을 통해 다져진 청교도적 결벽성이 결합함으로서 탄생했다.[2] 중성적 존재로서 여성을 바라보는 시선으로서의 누이 콤플렉스라면 이광수의 경우만이 아니라, 한국 근대 문학 일반의 전개 과정으로 쉽게 확장될 수 있다. 무력한 남성과 희생자 여성의 쌍은, '가난한 / 망명한 / 감옥에 갇힌 / 군대에 간', '아버지 / 오빠 / 애인 / 남편' 등과 '기생이나 창녀가 된 / 돈에 팔려간 / 옥바라지하는', '딸 / 누이 / 애인 / 아내' 등으로 다양하게 변주될 수 있거니와, 여기에서 핵심적인 것은 여성을 중성적 존재로 바라보는 남성의 시선이며, 이 시선 속에 수반되어 있는 남성 주체의 무력감이다. 요컨

---

2) 김윤식, 『한국근대문학사상사』, 한길사, 1984, 52~56면.

대 희생자 여성을 중성적 존재로 바라보는 남성의 무력감과 자책, 동정, 연민 등이 복합되어 있는 심리 상태를 누이 콤플렉스라 한다면, 이는 이광수는 물론이고 염상섭과 채만식 등의 장편에서, 또한 1970년대 황석영이 발표했던 「몰개월의 새」나 「삼포가는 길」 등의 단편에서도 매우 현저하게 드러나고 있는 것이다. 물론 그 근저에 놓여 있는 것은, 『토템과 타부』에서 프로이트가 구성해낸, 소유 대상으로서의 여성을 둘러싼 남성들의 갈등이라는 가부장제의 신화적 도식이다. 하지만 우리 소설사에서 누이 콤플렉스가 활성화될 수 있었던 것은 이러한 기본틀 위에, 일제의 식민지 지배나 1970년대 식 산업화 과정 같은, 한국의 근대가 치러야 했던 폭력적 경험이 부가된 탓이라 해야 할 것이다.

『심청전』은 누이 콤플렉스에 관한 한 하나의 원형적인 형태를 지니고 있다. 이를 가장 상징적으로 보여주고 있는 것이 1947년에 발표한 채만식의 희곡 「심봉사」이다. 심청을 인신매매의 벼랑으로 몰고 간 심봉사의 죄의식이 무엇보다 압도적인 것으로 표현되고 있다는 점에서 그러하다. 눈을 뜨겠다는 터무니없는 욕심으로 덜컥 공양미 3백 석을 약속해버리고 그로 인해 딸의 희생을 자초한 심봉사는 무력하면서도 무모한 존재다. 채만식은 그 심봉사로 하여금 딸의 희생을 대가로 빛을 되찾은 자기 자신의 모습에 저주를 퍼붓게 하고 다시 눈을 찔러 두 번째 실명에 이르게 했다. 자발적인 실명이 상징적 죽음과 등가라는 것은 새삼 강조할 필요가 없다.

하지만 황석영의 『심청』에는 심청의 운명을 바라보는 그 어떤 죄의식의 주체도, 심청의 운명과 나란히 가는 무력한 남성의 시선도 존재하지 않는다. 심봉사는 아예 등장하지 않을 뿐더러, 심청의 첫 번째 남편이었던 떠돌이 악사 동유도 인신매매범들의 손에 심청을 잃고 난 후 태평천국교도들에 합류하고는 더 이상 나타나지 않는다. 이 점에서는 심청 역시 마찬가지다. 심청은 오로지 앞으로만 나아갈 뿐 자신이 떠나 온 과거에 대해 어떤 절실한 그리움도 내보이지 않는다. 또한 심청은, 밑바닥 창녀 생활은 또 다른 문제지만, 기루나 요정 생활을 선택하는 일에 관한 한 적극적이고 자발적이었다. 이러한 정황 속에서 심청의 전 락을 안타깝게 생각하는 아비나 오라비의 시선은 존재하기 어렵다. 심 청은 그것이 왜 전락이냐고 항변할지도 모른다. 더욱이 황석영의 심청 은 중성적 존재로서의 누이나 딸이 아니라 무엇보다도 창녀의 신체로 묘사된다. 심봉사의 시선을 대체하고 있는 것은 동첩 심청의 알몸을 바 라보는 첸 노인의 시선, 곧 창녀의 신체를 바라보는 매춘 남성의 시선 이다. 첸 노인이 심청의 몸을 어르는 첫 번째 장면에서부터 황석영은 집요하게, 성애의 감각으로 달아오르는 심청의 몸을 묘사해낸다. 정신 과 무관하게 쾌락은 몸의 언어로 말을 한다. 그 언어를 습득해나가는 심청, 매춘 남성의 시선으로 포착되는 심청은, 그 시선이 중심적인 것 으로 존재하고 있는 한에 있어 누이일 수도 희생양일 수도 없다.

이와 같은 방식으로 황석영은 누이 콤플렉스를 비틀어 놓는다. 심청 은 밑바닥 창녀로 전락하는 끔찍한 경험을 치러야 했다는 점에서 수난 자임에 분명하지만, 심청의 수난은 원텍스트로서의 『심청전』이나 『무 정』의 박영채가 보여주는 자기희생과는 거리가 멀다. 게다가 심청의 수난에 책임을 느껴야 할 남성 존재가 서사의 전면에는 등장하지 않는 다. 여성의 수난은 있으되 남성의 죄책감은 존재하지 않는 것이다. 이 것은 사실상 누이 콤플렉스를 정지시키는 것에 다름 아니다.

그러나 과연 누구도 책임이 없는 것인가. 납치당한 심청은 윤간의 끔찍한 경험 속에서 복수를 다짐한다 : "내가 저들을 다 삼켜버릴 거야. 그래, 조금만 참자. 저들을 차례차례 쓰러뜨릴 테니까."(상권, 174면) 그러나 누구에게 어떤 형태로 복수할 수 있을 것인가. 그 끔찍한 경험을 당한 후 심청은 꿈속에서 자신의 알몸을 본다 : "그런데 이게 웬일인가. 그네의 다리 사이에서 걸리적 거리고 있딧 게 죽은 짐승처럼 늘어진 자지가 아닌가."(상권, 199면) 심청은 이제 남근을 지녔다. 그것은 바닥 창녀 생활을 버틸 수 있는 무기이다. 매춘 남성의 시선은 메두사의 얼굴이어서 그 시선에 노출되면 여성 대상은 돌이 되어버린다. 하지만 남근을 지닌 심청은, 라깡의 용어를 빌려 말하자면, 이 시선(eye)을 정면으로 바라보고 그 메두사의 시선에 맞서 사물화된 몸의 응시(gaze), 창녀의 응시를 되돌려준다. 윤간을 당하던 순간, 심청은 저항하기를 포기하고 자신의 몸의 감각에 집중한다. 그리고 심청은 눈을 뜨고 자기 몸 위에서 헐떡거리는 살덩어리들을 지켜본다. 또 심청이 타이완으로 팔려가, 그곳 유곽의 두목에게 성 상납을 해야 했을 때도 마찬가지였다. 쾌락의 늪에 빠져 허우적거리는 남성 권력자를 바라보며 심청은 복화술로 말한다 : "그렇게 좋으냐? 하지만 넌 이제 곧 죽을 거야. 허전함이 밀물처럼 밀려오겠지. 그럼 아편이나 한 대 빨고 꿈도 없는 잠을 자거라."(상권, 221면) 요컨대 심청이 복수할 수 있는 유일한 길은 매춘 남성의 시선에 창녀의 응시를 되돌려주는 것이다.

창녀의 응시에 노출되는 순간 남성은, 『오딧세이아』에서 키르케의 마법에 걸려 돼지가 된 남자들과 동일한 운명에 처하게 된다. 돼지 같은 자신의 존재를 멀쩡한 눈으로 속속들이 지켜보아야 하는 것은 끔찍한 일이다. 창녀의 응시는 남성적 욕망 위에 퍼부어진 심청의 저주이다. 매춘 남성의 시선은 여성을 시체로 만들지만, 죽은 여성의 몸에서 되돌아오는 창녀의 응시는 남성을 네크로필리아(necrophilia) 환자로 만들고, 매춘 남성은 그로 인해 끔찍한 자기혐오를 감당해야 하는 것이다. 그것이 심청의 저주이다. 이는 특정한 사람들뿐 아니라 자신의 알몸을 탐하는 남성의 시선 일반을 향해 퍼부어지는 것이다. 게다가 그것은 창녀의 신체를 가동함으로써만 가능케 되는 것이기에 종국에는 심청의 자기 파괴로 귀결될 수밖에 없다. 이런 사태가 황석영에게는 난감한 일이 아닐 수 없다. 그것은 황석영이 심청에게 부과한 미션이 중지되는 것에 다름 아니기 때문이다. 저주를 풀기 위해서는 위로가 필요하다. 인당수에 몸을 던진 심청의 영혼을 위해 용궁이라는 위로가 필요했던 것처럼, 황석영의 심청에게도 용궁이 필요하다. 이를 위해 마련된 것이 타이완의 또 다른 항구 단수이의 기루이다. 그곳이 심청에게는 부활의 장소가 된다.

4. 심청의 부활―요정 주인 심청

심청은 작품 전체에 걸쳐 명랑하고 적극적인 인물로 그려진다. 삶에 대한 적극적이고 낙천적인 태도는 황석영의 인물들이 보여주는 기본적인 것이지만, 바닥까지 전락한 속에서도 심청이 보여주는 삶에 대한 적극적인 태도는 매우 인상적이다.

심청이 타이완으로 팔려가서 거쳐 가는 항구는 두 곳이다. 지롱의 유곽과 단수이의 기루가 그곳이다. 지룽에서 심청은 하룻밤에 열 명이 넘는 남자를 받기도 하는, 그야말로 매춘의 막장을 경험해야 했다. 채무 노예의 신세였으므로 다른 도리가 없었다. 심청의 여로 전체를 놓고 보면 이곳이 바닥이다. 더 이상 내려갈 데도 없다. 그러나 이곳 지룽이 심청에게는 부활을 위한 장소가 된다. 지룽이라는 지명은 소설 속에서 '鷄籠'이라는 옛이름으로 표기된다(현재는 표기가 바뀌어 '基隆'이 되었다). 말 그대로 닭장이다. 「몰개월의 새」의 미자나 「삼포 가는 길」의 백화가 작부 노릇을 하며 몸을 팔았던 곳의 이름은 갈매기 집이었다. 심청이나 미자, 백화들은 모두 채무 노예들이고, 닭장에 갇힌 상처 입은 새들이다. 「삼포 가는 길」의 백화는 술집 생활을 청산하기 위해 탈출을 감행하여 고향으로 간다. 그러나 백화는 과연 고향에 도착했을까. 뒷이야기는 공개되어 있지 않지만 그와 동행했던, 삼포를 찾아가는 날품팔이들의 경험은 백화의 후일담을 짐작케 한다. 고향 상실은 이들에게 공통적으로 주어져 있는 전제이다. 고향은 그들이 그곳을 떠나오는 순간 이미 사라져버렸다. 날품팔이도 창녀도 모두 고향을 떠나온 것이 아니라, 그곳으로부터 추방당한 존재들이기 때문이다. 심청의 경우도 마찬가지다.

현명한 창녀 심청은 이 사실을 매우 잘 알고 있다. 그는 일찍이 시체와의 하룻밤을 보내며 자신의 한 생애를 편력한 경험의 소유자이다. 또한 이 점이 오딧세우스가 등장하는 서사시의 세계와 구분되는 점이기도 하다. 오딧세우스가 온갖 신화적 힘의 위협을 뚫고 돌아가고자 하는 곳은 20년 전에 떠나온 집이다. 그는 그곳으로 가기 위해, 신으로 만들어주겠다는 여신 칼립소의 제안까지 뿌리쳤다. 고향이라고 해봐야 얼굴도 모르는 아들과 못 본 지 20년이 된 아내가 있는 손바닥만한 섬나라 왕국일 뿐이다. 그곳으로 돌아가는 것이 신이 되는 것보다 더 중요한 일인가. 왜 고향으로 돌아가고자 하는가. 이에 대해서는, 그곳이 고향이기 때문이라는 동어반복 외에 다른 대답이 있기 어렵다. 그러나 심청이 속해 있는 세계는 이미 소설의 세계이다. 그 세계의 주재자는 신이 아니라 시간이다. 그곳에는 떠나온 곳으로서의 고향은 있어도 돌아가야 할 곳으로서의 고향이란 존재할 수가 없다. 심청에게 집은 아직 도달하지 못한 어떤 곳에 있다.

황석영은 타이완에서 절망에 빠진 창녀 심청을 위로하기 위해 몇 가지 준비를 했다. 창녀는 보살이라는 명제가 그 하나다 : "여자의 손목을 잡아보기는커녕 냄새도 못 맡은 홀아비들이 복도영 관내에만 수만 명이다. 너희야말로 사내들에게는 지옥의 관음보살님이 아니고 무엇이냐."(상권, 224면) 이는 심청을 사온 지룽의 유곽 주인이 했던 말이다. 또 황석영은 소설의 초두에서 『심청전』을 변형하여, 태몽의 형식을 빌려 심청이 남해보살의 현신이라 했고, 말년의 심청이 연화보살로 불린다는 말도 덧붙여 놓았다. 그러나 자진한 것이 아닌 다음에야 바닥 창녀 생활을 하는 심청에게 이런 말이 위로가 될 수 없음은 자명하다. 심청이 남자들에 대해, "세상 모르는 철부지들 같애. 수염 기르구 옷 잘 입구 점잔을 빼지만 다들 불안한 돈벌이에 몰두하고, 그 짓밖에 모르잖아."(하권, 58면)라고 말할 수 있었던 것은, 이로부터 5년 뒤, 매춘의 세계로부터 빠져나온 후의 일이다.

또한 황석영은 심청에게 가족을 만들어준다. 천애고아 격인 심청은 타이완에서야 비로소 자매들과 어머니로 이루어진 가족을 갖게 된다.

밑바닥 생활에서 만나게 된 유곽의 동료들과 자매가 되고, 그중 하나
가 남긴 아이까지 맡게 되어 심청은 졸지에 엄마가 되기도 한다. 심청
을 지룽의 유곽에서 빠져나올 수 있게 도와주는, 단수이의 품위 있는
기루의 여주인 샹 부인은 심청에게 정신적인 어머니가 된다. 심청은
이들과의 유대 속에서 새로운 삶의 활력을 얻으며, 매춘의 막장을 빠
져나와 예기의 신분으로 상승한다. 그 이후, 심청이 싱가포르 생활을
하던 시절 샹 부인에게 보낸 편지의 첫구절은 이러했다 : "보고 싶은
샹 유안 엄마. 전 렌화예요."(하권, 36면) 기루의 주인을 부르는 호칭은
중국어 마마다. 이를 황석영은 엄마로 바꿔놓았을 뿐이다. 하지만 어려
서 어머니를 잃었던 심청의 처지를 고려하면, 심청이 사용한 엄마라는
말은 문면 이상의 울림을 준다. 『심청전』의 여주인공은 엄마를 만나기
위해서 인당수의 물결을 헤치고 용궁으로 가야 했다. 황석영의 심청도
마찬가지다. 수장제를 지내던 도중 바닷물 속에서 까무룩하게 의식을
잃으면서 보았던 것이 엄마의 영상이었고, 또 엄마의 목소리를 듣기
위해서는 오키나와의 굿판에서 무당의 힘을 빌려야 했다. 그런 심청이
엄마라고 부를 수 있는 샹 부인의 존재는, 그리고 그를 중심으로 구성
되는 자매들의 가족은 심청에게 무엇보다 큰 위안이 된다. 엄마가 있
는 단수이의 죽원반관은 버전업된 복락루이다. 그곳이 심청에게는 용
궁이고 새로운 고향이다

　황석영은 심청에게 또 다른 선물을 준비해두었다. 경제적으로 자립
한 여성이 되는 것이 그것이다. 동인도 회사 직원인 영국인 제임스와
의 계약을 통해 심청은 3년 동안 싱가포르에서 현지처 생활을 하며,
이를 통해 경제적으로 독립할 수 있는 발판을 마련한다. 미혼이었던

제임스는 심청에게 결혼을 제안하지만 심청은 거절한다. 영국인들의 현지처 사회에서 정처가 되는 것은 비약적인 신분의 상승이며 모든 현지처들이 꿈꾸는 것이기도 했다. 이를 거절하는 심청은 흡사 여신 칼립소의 제안을 거절하는 오딧세우스와도 같다. 심청에게도 이제는 돌아갈 곳으로서의 고향이 생긴 탓이기도 하지만, 그보다는 심청이 자신의 힘으로 만드는 새로운 집을 원했기 때문이다. 왜 거절하느냐는 주변 사람들의 말에 심청은 이렇게 대답했다 : "나는 자유로워지구 싶어. 아무도 나를 속박할 수 없는 곳으루 갈 거야."(하권, 51면) 이에 뒤이어지는, 고향으로 돌아가겠다는 것이냐는 질문에 심청은 놀란다 : "청이는 고향이라는 말에 조금 놀랐다. 그곳이 어디인지 그네는 벌써 까마득하게 잊어버렸던 것이다."(하권, 51면) 이 문답의 끝에 있는 것은 다음과 같은 말이다 : "그래 어디엔가 내 집을 만들 거예요."(하권, 52면) 자신의 집을 만드는 것은 자립한 여성의 삶을 사는 것이며, 시혜처럼 간택되는 삶이 아니라 스스로 선택한 삶을 사는 일이다. 이를 위해 심청은 제임스와의 앙혼(仰婚)은 물론이고, 오키나와 영주의 귀부인으로 사는 삶도 사양했다. 오키나와에 차렸던 요정 '용궁'과 나가사키의 '연화옥'이 심청의 집이다. 진장의 기루에 있을 때 그랬듯이, 여기 있을 때 심청은 가장 활력이 있고 자연스럽다.

심청의 부활은 이러한 과정을 통해 이루어진다. 채무 노예가 예기가 되고 다시 요정 주인이 됨으로써 심청은 비로소 자립적인 존재가 된다. 그에게 싱가포르 생활은 자수성가한 기업가가 되기 위해 신체 자본을 동원했던 본원적 축적기였다. 과연 심청에게 주어진 것이 창기의 길뿐이었을까. 오딧세우스는 다양한 신성들과의 계약과 거래를 통해 신화적 힘의 미로를 헤쳐나갔다. 심청의 세계를 지배하고 있는 두 개의 신화적 힘은 자본제와 가부장제다. 자립을 원하는 여성이 선택할 수 있는 길은 무엇인가. 싱가포르 시절 심청과 수다를 떨던 한 여자의 말은 이랬다 : "흥, 누가 우리를 무역 상대루 여긴대? 우리가 벌인다면 고작해야 물장사나 색시 장사야."(하권, 51면) 이런 사정은 19세기는 물론이고 20세기의 전반기까지도 마찬가지였다. 염상섭의 장편『무화과』와 『불연속선』 등에 나오는 씩씩하고 자립적인 여성들의 경우가 그랬다. 『무화과』의 여주인공은 기생 출신의 첩실이었고, 『불연속선』의 여주인공은 첫사랑에 실패한 까페의 여주인이었다. 이들은 주어진 조건과 타협을 하면서도 자기 삶의 주인의 자리를 잃지 않았고, 또 염상섭은 이들의 자립적인 삶에 대해 매우 호의적이었다. 이런 점에서, 염상섭은 자신의 여주인공들에게 가혹한 윤리적 기준을 요구했던 이광수와 대조된다. 황석영이 어느 편에 서 있는지는 자명하다. 「삼포 가는 길」에서 상징적으로 드러나고 있듯이, 1970년대의 황석영에게도 작부는 날품팔이 노동자와 동격이었다. 더욱이 심청은 19세기 동북아시아 삼국 중에서 가장 후진적인 나라에서 팔려온 여성이다. 심청이 겪어야 했던 수난은 그 나라와 그곳의 하층 여성들이 겪어야 했던 운명과 동일한 상징 평면에 놓여 있다. 19세기의 황해 바다를 활기차게 누비고 다니는 그 나라 출신의 남성 무역업자는 상상하기 어렵다. 요정 주인 심청은 두 번이나 죽음을 경험해야 했던 심청에게 황석영이 제공할 수 있는 최상급의 대우이자 위로일 것이다.

5. 귀신 심청과 세 개의 진혼제

소설은 제물포에서 맞는 심청의 평화로운 죽음으로 끝난다. 말년의 심청은 요정에서 은퇴한 후 수양 딸 부부를 따라 제물포로 왔다. 1878년의 일이었다. 그로부터 삼십 년 정도를 그곳에서 조용히 살았다. 그 사이 심청은 자신의 고향 황주에 한 차례 다녀왔다. 황석영이 부여한 마지막 임무를 수행하기 위해서였다. 황주의 한 절의 지장전에 모셔져 있는 자신의 위패를 찾아오는 것이 그것이다. 자신의 위패를 확인하는 것, 그것은 곧 자신의 죽음을 확인하는 일에 다름 아니다. 그렇다면 60여 년 동안 황해와 동중국해 연안을 떠돌았던 것은 심청의 넋이었다는 것인가.

정확하게 말하자면, 『심청』의 주인공은 위패로 표현되는 상징적 죽음과 실제 죽음 사이의 공간에 존재했었다고 해야 할 것이나, 구태여 이런 것을 따져보는 것은 심청의 이야기를 대하는 작가의 태도 때문이다. 황석영이 심청으로 하여금 자신의 위패를 확인케 하는 것은 그 자신이 이미 죽은 존재임을 상기시키기 위함이고, 그럼으로써 자신의 두 번째 죽음을 편안하게 받아들일 수 있게 하기 위함이다. 요컨대 황석영은 19세기 동아시아라는 공간을 포착하기 위해 심청의 혼령을 소환했고 그에게 렌화라는 제웅의 몸을 주어 동아시아를 유랑케 했지만, 그 결과로 만들어진 『심청』은 바다 건너로 팔려간 수많은 심청들의 넋을 위로하는 진혼제가 되었다. 심청은 제웅의 몸으로도 기꺼이, 자기가 죽어갔던 곳들을 하나씩 확인하듯 밟아나갔고, 그 환상의 여로가 끝나는 곳에서 "실컷 울고 난 사람의 웃음"(하권, 307면)으로 황석영의 진혼제에 화답했다. 수난과 고통은 도처에 널려 있으되 문죄할 대상도, 복수할 상대도 마땅찮은 것이 귀신 심청의 입장이다. 그러니 알듯 말듯 한 희미한 미소로 답하는 것이 유일한 길이었을 것이다.

황석영은 이런 심청의 존재에 기댐으로써 근대로 진입하는 동아시아 세계의 모습을 하나의 공간으로 포착해낼 수 있었다. 그것은 귀신 심청이 자신을 소환해준 황석영에게 준 선물이다. 하지만 수많은 심청들이 죽어갔던 장소를 다시 확인하는 것은 귀신 심청에게도 고통스런 일이었을까. 심청은 황석영에게 작은 복수를 했다. 황석영의 텍스트에서 강박적일 만큼 반복되는 심청의 섹슈얼리티에 대한 묘사는 서사의 표면에 뚫린 구멍처럼 자리잡고 있다. 심청을 선녀에서 창녀로 바꾸기 위한 것이었다면 초기의 몇 장면으로 충분했을 것이다. 그래서 이는 진혼의 텍스트 속으로 채 봉합되지 못한 채 남아 있는 창녀의 응시이며, 또 마땅히 문죄할 대상을 찾지 못한 귀신 심청이 황석영에게 행한 작은 복수로 보인다. 어쩌겠는가. 그 정도는 황석영으로서도 감수할 수밖에 없었을 것이다.

『심청』은, 1998년 황석영이 5년의 영어 생활 끝에 문단으로 복귀한 후,『오래된 정원』과『손님』에 이어 세 번째로 발표한 장편이다.『무기의 그늘』(1988) 이후로 생긴 10여 년의 공백을 그는 이렇게 왕성한 창작열로 메워가고 있는 중이다. 마치 한꺼번에 쏟아져 나온 것처럼 보이는 세 편의 장편들은 저마다 하나씩의 진혼제로 보인다. 셋 모두 의미심장한 죽음을 서사의 모티프나 동력으로 삼고 있다.『손님』의 경우는 굿의 형식이 서사의 골격을 이루고 있으니 부연의 여지가 없다. 그렇다면『오래된 정원』의 경우는 어떤가.

『오래된 정원』은 황석영이 출옥 후 펴낸 첫 번째 장편이기도 했지만, 그의 감옥 체험이 직접적으로 드러나 있다는 점에서 그에게는 새

로운 출발점의 의미를 지닌다. 18년만에 출옥한 주인공 오현우 앞에
놓여 있는 것은 그로부터 두 해 전 세상을 떠난 한윤희의 유서이다.
그 유서는, "당신은 그 안에서 나는 이쪽 바깥에서 한 세상을 보냈어
요. 힘든 적도 많았지만 우리 이 모든 나날들과 화해해요. 잘 가요, 여
보."라는 말로 끝난다. 이 구절은 소설의 첫 머리와 마지막에 두 번이
나 반복되고 있다.[3] 물론 이 구절에서 일차적인 강세는 '여보'라는 단
어에 놓여 있다. 서로 사랑했고 아이까지 있었지만 정식으로 결혼한
사이가 아니었기에 면회조차 할 수 없었던, 그리고 홀로 죽어가야 했
던 한윤희의 애절함이 거기 담겨 있다. 하지만 우리의 맥락에서 주목
되는 것은 그 앞에 있는 '잘 가요'라는 말이다. 저승으로 떠나는 한윤
희가 이승에 남아 있는 오현우에게 잘 가라고 하고 있는 것이다. 그렇
다면 누가 누구를 보내고 있는 것인가. 의도적인 것이었지는 알 수 없
으나, 이 말은 오현우의 감옥 생활로 표상되는 한 시대에 대한 작별사
로 들린다. 좀 더 나아가서는『오래된 정원』이라는 소설 자체가, 의롭
게 살고자 했다는 이유로 18년이나 감옥 생활을 해야 했고, 뒷수정을
차고 방성구를 한 채 독방에 갇혀 있어야 했던 한 시대에 대한 작별사
이자, 또한 그 시대로 인해 상처 받고 피 흘렸던 영혼들을 위한 진혼
의 제의로 보이는 것이다.

　『심청』이라는 소설이 진혼제로 다가오는 것도 마찬가지 맥락이다.
『심청』의 후반부에서 펼쳐지는 부활을 위한 장치들은,『심청전』의 서사
적 골격을 차용한 결과이기도 했지만 좀 더 근본적으로는 진혼제를 위

---

3) 황석영,『오래된 정원』, 창작과비평사, 2000, 상권 39면 및 하권 309면.

한 환상의 시나리오로 읽힌다. 그 시나리오가 펼쳐지는 영사막 뒤편에서 심청은 죽은 몸으로 황해를 떠돌았다. 렌화도 로터스나 렌카, 연화보살도 모두 그 스크린에 비쳐진 존재의 이름일 뿐이다. 소설의 진짜 주인공은 귀신 심청이고, 그 귀신이 포착해낸 황해라는 공간 자체이다. 『오래된 정원』과 『손님』이라는 두 개의 진혼제를 통해 황석영은 1980년 광주와 한국 전쟁이라는 가장 비극적이었던 시대의 경험에 작별을 고했고, 다시 초기 근대의 조선을 위해 『심청』이라는 굿판을 마련했던 셈이다.

『심청』에 등장하는 가장 멋진 인간은, 부하가 몇이냐는 질문에 "독수리가 떼지어 다닙디까."(상권, 82면)라고 반문하는, 진장 기루의 걸출한 도박사 문씨이다. 황석영이 꿈꾸는 세계는 이런 독수리들이 자유롭게 떠돌아다닐 수 있는 곳이다. 그곳은, 몰개월의 유곽에 갇혀 있는 갈매기 미자와, 자유롭고 싶다고 중얼거리는 그의 선배 갈매기 심청이 제한 없이 날아다닐 수 있는 공간이기도 하다. 또 『오래된 정원』의 오현우에게 유토피아는 히말라야 산맥 바위 틈에 있는 것이 아니라 놀기 좋아하는 모더니스트 화가를 마음껏 놀게 해줄 수 있는 세상이었다. 가장 아름다운 심청은 매춘부도 자선가도 기업가도 아닌 명랑한 예기 심청이었다. 황석영은 진혼제라는 음화의 방식으로 그것을 그려내고 있으되, 진혼은 이 셋으로 충분할 듯싶다. 세 편의 장편을 한꺼번에 쏟아낸 황석영은 이제 새로운 길의 출발점에 서 있는 것으로 보인다. 창녀 심청과 귀신 심청은 그것이 이야기의 장인의 길일 것이라고들 말하고 있지만, 그건 좀 더 지켜보아야 알 일이다.

출전 : 서영채, 「창녀 심청과 세 개의 진혼제—황석영의 『심청』 읽기」, 『문학동네』, 2004년 봄.

서사의 창조적 갱신과 리얼리즘의 퇴행 사이

—『바리데기』론

1. 서사의 위기와 황석영의 재기

방북 사건으로 인한 오랜 망명 끝에 귀국하여 1993년 감옥에 수감되었던 소설가 황석영은 1998년 봄에 5년간의 수형생활을 마치고 감옥을 나온다. 그의 출감은 인생의 새로운 출발이기도 했지만, 동시에 황석영 문학의 새로운 시작을 의미했다. 그가 자유의 몸이 된 1998년 봄은 이른바 IMF 사태가 한창이던 때였다. 문제적인 것은 바로 이 무렵부터 신자유주의적 효율성과 경쟁의 논리가 대두되면서 문학판을 비롯한 문화 전반에 문화자본(출판자본)의 영향력이 한층 확대되었고 대중소비

---

* 권성우 / 숙명여자대학교 국어국문학과 교수

문화와 출판 상업주의의 파고가 본격적으로 위세를 떨치기 시작했다
는 사실이다. 이른바 소설의 위기, 서사의 위축, 대중소설의 약진 등의
문학현상이 본격적으로 대두되기 시작한 것도 이즈음과 겹쳐진다.

황석영은 출옥 직후에 가진 인터뷰에서 이러한 문화적 현상을 우울
하게 진단하면서 "90년대 문학은 거품뿐인 '사이비문학'이었다. 한국문
학은 다시 지금 시대의 아픔에 정면으로 맞서야 한다."(<한겨레신문>,
1998. 3. 14), "90년대 이후 우리 문학은 그러한 변화의 와중에서 제대로
된 문제를 잡아내고 시대의 변화에 맞게 새로운 옷을 입는 데 실패했
다. 변화에 부응하려는 새로움에 대한 조급성이 문제다."(<중앙일보>,
1998. 3. 27)라고 당찬 어조로 일갈한 바 있다. 위의 발언을 통해 황석
영은 그가 망명 중에, 혹은 감옥에 있을 때 전개되었던 1990년대 문학
에 대한 커다란 불신의 감정을 노골적으로 드러내고 있다. 아마도 이
대목에는 90년대 문학이 본격적인 서사를 창출하는 데 실패했다는 황
석영의 문학적 판단이 개입되어 있다고 할 수 있으리라. 또한 이러한
문학적 선언에서 역으로 시대의 변화와 정면으로 맞서는 새로운 문학
을 일구겠다는 황석영의 담대한 의지를 엿볼 수도 있겠다.

그가 출감 이후에 최초로 발표한 작품인 장편소설 『오래된 정원』
(상·하, 2000)은 바로 자신의 과감한 문학적 진단과 발언에 대한 황석
영 식 답변이라고도 볼 수 있을 것이다. 실제로 이 소설은 거대서사의
부활을 알리는 신호탄으로 언급된 바 있다. 『오래된 정원』은 80년대의
기억과 상처를 정면으로 응시하면서, 실존적 사랑이 거대한 역사와 한
편으로는 포개지고, 또 다른 한 편으로는 비극적으로 갈라지는 내밀한
과정을 차분하게 추적한 작품이다. 좀 더 구체적으로 말해서, 『오래된

정원』은 동구사회주의의 몰락과 진보적 진영의 위기라는 새로운 역사
적 현실 속에서 80년대를 어떻게 기억하고 어떻게 성찰할 것인가를 본
격적으로 다루고 있는 문학적 서사인 것이다. 마치 『감옥으로부터의
사색』의 저자 신영복을 연상시키는 주인공 오현우의 존재는 황석영
자신의 감옥체험과 80년대의 역사적 체험이 진하게 스며들어 있는데,
이러한 인물을 통해 작가는 실상 80년대와 그 시대에 활동했던 인간들
에 대한 근본적인 성찰을 전개한다. 그 엄연한 한계까지도 포함하여.

황석영은 『오래된 정원』이 출간된 직후, 다시 문단 현실과 당시의
소설적 경향에 대한 커다란 아쉬움을 표하면서 “서사가 결여된 감각
위주의 작품이 난무”하고 있다. “리얼리즘 정신을 새로운 양식에 담는
실험이 필요하다.”(<한국경제신문>, 2000. 5. 2)고 얘기한 바 있다. 이러한
발언을 통해, 소설의 위기를 돌파하는 방법으로 한국 소설에 본격적인
서사가 요청된다는 점, 아울러 그 서사는 전통적인 리얼리즘 정신을
계승하면서도 새로운 양식에 담을 필요가 있다는 점을 제시한 황석영
의 문학적 모색과 전망을 확인할 수 있다. 「객지」, 「한씨 연대기」, 『무
기의 그늘』 등의 작품을 통해, 리얼리즘 문학의 미덕과 미학적 가능성
을 어떤 작가보다도 치열하게 보여준 황석영의 이러한 발언은 자신의
소설쓰기에 근본적인 전환을 예비하는 상징적 선언이었다.

이 시대의 한국소설이 제대로 된 서사를 잃어버렸다는 진단과 질타
는 출감 이후 황석영이 한국소설을 조망하는 기본적인 관점이자 문학
적 태도이다. 그는 2007년 봄에도 “한국 문학의 위기는 스스로 자초한
것이라고 얘기해 왔는데요, 몇 가지 원인이 있을 거예요. 서사와 현실에
서 멀어지면서 독자들이 떠나기 시작한 게 아닌지”[1]라고 언급한 바 있

다. 또한 황석영은 『바리데기』가 출간되기 직전에, 『창작과비평』 2007년 여름호의 기획특집 <한국 장편소설의 미래를 열자>에 참여하여 발표된 산문에서도 "요즈음 우리 문학은 서사와 현실을 등한시하면서도 대중에 대하여는 고답적인 '겉멋'으로 버티고 있다."[2]고 신랄하게 비판한 바 있다. 그렇다면 황석영의 한국소설의 위기와 연관된 '서사'에 대한 일련의 발언들을 어떻게 보아야 할까. 실상 황석영의 문제제기는 소설과 서사, 소설과 리얼리즘에 대한 근본적인 논점을 내포하고 있다. 또한 황석영의 다소 과격한 발언의 배후에는 한국소설이 전반적으로 위축된 가운데 무엇보다도 자신의 소설이 제대로 현실과 대응하고 있다는 생각이 자리 잡고 있는 것이 아닐까.

　황석영의 언급이 아니더라도 2000년대 이후 문학장에는 '소설의 위기', '본격서사의 실종', '근대문학의 종언' 등의 표현들이 자주 등장하고 있다. 사적인 개인과 사소한 일상에 함몰된 사소설의 득세, 그리고 서사의 해체에 몰두하는 소설문학의 흐름이 소설의 위기를 가져온 중대한 원인이라고 상당수 문인과 비평가들이 진단하고 있다. 이를테면 소설가 김원일은 이 시대의 소설에 대해 비판하면서 "소설에 힘이 없어지는 이유는 TV드라마 스타일을 닮아가기 때문이에요. 섬세하고 미시적이며 애정문제에 집착하는 거죠. 문학은 서사에요. 소설의 서사적인 문학구조는 이미 무너져 내렸습니다."(「연합뉴스」 인터뷰, 2007. 3. 17)

---

1) 황석영 인터뷰, 「'시민사회 제3세력화' 바람잡이 나선 소설가 황석영씨」, <한겨레신문>, 2007. 3. 7.
2) 황석영, 「전업의 고통으로 감당하는 문학의 본령」, 『창작과비평』, 2007년 여름호, 184면.

라고 말한 바 있다.

이렇게 볼 때, 90년대 이후 최근에 이르기까지 전개된 소설적 흐름을 서사의 위축과 퇴행에서 찾는 논의가 유력하게 대두되고 있는 시점에서, 새로운 서사적 실험을 통한 황석영의 문학적 모색은 그 성과와 한계까지 포함해서 주목해야 마땅하다고 생각된다. 황석영이 출옥한 직후부터 보여준 소설적 행보는 바로 그 '서사'를 다양한 방식으로 복원시키기 위한 문학적 도정에 다름 아니다.

또 다른 맥락에서 황석영이 출감 이후에 보여준 문학적 여정은 '서사의 위축과 실종'을 끊임없이 제기해온 자신의 발언에 문학적으로 책임을 지기 위한 결연한 행보라는 차원에서 해석될 수 있을 것이다. 실로 출감 이후 황석영이 보여준 활발한 창작활동은, 80년대 문화운동, 방북, 망명으로 인한 오랜 문학적 공백과 비교해 볼 때, 눈부시다고 표현될 수 있을 정도로 새로운 소설적 실험과 의욕적인 문학적 모색으로 채워져 있다. 구체적으로 그는 출감 이후, 『오래된 정원』(2000), 『손님』(2001), 『심청』(2003), 『바리데기』(2007) 등의 문제적 장편소설들을 연이어 발간하면서 전통서사 양식에 기반한 소설적 실험을 지속적으로 시도하고 있다.

비교적 정통 리얼리즘 소설에 가까운 『오래된 정원』만 하더라도 한윤희와 오현우의 시점의 교차를 능숙하게 활용하는 방식으로 80년대의 기억과 상처에 대한 세밀한 심리적 묘사를 보여주는 시도는 이전의 후일담 소설이 담보하지 못한 독특한 문학적 품격을 지니고 있다. 또한 동아시아 서사 삼부작으로 일컬어지는 『손님』, 『심청』, 『바리데기』는 각기 황해도 「진지노귀 굿」, 고전소설 「심청전」, 서가무가 「바리공주」라는 다양한 전통서사를 역사적 현실과 접속시켜 새로운 서사의 모델을 제시하고 있다. 이 같은 성과로 인해, 출옥 이후에 황석영이 보여준 장편소설들은 "우리 서사문학이 살아 있음을 입증하는 큰 버팀목이 되어 온 것이 사실입니다."3)라는 기본적으로 호의적인 평가를 받았다. 새로운 서사양식의 창안을 통한 황석영의 건재는 문단 일각에서 실상 '소설의 위기'라는 풍문을 타고 넘어 소설의 새로운 갱신과 부활을 알리는 가장 유력한 문학적 실체로 수용되기도 했다.

그러나 이 소설들이 전통서사 형식을 창조적으로 변용하면서 성취한 문학적 성과와 한계는 각 작품별로 엄밀하게 구분하여 평가될 필요가 있다. 당연하게도 전통서사 양식을 소설 쓰기에 도입한다고 해서 그 자체로 문학적 성과가 보증되는 것은 아닐 터이다.

여기서 흥미로운 사실은 황석영이 『바리데기』를 출간한 이후 가장 최근에 가진 몇몇 대담과 인터뷰에서 이전과 전혀 달리 한국 소설의 새로운 중흥과 부활을 적극적으로 주장하고 있다는 점이다. 황석영은 최근의 우리 문학이 세계 어느 나라의 문학보다 다양하며 활성화되어 있다고 주장한다. 예를 들어 그는 "원로부터 신예까지 이렇게 다양하고 수준 높은 작품을 쏟아내는 한국문단의 활기는 세계적으로도 드물다."(「한국소설＋마케팅 '행복한 만남'」, <경향신문>, 2007. 8. 2), "올해 초부터 지속되고 있는 원로부터 젊은 신인들에 이르기까지의 왕성한 창작 결과물들을 놓고는 그 어느 나라에서도 볼 수 없는 문학의 중흥기라는 말을 해도 지나치지 않을 것 같습니다."4)라고 언급한 바 있다. 또한 황

---

3) 윤지관·임홍배 대담, 「세계문학의 이념은 살아 있다」, 『창작과비평』, 2007년 겨울호, 39면.

석영은 『창작과비평』 2007년 가을호에 수록된 비평가 심진경과의 대담 「한국문학은 살아 있다」에서 "지금 원로에서 젊은 신인들에 이르기까지 연이어 역작들을 내놓고 있어요."라고 말하면서 이 시대 한국소설의 전반적인 가치를 높이 평가한 바 있다.

그렇다면 도대체 6개월 사이에 무슨 일이 생긴 것일까? 그 사이에 서사와 당대의 한국소설을 대하는 황석영의 관점이 180도 바뀐 이유와 맥락은 무엇인가? 바로 이 문제에 신작 『바리데기』의 성과와 한계를 포함한 작가 자신의 문학적 기획의 욕망과 전략5)이 고스란히 개입되어 있다. 좀 더 구체적으로 말하자면 『바리데기』의 발간을 기점으로 한 당대의 소설에 대한 황석영의 급격한 입장 선회는 『바리데기』를 통해 서사의 새로운 부활과 한국소설의 융성에 기여했다는 작가 자신의 자부심과 문학적 욕망을 상징한다.

과연 『바리데기』는 서사의 부활과 한국소설의 새로운 문학적 도약을 상징하는 의미 깊은 문학적 징조라 할 수 있는가? 이러한 물음에 대한 모색과 성찰 속에서 황석영이 꾸준히 시도하고 있는 다양한 서사적 실험에 대한 합리적인 해석과 온당한 평가가 가능해질 것이다.

그렇다면 황석영의 『바리데기』에서 전개된 서사적 실험은 창조적 갱신인가? 리얼리즘의 퇴행인가? 이러한 질문은 근본적으로 '리얼리즘'

---

4) 방민호·임규찬, 「이 작가를 묻는다―황석영」, 『문학의 문학』 창간호, 2007. 9, 35면.
5) 시인 김정환은 "문학에, 글 쓰는 행위에 전략이라는 게 있다면, 노량대첩의 이순신 장군 이래 황석영만한 전략을 구사한 자가 있을까."라고 언급한 바 있다. 김정환, 「황석영 문학환갑 유감―쾌감(遺憾―快感)」, 『작가세계』, 2004년 봄호, 39면.

과 서사, 환상 등의 핵심적인 문학 개념과 연관된 비평적 테마이기도 할 것이다. 이러한 맥락에서 이 글은 『바리데기』를 중심으로 황석영이 구사하는 새로운 서사적 실험을 리얼리즘과 환상의 연관성, 혹은 길항 관계라는 차원에서 탐문하고자 한다.

2. 새로운 서사의 실험과 탈북 난민의 현실

황석영의 최근작 『바리데기』는 탈북자의 참담한 여정을 다룬 작품이라는 내용적인 측면과 서사의 새로운 실험이라는 형식적인 측면 양쪽으로 각별하게 주목받고 있다. 이에 따라, '전통 서사', '동아시사 서사', '탈국경 서사', '구원의 서사' 등의 표현들이 『바리데기』를 수식하는 용어로 자주 사용되고 있다.

전통적인 의미의 리얼리즘에서 탈피하여 새로운 서사를 창안하기 위한 황석영의 시도는 그 자신의 고백에 의하면 월북 이후 독일에서 망명해 있던 시절, 베를린 장벽이 허물어지는 것을 목도한 순간 시작되었다고 한다. 동서 베를린 시민들이 서로 환호하고 껴안고 노래 부르는 장면을 지켜보면서 황석영은 '아름다운 개인'을 발견한다. 그와 같은 체험은 "현실주의적 서사를 우리 형식에 담는다.", "여태까지의 산문의 형식을 해체해버리겠다."[6]는 의욕적인 기획으로 발전되었다. 이러한 의도는 무엇보다도 소설 형식의 혁신을 필요로 한다. 말하자면

---

6) 황석영·심진경(도전인터뷰), 「한국문학은 살아 있다」, 『창작과비평』, 2007년 가을호, 243면.

서구적인 근대 리얼리즘 소설에서 탈피해서, 서구문학에 충격을 줄 수 있는 새로운 형식이 요청된다는 것이다.

새로운 서사를 어떠한 방식으로 창출할 것인가 하는 고민은 망명과 징역 기간 황석영의 가장 소중한 문학적 화두였다. 징역에서 풀려나올 무렵 황석영의 문학적 고민은 "서사의 내용도 그렇지만 그것에 걸맞게 서사의 형식, 그것을 엮어내는 방법론, 이런 걸 잘 형성해내면 내 문학이 또 다른 하나의 세계를 이룰 수 있지 않을까 하는 생각이지요."[7]라는 주장 속에 담겨 있다. 바로 이러한 문학적 화두의 구체적인 결실이 『손님』, 『심청』, 『바리데기』의 이른바 동아시아 서사 삼부작으로 구현된 것이다.

전반적으로 『바리데기』의 경우, 주인공 바리가 북한에서 중국 국경 지방에 이르는 여정을 묘사한 앞부분과 영국으로 떠난 이후를 다룬 뒷부분은 묘사의 밀도, 환상의 필연성, 서사의 자연스러운 전개의 측면에서 커다란 차이를 보여주고 있다.

바리 가족의 탈북과정을 묘사하는 장면과 중국 국경지방에서 바리가 겪는 참담한 체험들에 대한 형상화는 그 자체로 서늘한 감동을 선사한다. 특히 극한적인 식량 기근으로 고생하는 두만강변 북한 주민들의 모습, 백두산 자락의 한 농가 창고와 움집에서 생존 그 자체를 위해 힘겹게 생활하는 바리 가족에 대한 핍진한 묘사, 현이와 할머니, 칠성이가 죽음에 이르는 지극히 비극적인 장면들, 바리가 가까운 이들의 죽음을 겪으면서 체험하는 여러 고난과 지난한 여정에 대한 묘사는 이

---

7) 앞의 글, 248면.

소설의 백미라고 할 수 있다. 이러한 장면들은 곡진한 '슬픔의 미학'을 대가의 솜씨로 보여준다.

특히 탈북 난민들의 고단하고 극한적으로 비참한 삶을 대단히 구체적으로 형상화했다는 사실만으로도 『바리데기』가 담보한 충분한 문학적 가치를 인정할 수 있을 것이다. 작가의 북한 체류의 체험과 북한과 중국 국경 부근을 끊임없이 돌아다니면서 조우한 풍경과 취재한 정보들은 서사의 실감을 얻는 데 커다란 도움이 되었을 것이다.

또한 바리와 칠성이가 서로 영적인 대화를 나누는 대목, 그리고 바리가 이미 죽은 귀신이나 헛것과 대화를 나누는 장면도 『바리데기』의 서사에 자연스럽게 스며들어 있다. 바리가 '헛것'을 보는 장면들은 서사의 흐름에 녹아들어가면서 정통 리얼리즘 소설의 미학적 규율을 창조적으로 배반하고 있다. 가령 다음과 같은 바리와 칠성이의 대화를 보자.

> '바리야 바리야' 하는 소리에 나는 놀라서 뒤를 돌아보았다. '나 죽을 뻔했어. 낯선 남자들이 나를 잡아 산으로 끌구 갔어.' 칠성이는 가늘게 쌔근쌔근 숨을 내쉬고 있었다. 그날부터 나는 내 속마음을 전달할 뿐만 아니라 말 못하는 숙이 언니의 마음을 듣던 것처럼 칠성이의 마음속 소리를 들을 수가 있었다.[8]

위의 예문에서 인간(바리)과 동물(칠성)이 서로 교감을 나누는 장면은 이미 그전에 바리가 보여준 캐릭터, 즉 "쟈는 참 벨난 아이야. 개하구

---

[8] 황석영, 『바리데기』, 창작과비평사, 52면.

두 통하지 않던?"(31면)9)으로 상징되는 바리의 독특한 면모에 의해 자연스러움을 획득한다. 칠성이를 육식의 대상으로 생각하는 여느 사람과는 달리 대화의 대상으로 생각하는 바리의 존재에 의해 둘은 서로의 소통능력을 알아보게 되는 것이다. 이러한 장면은 모든 사물 및 사자(死者)와도 대화를 나누는 바리의 영험한 캐릭터에서 비롯된다.

황석영은 2006년 노벨문학상 수상작가인 오르한 파묵의『내 이름은 빨강』에 대해 "파묵의 소설은 내가 늘 말했듯이 '다중적 서술' 또는 '화자의 끊임없는 이동'으로 시간과 공간을 초월해서 넘나들고 있다. 사람에서 동물로 그리고 사물이나 심지어는 그림 속의 빨강 물감까지 서술에 끼어든다. 그러면서도 한 줄거리의 이야기를 관통해내면서 집요하게 감추어놓았던 사건의 핵심을 드러낸다."10)고 말한 바 있는데, 이 대목은 그 자신이『바리데기』에서 구사한 소설적 전략의 열쇠를 드러내고 있다. 그런데 여기서 염두에 두어야 할 사실은 정통 리얼리즘 소설에서는 보기 힘든 바리의 영적인 대화와 영매로서의 역할이 한편으로는『바리데기』의 독특한 문학적 향기와 서늘한 감동을 동반케 하지만, 또 다른 한편으로는 작위적인 서사의 전개를 낳는 요인이기도 하다는 점이다.

---

9) 앞으로 인용문 뒤의 숫자는『바리데기』의 면수를 의미한다.
10) 황석영,「전업의 고통으로 감당하는 문학의 본령」,『창작과비평』, 2007년 여름호, 185면.

3. 서사무가 「바리공주」 형식의 차용은 필연적인가?

서사무가 「바리공주」 이야기를 창조적으로 변용시킨 『바리데기』가 출간 이전에 황석영 문학이 담보하고 있던 정통 리얼리즘 소설과 구별되는 지점은 영적인 것, 비현실적인 것에 대한 비상한 묘사에 있다. 『바리데기』에서 바리는 일종의 '영매'에 다름 아니다. 그래서 바리는 소설 전편을 통해 끊임없이 귀신, 죽은 사람, 헛것, 동물과 대화를 나누며, 삶과 죽음, 현실과 꿈, 이승과 저승, 현재와 과거 등을 중개하고 절묘하게 연결시킨다. 오컬티즘이라고 칭할 수 있는 이러한 소설세계는 『바리데기』를 이해하고 평가하는 데 중요한 문학적 화두일 것이다.

북한－중국－영국으로 이어지는 바리의 여정은 죽은 할머니와 칠성이가 안내자 역할을 하면서 궁극적으로 현대판 바리공주의 서사로 변용된다. 그러다 보니 서사무가 「바리공주」에 대한 정보와 이해는 이 소설을 이해하는 데 커다란 역할을 수행한다(그러므로 이 작품이 서사무가 「바리데기」의 문화적 원천을 인지하지 못하는 외국인에게 전달하는 감동과 느낌은 제한적일 것이다).

그러나 『바리데기』에서 영적인 존재나 비현실적인 장면에 대한 묘사가 항상 자연스러운 것은 아니다. 특히 영국에서 발마사지 일을 하게 된 바리가 손님의 과거를 인지하는 초능력(영매로서의 능력)은 설사 그것이 서사무가 「바리공주」의 역할을 바리에게 부여하기 위한 상징적인 차원의 묘사라 하더라도 소설의 자연스러운 흐름을 거스르는 역할을 하게 된다. 가령, 서로가 지닌 영매로서의 역할을 알아보는 에밀리부인과 바리의 영적인 교류는 소설 속의 모든 현실과 정황에 우선하여 존재한다. 또한 에밀리부인의 유모였던 또 다른 영매 베키와 바리가 서로 초현실적인 대화를 나누는 모습도 서사의 비약에 가깝다. 이제 초현실적인 것, 영적인 것, 샤머니즘의 자동화된 전개에 따라 소설의 얼개가 배치될 수밖에 없는 것이다. 그에 따라 바리가 마주하게 되는 복잡한 현실의 하중과 정황은 상대적으로 축소된다.

이 점은 역시 유사한 방식으로 귀신과 헛것을 작품의 곳곳에서 등장시키는 『손님』의 경우와 확연히 대비된다. 황해도 진지노귀굿 열두마당을 소설의 얼개로 하여 구성된 『손님』에서 귀신과 환영(幻影)의 묘사는 참으로 처연하고 슬픈 역사적 비극과 자연스럽게 맞물리면서 시종일관 독특한 미학적 효과를 산출한다. 이러한 차이는 『손님』의 경우 『바리데기』에 비해서 한층 역사적 현실에 대한 생생하고 팽팽한 묘사를 보여주고 있다는 점, 진지노귀굿 열두마당이라는 형식과 신천양민학살 사건이라는 역사적 비극이 서로 마치 톱니바퀴처럼 맞물리고 있다는 사실에서 연유할 것이다.

여기서 흥미로운 사실은 바로 이와 같은 이유로 인해, 『손님』을 못마땅하게 생각하는 작가의 관점이다. 황석영은 『바리데기』에 빈번히 등장하는 꿈과 몽환적 장면에 대한 질문에 대해 답하면서 "나는 그걸 옛날 했던 식으로 직접 '실감나게' 드러내기가 싫었어요. 그리고 이게 한편의 몽환적 꿈과 현실이 교차되면서 읽히길 바랐지요. 내가 『손님』을 쓰고 나서 조금 못마땅했던 게 『손님』은 너무 리얼리스틱해요."[11] 라고 말한 바 있다. 이 점은 현실과 꿈, 역사와 환상을 바라보는 미학

11) 황석영·심진경(도전인터뷰), 「한국문학은 살아 있다」, 『창작과비평』, 2007년 가을호, 262면.

적 감각의 차이에서 연유할 것이다. 아울러 자신의 최신작이 이전의 어떤 작품보다도 높이 평가받기를 기대하는 작가의 보편적인 욕망에서도 이러한 인식의 차이가 비롯되는 것이리라. 그러므로 그 어떤 작품보다도 『바리데기』에 대해서 주관적인 애정을 보여주는 황석영의 심정을 이해할 수 있다. 그러나 동시에 작가의 의도 및 욕망과 작품의 실제는 언제든지 어긋날 수 있다는 점을 인지해야 하지 않을까.

황석영은 『바리데기』에서 자신의 소설쓰기를 지나치게 서사무가의 차용이라는 새로운 서사 실험의 맥락에 끼워 맞추고 있다. 특히 참담한 현실에 대한 핍진한 묘사에서 비롯된 전반부 서사의 생생한 감동에 비해볼 때, 영국으로 간 이후의 바리의 행적을 보여주는 『바리데기』의 후반부 서사는 서사무가의 스토리를 최대한 유사하게 적용시키고자 하는 작가의 의도로 인해 다소 부자연스럽다. 그래서 『바리데기』를 둘러싼 역사·사회적 환경은 21세기 동아시아와 영국이라는 냉엄하며 복잡다단한 근대적 현실이지만, 작품을 구성하는 얼개는 전통 서사무가 「바리공주」이다 보니, 간혹 지나치게 작위적으로 서사를 「바리공주」의 얼개에 부합되는 방식으로 변용시키고 있는 대목이 발견된다. 예를 들어, 할머니와의 대화를 통해 바리가 서사무가 「바리공주」의 줄거리를 확인하고 답습하는 대목들이나 영국으로 가는 배 안에서 할머니와 칠성이의 인도에 따라 생명수를 구하기 위해 서천으로 가서 그곳의 염라대왕들에게 "칠칠은 사십구. 사입구일 동안의 고행을 통과하면 너는 돌아갈 수 있노라."(134면)는 판결을 받는 대목, 작품의 결말에서 바리가 서천의 끝에 도착하여 생명수를 찾아 헤매는 지난한 과정(꿈)은 바로 서사무가 「바리공주」의 틀에 맞추기 위한 작위적 구성에 가깝다.

이러한 다소 인위적으로 배치된 서사적 장치로 인해 '비아프라 내전', '카슈미르 전투', 오랜 내전의 도시 '스리나가르', 그리고 무엇보다도 바리와 이슬람교도인 파키스탄 사람 알리의 결혼으로 상징되는, 민족과 인종의 분열을 딛고 서로의 문화적 차이를 극복하고 이해하는 화합의 문제는 작품 속에서 상대적으로 축소된다. 즉 황석영이 이 작품을 통해 궁극적으로 전하고자 했던 '이주'(이동)[12]와 '조화'에 대한 문제의식은 후반부에 와서야 상징적인 차원에서 형상화될 뿐이다.

요컨대 『바리데기』의 후반부가 보여주는 영적인 장면의 지나친 남발과 초자연적인 장면에 대한 묘사가 현실적 정황과 긴밀하게 맞물리지 못하면서 따로 놀고 있다는 점에 문제점이 있는 것이다. 『바리데기』의 후반부에서 자주 등장하는 몇몇 초현실적 장면이나 환상은 로즈메리 잭슨이 언급한 환상의 전복적 요소[13]를 담보하거나 현실에 대한 성찰의 기능을 제공하기보다는 주인공 바리의 운명을 서사무가 「바리공주」에 부합되게 추동하는 문학적 자동장치에 가깝다. 바로 이러한 점으로 인해 『바리데기』의 후반부는 전반부에 비해 서술의 밀도와 현실인식의 힘이 현저하게 떨어지는 것이다. 그렇다면, 미학적으로 숙성되

---

12) '이주', '이산'에 대한 황석영의 관심은 남다르다. 예컨대 황석영은 브라질 출신으로 프랑스에 체류 중인 세계적인 사진작가 세바스티앙 살가도(Sebastião Salgdo)의 사진집 『이주』를 접한 후 "예를 들어 『이주』는 세계적으로 충격을 준 사진집입니다. 그곳에 동구와 동남아와 아프리카, 남아메리카 등지의 현실과 형편 들이 생생하게 찍혀 있었지만 북한만 빠져 있었어요. 누군가 세계를 향해서 발언을 해야 한다는 강한 충동을 느꼈습니다."라고 말한 바 있다. 작가 인터뷰, 「분쟁과 대립을 넘어 21세기의 생명수를 찾아서」, 『바리데기』, 창작과비평사, 2007, 297면.
13) 로즈메리 잭슨, 서강여성문학연구회 역, 『환상성 – 전복의 문학』, 문학동네, 2001, 참조.

고 내면화된 방식으로 서사무가 「바리공주」 이야기를 작품 얼개에 적용시키는 것이 필요하지 않았을까. 아니 어쩌면 「바리공주」의 서사를 도입하지 않고서도 이미 『바리데기』에서 이루어진 탈북과정, 기근에 시달리는 북한주민의 고단한 삶, 국제적 디아스포라의 여정, 서로 다른 인종들과의 화합 문제 등에 대한 한층 세밀한 형상화만으로도 충분히 서늘한 문학적 감동이 가능했을 것이다.

4. 다시 문제는 리얼리즘이다

『바리데기』에서 보여준 황석영의 새로운 서사적 실험이 지닌 의미를 기본적으로 인정할 수 있다. 새로운 소설 양식은 끊임없이 실험되어야 하기 때문이다. 황석영이 우리시대의 어떤 작가보다도 성실하게 새로운 서사를 창출하기 위한 지난한 노력을 계속하고 있다는 것은 작가로서의 철저한 프로의식, 동아시아 서사에 대한 남다른 자의식과 연관될 것이다. 서사무가 등의 전통서사의 창조적 적용을 통해 세계문학으로서의 한국문학의 독자성을 확립하기 위한 황석영의 시도는 우리 소설의 세계화에 중요한 기여를 하게 될 수도 있다. 이러한 맥락에서 동아시아 서사의 전통과 접속하고자 하는 황석영의 문학적 의욕적인 기획과 완성도 및 문학사적 가치를 단지 한두 작품만으로 온전히 평가할 수는 없을 것이다.

다만 여기서 문제가 되는 것은 리얼리즘을 낡은 서구적 양식으로 보면서 새로운 서사를 시도하는 황석영의 소설 창작 전략이 이른바 정통

리얼리즘에 대한 지나치게 완고한 인식에 빠져 있지 않은가 하는 점이
다. 탈북자의 고난에 가득 찬 이주의 여정과 그 지난한 삶에 대한 제
대로 된 소설이 아직까지 드문 우리 문단의 현실에서, 탈북자 문제나
이산(디아스포라)을 주제로 한 리얼리즘적 형상화는 여전히 유효하다.
예컨대, 김명준 감독의 독립영화 <우리학교>의 먹먹한 감동은 어떤
영화기법이나 형식 이전에 무엇보다도 재일 조선인 디아스포라의 지
난한 현실 그 자체에서 연유하는 것이리라.

고식적인 정통 리얼리즘을 탈피하여, 리얼리즘의 정신을 계승하면서
도 새로운 서사양식을 창안하고 모색하자는 황석영의 취지 자체에 대
해서는 누구나 동의할 것이다. 중요한 것은 새로운 서사의 모색이라는
모토가 리얼리즘 이전의 초현실적 묘사와 오컬티즘의 남발, 전통서사
양식의 기계적인 차용에 대한 무조건적인 정당화로 이행될 수는 없다
는 사실이다.

또한 황석영 자신의 「객지」, 『무기의 그늘』, 김원일의 『불의 제전』,
조세희의 『난장이가 쏘아올린 작은 공』, 조정래의 『태백산맥』이나 『한
강』, 방현석의 「내일을 여는 집」 등의 걸작들의 미학적 가치를 리얼리
즘이라는 용어 없이 설명할 수 있는 것인지 의문이다. 이런 측면에서
도 최근 몇 년 동안에 김원일이 보여준 문학적 행보는 황석영의 그것
과 대비하여 주목될 필요가 있을 것이다. 『슬픈 시간의 기억』(2001), 『푸
른 혼』(2005), 『전갈』(2007)로 이어지는 김원일 소설의 최근 궤적은 현
실과 역사에 대한 진지한 통찰과 정통 리얼리즘 양식이 문학적으로 여
전히 유효하다는 사실을 인상적으로 보여주고 있다. 이런 의미에서 리
얼리즘을 서구적 양식으로 보면서, 동아시아의 새로운 서사 양식을 창

출해야 한다는 황석영의 관점은 '전도된 오리엔탈리즘'이라는 혐의에서 자유롭지 않다.

나는 아직도 리얼리즘이나 현실의 이름으로 감당해야 할 우리문학의 몫이 많이 남아 있다고 생각한다. 그 몫 중에서 황석영만이 제대로 감당할 수 있는 영역이 있을 것이다. 물론 어떤 경우에도 새로운 서사를 향한 모색과 노력은 계속되어야 한다. 특히 동아시아 서사를 새롭게 창출하고자 하는 작가 황석영의 새로운 서사 양식에 대한 욕망과 기획은 그 자체로 존중되어야 한다. 꿈이나 환상, 비현실적인 장면 등을 소설에 적극적으로 등장시키는 소설이나 근대적 합리성 이전의 전통적인 주술적 세계관에 기반한 서사는 일부 고식적인 근대 리얼리즘 소설이 제대로 구현하지 못한 현실의 또 다른 저편을 다양한 방식으로 묘사할 수 있을 것이다.

근본적으로 저 고대의 신화나 전설부터 가브리엘 마르케스의 『백년의 고독』이나 보르헤스의 소설에 이르는 환상문학의 역사는 깊고 드넓다. 특히 중국이나 우리나라의 고전 서사에서 환상이 지닌 역할은 대단히 각별한 의미를 지니고 있다.[14] 최근에 번역 소개된 중국의 대표적 작가 모옌의 『홍까오랑 가족』이나 쑤퉁의 『눈물』 역시 전통서사에 기반한 이야기의 변용과 초현실적 기법의 중요성을 새삼 환기시키고 있다. 가령 『홍까오랑 가족』에서 여우와 인간이 교감을 나누는 장면이나 <세계신화총서>의 한 권으로 발표된 『눈물』이 중국의 구전신화인 맹강녀 신화에 기대고 있다는 점을 주목할 수 있을 것이다. 근대

---

14) 이에 대해서는 최기숙의 『환상』(연세대출판부, 2003)의 3절 「환상의 문학사적 계보」를 참조할 것.

적인 리얼리즘 문학에서 쉽게 찾아볼 수 없었던 전통 신화나 민간 설화를 활용하여 소설을 창작하는 것은 이 시대 소설문학의 새로운 트렌드로 부각되고 있다. 바로 이러한 흐름의 중심에 황석영이 존재하는 것이다.

그러나 환상이나 초현실의 활용, 전통신화의 변용이 그 자체로 소설의 미학적 가치를 입증해줄 수는 없을 것이다. 때로 꿈이나 초현실 등의 오컬티즘의 남발이 철저한 장인정신과 현실에 대한 사유의 힘을 약화시킨다면, 그러한 양식의 공과에 대해 면밀하게 재검토할 필요가 있다. 물론 황석영은 "마구잡이식 환상과 환영은 마땅히 경계해야 합니다."(299면)라고 말하고 있지만 그러한 작가의 의도가 항상 성공적으로 작품에 관철되는 것은 아닐 것이다.

다시 한 번 강조하건대, 이 시대의 한국소설에 새로운 서사적 모험과 갱신이 필요하며 전통서사의 창조적 활용이 요청된다는 기본 전제에는 충분히 동의할 수 있다. 그러나 『바리데기』에서 이루어진 서사무가 「바리공주」의 적극적인 차용과 리얼리즘 이전의 오컬티즘의 남용이 지금 이 시대 우리 소설문학의 새로운 대안양식이 될 수 있는가 하는 문제에 대해서는 좀 더 엄밀한 통찰과 평가가 필요한 것으로 보인다. 『바리데기』는 리얼리즘의 성과를 딛고, 거기서 한 차례 진전된 서사가 아니라, 오히려 여전히 중요하게 남아 있는 리얼리즘의 가능성을 너무 쉽게 초월한 서사양식이 아닐까?

그리고 이와 다른 맥락에서 흔히들 쉽게 편협하고 상투적이라고 비판되는 '리얼리즘' 양식이 지닌 풍부함과 문학적 잠재력에 대한 인식이 필요하다. 마치 리얼리즘이 어떤 환상과 초현실적 기법도 배제한다는 식으로 이해하는 것은 리얼리즘에 대한 또 다른 편견에 다름 아니다. 토마스 만이나 E. M. 포스터 등 20세기의 많은 작가들이 사실주의 정신에 뿌리박고 있으면서도 새로운 감각과 형식탐구에도 결코 뒤지지 않았다고 평가되는데, 이들은 새로운 차원의 예술로서의 리얼리즘의 원점에 이른 작가로 해석되고 있다.[15] 또한 리얼리즘을 시와 꿈의 작업이라는 맥락에서 해석하는 크리스토퍼 코드웰 등의 논의는 리얼리즘이 얼마나 풍요로운 문학양식인가를 환기시킨다.[16] 이러한 논의들을 통해서 인식할 수 있는 사실은 근대적 리얼리즘이 환상이나 상상력, 혹은 전통서사와 기계적으로 대비되는 개념이 아니라는 사실이다.

황석영 개인의 문학적 여정에서 『바리데기』가 가진 새로운 문학적 모색과 서사적 실험의 의의가 존재할 것이다. 이 점을 인정하는 데 인색할 필요는 전혀 없다. 끊임없이 새로운 서사 양식을 개발하는 황석영의 고투는 그 자체로 한국문학이 지닌 가장 독창적이며 새로운 가능성의 하나이다.

그러나 동시에 『바리데기』에서 이루어진 서가무가를 변용한 서사가 한국소설이 나가야 할 전범으로 수용될 필요는 없다는 기본적인 사실을 지적하기로 하자. 아직도 우리 문학은 현실과 리얼리즘의 이름으로 형상화해야 할 몫과 소재가 무궁무진하다고 생각된다. 한 사람의 비평가로서 나는 그 작업의 소중한 한 영역을 여전히 황석영에게 기대하고 있다. 이런 맥락에서 "과거의 리얼리즘 형식은 보다 과감하게 보다 풍부하게 해체하여 재구성해야 된다."(「작가의 말」, 『손님』)는 황석영의 발

---

15) 백낙청 편, 『리얼리즘과 모더니즘』, 창작과비평사, 1984, 7면.
16) 크리스토퍼 코드웰, 「시와 꿈의 작업」, 『리얼리즘과 문학』, 지문사, 1985.

언은 유효하다. 그러나 말의 진정한 의미에서 리얼리즘의 해체와 재구
성은 단지 전통서사의 수용뿐만 아니라, 역동적인 현실에 대한 한층
투명하고도 치열한 인식에서 나온다는 것을 인식해야 할 것이다. 아울
러 리얼리즘의 혁신과 해체, 재구성이 리얼리즘의 현실 인식 기능을
어떠한 방식으로 계승하면서 이루어질 수 있는가에 대해 우리 시대의
소설가들은 고민해야 하리라.

지금 이 시대야말로 루카치가 말한 「문제는 리얼리즘이다」[17]라는
명제를 창조적으로 재인식할 필요가 있다고 생각된다. 그 리얼리즘은
물론 루카치가 신봉한 19세기 사실주의의 단순하고 기계적인 계승은
아닐 것이다. 그것은 루카치 리얼리즘론의 현실에 대한 첨예한 문제의
식을 이어받되, 동시에 현대문화 및 미디어의 변모된 정황과 복잡한
현실을 제대로 담을 수 있는 '갱신된 리얼리즘'이어야 할 것이다. 그러
므로 리얼리즘의 치열한 현실 인식 기능과 리얼리즘의 창조적 쇄신을
동시에 밀고 나가는 것이야말로 현 시대 우리 소설에 주어진 가장 중
요한 과제라고 할 수 있다. 이런 의미에서 한국 소설의 새로운 지평은
황석영의 새로운 서사적 실험에 대한 엄정한 평가와 성찰적 대화의 과
정을 통해 생성될 수 있을 것이다.

---

17) 게오르그 루카치, 홍승용 역, 『문제는 리얼리즘이다』, 실천문학사, 1987 참조.

5. 맺는 말―욕망의 풍경과 자기 객관화

새로운 작품, 새로운 형식, 중요한 역사적 소재, 정치적 발언 등등의 면에서 소설가 황석영은 늘 어떤 문인보다도 강렬한 욕망과 선구적 의욕을 지녀왔다. 그는 지속적으로 역사적 현실과 불화를 겪어왔지만, 그렇다고 해서 그를 아웃사이더나 주변인으로 볼 수는 없을 것이다. 소설가로서의 황석영은 진보적이며 비판적이되, 항상 문단과 화제의 중심에 존재해 왔다. 요컨대 그는 체제와 지배이데올로기를 비판하는 순간에도 항상 중심에 서 있었던 것이다. 이러한 그의 면모는 항상 모든 일에 앞장서곤 하는 남다른 욕망과도 일정한 관련을 지니고 있는 것으로 보인다.

실정법을 위반한 그의 과감한 방북, "새 정치질서 만들기에 총대 멜 생각 있다."며 정치참여 의사를 피력한 바 있는 작년 초의 인터뷰(<경향신문>, 2007. 1. 23) 등 최근 황석영의 여러 행동과 발언들을 보면, 황석영이 얼마나 새로운 모험을 즐기고 문학적, 정치적 아젠다 설정에 능한가 하는 점을 확연히 인식할 수 있다. 작년에 황석영은 대선에 개입하면서 특정한 후보를 염두에 두는 맥락의 발언을 하는가 하면, 연정을 전제로 한 후보단일화 주장을 적극적으로 펼친 바도 있다.[18] 그러나 그의 바람과는 달리 그가 구상한 정치적 기획은 그 후에 현실적 동력을 전혀 얻지 못했다.

이러한 황석영의 기질과 욕망은 양면의 칼날에 비유할 수 있다. 그

---

18) 「총대 멘 황석영, 연합정부 전제로 후보단일화해야」, <오마이뉴스>, 2007. 11. 23.

와 같은 적극적 기질과 강렬한 욕망은 누구보다도 치열한 예술적 열정과 건강한 승부욕으로 전화되어 훌륭한 작품을 산출하는 원동력으로 작용한다는 점을 인정해야 할 것이다. 그러나 때로 황석영의 이와 같은 태도는 지나치게 자신을 중심으로 세상을 바라보는 오만에서 결코 멀리 떨어져 있지 않다.

가령 황석영은 2007년 2월 5일자 <오마이뉴스> 기고문에서 누가 봐도 조정래나 고은으로 인식되는 동료 문인들에 대한 노골적인 조롱과 경멸감을 표시하기도 했다.[19] 문제는 이미 시인 이승철이 지적한 것처럼, 황석영 자신도 바로 그러한 비판과 비난의 대상에서 전혀 자유롭지 않다는 사실이다. 문단에서는 황석영이 장기간 유럽에 체류하면서 여러 나라의 출판사 편집자들과 교류하고 있다는 점과 동아시아 서사 양식을 유달리 강조하는 것을 노벨상을 의식한 행보라는 시각으로 바라보기도 한다.[20] 이승철은 황석영이 많은 문인들과 함께 한 자리에서 내놓은 발언을 아래와 같이 전하고 있다.

---

19) 황석영, 「개똥 폼 잡지 말고 현실의 저잣거리로 내려오라!」, <오마이뉴스>, 2007.
   2. 5. 이러한 황석영의 입장에 대해 시인 이승철이 「작가 황석영은 진실의 광장
   으로 나와라!」(<오마이뉴스>, 2007. 2. 8)라는 제목의 기고문에서 강하게 비판
   한 바 있다.
20) 이승철, 「작가 황석영은 진실의 광장으로 나와라!」, <오마이뉴스>, 2007. 2. 8.
   나는 이러한 의미에서 황석영과 비평가 심진경과의 대담(「한국문학은 살아 있
   다」, 『창작과비평』, 2007년 가을호)에서 시인 이승철이 황석영에게 제기한 민감
   하고 중대한 문제들이 전혀 다루어지지 않은 점을 아쉽게 생각한다. ‘도전인터
   뷰’ 방식에 부합되는 명실상부한 인터뷰가 되기 위해서는 이러한 민감한 문제
   들이 다루어져야 했던 것이 아닐까.

　오늘은 <중앙일보> 사주를 만났고, 얼마 전 <조선>, <동아> 사주도 만났지. 한국문학의 발전, 아니 세계문학의 부흥을 위해 큰 그림을 한번 그려보라고 권유했지. 예컨대 노벨문학상 상금이 현재 100만 달러인데, 당신들이 나서서 300만 달러의 상금을 주면 세계 최고의 문학상을 만들 수 있는 것 아니냐. 그래서 프랑스의 르 끌레지오 같은 작가를 제1회 수상자로 하고, 나를 2회 수상자로 한다면 노벨문학상에 필적하는 세계 최고의 문학상을 만드는 것이 아니냐고 권했지. 그러면서 나는 <조선> 사주에게 내가 이름 팔 일이 생기면 이제 글을 써주겠다고 했어.[21]

　황석영의 이러한 발언에서 드러나는 것은 지나친 자기중심주의와 그 자신이 기획한 커다란 '욕망의 풍경'이다. 누구나 자기 나름의 욕망을 가지고 살아간다. 특히 세계를 자기 식으로 해명하고 묘사하겠다는 생각을 누구보다도 많이 지닌 소설가들에게 이러한 욕망은 대체로 평균적인 사람보다 강렬한 경우가 많다. 욕망은 생의 원동력이다! 그러나 자신의 문학적 욕망을 정면으로 응시하고 성찰하는 냉철한 자기 객관화를 통과하는 과정을 통해, 제대로 된 글쓰기가 가능하다는 것도 또 하나의 진실일 것이다.

　그렇다면 황석영의 이러한 기질과 욕망의 풍경은 과연 『바리데기』의 서사와 어떠한 연관성을 지닌 것일까? 오로지 작품 자체의 맥락만을 중시하는 텍스트주의의 입장에서 비평적 글쓰기가 진행되어야 한다는 입장에서 보면 이러한 질문 자체가 무의미할 것이다. 특정한 작가의 욕망의 풍경이나 심리 등이 실제 작품의 형성과 그 세계에 어떠

---

21) 이승철, 「작가 황석영은 진실의 광장으로 나와라!」, <오마이뉴스>, 2007. 2. 8.

한 영향을 미치고 있는가를 합리적으로 탐구하기 위해서는 고도의 정교한 정신분석학적 절차가 요청될 것이다.

그러나 동시에 특정한 작품이 담보한 서사의 밀도와 소설의 전략, 특정한 형식의 차용 등은 그 작가가 마주한 다양한 현실적, 정치적 지평 및 욕망의 지형과 결코 분리될 수 없다는 점도 사실일 것이다. 글쓰기가 진실로 무서운 것은 때로 '쓰다'의 주체가 은폐하고자 하는 욕망의 풍경도 미세한 표현과 특정한 단어를 통해 그대로 드러나기 때문이다.

지금까지 이 글에서 지적한 『바리데기』의 한계 역시 작가 황석영이 보여주는 이즈음의 욕망의 풍경과 전혀 무관하지는 않을 것이다. 물론 이 글의 주된 관심이 그 관계에 대한 천착에 있는 것은 아니다. 그것은 정신분석학자에게 맡겨도 될 것이다.

『바리데기』는 결과적으로 독자들의 커다란 사랑을 받았으며 2007년 우리 문학이 거둔 최고의 성과로 높이 평가되고 있다. 그러나 이러한 사실이 곧바로 『바리데기』가 새로운 서사적 모험과 생생한 현실에 대한 형상화를 가장 성공적인 방식으로 결합시켰다는 것을 의미하는 것은 아닐 것이다. 오히려 문제는 한 작품이 면밀한 평가와 비판적 성찰의 과정 없이 한 시대 문학의 이상적인 모델로 추인되는 문단시스템에 있는 것 아닐까. 황석영의 새로운 서사적 실험과 전통 서사에 대한 자의식에 대해서는 누구나 높이 평가하고 경의를 표할 것이다. 그러나 이러한 황석영의 시도가 진정으로 성공하기 위해서도 그의 시도에 대한 성찰적 대화가 필요하다.

이러한 차원에서 『손님』, 『심청』, 『바리데기』로 이어지는 황석영의 동아시아 서사 3부작의 성과가 앞으로 진정으로 새로운 문학적 갱신으로 이어지기 위해서는 작가 스스로가 자신의 욕망의 심연을 찬찬히 응시하면서 자기 객관화의 도정을 통과할 필요가 있을 것이다. 그 과정의 일환으로 필요한 것은 『바리데기』를 비롯한 작품의 성과에 대한 자부심 못지않게 작품의 한계에 대한 면밀한 성찰이 아닐까. 이러한 의미에서 『바리데기』에 대해 언급하면서 "세월이 더 지나면 덧붙여서 한 권을 더 쓸 수도 있고, 한 장(章)을 더 쓸 수도 있겠죠."22)라는 작가의 발언은 주목된다. 이 발언은 『바리데기』에 대한 어떤 새로운 기대와 아쉬움의 표현이기도 하리라. 바로 그렇기에 황석영의 다음 작품이 무척이나 기다려지는 것이다(2007).

출전 : 권성우, 「서사의 창조적 갱신과 리얼리즘의 퇴행 사이 – 황석영의 『바리데기』론」,
『한민족문화연구』 제24집, 한민족문화학회, 2008. 2.

---

22) 황석영·심진경(도전인터뷰), 「한국문학은 살아 있다」, 『창작과비평』, 2007년 가을호, 260면.

오늘을 사는 젊은 날의 초상

—『개밥바라기별』론

1. 황석영 문학의 현재성

황석영은 1962년 「입석부근」으로 『사상계』 신인문학상을 수상하고, 1970년 「탑」으로 <조선일보> 신춘문예에 당선된 이래로 2008년 『개밥바라기별』에 이르기까지 왕성하고 정력적인 활동으로 문학청년 같은 시대의 문제작을 지속적으로 생산하고 있다. 이미 문학사에서는 그를 1970년대에는 「객지」(1971), 「한씨연대기」(1972), 「삼포 가는 길」(1973), 「돼지꿈」(1973) 등의 단편소설로 산업화 시대를 대표하는 비판적 사실주의 작가로, 1980년대에는 『장길산』(1984)과 『무기의 그늘』(1988)로 독

* 오태호 / 경희대학교 학부대학 객원교수

재시대를 우회적으로 증언한 작가로 기록하고 있다. 그는 1990년대에는 사회운동가로서 영어의 몸이 되어 10여 년의 휴지기를 가지다가, 2000년대에 이르러 '돌아온 작가'가 되어 『오래된 정원』(2000), 『손님』(2001), 『심청』(2003), 『바리데기』(2007)를 발표함으로써 문단 안팎의 집중적인 이목을 받고 있다.

그가 펴낸 이전 작품들이 당대 사회의 문학적 뇌관을 건드리지 않은 글이 없었듯, 이번에 펴낸 『개밥바라기별』도 자전적 성장소설의 한 획을 긋고 있다. 그것은 황석영 이전에 '실존적 개인 황수영'이 있었고, 60대에 이른 '작가 황석영'이 황수영의 내면을 장악했던 20대 초반 전후의 흔적을 주인공 '유준'의 이름 아래 해체하고 재구성하고 있기에 가능하다. 특히 작가는 유준의 진솔한 자기 고백과 여러 친구들의 증언을 통해, 축축한 습기에 젖어 우울한 시대를 살아낸 1960년대의 한 젊은이를 입체적으로 조감함으로써 다면체적 정체성을 지닌 존재로 형상화한다. 그리하여 유준은 실존적 개인 황수영이 지나온 숱한 흔적의 조합이 되어, 작가 황석영의 60여 년 공력이 모여 빚어낸 젊은 날의 자화상이 된다. 그 초상은 1960년대라는 시대적 굴레를 기반으로 탄생했지만 당대를 벗어나 2000년대에도 충분한 공감을 획득하고 있다. 그것은 청소년에서 청년으로 변모하는 숱한 청춘들이 여전히 가정과 학교와 사회의 울타리 안에서 합리성의 이름으로 강제적 규율 속에 제도화와 사회화의 과정을 겪어내고 있기 때문이다.

성장통은 생리적 현상을 넘어선 실존적·심리적·물리적 현상으로 작동한다. 그것은 사회적 개인이면 누구나 겪어내야 할 통증에 해당한다. 하지만 학교라는 훈육적 제도화의 흐름 안에서 규율을 내면화한 사람만이 정상성의 이름으로 제도권 내부에서 자신의 생존과 생활과 생계를 이어갈 증표를 획득하게 된다. 끈끈한 학연과 지연이 작동하는 제도권으로부터의 일탈을 감행한 1960년대의 초상이 2000년대의 우리들에게 묻는다. 실상 너희들도 별반 달라진 것 없지 않느냐고. 그럼 과연 변한 것은 무엇이고 변하지 않은 것은 무엇인가? 이 작품을 읽는 내내 이런 질문을 던지는 동안 독자는 바로 호수에 비친 자기 얼굴을 들여다보게 될 것이다. 우리는 유준이라는 거울을 통해 궤도를 이탈한 자가 겪어낸 청춘의 방황을 지켜보면서 나르시스적 비애와 공감을 확인할 수 있는 것이다.

2. 축축한 습기를 머금은 '광기의 시대'

『개밥바라기별』은 '개밥바라기별'을 닮은 유준의 성장 기록이다. 그 별은 대위 장씨의 말처럼 잘 나갈 때의 샛별이 아니라 서쪽 하늘에 쏠리고 몰려서 밝게 빛나는 별이라 어쩐지 '쓸쓸해서 예쁜 존재'로 각인된다. 작가에 의해 유준이라는 1960년대의 일탈적 개인은 40여 년의 세월을 지나 2000년대의 우리 앞에 당도한다. 「객지」의 말미에서 "꼭 내일이 아니라도 좋다."라는 낙관주의적 전망을 피력한 지 40여 년이 지난 지금, 『개밥바라기별』을 통해 작가는 '오늘'이라는 화두를 통해 현재적 삶의 중요성을 강조한다. 그것은 성장통을 거치며 험난한 파고를 헤쳐온 한 젊은 영혼을 자신의 일기장에서 끄집어내어 새로운 인물로 주조하면서 가능해진다.

『개밥바라기별』은 유준이 1967년 겨울 베트남 파견병으로 결정되어, "죽거나 아니면 살아남거나 둘 중의 하나"의 인생이 자신의 앞에 놓여 있음을 감지하고는 입대 전 일을 회고하는 것에서 시작된다. 준은 2박 3일간의 특박증을 끊고 서울역에 와서 서울이 "온갖 외로움과 방황"이 집적된 공간이자, 언제나 비 오는 날과 같은 "육십년대의 축축한 습기"(11면)가 배어 있는 장소임을 체감한다. '축축한 습기'는 방황하는 청춘의 몸에 감기는 음산한 시대의 징후를 의미한다. 그렇게 습기찬 시대 안에서 준은 "파충류의 허물"(14면) 같은 이물적인 표피와 흉물스런 존재감을 확인한다. 그가 머물던 다락방의 벽에는 그 시대를 증언하는 "미친 새는 밤새껏 울부짖는다."(15면), "나는 가우데아무스 이기투르에 맞추어 젊음을 제(祭) 지내고 있네."(15면), "바다 바다, 그리고 마그네슘"(15면) 등의 낙서가 남아 있다.

첫 번째 글귀의 연원은 공중변소를 집으로 삼던 미친 여자가 얼어 죽은 것과 연관되고, 두 번째 글귀는 그림쟁이 친구 장무가 죽기 전에 보내온 엽서에 씌어 있던 것이며, 세 번째 낙서는 성난 파도를 향해 수음을 하던 퇴학 친구 인호가 발레리의 시 「잃어버린 포도주」를 패러디한 구절이다. '미친 새의 울부짖음', '젊음의 제의(祭儀)', '바다와의 수음 결혼' 등은 막막하고 답답한 시대 앞에서 한 개인이 얼마나 무기력한 저항을 시도할 수밖에 없는지를 보여준다.

이러한 표현과 기억이 표상하는 허무주의적 태도와 상징주의적 세계 인식은 이미 1970년대에 작가의 단편소설 「가화」(1971)와 「아우를 위하여」(1972), 「몰개월의 새」(1976) 등에서 표출된 바 있다. 1950년대 한국 전쟁이 야기한 폐허적 절망의 후과를 벗어나지 못한 1960년대에,

젊은이들은 질식할 것 같은 답답증 속에 눅눅하고 끈적끈적한 분위기에 휩싸여 있었던 것이다. 거기에는 자포자기적 순응이냐 탈체제적 저항이냐 라는 선택지가 있을 뿐이다. 준은 거부의 몸짓으로 궤도를 이탈하려 한다.

3. 궤도를 이탈한 소행성

등산반이었던 준은 교실에서 언제나 시시한 농담꾼의 역할을 담당하지만, 1960년 4월 시청 앞 광장에서 중길이가 총에 맞아 죽은 뒤로 죽음의 현재성을 내면화하게 된다. 그리하여 자신은 이미 "궤도에서 이탈한 소행성"(41면)이기에 자기만의 행로를 개척할 것임을 강조한다. 자기정체성에 대한 고민 속에 준은 사람들 앞에서는 자기방어적 태도로 일관한다. 이러한 태도는 "자산가의 흔적만을 자존심처럼 갖고 살던 월남한 피난민의 도련님"(44면)으로 자신을 키워낸 부모님의 영향 때문이다. 이렇게 개화된 지식인의 중산층 의식은 준에게 견딜 수 없는 허위의식으로 여겨진다. 그리하여 겉으로는 피에로 같은 재담꾼의 역할을 감당하지만, 속으로는 "교실 안의 공상가"(49면)가 되어 이중의 포즈를 취하게 된다.

소싯적부터 모범생으로 칭찬만 들으며 "사물을 상징화하는 힘은 직관에서 나온다."(53면)라는 철학자의 말을 신뢰하던 준은 학업을 게을리하여 결국 낙제해서 다시 1학년을 다니게 된다. 이때 준은 제도권으로부터의 일탈을 감행하여 암벽타기에 중독이 되면서 자퇴를 결행한다.

학교가 강제적 규율로 학생을 보호대상화하려는 허위적 공간에 불과
하며, 감옥이나 정신병원, 학교 등이 비정상적인 행동을 오히려 조장하
고 있다는 사실을 익히 알고 있었기 때문이다. 준은 학교의 등급과 위
계질서가 곧 권력과 재산의 기초가 되는 현실을 받아들이기 어려워한
다. 학교 교육이 창의적 지성 대신 획일적 체제 내의 인간을 요구하고
지배력을 재생산하고자 하기 때문에 학교를 떠나는 것이며, 제도와 학
교가 공모한 틀에서 벗어나 자신만의 방식으로 삶을 표현할 것을 작심
한다. 준은 정수가 지은 "그러나 / 감자밭을 적시기엔 / 아직 적다."(「봄비」,
101면)라는 단시를 자주 거론하면서, 자신을 연결자라고 생각하며 북한
산 자락의 굴 생활에서 명상에 젖어들어 자연스레 직관 훈련을 하게
된다. 이때의 암벽타기에 대한 열정과 명상은 「입석부근」(1962)에서, 학
교 제도에 대한 비판은 「열애」(1988) 등에서, 「봄비」라는 시의 내용은
『오래된 정원』(2000)에서 현우와 윤희의 시대적 사랑을 은유하는 것으
로 드러나는 등 여러 작품에서 다양하게 변주되어 형상화된 바 있다.

　1961년 산에 있을 때 5·16 군사쿠데타가 발생한 사실을 들은 뒤 산
을 내려온 준은 목적지를 정하지 않고 충청도와 전라도를 무전여행한
다. 한 달 간의 여행에서 돌아와 명문고교의 어린 신사들의 모임이 엘
리트 놀이에 지나지 않음을 간파한다. 하지만 그들의 매력이 자기 존
재와 생각을 다른 것에 빗대어서 우회적으로 표현하는 것에 있다고 인
정한다. 어쨌든 창백한 학삐리이자 불량배였던 준은 공업학교 야간부
에서 간신히 고교를 졸업한다. 그때 친구들이 그의 등단작인 「입석부
근」이 실린 『사상계』를 보여주고, 준은 부엌 마루에 앉아서 어머니에
게 자신의 작품을 읽어드린다. 처음으로 자신이 쓴 글을 소리내어 읽

어보는 셈이다. 준의 어머니는 책을 쓴다는 것이 좋은 일이지만 "제 팔자를 남에게 다 내주는 일"(194면)이라고 말한다. 이미 준의 어머니는 궤도를 이탈한 이야기꾼의 미래를 예견하고 있었던 것이다.

4. 자아 정체성 찾기

준은 당시의 다른 친구들처럼 여자애들에게 연애감정을 느끼지 못한 채, 자신의 또 다른 존재에 몰두한다. 그 존재는 언제나 "몸 근처의 한 걸음 곁에 따로 떨어져서" 자신을 "의식하고 관찰하고 경멸하거나 부추"기는 존재이다. 준은 "그 부자연스러운 느낌을 안과 바깥이라는 불완전한 말로 표현할 수밖에 없"(198면)다고 진단한다. 그렇게 자기를 이원화하면서 안과 바깥으로 분열된 자기 자신의 모호한 정체성을 선명화하기 위한 탐색에 정신이 팔려 있었던 것이다. 이러한 자기동일성 획득을 위한 진지한 노력은 미아에게 이용악의 「그리움」, 정지용의 「고향」 등의 월북한 행불자들의 시를 읊어주고 소월의 「산」 등의 시를 읊어주는 것에서 두드러진다. 탈향자들에 대한 그리움이 주체의 정체성 찾기의 원형질에 해당하는 것이라고 판단했기 때문이다.

준은 대학에 진학한 뒤에 여름방학이 끝나갈 무렵, 미아와 인천에서 연락선을 타고 섬으로 들어간다. 태풍으로 섬에 갇힌 미아와 처음으로 잔 뒤에 처음에는 싱겁고 서두른 느낌을 가지지만 점점 차분해지고, 태풍이 끝난 뒤 집에 오자 미아가 보고 싶어진다. 미아를 향한 그리움은 무미건조하던 준의 "어느 은밀한 곳에 금이 가거나 구멍이 뚫린 것 같은 느낌”과 함께 “배에서 명치 끝까지 이상하게 불안한 안달”을 갖게 한다. 그것은 “물을 채운 컵을 들고 조심스레 걸을 때에 느끼던”, “가벼운 불안”(238면)을 야기하는 것이다. 그러나 준은 멀리서 미아를 지켜볼 뿐 적극적으로 관계에 몰두하지 않는다. 분열된 정체성을 극복하기 위해 자기자신에게 지나치게 사로잡혀 있었기 때문이다.

준은 미아의 이야기에 실컷 맞장구를 치다가도 끝날 때쯤이면 “그러니까 결국은…… 덧없어.”(243면)라는 식의 맥 풀리는 이야기를 한다. 이때의 준은 미와 추, 영원성과 순간성에 대한 직관적 인식 속에 허무주의적 색채를 강렬하게 표출한다. 허망한 태도로 무상감에 사로잡혀 있던 준은 아주 못생긴 광대의 이야기인 「가객」을 집필하면서 자신의 현실초월적 태도를 드러낸다. 준은 무상한 시간 속에 불만족스러운 현재적 자아로부터 벗어나려고 안간힘을 쓴다. 그리하여 생의 좌표를 잃어버렸던 준은 서울을 떠나 팔자를 한번 바꿔서 살아 보련다며 떠돌이 노동자인 서른세 살의 대위 장씨와 일터를 찾아 떠돌이 생활을 시작한다.

5. ‘오늘’을 사는 젊음

한일회담 반대 데모를 하다가 잡혀간 준이는 경찰서 유치장에서 만난 대위 장씨와 함께 떠돌이 생활을 시작한다. 농촌, 어촌, 막노동판 등등을 전전하며 막노동으로 생활하던 준이는 “살아 있음이란, 그 자체로 생생한 기쁨”(257면)임을 느낀다. 대위는 “누구든지 오늘을 사는 거야.”(257면)라고 말한다. 오늘의 삶에 대한 강조에는 “고해 같은 세상살이도 오롯이 자기의 것이며 남에게 줄 수 없다.”(257면)라는 인식이 밑바탕에 깔려 있다. 즉 땀내나는 삶을 체험한 현장에서 느끼는 강렬한 주체성과 현재성이 생의 의미로 작동하는 것이다.

준은 오징어잡이를 하면서, 목마르고 굶주린 자의 식사처럼 맛있고 매순간이 소중한 삶이 어디에 있는가를 질문하며 살아간다. 신탄진 공사판에서 일하면서 준은 “어쨌든 어디서나 사람은 살아가기 마련이고 가장 힘든 고비가 지나면 나날이 그런대로 괜찮다.”(268면)라고 느낀다. 그때 대위는 “잘 나갈 때는 샛별”이지만 “저렇게 우리처럼 쏠리고 몰릴 때면 개밥바라기”라고 덧붙인다. 그 말을 들으면서, 준은 “어쩐지 쓸쓸하고 예쁜 이름”(270면)이라고 생각하며 머릿속에 새겨넣는다. 둘의 삶을 적절히 비유한 상징의 언어가 육체노동자의 체험적 발화로 표출되어 생의 진리로 수용할 수 있었기 때문이다. 그러나 두 해만에 서울로 돌아온 준은 글을 쓰지 못한 채, “세상의 표면만이 또렷할 뿐 나는 아무것도 아니”며, “글을 쓸 수 없다면 내 존재는 없는 거나 마찬가지”기에 “잘못 돌아왔다.”(262면)라고 판단한다. 그리하여 오십 알 정도의 세코날을 먹고 표피적이고 허망한 생을 마감하기 위해 자살을 결행한다. 그러나 다행히도 닷새째 오후에 깨어난 그는 ‘오늘’을 살아내기로 다짐한다.

부대로 복귀하기 전 옛 애인인 미아를 만나려다 못 만난 준은 기차역에서 부대를 향해 떠나면서 “이제 출발하고 작별하는 자는 누구나 지금까지 왔던 길과는 다른 길을 갈 것”(282면)이라고 생각한다. 출발은 새로운 행로의 시작임을 인식한 것이다. 그리하여 베트남 행에서 “문득 이제야말로 어쩌면 영원히 돌아올 수 없는 출발점에 서 있음”(282면)

을 깨닫는다. 그러면서 대위의 말대로 "사람은 누구든지 오늘을 사는 거"(282면)라는 사실을 확인하면서 기차를 탄다. 베트남행을 받아들이는 준은 하나의 성장통을 겪어낸 성인이 된다. 이제 그의 앞에는 『무기의 그늘』에서 보이듯, 미국의 자본과 살육이 난무하는 베트남에서의 제국주의 전쟁이 빚어놓은 추악함을 증언할 연결자로서의 역할이 놓여진다.

6. 허무주의에서 현실주의로

『개밥바라기별』에서 주인공 준의 입체적 면모는 1인칭 화자로서의 자신의 기억과 더불어 문예반원 영길, 조경사가 꿈인 인호, 상진, 정수, 선이, 미아 등의 친구들의 관점에서 바라본 준의 형상이 더해져 비로소 확보된다. 준은 준이라는 독립적 개체이지만 타자의 관점이 포개질 때 비로소 전체성을 획득하는 입체적 주체가 될 수 있기 때문에 이러한 방식의 글쓰기를 시도한 것이다. 그리고 그러한 접근은 진중하면서도 무겁지 않은 성공적 성장소설의 한 전형을 보여준다.

작가는 '작가의 말'에서 『개밥바라기별』이 자신의 문학적 연대기의 기술에서 하나의 새로운 표지석이 될 것이라고 말한다. 그 까닭으로 「입석부근」, 「가화」, 「가객」, 「밀살」(1972), 「부활 이전」(1960), 「출옥일」(1961) 등의 작품을 쓰던 때와 원고 자체를 잃어버린 「우화」를 쓰던 때가 이 작품에 녹아 있기 때문임을 거론한다. 그리고는 「객지」와 「가화」 사이의 거리감을 이해하지 못하는 이들에게 이 작품이 하나의 매개 역할을 할 것임을 피력한다. 이러한 작가의 말이 지닌 효력은 20대 전후의 비판적 허무주의의 태도를 견지한 황수영, 40년 넘은 필력으로 무장한 60대 작가 황석영, 떠도는 영혼이 되어 새로이 출발점에 서 있는 『개밥바라기별』의 유준 등을 종합하면서 가능해질 것이다.

『개밥바라기별』은 황석영의 초기 작품에 입혀져 왔던 사회비판적 사실주의 색채 이전에 치열하게 자아를 탐색했던 허무주의적 태도, 실존주의적 경향, 초월적 상징주의 미학이 존재했음을 보여준다. 이 중 어느 하나의 범주로 한 작가를 옭아매는 것만큼 어리석은 일도 없을 것이다. 작가 황석영은 자전적 성장소설을 통해 자신의 세계가 입체적으로 조망되기를 바란다. 그리고 그것이 2000년대의 독자를 위해 작가가 던지는 메시지가 된다. 이렇게 40여 년 전의 과거와 현재는 진지한 성장통을 내장한 소설 속에서 적극적 대화를 통해 시대적 간극을 좁혀오고 있다. 거기에서 우리는 '쓸쓸해서 예쁜' 나만의 '개밥바라기별'을 소유하게 될 것이다.

출전 : 오태호, 「개밥바라기별을 품은 젊은 날의 초상 - 황석영의 『개밥바라기별』론」,
『문예연구』, 2008년 겨울호.

제 4 부

부　록

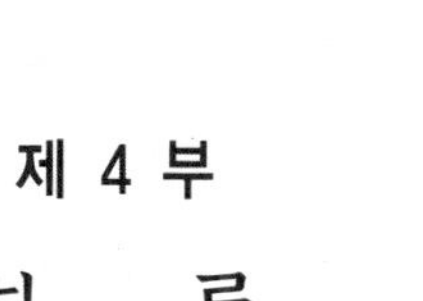

생애 연보

1943	12월 14일 만주 장춘(長春)에서 출생.
1945	해방과 함께 모친의 고향인 평양 외가로 나옴.
1947	월남하여 영등포에 정착.
1950	영등포국민학교에 입학했으나 6·25전쟁 발발로 피란지를 전전함.
1956	경복중학교 입학
1959	경복고등학교 입학. 경복중고교 교지 『학원(學苑)』에 수필 「나의 하루」, 시 「구름」 등을 발표함. 청소년 잡지 『학원(學園)』의 학원문학상에 단편소설 「팔자령(八字嶺)」이 당선.
1960	경복중·고교 교지 『학원』에 단편 「의식」, 「부활 이전」 발표함. 당시 국회의 사당이던 부민관 앞과 시청 앞에서 4·19를 맞음. 함께 있던 안종길 군이 경찰의 총탄에 희생됨. 그의 유고시집 「봄·밤·별」을 친구들과 함께 편집 발간.
1961	전국고교문예 현상공모에 「출옥일」 당선.
1962	봄에 경복고를 자퇴하고 가출하여 남도지방을 방랑하다 그해 10월에 돌아옴. 11월 단편 「입석부근」으로 『사상계(思想界)』 신인문학상 수상.
1964	한일회담 반대시위에 참가. 영등포경찰서 유치장에서 만난 제2한강교 건설 노동자와 남도로 내려감. 신탄진 연초공장 공사장에서 일용노동. 그 후 청

주, 진주, 마산 등지를 떠돌며 여러 가지 일을 하다가 칠북의 장춘사(長春寺)에서 입산. 동래 범어사를 거쳐 금강원에서 행자 노릇을 하다가 모친과 상봉하여 상경함.

1966	해병대에 입대하여 이듬해 청룡부대 제2진으로 베트남전 참전.
1969	5월 군에서 제대함.
1970	<조선일보> 신춘문예에 단편 「탑」이 당선. 「돌아온 사람」 발표.
1971	단편 「가화(假花)」, 「줄자」, 중편 「객지(客地)」 발표.
1972	단편 「아우를 위하여」, 「낙타누깔」, 「밀살」, 「기념사진」, 「이웃 사람」, 중편 「한씨연대기」 발표.
1973	구로공단 연합노조준비위를 구성하여 공장 취업. 단편 「잡초」, 「삼포 가는 길」, 「야근」, 「북망, 멀고도 고적한 곳」, 「섬섬옥수」, 중편 「돼지꿈」, 르포 「구로공단의 노동실태」를 발표함.
1974	단편 「장사의 꿈」, 사북탄광에 대한 르포 「벽지의 하늘」, 공단 여성근로자의 삶을 취재한 「잃어버린 순이」 발표. 4월에 첫 창작집 『객지』(창작과비평사) 발간. 7월부터 이후 1984년 7월까지 10년 동안 <한국일보>에 대하소설 『장길산』 연재. 군사정권의 유신체제에 대한 저항운동 치열해짐. '자유실천문인협의회' 창설과 현장문화운동 조직위에 참여.
1975	단편 「가객」, 희곡 「산국(山菊)」 발표. 소설집 『북망, 멀고도 고적한 곳』(동서문화원), 소설선 『삼포 가는 길』(삼중당) 발간. 「심판의 집」 서울신문에 연재.
1976	단편 「몰개월의 새」, 「한등」, 「철길」, 르포 「장돌림」 발표. 가을에 전남 해남으로 이주.
1977	단편 「종노(種奴)」 발표. 『무기의 그늘』의 기초가 된 「난장(亂場)」을 11월부터 다음해 7월까지 『한국문학』에 연재. 『심판의 집』(열화당) 발간. 해남에서 '사랑방 농민학교' 시작. 호남을 중심으로 한 현장문화운동 시작.
1978	소설집 『가객(歌客)』(백제) 발간. 문화패 '광대' 창설. '민중문화연구소' 설립. 광주로 이주.
1979	위 연구소를 확대개편한 '현대문화연구소'의 선전·야학·양서조합 등의 문화운동 부문에 참여. 계엄법 위반으로 검거되었으나 기소유예 처분됨.
1980	광주항쟁 일어남. 조직에 함께 참여했던 젊은 동료들 수십여 명 사상.

1981   그동안 현장에서 썼던 희곡들을 정리하여 희곡집 『장산곶매』(심설당) 발간.
        소설선 『돼지꿈』(민음사) 발간. 시나리오 「날랑 죽거 펄에 묻엉」 발표. '광
        주사태 수사당국'의 권유로 제주도로 이주. 제주에서 문화패 '수눌음'과 소
        극장 창립. 4·3항쟁 연구모임인 '제주문제연구소'에 참여.

1982   광주로 돌아와 '자유광주의 소리' 시작. 「님을 위한 행진곡」이 담긴 첫 번
        째 지하 녹음테이프 「넋풀이」 제작 배포.

1983   광주항쟁의 진상을 알리기 위한 문화기획팀 '일과 놀이'에 참가. 산문 「일과
        삶의 조건 — 문학에 뜻을 둔 아우에게」 발표. 1월부터 이듬해 3월까지 『월
        간조선』에 『무기의 그늘』 1부 연재.

1984   대하소설 『장길산』(현암사) 전 10권으로 완간. '민중문화운동협의회' 창설.
        공동대표 역임.

1985   광주항쟁기록 『죽음을 넘어, 시대의 어둠을 넘어』(풀빛) 지하출판됨. 산문집
        『객지에서 고향으로』(형성사) 발간. 서부독일 베를린에서 열린 '제3세계 문화
        제'에 아시아 대표로 참가함. 유럽, 미국, 일본에서 '통일굿' 공연. 미국에서
        문화패 '비나리' 창립. 일본에서 문화패 '한우리'와 '우리문화연구소' 창립.

1986   10월부터 이듬해 8월까지 <중앙일보>에 「백두산」 연재. 6월항쟁의 시국변
        화로 중단.

1987   단편 「골짜기」 발표. 소설선 『골짜기』(인동), 『아우를 위하여』(심지) 발간. 9월
        부터 이듬해 3월까지 『월간조선』에 『무기의 그늘』 2부 연재.

1988   단편 「열애」, 산문 「항쟁 이후의 문학」(『창작과비평』) 발표. 장편소설 『무기
        의 그늘』(형성사) 발간. 9월부터 이듬해 2월까지 『신동아』에 「평야(平野)」
        연재. '한국민족예술인총연합' 창립.

1989   소설선 『열애』(나남) 발간. 3월 북한의 '조선문학예술총동맹' 초청으로 방
        북. 이후 귀국하지 못하고 독일예술원 초청작가로 1991년 11월까지 베를린
        체류. 북한 방문기 「사람이 살고 있었네」를 『신동아』와 『창작과비평』에 분
        재. 『무기의 그늘』로 만해문학상 수상. 베를린 장벽 무너짐.

1990   2월부터 7월까지 <한겨레신문>에 「흐르지 않는 강」 연재. 8월에 평양에서
        열린 제1차 범민족대회에 참가하면서 연재 중단. 남·북·해외 동포가 망
        라된 '조국통일범민족연합' 창립에 주도적으로 참여, 대변인 역임. 소련과
        동구 사회주의권의 붕괴를 목격함.

1991	베를린 '남·북·해외 3자회담'에 참가. 회의에 의해 '공동사무국' 창설을 위하여 뉴욕으로 이주할 것이 결정됨. 11월 미국 롱아일랜드 대학 문화예술 프로그램에 초청받아 미국 체류. 이후 귀국할 때까지 뉴욕 체류.
1992	뉴욕에서 아시아인 1.5세, 2세들과 함께 '동아시아문화연구소' 창립. 부정기 간행물 『어머니 대나무』 발간.
1993	4월에 귀국하여 방북사건으로 징역 7년형을 선고받음.『사람이 살고 있었네』(황석영석방공동대책위) 발간.
1998	3월 석방.
1999	1월부터 2000년 2월까지 <동아일보>에 장편소설 『오래된 정원』 연재.
2000	5월 『오래된 정원』(창작과비평사) 출간. 『오래된 정원』으로 단재상, 이산문학상 수상.
2001	6월 장편소설 『손님』(창작과비평사) 출간. 『손님』으로 대산문학상 수상.
2002	10월부터 2003년 10월까지 <한국일보>에 장편소설 『심청, 연꽃의 길』 연재.
2003	6월 『삼국지』1~10권 번역출간. 11월 『황석영 문학의 세계』(창작과비평사) 출간. 12월 『심청, 연꽃의 길』(문학동네) 출간. 영국 런던에 체류.
2004	1월부터 2007년 11월까지 각각 런던대학과 파리7대학 초청으로 4년간 런던과 파리에 체류. 3월 한국민족예술인총연합 이사장 취임. 한국문화예술진흥원 올해의 예술상 수상. 제8회 만해대상 수상.
2007	7월 <한겨레신문>에 연재했던 『바리데기』(창작과비평사) 출간.
2008	2월부터 포털사이트 네이버 블로그에 『개밥바라기별』 연재. 8월 『개밥바라기별』(문학동네) 출간.
2009	7월 도정일과 함께 공동편집인으로 문화웹진 『나비』(www.nabeeya.net) 창간.
2010	『강남몽』 출간.

-『황석영 문학의 세계』 / 네이버 블로거 / 각종 신문기사 참조

연구 목록

▌대담 자료▐

대담 이병순·황석영, 「작가에게 묻는다―나에게 나의 춤을」, 『한국문학』 40호, 1977. 2.
대담 황지우·황석영, 「작가와의 대화―문학의 운동화, 운동의 문학화」, 황석영 『골짜기』,
　　　인동, 1987.
대담 이문재·황석영, 「인터뷰 : 문학을 찾아서―황석영」, 『문학동네』, 1999년 봄.
대담 조용호·황석영, 「작가 황석영에게 듣는 북한문학의 어제와 오늘」, 『21세기 문학』,
　　　2000년 가을.
대담 최원식·황석영, 「황석영의 삶과 문학」, 최원식·임홍배 엮음, 『황석영 문학의 세
　　　계』, 창작과비평사, 2003.
작가인터뷰 황석영, 「황석영이 황석영을 말하다」, 『작가세계』, 2004년 봄호.
대담 심진경·황석영, 「한국문학은 살아 있다」, 『창작과비평』, 2007년 가을호.
황석영, 「문학의 지평에 금표(禁標)는 없다―분단시대를 관통하고 경계를 넘나드는 대서
　　　사의 입담 : 황석영」, 『문학의 문학』, 2007년 가을호.

▌참고자료 ▌

강병철, 「황석영의 『장길산』에 나타난 인물 형상화와 그 성과에 대한 연구」, 공주대학교 대학원 석사학위 논문, 1998. 8.

강상대, 「1970년대 소설에 나타난 일탈구조 연구—황석영·조세희의 소설을 중심으로」, 중앙대학교 대학원 박사학위 논문, 2000. 8.

강영주, 「『장길산』과 역사적 진실성의 추구」, 『창작과비평』, 1990년 겨울.

강영주, 「역사소설의 리얼리즘과 민중성—『장길산』론」, 『한국 역사소설의 재인식』, 창작과비평사, 1991.

강영주, 「『장길산』의 형상화 방식과 이야기체」, 『자하어문논집』 8, 상명여대, 1991.

강용훈, 「황석영 장편소설에 나타난 귀환의 의미—『장길산』과 『오래된 정원』을 중심으로」, 『한국문예비평연구』, 한국현대문예비평학회, 2007.

강진구, 「역사주의와 상업주의의 혼재, 그 속에서 피어난 삶의 문제」, 민족문학사연구소 현대문학분과, 『1970년대 문학연구』, 소명출판, 2000.

강진호, 「분단 현실의 자기화와 주체적 극복 의지」, 민족문학사연구소 현대문학분과, 『1970년대 문학연구』, 소명출판, 2000.

강진호, 「과거를 성찰하는 '타자'의 시선」, 『현대소설사와 근대성의 아포리아』, 소명출판, 2004.

강진호, 「소설 교육과 타자의 지평—황석영 소설을 중심으로」, 『문학교육학』, 한국문학교육학회, 2004.

강형철, 「작품 보따리 속에 가득한 민중의 한과 삶」, 『동서문학』, 1987. 11.

고명철, 「베트남전쟁 소설의 형상화에 대한 문제—베트남전쟁 소설의 전개양상을 중심으로」, 『현대소설연구』, 한국현대소설학회, 2003.

고인환, 「경계를 응시하는 사랑의 서사—황석영의 『오래된 정원』」, 『결핍, 글쓰기의 기원』, 청동거울, 2003.

고인환, 「황석영의 『손님』 연구」, 『한국학논집』 제39집, 한양대학교 한국학연구소, 2005.

고인환, 「서사의 힘」, 『문학수첩』, 2007년 겨울호.

고인환, 「황석영 소설에 나타난 전통 양식 전용 양상 연구—『손님』, 『심청』, 『바리데기』를 중심으로」, 『한민족문화연구』 제26집, 한민족문화학회, 2008. 8.

구수경, 「『심청전』의 창조적 변형과 구원의 서사」, 『한국문학이론과비평』 제39집, 한국문학이론과 비평학회, 2008. 6.

구수경, 「환상성, 현실의 탐색을 위한 우회의 서사」, 『구보학보』 4집, 구보학회, 2008. 12.

구중서, 「황석영론」, 『분단시대의 문학』, 전예원, 1981.

구중서, 「소설의 기법과 현실의 인식―황석영의 한 도식」, 『한국문학과 역사의식』, 창작
　　과 비평사, 1985.
권성우, 「서사의 창조적 갱신과 리얼리즘의 퇴행 사이―황석영의 『바리데기』론」, 『한민
　　족문화연구』 제24집, 한민족문화학회, 2008. 2.
권순긍, 「이야기성의 회복과 『장길산』」, 『문학의 시대』 제3호, 풀빛, 1986.
권영민, 「역사적 상상력과 소설적 형상화」, 『신동아』, 1984. 11(「황석영의 『장길산』과
　　김주영의 『객주』의 역사인식」, 『소설과 운명의 언어』, 현대소설사, 1992).
권오룡, 「체험과 상상력―황석영론」, 황석영 『돼지꿈』, 민음사, 1978(『존재의 변명』, 문
　　학과 지성사, 1989).
김갑수, 「황석영, 이문열 그리고 마광수의 시간」, 『문예중앙』, 2000년 여름.
김경수, 「중진 작가들의 성숙한 소설」, 『동서문학』, 2001년 가을.
김경수, 「근대와 젠더, 그리고 해한(解恨) 이야기의 발견―황석영의 근업에 대하여」, 『작
　　가세계』, 2004년 봄.
김경수, 「작가의 욕망과 소설의 괴리―황석영의 『바리데기』에 대한 한 생각」, 『황해문
　　화』, 2007년 겨울호.
김경욱, 「황석영, 임상수, 그리고 <오래된 정원>―영화 각색의 이론을 위한 시론」, 『영
　　화연구』 35호, 한국영화학회, 2008. 3.
김경희, 「『삼포 가는 길』의 프랑스어 번역본 간의 차이에 관한 연구」, 『한국언어문화』,
　　한국언어문화학회, 2006.
김동환, 「『장길산』의 내적 형식」, 『한국소설의 내적 형식』, 태학사, 1996.
김만수, 「한국소설에 나타난 미국의 이미지」, 『한국현대문학연구』 제25집, 한국현대문
　　학회, 2008. 8.
김명석, 「황석영 문학과 대화의 종교」, 『문학과종교』 제13권 2호, 한국문학과종교학회,
　　2008.
김명인, 「일인칭으로 다시 길을 묻는다」, <한겨레신문>, 2000. 5. 1.
김명환, 「달을 가리키는 손가락보다 달을」, 『내일을 여는 작가』, 1997년 9·10.
김미영, 「황석영 소설에 나타난 탈식민주의 고찰」, 『한국언어문화』, 한국언어문화학회,
　　2004.
김미영, 「황석영 소설에 나타난 여성인물 연구」, 『한국문학이론과 비평』 제29집, 한국문
　　학이론과 비평학회, 2005.
김미현, 「황석영 소설의 젠더 (무)의식―초기소설을 중심으로」, 『어문연구』 제34권 제4
　　호, 2006년 겨울.
김병걸, 「한국소설과 사회의식」, 『창작과 비평』, 1972 겨울.

김병걸, 「역사소설과 민중의식－유현종『들불』, 황석영『장길산』」, 『문학과 지성』, 1976
　　　년 가을(『실천시대의 문학』, 실천문학, 1984).

김병걸, 「건강한 작가의식」, 『현대한국단편문학』 51, 삼성출판사, 1984.

김병욱, 「개인과 역사－「한씨연대기」를 중심으로」, 『월간문학』, 1972. 10.

김병익, 「친화력의 발견과 형상화」, 『신상웅・황석영(한국문학대전집21)』, 태극출판사,
　　　1976.

김병익, 「분단의식의 문학적 전개」, 『문학과지성』, 1979년 봄.

김병익, 「역사와 민중적 상상력－황석영의 『장길산』」, 『예술과 비평』, 1984년 여름(『들
　　　린 시대의 문학』, 문학과지성사, 1985).

김병익, 「80년대의 대하소설들－『장길산』에서 이문열의 『변경』까지」, 『열림과 일굼』, 문
　　　학과지성사, 1991.

김병익, 「이념의 상잔, 민족의 해원－황석영 장편소설 '손님'」, 『문학동네』, 2001년 가을.

김복순, 「노동자의식의 낭만성과 비장미의 '저항의 시학'」, 민족문학사연구소 현대문학
　　　분과, 『1970년대 문학연구』, 소명출판, 2000.

김성동, 「베트남전쟁을 보는 두 개의 시각」, 『마당』, 1985.

김성렬, 「1970년대 한국소설과 사회의식」, 『민족문화연구』 19호, 1986. 1.

김시태, 「시련에 처한 사람들의 이야기－황석영 저 「객지」」, 『광장』, 1985. 12.

김영호, 「민중의지의 역사적 확인－황석영의『장길산』을 어떻게 볼 것인가」, 『외국문학』
　　　제3호, 1984년 겨울.

김용민, 「독일에서의 성공적인 한국문학 수용사례－황석영의 경우」, 『독일언어문학』, 한
　　　국독일언어문학회, 2006.

김우종, 「역사소설의 새로운 지평」, 『문학사상』, 1984. 12.

김우창, 「산업 시대의 문학－몇 가지 생각」, 『문학과지성』, 1979년 가을.

김우창, 「밑바닥의 삶과 장사의 꿈」, 『김우창 전집 3권－시인의 보석』, 민음사, 1994

김원규, 「1970년대 최인호・황석영 소설에 나타난 성과 신체의 의미」, 연세대학교 대학
　　　원 석사학위논문, 2000. 7.

김윤식, 「황홀경의 사상－황석영의 『장길산』」, 『소설문학』, 1985. 7・8(『우리 소설과의
　　　만남』, 민음사, 1986).

김은하, 「1970년대 소설과 저항주체의 남성성」, 『페미니즘 연구』 제7권 제2호, 한국여
　　　성연구소, 2007. 8.

김은하, 「연민과 용서의 해원굿」, 『플랫폼』, 2007년 9・10월호(통권 5호), 인천문화재단,
　　　2007. 8.

김인환, 「체험의 문체」, 『창작과비평』, 1977년 여름.

김재수, 「고향회귀의 문학」, 『전남대 어문논총』 제6호, 1982.

김재용, 「냉전적 분단구조 해체의 소설적 탐구―황석영의 『손님』」, 『실천문학』, 2001년 가을.

김정란, 「네 어깨 너머로 내다보는 역사―황석영의 『오래된 정원』 읽기」, 『아웃사이더』 2호, 2000.

김정란, 「연두색 글쓰기」, 『김정란 평론집』, 새움, 2001.

김정자, 「'한'의 문체, 그 맥락의 오늘―황석영, 이청준, 문순태를 중심으로」, 『국어교육』, 1986.

김정자, 「한국 기지촌 소설의 기법적 연구」, 김정자 외, 『한국현대문학의 성과 매춘 연구』, 태학사, 1996.

김정환, 「황석영 문학환갑 유감―쾌감(遺憾―快感)」, 『작가세계』, 2004년 봄.

김종철, 「산업화와 문학―70년대 문학을 보는 한 관점」, 『창작과 비평』, 1980년 봄.

김종회, 「한국소설의 낙원의식 연구」, 경희대학교 대학원 박사학위논문, 1989.

김종회, 「황석영의 소설과 근대성, 또는 그 극복의 서사」, 『작가세계』, 2004년 봄.

김주연, 「문명화의 안팎―70년대 신진소설가의 세계」, 『문학사상』, 1974. 7.

김주연, 「소설 속의 상황―황석영 편」, 『나의 칼은 나의 작품』, 민음사, 1975.

김주연, 「떠남과 외지인 의식―황석영론」, 『현대문학』, 1979. 5.

김 철, 「제국주의와 정치적 무의식」, 『문학과사회』, 1990년 봄.

김치수, 「한국소설은 어디에 와 있는가―최인호와 황석영을 중심으로」, 『문학과지성』, 1972년 가을.

김치수, 「산업사회에 있어서 소설의 변화」, 『문학과 지성』, 1979년 가을.

김치수, 「이념과 사랑―황석영의 『오래된 정원』」, 『문학과사회』, 2003년 겨울.

김한수, 「황석영을 가두지 말고 우리의 미래를 가두라」, 『사회평론』, 1996. 11.

김한식, 「산업화의 그늘, 또는 뿌리뽑힌 자들의 삶―황석영론」, 민족문학사연구소 현대문학분과, 『1970년대 문학연구』, 소명출판, 2000.

김한식, 「소설의 서사와 형식 연구」, 『한국 현대소설의 서사와 형식 연구』, 깊은샘, 2000.

김헌선, 「『장길산』의 서술층위와 짜임새의 의미」, 『비평문학』, 1988. 8.

김형수, 「분단의 형이상학을 넘어 민족의 해원에 이르는 길―황석영의 『손님』 읽기」, 『사림어문연구』, 사림어문학회, 2001.

남원진, 「반공(反共)의 국민화, 반반공(反反共)의 회로」, 『국제어문』 제40집, 국제어문학회, 2007. 8.

남진우, 「돌의 정원―황석영 소설과 알레고리적 상상력」, 『문학동네』, 2000년 가을.

도정일, 「오래된, 그러나 지금 비어 있는, 그러므로 당신이 찾아야 할 아름다운 정원」, 『문학과사회』, 2000년 가을.

류보선, 「모성의 시간, 혹은 모더니티의 거울」, 황석영 『심청-연꽃의 길』, 문학동네, 2003.

문재원, 「1970년대 소설에 나타난 매춘과 脫매춘」, 김정자 외, 『한국현대문학의 성과 매춘연구』, 태학사, 1996.

문재원, 「황석영 초기소설연구-<가화>, <탑>, <돌아온 사람>을 중심으로」, 『한국문학논총』 제41집, 한국문학회, 2005. 12.

문재원, 「황석영 『심청』의 근대성과 탈근대성」, 『한국문학논총』 제43집, 2006. 8.

박명진, 「1970년대 희곡의 탈식민성-김지하와 황석영의 마당극을 중심으로」, 『한국극예술연구』 제12집, 한국극예술학회, 2000. 10.

박숙자, 「여성의 몸을 탐하는 남성의 서사-황석영의 『심청』과 김영하의 『검은 꽃』」, 『여성과 사회』 제16호, 한국여성연구소, 창작과비평사, 2005.

박영준, 「황석영 초기소설의 서술미학-1인칭 서술을 중심으로」, 『현대소설연구』, 한국현대소설학회, 2006.

박진임, 「역사적 진실과 문학적 재현-팀 오브라이언의 『숲의 호수에서』와 황석영의 『무기의 그늘』을 중심으로」, 『미국학논집』 제36집 3호, 한국아메리카학회, 2004. 12.

반성완, 「루카치의 역사소설 이론과 우리 역사소설」, 『외국문학』 제3호, 1984년 겨울.

방민호, 「리얼리즘론의 비판적 재인식」, 『창작과비평』, 1997년 겨울.

방민호, 「모성적 사랑의 시공을 위하여-황석영의 『오래된 정원』」, 『21세기문학』, 2000년 가을.

방민호·임규찬, 「이 작가를 묻는다-황석영」, 『문학의 문학』 창간호, 2007. 9.

백낙청, 「변두리 현실의 문학적 탐구-박태순·황석영·조선작의 근작 몇 편」, 『한국문학』, 1974. 2.

백낙청, 「민족문학의 현단계」, 『창작과비평』, 1975년 봄.

백낙청, 「민중·민족문학의 새 단계」, 『창작과 비평』, 1985년 봄.

백낙청, 「통일운동과 문학」, 『창작과비평』, 1989년 봄.

백문임, 「뜨내기 삶의 성실한 복원」, 한국문학연구회 편, 『현역중진작가연구』 1, 국학자료원, 1997.

서영인, 「미래를 꿈꾸는 서사의 지난한 역정-황석영론」, 『문예미학』, 문예미학회, 2002.

서영인, 「물화된 세계, 소외된 꿈-황석영의 중단편론」, 『황석영 문학의 세계』, 창작과비평사, 2003.

서영채, 「창녀 심청과 세 개의 진혼제-황석영의 『심청』 읽기」, 『문학동네』, 2004년 봄.
서정숙, 「황석영의 작가의식 연구」, 『부산교대 국어과교육』 제9집, 1989. 2.
서종택, 「삼포로 가는 길-황석영론」, 『작가연구』 제7・8호, 1999.
성미란, 「지금 여기가 낙원일 수는 없는가」, 『문학과창작』, 1998. 6.
성민엽, 「작가적 신념과 현실-황석영론」, 백낙청・염무웅 엮음, 『한국문학의 현단계3』, 창작과 비평사, 1984.
성민엽, 「관념론의 유혹과 그 극복」, 『지성과 실천』, 문학과 지성사, 1985.
성민엽, 「이데올로기 너머의 화해와 그 원리-『손님』론」, 『창작과비평』, 2001년 겨울.
소홍열, 「산업화와 가치관의 문제」, 『창작과비평』, 1979년 가을.
손종업, 「바리의 귀환」, 『실천문학』, 2007년 겨울.
송기숙, 「내가 본 황석영」, 최원식・임홍배 엮음, 『황석영 문학의 세계』, 창작과비평사, 2003.
송상일, 「70년대 한국소설 비판」, 『월간문학』, 1980. 2.
송수권, 「온 산의 바위들이 달려온다!-황석영의 『장길산』과 운주사」, 『금호문화』, 1990. 1.
송승철, 「베트남전쟁 소설론, 용병의 교훈」, 『창작과비평』, 1993년 여름.
송태욱, 「황석영의 『장길산』과 역사적 진실성」, 『현대문학의 연구』, 한국문학연구학회, 1995.
신경림, 「『가객』 속의 황석영」, 황석영 『가객』 해설, 백제, 1978.
신경림, 「문학과 민중-현대 한국문학에 나타난 민중의식」, 『민중문학론』, 문학과지성사, 1984.
신동한, 「폭넓은 리얼리즘의 세계」, 『창작과비평』, 1974년 가을.
신승희, 「『장길산』론」, 『어문연구』 72, 1991.
신승희, 「기술비평적 관점에서 본 인물의 리얼리티-황석영의 『객지』, 박완서의 『도둑맞은 가난』 분석」, 『새국어교육』, 한국국어교육학회, 2003.
신용옥, 「역사가 순항하기 위하여」, 『내일을 여는 역사』, 2001.
신종곤, 「황석영의 「北邙, 멀고도 고적한 곳」 연구-말없음 언표의 서사적 기능을 중심으로」, 『돈암어문학』 제13집, 돈암어문학회, 2000. 9.
심지현, 「1970년대 한국소설의 노사갈등 연구-황석영・조세희를 중심으로」, 『인문과학연구』, 대구가톨릭대학교 인문과학연구소, 2005.
심치열, 「『심청전』의 또 다른 이야기 형상화」, 『돈암어문학』 제21집, 돈암어문학회, 2008. 12.
안남연, 「황석영 소설의 역사인식과 민중성-황석영의 1970년대 소설 연구」, 『상허학보』

　　　제13집, 상허학회, 2004. 8.

안남일, 「황석영 소설과 베트남전쟁」, 『한국학연구』 11권, 1999.

안남일, 「황석영 소설에 나타난 권력의 문제」, 『어문논집』, 민족어문학회, 2002.

양은복, 「작가의식의 파행성－황석영론」, 『경희어문학』 7집, 1986. 9.

양진오, 「중견, 그들의 문학－김원일, 황석영, 이문구의 소설 읽기」, 『실천문학』, 2000. 겨울.

양진오, 「해원하는 영혼과 죽어가는 노인들－황석영의 『손님』과 김원일의 『슬픔 시간의 기억』」, 『문학과사회』, 2001년 가을.

양진오, 「한반도의 민족문제에 대한 장기지속적인 성찰－황석영, 『손님』」, 『실천문학』, 2002년 가을.

양진오, 「세계문학으로서의 한국문학, 그 위상과 전망－황석영의 『바리데기』를 중심으로」, 『한민족어문학』 제51집, 한민족어문학회, 2007. 12.

염무웅, 「인간 회복의 문학－황석영론」, 황석영 『장사의 꿈』, 범우사, 1977.

염무웅, 「최근 소설의 경향과 전망」, 『창작과비평』, 1978년 봄.

염무웅, 「도시－산업화 시대의 문학」, 『민중시대의 문학』, 창작과비평사, 1979.

염무웅, 「민중의 현실과 소설가의 운명」, 황석영 『삼포 가는 길』(한국소설문학대계 68), 동아출판사, 1995.

오생근, 「개인의식의 극복」, 『문학과지성』, 1974년 여름.

오생근, 「진실한 절망의 힘」, 『창작과비평』, 1978년 가을.

오생근, 「작가의식의 변천」, 『삶을 위한 문학』, 문학과지성사, 1978.

오생근, 「황석영, 혹은 존재의 삶」, 『황석영』(제3세대 한국문학 15), 삼성출판사, 1984.

오생근, 「『장길산』과 민중적 역사 의식」, 『현실의 논리와 비평』, 문학과 지성사, 1994.

오생근, 「민중적 세계관과 일상성의 문학－황석영 작품론」, 황석영 『열애』, 나남, 1988 (『현실의 논리와 비평』, 문학과 지성사, 1994).

오생근, 「『오래된 정원』과 시간을 이기는 사랑의 힘」, 최원식·임홍배 엮음, 『황석영 문학의 세계』, 창작과비평사, 2003.

오창은, 「억압된 기억의 꿈－황석영의 『손님』」, 경향신문 신춘문예, 2002.

오태호, 「황석영의 『장길산』 연구」, 경희대학교 대학원 석사학위논문, 1998. 2.

오태호, 「불연속적 서사, 중첩의 울림－황석영의 『오래된 정원』론」, <조선일보>, 2001. 1. 3.

오태호, 「탈리얼리즘 소설의 전개양상」, 진석 박이도 교수 정년퇴임 기념논총 간행위원회 편, 『21세기 문학의 새로운 방향성』, 포엠토피아, 2003.

오태호, 「서사의 진화, 작가의 시선과 평론가의 응시가 빚어낸 풍경－황석영 문학 해석의 역사」, 『작가세계』, 2004년 봄.

오태호, 「황석영 소설의 근대성과 탈근대성연구」, 경희대 박사학위논문, 2004. 8.

오태호, 「황석영 소설에 나타난 이데올로기적 주체의 변화 양상 고찰」, 『국제어문』 33집, 국제어문학회, 2005. 4.

오태호, 「한국 패러디 소설의 현재성 고찰 : 고전 담론의 현재적 전용－김영하의 『아랑은 왜』, 황석영의 『심청』을 중심으로」, 『한국언어문화』 제27집, 한국언어문화학회, 2005. 6.

오태호, 「분단 상처의 응시를 통한 통일시대의 모색－분단시대의 문학 읽기」, 『실천문학』, 2005년 겨울.

오태호, 「황석영 소설에 나타난 '성욕 주체'의 양상 연구」, 『국제어문』 제36집, 국제어문학회, 2006. 4.

오태호, 「황석영 소설에 나타난 근대적 공간 연구」, 『현대소설연구』, 한국현대소설학회, 2006.

오태호, 「개밥바라기별을 품은 젊은 날의 초상－황석영의 『개밥바라기별』론」, 『문예연구』 2008년 겨울호.

오홍진, 「근대의 외부로 나아가는 소설적 사유－공간적 상상력을 통해 본 황석영 소설」, 『문예시학』, 문예시학회, 2002.

오홍진, 「모성성과 여성성의 경계－황석영의 '20세기 3부작'을 중심으로」, 『경계와 소통, 탈식민의 문학』, 역락, 2006.

왕은철, 「황석영의 『오래된 정원』－내용과 서술의 갈등에 관하여」, 『현대문학』, 2000. 10.

우찬제, 「세상의 길, 인간의 길－황석영의 '삼포 가는 길'」, 『상처와 상징』, 민음사, 1994.

우찬제, 「희망의 서사 지도－황석영의 『오래된 정원』 읽기」, 『동서문학』, 2000,가을

우찬제, 「한국 소설의 고통과 향유」, 『고독한 공생』, 문학과지성사, 2003.

우한용, 「1970년대 소설의 응전력」, 『소설과 사상』, 1998년 가을.

유경수, 「다원적 소통을 향한 디아스포라적 상상력－황석영의 『바리데기』를 중심으로」, 『비교한국학』, 국제비교한국학회, 2009.

유임하, 「창녀와 보살－동아시아 근대와 다시 쓴 심청 이야기－황석영의 『심청』」, 『한국문학과 불교문학』, 역락.

유철상, 「기억과 체험의 일상적 무게－박완서 『아주 오래된 농담』, 황석영 『오래된 정원』」, 『문학사상』, 2001. 3.

윤지관, 「뫼비우스의 심층－환상과 리얼리즘」, 『창작과비평』, 2004년 봄.

이동하, 「70년대의 소설」, 김윤수·백낙청·염무웅 엮음, 『한국문학의 현단계 Ⅰ』, 창작

과 비평사, 1982.

이동하, 「두 개의 시선」, 『문예중앙』, 1985년 겨울.

이동하, 「『장길산』의 의적 모티프-역사를 보는 눈」, 『문학과 비평』, 1987년 여름.

이동하, 「70년대 민중소설의 한 고전-「삼포 가는 길」」, 『문학의 길, 삶의 길』, 문학과지
　　　성사, 1987.

이명원, 「대안적 이념 모색을 위한 고투-『오래된 정원』론」, 『창작과비평』, 2000년 가을.

이명원, 「약속 없는 시대의 최저낙원-황석영의 『바리데기』에 대하여」, 『문화과학』,
　　　2007년 겨울.

이문구, 「황석영에 대하여」, 『황석영』(제3세대 한국문학 15), 삼성출판사, 1984.

이보영, 「실향문학의 양상」, 『문학과지성』, 1976년 봄.

이봉일, 「이데올로기의 유령을 넘어서-황석영의 『손님』론」, 『이데올로기의 유령을 넘
　　　어서』, 월인, 2002.

이상섭, 「「삼포가는 길」 자세히 읽기의 한 시도」, 『문학과 비평』, 1988년 봄.

이승진, 「황석영의 "오래된 정원"에 핀 브레히트의 "장미"-황석영과 브레히트」, 『브레
　　　히트와 현대연구』, 한국브레히트학회, 2003.

이승철, 「작가 황석영은 진실의 광장으로 나와라!」, <오마이뉴스>, 2007. 2. 8.

이용군, 「황석영 소설에 나타난 동일성 연구」, 숭실대학교 대학원 석사학위논문, 1998. 6.

이재선, 「상민적 삶의 형태론-『장길산』론」, 『이정정연찬선생회갑논총』, 1989.

이재영, 「진실과 화해-『손님』론」, 최원식·임홍배 엮음, 『황석영 문학의 세계』, 창작과
　　　비평사, 2003.

이재현, 「'삼포 가는 길' 혹은 '파리 텍사스'-황석영 형님에게」, 『문예중앙』, 1991년 여름.

이정석, 「자전소설 열풍에 담긴 대중의 욕망」, 『작가세계』, 2009년 봄.

이정희, 「유령을 재울 것인가, 기억에 몸을 입힐 것인가-『손님』의 민중신학적 읽기」, 『당
　　　대비평』, 2001년 겨울.

이준서, 「다시 황석영의 희곡을 펼쳐들며」, 최원식·임홍배 엮음, 『황석영 문학의 세계』,
　　　창작과비평사, 2003.

이태동, 「역사적 휴머니즘과 미학의 근거-황석영론」, 『세계의 문학』, 1981년 봄(『한국
　　　현대소설의 위상』, 문예출판사, 1985).

이태동, 「역사와 삶의 유대의식」, 『오늘의 한국문학 33인선』, 양우당, 1988.

이현철, 「『무기의 그늘』, 『고삐』 서평」, 『민족지성』 38, 1989.

이호철, 「다양하게 형상화된 한국인상-『장길산』 제1부」, 『독서생활』, 1976. 9.

임규찬, 「분단을 넘어서」, 민족문학사연구소 엮음, 『민족문학사 강좌(하)』, 창작과비평사,
　　　1995.

임규찬, 「「객지」와 리얼리즘」, 최원식·임홍배 엮음, 『황석영 문학의 세계』, 창작과비평사, 2003.

임기현, 「황석영 초기 문학에 나타난 탈식민성」, 『한국문학이론과비평』 제39집, 한국문학이론과 비평학회, 2008. 6.

임기현, 「황석영 희곡의 탈식민성」, 『한민족어문학』 제51집, 한민족어문학회, 2007. 12.

임기현, 「황석영 희곡의 창작배경과 기원」, 『한국현대문학연구』 제24집, 한국현대문학회, 2008. 4.

임기현, 「황석영 소설의 텍스트 확정을 위한 고찰―초기 소설을 중심으로」, 『한국문학이론과 비평』 제41집, 한국문학이론과 비평학회, 2008. 12.

임기현, 「발굴소설, 황석영의 「同行」 연구」, 『한국문학이론과비평』 제43집, 한국문학이론과 비평학회, 2009. 6.

임영봉, 「역사소설의 특성에 관한 연구―임꺽정과 장길산을 중심으로」, 중앙대학교 대학원 석사학위논문, 1992.

임헌영, 「전환기의 문학―노동자문학의 지평」, 『창작과 비평』, 1978년 겨울.

임헌영, 「분단문학의 새 전망」, 『한국문학』, 1985. 6.

임헌영, 「역사의식과 민족의식의 변증법」, 『민족의 상황과 문학사상』, 한길사, 1986.

임헌영, 「변혁운동과 불교사상―『장길산』, 『토지』, 『태백산맥』에 나타난 승려상」, 『불교문학』, 1988. 3.

임헌영, 「기존의 틀 깬 월남전 소설」, 『월간조선』, 1988. 4.

임헌영, 「월남전 소재소설과 민족문학」, 『우리시대의 소설 읽기』, 글, 1992.

임홍배, 「주체의 위기와 서사의 회귀―황석영의 근작소설」, 『창작과비평』, 2002년 가을.

임홍배, 「베트남전쟁과 제국의 정치―『무기의 그늘』론」, 『황석영 문학의 세계』, 창작과비평사, 2003.

임회록, 「아이러니 관점에서 본 「삼포 가는 길」 연구」, 부산대학교 대학원 석사학위논문, 2002.

장병호, 「한국현대소설과 소외의식 (3)」, 『문예운동』, 1999. 9.

장병호, 「산업사회의 소외와 극복―황석영의 「삼포 가는 길」」, 『한국교원대 한국어문교육 9』, 2000. 2.

장병호, 「소외문학론 서설」, 『문예운동』, 2000. 6.

장세진, 「소외집단의 존재인식―황석영의 작품세계」, 『표현』, 1989. 1.

장양수, 「오늘의 모순에 분기한 과거의 의적―황석영의 『장길산』론」, 『동서문학』, 1990. 12.

장양수, 「의적소설 : 황석영 <장길산>―역사에 의탁한 독재체제에의 항변」, 『한국의 문제소설』, 집문당, 1994.

장영우, 「한국 현대소설에 나타난 미륵사상」, 『불교어문논집』, 1998.

전영태, 「소설적 인식의 전환과 다양성의 확보」, 『문학사상』, 1995. 3(권영민 편저, 『한국문학 50년』, 문학사상사, 1995).

정경모, 「작가 황석영과 나-『장길산』 전10권의 일본어판 완역을 앞두고」, 최원식·임홍배 엮음, 『황석영 문학의 세계』, 창작과비평사, 2003.

정문순, 「포주의 시선에 포획된 여성의 몸-황석영의 『심청』」, 『비평과전망』 8호, 2004년 상반기.

정현기, 「1970년대 소설의 노사갈등 모티브 연구」, 『연세대 매지논총 7』, 1990, 2.

정현기, 「나라 찾기와 꼴 만들어 채우기」, 『문예중앙』, 1995년 봄.

정혜경, 「되살아남의 꿈-황석영의 「장사의 꿈」」, 『현대시학』, 1998, 10.

정호웅, 「베트남 민족해방투쟁의 안과 밖-『무기의 그늘』론」, 『외국문학』, 1990년 봄.

정호웅, 「해방 후 역사소설의 성과」, 『소설과 사상』, 1993년 여름.

정호웅, 「『장길산』과 성 페르소나」, 『작가세계』, 2004년 봄.

정호웅, 「우리 소설의 앞길을 열어가는 문학」, 『문학의 문학』, 2007년 가을호.

정홍섭, 「이야기로 풀어낸 역사와 신화화된 이야기-황석영의 『손님』과 이청준의 『신화를 삼킨 섬』」, 『실천문학』 2003년 가을호.

정홍수, 「두 가지 인간학」, 『한국문학』, 1997년 겨울

조구호, 「황석영의 분단소설 연구」, 『어문론총』, 한국문학언어학회, 2008.

조남현, 「70년대 소설의 몇 갈래」, 감태준 외, 『한국현대문학사』, 현대문학, 1989.

조효원, 「경험의 학교에 다녀왔습니다-황석영 소설, 『개밥바라기별』」, 『문학과사회』, 2008년 겨울.

주재희, 「理念的相殘·希望的敍事」, 『중국현대문학』 제34호, 한국중국현대문학학회, 2005. 9.

지용신, 「재현된 서사와 이산 체험의 복원-천운영의 『잘 가라, 서커스』와 황석영의 『바리데기』를 중심으로」, 『한국문예비평연구』, 한국현대문예비평학회, 2008.

진형준, 「어느 리얼리스트의 상상세계-황석영 혹은 갈등 없는 힘의 세계」, 김병걸·채광석 편, 『역사, 현실 그리고 문학』, 지양사, 1983(『깊이의 시학』, 문학과지성사, 1986.

채광석, 「내일을 향한 죽음과 삶」, 『민족문학의 흐름』, 한마당, 1987.

천이두, 「반윤리의 윤리-황석영의 「삼포가는 길」」, 『문학과지성』, 1973년 겨울.

천이두, 「건강한 생명력의 회복-황석영의 작품세계」, 『황석영전집』, 어문각, 1978(『한국 소설의 관점』, 문학과지성사, 1980).

최갑진, 「1970년대 소설의 갈등 연구－황석영과 조세희를 중심으로」, 『동남어문논집』 7호, 동아어문학회, 1997.

최병덕, 「황석영 '신명(神明)'으로의 소설 쓰기－장편소설 『손님』을 중심으로」, 『문예시학』, 문예시학회, 2005.

최상민, 「근대 / 여성의 재현과 복수의 상상력」, 『한국문학이론과 비평』 제34집, 한국문학이론과비평학회, 2007. 3.

최성민, 「제3세계를 향한 제국주의적 시선과 탈식민주의적 시선」, 『현대소설연구』, 한국현대소설학회, 2009.

최성실, 「국가주의라는 괴물과 성 정치학」, 『문학과사회』, 2003년 여름.

최성침, 「『장길산』의 역사소설적 성취와 한계」, 『동국대 동원논집』 5, 1992. 12.

최영석, 「강신(降神)과 축귀(逐鬼)－동아시아론의 서사화」, 『작가세계』, 2004년 봄.

최원식, 「비순응주의와 민중적 연대」, 『현대의 한국문학 12－황석영』, 범한출판사, 1984.

최원식, 「민족문학과 반미문학」, 『창작과비평』, 1988년 겨울.

최원식, 「한국 소설에 나타난 베트남전쟁」, 『한국민족민중운동연구』, 두레, 1989.

최원식, 「남한 진보운동의 집단적 초상－『장길산』 소론」, 황석영 『장길산』, 창작과 비평사, 1995.

최원식, 「나와 우리, 그리고 세상－통일시대의 문학」, 『문학의 귀환』, 창작과비평사, 2001.

최재봉, 「'추악한 장사' 전쟁 본질 고발－황석영 『무기의 그늘』」, 『역사와 만나는 문학기행』, 한겨레신문사, 1997.

최재봉, 「한국문학의 소중한 자산－황석영 '손님'」, 『21세기문학』, 2001년 가을.

하정일, 「민중의 발견과 민족문학의 새로운 도약」, 민족문학사연구소 엮음, 『민족문학사 강좌(하)』, 창작과비평사, 1995.

하정일, 「80년대와의 새로운 만남－황석영의 『오래된 정원』」, 『내일을 여는 작가』, 2000년 여름.

하정일, 「저항의 서사와 대안적 근대의 모색」, 민족문학사연구소 현대문학분과, 『1970년대 문학연구』, 소명출판, 2000.

하정일, 「분단의 형이상학을 넘어서－황석영론」, 『실천문학』, 2001년 여름.

한순미, 「호남 지역 사찰공간의 문학적 형상화에 담긴 다층적 의미」, 『현대문학이론연구』, 현대문학이론학회, 2008.

한점돌, 「실향의식과 귀향의지－황석영론」, 이주형 외, 『한국 현대작가연구』, 민음사, 1989.

한형구, 「편력의 길 혹은 밑바닥 체험의 사상」, 『문학과 비평』, 1988. 봄.

허윤회, 「길 위에 선 자의 꿈을 찾아서－「삼포 가는 길」론」, 『우리 시대의 소설, 우리 시대의 작가』, 계몽사, 1997.

글누림 작가총서

현길언, 「종교와 이념」, 『문학과 종교』 7권 1호, 한국문학과종교학회, 2002. 6.

현준만, 「민중사실의 소설적 탐구-'삼포 가는 길' 재조명」, 『문학과 비평』, 1988. 봄.

홍기삼, 「산업시대의 노동운동과 노동문학」, 『동국대 한국문학연구 10』, 1987. 9.

홍성암, 「역사소설의 양식 고찰-해방 이후의 작품을 중심으로」, 『한양대 한국학논집』 11, 1987. 2.

홍성암, 「한국근대역사소설연구」, 한양대학교 대학원 박사학위논문, 1988. 7.

홍승용, 「미래의 조건-황석영의 '손님'」, 『진보평론』, 2002년 여름.

홍정선, 「김지하와 황석영의 고행」, 『정경문화』, 1985. 10.

홍정운, 「한국근대역사소설연구」, 동국대학교 대학원 박사학위논문, 1987. 12.

황광수, 「삶과 역사적 진실성-'장길산'론」, 김윤수·백낙청·염무웅 엮음, 『한국문학의 현단계 I』, 창작과 비평사, 1982.

황광수, 「노동문제의 소설적 표현」, 『민중, 노동 그리고 문학』, 1985(『한국문학의 현단계 IV』, 창작과 비평사, 1985).

황광수, 「텍스트로서의 『장길산』과 미륵세상」, 최원식·임홍배 엮음, 『황석영 문학의 세계』, 창작과비평사, 2003.

미야지마 히로시, 「황석영의 『심청』과 19세기 동아시아」, 『역사비평』, 2004년 여름호.

코모리 요오이찌, 「전쟁의 기억, 기억의 전쟁-『무기의 그늘』과 『오래된 정원』을 중심으로」, 최원식·임홍배 엮음, 『황석영 문학의 세계』, 창작과비평사, 2003.

오오따 마사꾸니, 「'베트남 체험'의 커다란 낙차-황석영의 작품을 일본에서 읽는다는 것의 의미」, 최원식·임홍배 엮음, 『황석영 문학의 세계』, 창작과비평사, 2003.

쑨 꺼, 「극한상황에서의 정치감각」, 최원식·임홍배 엮음, 『황석영 문학의 세계』, 창작과비평사, 2003.

시어도어 휴즈, 「혁명적 주체의 자리매김-『무기의 그늘』론」, 최원식·임홍배 엮음, 『황석영 문학의 세계』, 창작과비평사, 2003.

쎄씰 바스브로, 「통로-「한씨연대기」, 「삼포 가는 길」, 『무기의 그늘』」, 최원식·임홍배 엮음, 『황석영 문학의 세계』, 창작과비평사, 2003.

한스 크리스트프 부흐, 「돈끼호떼를 위한 옹호-황석영의 회갑을 축하하며」, 최원식·임홍배 엮음, 『황석영 문학의 세계』, 창작과비평사, 2003.

필자(가나다순)

강영주　상명대학교

강진호　성신여자대학교

고인환　경희대학교

권성우　숙명여자대학교

김미현　이화여자대학교

김종회　경희대학교

남진우　명지대학교

서영인　대구대학교

서영채　한신대학교

오창은　단국대학교

이명원　문학평론가

정호웅　홍익대학교

편자

오태호

1970년 서울에서 출생하여 경희대학교 국어국문학과 및 동 대학원을 졸업했다. 2001년 〈조선일보〉 신춘문예에 문학평론 「불연속적 서사, 중첩의 울림」으로 등단하였으며, 2004년에는 「황석영 소설의 근대성과 탈근대성 연구」로 박사학위를 받았다. 평론집으로 『오래된 서사』, 『여백의 시학』을 출간하였으며, 편저로 『동백꽃』, 『개마고원』, 『이선희 소설 선집』, 『오영수 작품집』, 『조용만 작품집』 등을 발간하였다. 계간 『시인시각』의 편집위원으로 활동하였으며, 현재 경희대학교 학부대학에 객원교수로 재직 중이다.

글누림 작가총서

황석영

초판1쇄 인쇄 2010년 8월 20일 | 초판1쇄 발행 2010년 8월 31일

엮은이 오태호

펴낸이 최종숙 | 책임편집 추다영 | 편집 이태곤 · 임애정 | 디자인 안혜진 | 마케팅 문택주

펴낸곳 글누림출판사

등록 제303-2005-000038호(등록일 2005년 10월 5일)

주소 서울 서초구 반포4동 577-25 문창빌딩 2층(우137-807)

전화 02-3409-2055 | FAX 02-3409-2059 | 이메일 nurim3888@hanmail.net

홈페이지 http://www.geulnurim.co.kr

ISBN 978-89-6327-086-9 93810

　　　978-89-6327-084-5(세트)

정가 : 20,000원

* 잘못된 책은 교환해 드립니다.